李妙沙

——著

之墨舞篇

敦煌文艺出版社

图书在版编目（CIP）数据

孟婆传奇之墨舞篇 / 李莎著 . -- 兰州：敦煌文艺
出版社，2023.5

ISBN 978-7-5468-2345-4

Ⅰ.①孟… Ⅱ.①李… Ⅲ.①长篇小说－中国－当代
Ⅳ.① I247.5

中国国家版本馆 CIP 数据核字（2023）第 031682 号

孟婆传奇之墨舞篇

李莎　著

责任编辑：张家骝
策划编辑：王阿林　赵洁如
封面设计：董绍华
插画创作：董绍华
封面题字：季　风

敦煌文艺出版社出版、发行
地址：（730030）兰州市城关区曹家巷 1 号
邮箱：dunhuangwenyi1958@163.com
0931-2131579（编辑部）
0931-2131387（发行部）

三河市龙大印装有限公司印刷
开本 710 毫米 ×1000 毫米　1/16　印张 22　插页 2　字数 350 千
2023 年 6 月第 1 版　2023 年 6 月第 1 次印刷

ISBN 978-7-5468-2345-4

定价：78.00 元

推荐者简介

苏牧

北京电影学院文学系教授、博士生导师，北京市高等院校优秀青年骨干教师（1996年），香港中文大学访问学者。北京电影学院"金字奖"第二届、第七届评审会主席。主要著作有《荣誉》《太阳少年》《新世纪新电影》，其中《荣誉》16次印刷，为北京电影学院、中央戏剧学院、中国传媒大学、上海戏剧学院、北京大学等国内著名艺术院校学生必读书。《荣誉》2004年获"中国高校影视学会优秀学术著作一等奖"，《荣誉》修订版2007年入选教育部中国高校"十一五"国家级教材，2008年入选教育部中国高校"十一五"国家级教材精品教材。

主要科研项目：北京市教育委员会2013年社科计划重点项目《中外电影大师精品解读》。

序一　青鸾舞镜与孟婆牺牲

　　在北京电影学院给学生上课时，我讲过侯孝贤导演的电影《刺客聂隐娘》。《刺客聂隐娘》是一部古装武打电影。中国古装武打电影有很多，其中李安导演的电影《卧虎藏龙》在精彩的武打背后，有着我们中国和东方的神韵。但是，我认为，侯孝贤导演拍的《刺客聂隐娘》更胜一筹。

　　为什么《刺客聂隐娘》更胜一筹？《刺客聂隐娘》拍摄的故事背景是中国唐朝，唐朝是中国历史上最伟大的时代之一。《刺客聂隐娘》表现了唐朝的精神。唐朝的精神是唐朝伟大的根本原因，体现在它的胸怀，它的壮阔，它的海纳百川。从人物角度讲，《刺客聂隐娘》中的人物窈七、道姑和公主身上都不同程度体现了唐朝精神。窈七是为爱情而牺牲，道姑是道家的行规和准则，公主是为国献身的伟大情怀。电影中更描述了青鸾舞镜的故事。

　　"罽宾国王得一鸾，三年不鸣，夫人曰：'尝闻鸾见类则鸣，何不悬镜照之？'王从其言。鸾见影悲鸣，终宵奋舞而绝……"

　　青鸾不舞，是因为没有同类。看到镜中的另一个青鸾（自己的影子），它误以为是同类，一夜起舞身亡。

　　青鸾起舞是为精神而死，为知音而死。不与鸡犬之辈同流合污，这正是伟大的唐朝精神。

　　女作家李莎的小说"孟婆传奇"系列中的孟婆，是古代神话传说中人物。李莎书写的孟婆的故事惊心动魄、优美动人。在李莎的笔下，孟婆不仅仅是美丽、善良、助人、达观的美的化身，如同《刺客聂隐娘》中的窈七，是性格刚烈、忠贞不贰的女中豪杰；又如同《刺客聂隐娘》中的青鸾，三年不鸣，见到同类，终宵奋舞而绝。

"孟婆传奇"系列中的孟婆形象的光彩夺目、与众不同，与李莎的女作家身份相关。李莎是我中欧商学院电影课程的学生。她对电影的理解，独到深刻，感悟极佳。春节前夕，李莎告诉我：她要将她的小说"孟婆传奇"系列改编为电影剧本。

祝贺李莎，那必将是一部与众不同、出类拔萃的讴歌女性的电影，如同侯孝贤导演的电影《刺客聂隐娘》一样。

苏牧

2020 年 4 月 5 日于北京

推荐者简介

毛利华

北京大学心理与认知科学学院副教授，博士生导师，九三学社社员，现任北京大学心理与认知科学学院工会主席。北京大学主干基础课《普通心理学》《社会心理学》，全校通选课《心理学概论》，线上线下混合式课程《探索心理学的奥秘》主讲教师。

序二　着眼当世，一心向善

　　孟婆或许应该算是中国民间最家喻户晓的名字之一了，而相对于神话传说中的人物，我更愿意把她看作是古老中国文明体系中的极为关键的角色，因为她承接了生与死之间的桥梁。

　　对死亡的探究应该是每个人类文明最为着迷的话题之一，因为我们渴望了解生的意义，所以同样也在追求死亡的本质。在这个星球最近35亿年的历史当中，无数的生命在生生死死之间更迭，活过一世，完成传承的使命，一次又一次重复着同样的故事。直到几百万年前，人类的祖先阴差阳错地突然小小地打破了一下这个困住所有生命的当世的牢笼，将思维的触角伸向了将来，我们意识到了将来，拥有了希望，拥有了对永生的渴望，也开始畏惧死亡。

　　人类文明的传承一直都在尝试着去理解生与死的本质以及背后隐藏的秘密，而对生的渴望和对死亡的恐惧使得人们努力地试图打通生死之间的壁垒，建起一座跨越生死的桥梁，衔接起生与死的世界。

　　古埃及人相信人死后不会消亡，会以灵魂的方式存在，因此他们将死者制成木乃伊，而死亡女神伊西斯（Isis）会引导亡者的灵魂依附于其上，带着所有曾经的过往，以这种形式继续存在。古希腊人也相信灵魂不死，但是他们觉得死亡或许是一场净化之旅，能够使人们洗脱罪恶。柏拉图在《理想国》中描述的遗忘平原（Lethe）以及后来在但丁的《神曲》中拥有同样名字的遗忘之河（Lethe），都是为了洗净灵魂中那些罪恶的记忆，而将美好永存下去。古代中国则用另外的形式诠释着

生与死之间的承接，对个体来讲，死亡并不是结束，而是意味着抛开所有的过往，重新开启生命新的旅程。不仅是人类，万灵万物都被包含在这个宏大的轮回体系当中，重复却又独特地有序运转着。因此，或许古埃及人相信的永生是换了一种存在的形式，而古希腊人的永生意味着洗净罪恶以最美好的形式留存。

古代中国文明则是彻底抛开所有的过往，无论美好还是罪恶，以全新的独立的个体继续存在。孟婆作为由死至生的最后一个环节，则是在奈何桥头用一碗特殊熬制的孟婆汤，使所有的灵魂忘却前世种种一切，重新开启新的轮回。在那个重启的轮回里已经不再是当世的这个我，所以在古老的中国文明传承中，人们会着眼当下，追求当世的长生，甚至超越轮回的永恒不灭成了个体跨越生死的最重要的手段。但是着眼现世并不意味着可以为所欲为，因为不同轮回中的个体其实并不是两个独立不相干的个体。在这个系统当中还有另外一个真正贯穿始终而不变的最基本的规则，那就是因果报应，恰恰是这个规则使得整个轮回系统成了一个圆满的体系。

灵魂对前世的忘却只是个体层面的忘却，但是系统还存在着因果循环这个宏大的规则，记录着每个个体的因果，从而把无数个独立的轮回联系成为一个整体。"何为前世因，今生受者是；何为后世果，今生做者是。"这样也形成了中国传统文化当中敬畏因果、行为向善的特质。因此，中国人活在当世，着眼当下，但是却又讲求报应，一心向善。在这个轮回体系中，孟婆居于最关键的起承转合的位置，正是因为这个角色使得这个体系有序地运转。

李莎笔下的"孟婆传奇"系列恰恰描述了这种传统的文明特质，在她的故事里，孟婆作为一个普通而平凡的个体，在一个宏大的前生今世的故事中经历了人世间的爱恨情仇、悲欢离合。李莎讲的故事深深吸引了我，也使我看到了在这所有的文字背后始终流淌着的"经历当世，一心向善"，从而促使我想到了上面的这些文字。

而我也相信，每位阅读者都会从李莎的故事中获取自身的不一样的感悟。因为，或许孟婆是一个使得个体忘却前生故事的人，但是同时也是一个收集故事的人。她经历了在这个世间存在过的所有个体的一世一世的记忆，阅尽了人世间的悲欢离合、一切种种，那么她定也有自己精彩的故事。

从传统的中国文化来讲，每个人心中孟婆的故事可能都是携带有自己前世的过往，今世的精彩以及对后世的理想吧。

毛利华

2020 年 4 月 8 日于北京

作者自序

一百个人心中有一百个孟婆。或许，每个人想象中的孟婆都是截然不同的，包括那碗"孟婆汤"的滋味和功效，也是众说纷纭。想象一下自己手捧孟婆汤时的心情和生发的感慨，大概每个人都不一样，因为在尘世活过的人，每个人都有一番属于自己的际遇与感悟。

写这本书的初衷源自 2019 年初，彼时我正和清华积极心理学班的两位同学一起聊天。人到中年，大家都忽然感叹起现在社会上似乎很多人越来越缺少敬畏心。面对这种信任危机，好像没有特别行之有效的方法能够改变。

说起这些，忽然觉得小说、电影、电视剧都是现在的青年人关注得比较多的东西，如果能把这部分的力量好好使用，或许可以让更多的人了解更深的世间法则的自然运行。在我们忙碌的日子里，是否会在夜里抬眼看看天空的繁星，放下自己的执着感受天道万物自然的运行呢？

想到这里，我忽然就决定以"孟婆"的故事来做基点。孟婆汤是一个深入人心的名词，我也曾经想过，若是将来自己终老之时，会不会不舍得喝下那碗孟婆汤，会不会对前世的生命还有所眷念？其实也想过，若是自己可以选择性遗忘，会遗忘哪段回忆呢？细细思量了很久，觉得自己哪段回忆都不该去遗忘，哪怕是痛苦的、伤心的、失望的。这些都是构成现在的我的基础要素之一，既然是我的一部分，又怎么能随意地遗忘呢？只不过换种心态去看待过往的回忆罢了。这样想来，就没有那么多情绪的起伏和纠葛了。

小说中想表达的只有一句话：相濡以沫，不如相忘于江湖。这是我亲爱的大舅舅生前经常说的一句话，可惜他走得早，没有看到这部小说的出版。但是我相信他在天有灵一样可以感受到这本书承袭了他的一部分的观念，亦能得知他永远活在爱他的亲人朋友们心中。

人生不如意为常态，小满即可。无论一生有何种经历，最终人还是要与自己和解。生是死之根，死是生之苗，天道自然，人道自为。

小说以中国传统文化的道学文化为基础，以孟婆的经历为故事主线。小说中的人物有你、有我、有他，在众生一体之中我们总能窥见自己的身影。

很感谢能邀请到我的两位老师：北京电影学院文学系苏牧教授和北京大学心理学系毛利华副教授，来为整个"孟婆传奇"系列写序言。两位良师都是启迪我深入思考与探索的灯塔。

谨以此书献给我挚爱的家人与朋友们，因为你们的支持，才让我可以尽情地学习探索，发掘那些未知的领域，体验更加丰富的人生。同时也以此书纪念所有我已经逝去的亲人们，生是一段全新的旅程，死也同样是一段全新的旅程。

天下人与事，都因岁月而物换星移。

李莎

2019 年于广州工作室

目 录

第一节

天宁 177 年。

冥河彼岸花，曼珠沙华；寂寞的枝与叶，承诺轮回。夜风缓缓吹拂，暗寂之中有金色粉末儿散落于潮湿的地面。那金粉一直蔓延向前，影影绰绰，点点斑驳，而迎面又飘来一阵仿若在窃窃私语的风。只见金粉被吹得洋洋洒洒，它们在空中似旋转，如坠落，竟像是飞天那般挥动水袖，婉转而又婀娜，一路上慵懒地穿透鬼门，渡过忘川，沿着两生花丛，来到了奈何桥旁，最终静默地停留在一位女子的肩上。

那女子是个身姿寂寥的孤魂，她衣衫雍容华贵，黑玉玛瑙般熠熠发光的青丝绾成如云鬟，插着一支玉石雕刻成的笄，亮出白皙美颈，肌肤光洁通透，没有半点瑕疵。

金粉落在她肩头，凝聚成一只金色蝴蝶，轻轻振翅，引得绝美女子侧目而视。但也只是看了一眼，她神色一凛，刹那间，只见她肩上迸发出一道紫光，金蝶的身躯顷刻间便支离破碎，灰飞烟灭，只余几簇金色的粉末儿飞散在风中。她冷冷地瞥去，眼神带有一丝轻蔑，随即淡漠地移开视线，表情依旧寒如冰霜。

奈何桥这边的牛头和马面目睹了方才的一切，二鬼皆不寒而栗，他们和身侧的众鬼差窃窃私语起来，言语中满是畏惧与无奈。

"又是这女子。"牛头咂咂舌，打量着她那美如灵玉的面容，忽又改口道，"不，应说是这女鬼。想她在人间死于非命，至此便常驻奈何桥，既不愿投胎也不愿离去，已经这般情形好一段时间了。"

马面也遥望着桥那端的女子叹道："鬼差们谁也不敢近身上前，你我方才也瞧见了，谁一靠近，她身上就迸射出那威力极大的紫光，连咱们的信使金蝶都被杀得片甲不留，如若是普通鬼差去触碰，岂不是要断手断脚了？"

牛头一筹莫展地蹙眉唉声叹气道："都是因为她挡在桥上，咱们最近已押下了好多鬼魂，但却不敢上桥。这不，明儿个就是中元了，鬼门一大开，孤魂野鬼全都涌进来，容易被她耽搁了投胎转生啊。如此这般，冥帝大人问责下来，可该如何是好？"

而驻足在桥上的女子却不知众鬼对她的惧怕与猜论。她依然静静地伫立着，眼眸中黯淡无光，却又是如此绰约美丽，那身织云锦段子的墨黑衣衫上绣着鲜红绚丽的鸾纹，外罩烫金绲边的素纱罗衣，云髻峨嵯，光华高贵，任谁都无法将这样的女子与孤魂野鬼一类的恐怖词汇联系在一起。

然而，她的确身处冥府之中，恐怕连她自己都记不清自己生前的诸事了。她只依稀在脑海中搜寻出零散的碎片，前世……她本该有似锦前程，身上无时无刻萦绕着的紫色光芒便是证明，那时的她是世间少有的修仙之缘者，倘若一世未修满，来世可再修，直到脱离生死六道。

她见过数不清的修仙之人，那些人性情大有不同，其中不乏精明算计、心肠歹毒、争风吃醋之人，却也有通透脱俗、心境澄澈之人……可转而涌现出的记忆令她不由得轻蹙起眉，那是何时的过往？是曾迷途在人世间的她吗？竟有数不尽的爱恨情仇、痴心妄想在刹那间涌上心头。她猛然间闭上眼，似乎不愿去回想，更不想再感受那其中的悲苦与痛楚。

只是记忆深处的路愈发清晰，那富丽堂皇的城墙外的鹅卵石小路开满了紫藤花，甜腻芳香如瀑布泉水般倾斜四溢，一团团锦绣般的花藤折损在脚下。冷风吹散污泥，夜深无人问津，她只身一人于这空旷僻世之中孤零零地抬起头，忽见前方廊下有一男子白衣清袖，衣袂飘飘而起，他手握一把绣着鸳鸯的折扇，坠着红穗青玉佩，打着九转相思结，正低声吟道："巧笑倩兮，美目盼兮，手如柔荑，肤如凝脂，东宫之妹，邢侯之姨，谭公维私……"

念到这里，他忽然看向她这边。她心下一惊，却见他满眼都是怜爱与疼惜之色。他同她柔声温言道："可墨舞就是墨舞，四海八荒，天上地下，又有谁能及上我的独一无二的墨舞呢？"

只此一句，令她突然惊醒般地睁开双眼，耳畔传来衣襟碰触的簌簌响声。她警惕地转头去看，见奈何桥上走来一位姿容清冷、尊贵端雅的黑袍男子，他有着仿若能够洞察世间乾坤的深邃眼眸，如利刃雕刻而出的面容线条清冽，虽然身着绣着回云波纹的华衣，可偏偏如此柔和的纹路却衬托出一股浓重的疏远与淡漠。

他是何时出现于此的？她竟未曾察觉半分。而桥下的一行鬼众见到他现身，纷纷俯首跪拜，口中尊他道："冥帝大人。"

她这才恍惚地知晓，原来他便是冥帝和墨。这倒不奇怪了，除了冥帝，冥府之中绝不会有其他人离她这般近，却未被她身上的紫光所伤。

冥帝和墨的目光虽温和，眼神里却似乎蕴藏着一丝审视的意味。他的声音淡然如水，问她道："听闻你已在此驻足许久，这般执迷不悟，你究竟为何不愿投胎转生？见你身携仙缘，只需再修一世，便得以从凡尘苦难之中解脱。有如此之好的前程，又何必留恋人世中的过往云烟？"

她失心般地垂下那双美目，桥下的牛头、马面与众鬼差见她此时此刻的神色竟有悲伤之情，不由忘记了她用身上紫光伤及金蝶与其他小鬼的景像，禁不住对她产生了一丝怜悯之情。

许是她容貌生得实在秀丽，满身清雅高华，令所见之人无不为之震慑，甚至自惭形秽，以至于冥帝和墨都默许了她长久的沉默。半晌之后，她才幽幽道出："我并非留恋，不过是看不懂人世红尘罢了。哪怕是再有仙缘，我也难以悟得大道。慧根不足也好，愚钝也罢，我不愿再转世去做碌碌无道之人。"

和墨逐渐敛去了唇边那抹淡淡的一丝笑意，沉声说道："无名，天地之始；有名，万物之母。万物自有根本，从何处来，往何处去，皆有它自己的缘法。天地初始的时候，所有的事物都没有名字，圣人给每样物件都起了个名字，便有了所称谓的万物。"

她抬眸望向冥帝，四目相对，那是一双如忘川河一般深不可测、探不到底的眸子，她竟无畏地反问道："倘若风雨永无法乱我心，我也无法作为仁者而心动呢？"

和墨宽慰且释然地笑道："三界六道，唯我冥界公平。所谓善者自兴，恶者自病，吉凶之事，皆出于身，红尘滚滚，若想参透，必要置身其中。你既不肯转世去，便在此做守桥的孟婆吧，想来这奈何桥上人生百态、生死度尽，各有其道，或许你终有一日可寻到属于你的道。"

她凝视着他，便是在那一刻，她眉心中央出现了一抹若隐若现的玉色珠点。

那是身为孟婆的印记，历代不同，却皆出自冥帝和墨的认可。

自那之后，冥府继续迎接着从人世坠落而来的死魂。那些孤魂野鬼的

身上总是携带着一春、一夏、一秋、一冬的烟火味儿，一如那成了守桥之人的孟婆，明明身在冥府，却活得浑浑噩噩、醉生梦死，俨然像是个来自凡尘的俗不可耐之人。

"属下已忍无可忍，今日必要将此事禀告给冥帝大人才行。"

奈何桥旁，一名刚刚晋升的鬼差大步流星地走在去往冥帝住处的路上，另一名鬼差听闻他这说法，立即追上前去拦住他，左右环顾一圈，确定无旁人后才小心翼翼地同他苦口婆心道："我劝你三思，那可是大名鼎鼎的孟婆呀，你一个籍籍无名的小小鬼差哪里是她的对手？"

那名鬼差闻言，不由得气红了脸，语气更为强硬道："又不是属下不讲道理，三日前，属下被分配到她这边做事，可整日不见她人影不说，她还总仗着官高一级来和属下借钱！"

"嘘——你小声点儿！"

"属下也要讨生活的，她已经借走属下三百两冥币了！身为掌管众鬼与死魂的孟婆，你见过她好生熬过一次孟婆汤吗？就在上个月，她还扣下了死魂中的几个宫妓去她住处为她日夜弹琵琶、奏笙歌！更有甚者，一个御厨明明都决定要投胎了，她不仅不准他喝孟婆汤，还强迫对方留下给她变着花样地做饭吃！"

众鬼自然也都对这任孟婆的风评略有耳闻，自是无法反驳，阳奉阴违、两面三刀描绘的大概就是她了，只不过……

"她也很擅长甜言蜜语，我实在很难记恨于她。"另一个鬼差为自己的软弱而长长叹息。

恰逢此时，马面走向了二鬼，两个鬼差立即恭敬问候，马面只问道："你们有谁看见牛头了？"

二鬼纷纷摇头，马面还想再问，负责账目的刘官与前殿的李侍从边喊边跑地追上来，这边的鬼差率先责怪道："你们在马面大人的面前这般慌张，成何体统？"

马面自是不在意，便询问何事。刘官率先哭诉道："马面大人，孟婆姑娘她……她又从老夫这里赊走了一百两冥币！"

马面瞪圆了眼："一百两？！"

刘官老泪纵横："怕是又去赌坊了！唉，老夫昨日才替她还了八十两的赌债！"

李侍从也控诉道："马面大人，新来的扫庭院的小川被孟婆姑娘贴了张符，现在杵在庭院里被围观着……要说小川也真是的！明知是高攀，还要去向孟婆姑娘示爱，这下可好，沦为笑柄了！"

二人七嘴八舌诉说着，马面听得晕头转向的，最后他只好同意去孟婆私下开设的赌坊里"兴师问罪"。

"赌大。"

"赌小。"

"开？"

"请。"

喧闹的赌坊里的众人探头去望，都想知道骰子的点数——

一开！三个骰子在骰盅里滴溜溜地转了几转儿，竟然全部停在了"五"点上。

众人惊呼，这是"豹子"！

揭盅的牛头哀叹连连，孟婆则是眉开眼笑地将桌上的银两拢到自己怀里，咬着一根吃完的团子竹签得意道："看来是我今日运气佳，各位要是玩得不尽兴，我就再陪你们玩儿一局，这一次加倍。"

对面的牛头和身侧的黑白无常面面相觑，心想着再这样输下去，私房钱都要底儿朝天了。而且余光再瞥向孟婆，今日的她装束有些不同，许是怕惹人注目，她换下了水面流光的墨色华服，穿着轻便的蜀锦衫，长发束马尾，衣襟绣金线，俨然一位俊俏的公子哥模样。只是她忽然双瞳一凛，迅速地把赢走的钱打包好，又对牛头和黑白无常挑眉轻笑，留下一句"我突然想起有紧急要务得处理，先走一步，你等请便"，就转身跑掉了。

牛头还在发愣，耳边传来马面的呼喊声："牛头！黑白无常！你们快走，上头来扫局了！"

这下牛头才发觉不妙，转头去看。果然，来者是气势汹汹的驻派司的人，自从孟婆暗地里开设这间赌坊后，他们总会找准机会来搜查，恨不得揪出孟婆的狐狸尾巴。然而，每次都是牛头、黑白无常倒霉被抓，虽说他们的头衔与官职都不小，可冥府近来肃清得紧，照样还是要被盘问一番。

偏偏狡黠的孟婆总能逃之夭夭，明明她才是罪魁祸首，却依然可以"两袖清风"般潇洒离去，实在令牛头有种"哑巴吃黄连，有苦说不出"的感觉。

到了夜里，冥帝和墨收到了驻派司的折子，其中记录了牛头、黑白无常等人在赌坊里的作为，此等有失作风之事被驻派司描绘得极为大逆不道，写到最后，还一并将率先逃掉的孟婆写了进去，且言辞激烈，称孟婆为兴风作浪、祸乱冥府的极恶之女，恳请冥帝废除孟婆的职务，打去牢狱之中改过自新。

和墨读过此折，哭笑不得道："其他不言，这极恶一词倒是言重了，无非是她喜好热闹罢了，既无伤大雅，也未伤及他人，谈何极恶呢？"说罢，和墨笑着将折子收起，毫无批复之意。前来面见的马面跪在殿内，见此情景，心里不禁想着：侍奉在冥帝身侧千百年来，皆是因公而见，平日里总是觉得冥帝和墨看似无情，清冷孤傲也不徇私，可实际上，冥帝却待每任孟婆都如亲妹，时常为她们谋些福利，或者是对她们出格的行为视而不见，而在诸任孟婆之中，冥帝待此任孟婆更是非同一般。

难不成是因为他们二人的名字里都带有一个"墨"字？

冥帝名和墨，孟婆名墨舞，此前就总见孟婆时常攀附冥帝，且叫着"和墨哥哥"，马面自然钦佩她的死皮赖脸，却更为惊异于冥帝的欣然默许。

然而，他自己和牛头，以及黑白无常还不是照样被那个孟婆收拾得服服帖帖的！马面无奈地默默叹息，只觉在此任孟婆的掌管下，奈何桥竟如同一个小小的人间市井了。

只是……这般的孟婆又能有多少人情味儿呢？

马面的疑惑未能让孟婆知晓，此时此刻的她正坐在鬼门的高墙上望着黑压压的夜空，那空中有一处光连接着人间光景。这夜的尘世正值中秋时节，璀璨烟花流光溢彩，孟婆的眼中落尽了繁华惊鸿，她痴痴地凝视着接连绽放的烟花，脸上的神色似悲愁，又似怨恨。在她的身侧，散落着数不清的银两，那是她今夜赢来的，却也是她昨日输下的。

世间万情，天上地下，如人饮水，冷暖自知。不知其味者，哪懂其忧思。

天宁 187 年。

孟婆独自一人站在奈何桥上，透过四面大开的鬼门，她站在他的面前，看着近在咫尺带着微微笑意的他，她的脸上，终是浮现出一丝可被称为是

"人情味儿"的复杂情绪，然而却不知该如何开口。她几次启唇，想说的话都如鲠在喉，最后只能垂下眼，装作漫不经心。

他一点儿都没有变，依旧是温文尔雅，却又与肃杀之气浑然一体的模样。

而他在鬼差的带领下，随着众多鬼魂离她仅有一步之遥。他静静地凝视着她低垂的面容。在他眼中，她仍然是当年那个令他露出满眼惊艳之色的女子，遗憾的是阴阳地界中的阴冷潮湿为她笼罩上了一层更为凉薄孤寂的气息，令他心中涌现疼惜之情，忍不住地问道："这么多年了，你是否还记恨于我？"

这么多年……她遥想自己当年碧玉年华，他也是沉稳儒雅。那是一个春日的午后，他穿着银青色的锦衣，白色的披帛上描绘着深浅不一的云海波纹。

当日那件锦衣，正是他此时穿在身上的这件衣裳，而他的容颜，也是她初见他时的模样。

孟婆深深叹息。自从做了孟婆，她从未熬过孟婆汤，更别提亲手把汤端给哪个死魂了，真是讽刺。只是今时今刻，她破天荒地为他花了一个时辰，熬制出了一碗孟婆汤，选了一盏玲珑别致的琉璃汤碗，双手捧着递给了他，漠然道："当年服药之前，你为我端来了一碗清甜之水。如今，我把它还你。"

他怔了一怔，眼中除了犹豫与迟疑外，也有不舍与懊恼。最终他接过那碗澄澈的孟婆汤，低叹着问她："墨舞，在你离世之后的第七年，是否曾回到人世寻过我？"

孟婆只是淡然一笑，眉梢、眼角依旧是慵懒傲慢的神色，对他道："投胎去吧，凡尘过往，皆已消散。"

他凝望着她，见她面容决绝，其中难掩一丝隐藏至深的眷恋。最终，他还是喝下了她递给他的那碗孟婆汤，一饮而尽，往昔成烟。

面前的魂魄渐渐地消逝不见，只余下那一盏琉璃般通透精美的汤碗落在桥面。孟婆俯身拾起汤碗，一滴晶莹的泪水不经意地垂落在碗沿儿，溅了开来，神色也逐渐变得复杂，然而她很快就恢复了冷漠，仿佛冰冷无情才是她最真实、最原本的面目。

天宁 197 年。

奈何桥上匆匆而过三十年，孟婆迎来了许多熟悉之人，他们在来到冥府的时刻各有不同。有人号啕痛哭，有人释然大笑，有人满腹懊悔，也有人平淡无波……然而自始至终都没有出现一种孟婆内心所期待的情绪。她亲手送走了丈夫，送走了父母，送走了她在人世间的一切羁绊，却仍旧不能寻到心之归处。

除了短暂的慰藉，她再无所获。

当转世的灵魂接连步入轮回，当奈何桥上静寂无声，她孑然一身地站在忘川旁凝望粼粼波光的河水。透过如镜的水面，她仿佛能看到数十年前的花影婆娑，皎月当空，只是许多不堪的零散记忆令她的脸上逐渐浮现沉郁阴翳，那个人曾许诺的甜言蜜语恍如隔世，多少年过去了，依然在耳畔回响。

"墨舞，我三媒六聘、婚书庚帖娶到你，你将是我一人的妻子，而我也将只属于你，朝朝暮暮，生生世世，永不改变。"

想到这儿，孟婆轻蔑冷哼，抬手将一支彼岸花扔进了河中，水面立即散开层层涟漪，如云似雾，捉摸不定，一如变幻莫测的人心。

到了今日。

冥府夜，奈何桥，曼珠沙华争相怒放，灼灼成团地簇拥着对川梳妆的孟婆。

她的纤纤玉手持着象牙梳子，动作轻缓地梳理着柔顺青丝。她嘴中哼着小曲，音调婉转仿若天籁，回荡在整个忘川河畔上。

孟婆近来心情极好，便有心思用牛头新送给她的胭脂来细细地装扮自己。点胭脂，柳眉俏，桃花眼，珠玉唇，孟婆凝视着镜面中的自己，不禁绽开娇艳笑容，当真是如花似玉的笑靥，竟胜过那千年花开不败的曼珠沙华万分有余了。

然而，不远处的河水中忽有大小不一的气泡不断冒出，水下有一条又长又大的黑影循着孟婆的歌声快速游来。那是一只新死的恶鬼，孽障满身、穷凶极恶，它死后徘徊在河下，不知吃掉了多少迷途于此的灵魂，壮大了罪恶的躯体，却更加深了它的恶。这个时候，它狰狞而又丑陋的脸孔突然从忘川中跃然而出，整个身子如蛇的身躯般在地面上剧烈摆动，险些打翻了孟婆置于身侧的胭脂盒。

孟婆脸上本有的笑容逐渐消退，一种凄苦之色浮现而出。恶鬼竟以为是自己的把式吓唬住了孟婆，心中不免大喜，立即甩动滑腻的尾巴"嗖"地一下子缠住孟婆的脚，欲将她拖进忘川之中吃进腹里。

孟婆被恶鬼拖拽着一路滑行，她却始终不动声色，直至被拖到河畔旁，眼看着就要被投入忘川，她的眼眸忽地变成了幽如灵玉的紫色，嘴里也钻出了两颗尖锐的獠牙。只见她纤手抬起，轻描淡写地蘸了一抹盒中的胭脂，点到那恶鬼的尾巴上。

恶鬼眼神一凛，似乎察觉到了什么，猛然回头去看，只见它全身都已燃烧而起，火焚的痛楚顷刻间便将它包裹住，恶鬼发出阵阵凄厉的号啕声，它咆哮、咒骂，最终变成卑微滑稽的求饶。孟婆冷笑着将它死前最后的挣扎尽收眼底，直到它化成一缕灰烬，她才不疾不徐地走上前去拾起了恶鬼残留的精元。

"愚蠢而又丑陋的东西。"孟婆在心中轻蔑道，如若不是她今天不想弄乱自己精心打扮后的妆容，她定要大费一番周折地将它的脖子硬生生扭断，再活生生地剥皮，哪会这么简单就给它一个痛快？

也罢，算是一个小小的消遣。孟婆动作优雅地拍了拍裙上的灰尘，收起胭脂盒拂袖离开。待她重新回到奈何桥上时，竟见前几日刚被她留下来的几个小鬼在偷懒闲聊。

都是前世一直为非作歹的小鬼，到了冥府也改不掉生前的臭毛病。孟婆走上前去，几个小鬼立即察觉到她的出现，吓得变了脸色，赶忙毕恭毕敬地搬过巨坛准备开工。孟婆傲慢地扬起下巴，慢条斯理地指挥着小鬼们道："你们几个懒手懒脚的东西，趁我不在就投机取巧。哼，若是今夜熬不出孟婆汤，我不仅要扣你们的工钱，还要扣你们假期，更要扣你们的阴德，搞不好还会抽你们的鬼筋出来做装饰品。好了，都听进心里了吧？"

小鬼们吓得冷汗直冒，连连称是，一边捣药一边胆战心惊地偷瞄着孟婆，只见她已伸着懒腰、打着哈欠朝桥边的亭子里走去了。

奈何桥这头的小亭是孟婆上任时候重工建成的，她还特地为其取名为"赏乐亭"。顾名思义，赏乐，既有乐曲，自然喜乐。亭子的建材也格外奢华，有琉璃做的柱，青云纹的瓦，红毡铺地，金粉缀点，十足符合孟婆的高调做派。

孟婆传奇之
MENGPO CHUANQI
蔓蔓篇

这亭子是孟婆专门用来享乐的，亭外栽满了怒放的曼珠沙华，煞是美艳。亭内坐着的宫中伶人见孟婆来了，赶忙为其斟茶、燃香、弹奏琵琶，近十人的器乐阵，琴、瑟、筝、笛、笙，以及钟、鼓、锣、磬一应俱全。孟婆懒洋洋地侧卧在一旁的玉石床上，皎白的手腕撑着头，鬓旁的一缕青丝滑落而下，她极为沉浸地听着耳畔响起的弦乐丝竹声，醉心于乐曲中充斥着的异域风情。

伶人们身上芳香四溢，香盏袅袅云雾缭绕，孟婆手里把玩着那颗恶鬼的精元，忽地想起了什么，便随手将精元丢进了身后的忘川中。说时迟那时快，河渊深处跃出一只巨大的白虎，吞下精元后便重新隐匿于川中。

孟婆曾听牛头说起过，那头白虎是之前一任孟婆的坐骑。想来白虎总是在她面前表现出憨态可掬的模样，她又怎会不喜欢呢？便常常寻点儿好食料去喂它吃，今日所得的恶鬼精元也是难得的开胃小菜了。只是……

"唉！"孟婆突然莫名其妙地闭眼叹气，她百无聊赖地摸过榻侧的酒盏，抿一口喝下，饮之无味。

恰逢马面在这时走进亭内，炫耀似的提着手中的两坛佳酿同孟婆献好道："孟婆姐姐，你叹气作甚？如此花容月貌可莫要被忧愁沾染上愠色。对了，我今日去了一趟人间，你看我给你带了什么好东西来！"

孟婆爱理不理地抬了一下眼，低哼道："不就是两坛子酒嘛，有什么了不起的，我正喝着呢，你吵到我的雅兴了。"

马面瞧见孟婆手中的酒盏，忍不住小声抱怨一句："怎么大白天就喝起酒来了，孟婆姐姐的酒瘾真是越来越大了，这样下去还能管好奈何桥吗？"

孟婆猛地看向他，眼角寒光一闪，沉声质问道："你方才说了什么？"

马面吓得背脊一僵，伶人们也心惊肉跳地额角渗出冷汗，琵琶声也弹奏得越发快了。

"我，我什么也没说，就是嘛，这冥府之内怎么可能会有白天呢，权当是我胡言乱语呢。"马面赶忙凑到孟婆跟前继续谄媚道，"孟婆姐姐，你还是快来尝尝我特意带给你的美酒吧，保管是上品！"

孟婆嗤之以鼻地挑起眉梢，不屑道："能有长安街柳家酿出的老酒好喝？"

马面得意道："这可不就是柳家的酒嘛，而且，还是嫁女儿的喜酒呢！"

孟婆闻言，不禁直了直身子，打量一番马面怀中抱着的酒坛，坛身上的确贴着柳姓字样。她略微蹙眉，喃声自问似的道着："嫁女儿？柳家适龄的女眷便只有离歌一人了。"

马面立即附和道："自是离歌姑娘的出嫁酒。不过，想来她嫁人之后，便只能在家中相夫教子，再也不会酿酒了罢。"

孟婆气得一拍床榻，喝道："混账！我只喝得惯离歌酿的酒，她不酿酒谁来给我酒喝？我问你，离歌的阳寿还有多少年？"

马面掐指一算，眯着眼睛回道："约莫还有四十个年头。"

孟婆不管不顾道："那你立刻就去给我把她的魂勾来，让她永远只给我酿酒。"

马面为难地讪笑起来，支支吾吾地闪烁其词道："我的好姐姐啊，你怎能忍心让我去做这等违反冥界规定的事情？即便你忍心，我也是不能去做……"

见他拒绝，孟婆斜睨着他，忽然妩媚一笑，那笑容竟令马面不寒而栗。她一字一句道："前些日子你同牛头争吵不休，期间将孟婆汤的药引子撒了满地，倘若我没有记错的话，冥帝哥哥可是很在乎那个药引子的。"

马面自是听得出她故意搬出冥帝做千斤顶，心有不服，却也因事实如此，无法反驳，最终也只能不甘示弱地来了一句："你……你这是威胁？！"而接下来的抱怨自然显得十足顺理成章："要是没有冥帝大人给你撑腰，你没了倚仗，便不会这般蛮横刁钻了。"

尽管后面的话音越发微弱，可孟婆还是真切地听进了耳中。她怒极反笑，一把扯过马面的耳朵，哪里还管他吵嚷着疼，她咬牙切齿地数落起了他和牛头平日里打架总是败北，没有她偶尔帮衬，他岂能那么轻易就赢过牛头？

再且，他逢赌必输，已经从孟婆的赌坊里赊走了不少银两，孟婆从未同他斤斤计较过，他今日竟敢质疑起她的威信来了？

孰可忍，今日她堂堂孟婆不可忍！

马面只觉耳朵被扯得生疼，吱哇乱叫地吵个不停，却又不肯乖乖求饶。也不知道他今儿是不是吃了熊心豹子胆了，胆敢掀起了孟婆的老底儿，翻起了往日旧账。

"事已至此，左右都是撕破脸皮了，我倒也无所惧怕了！"马面像倒豆

子似的，一股脑地全都倒出肺腑不满："想当初你刚做孟婆没多久，根本招架不住那些招式狠的孤魂野鬼，还不都要靠我和牛头为你做垫脚石？如今你成厉害角色了，欺负起我们来，真是丝毫不顾旧情啊！再说了，若不是你死皮赖脸地攀附上了冥帝大人，众鬼差又怎会对你敢怒不敢言？孟婆姐姐，你日日年年一口一个'冥帝哥哥''和墨哥哥'，叫得好生亲热，你都不嫌丢人吗？好多鬼差都见你曾蜷缩在冥帝大人的膝上！你，你分明是妖媚蛊惑！"

妖媚？蛊惑？

这两个字眼儿让孟婆不由得变了脸色，她恍惚间回忆起了马面口中所描绘的景象。

那年的确是她刚担任孟婆一职，即便再有仙缘，可作为孟婆，她仍旧毫无经验。某次在奈何桥上遇见了一只怨念极重的双头鬼，那鬼祸乱忘川，伤了不少鬼差，竟还能用那数不清的触手去捻动唇边翠绿的叶片，吹奏出刺耳曲调。

阴风哭号，鬼差四散开来。那是充满了激烈情感的恶之鸣曲，像悲鸣，有杀意，混杂着仇恨与嫉妒，并且音调越发增高，也越发狂乱，好似一片浑浊的污海，怒吼着，咆哮着，折磨着被吹奏者凝视着的人。

奈何桥上的孟婆痛苦地捂住双耳，她的额角不断地渗出细腻的虚汗，全身像是被火烧一般的灼热。她根本招架不住那双头鬼，且那曲子像是在催促着她什么，又像是在对她进行审问。倏忽间，曲子停了！孟婆赫然发现自己正站在一片火海里，她想呼喊，却又发不出一点儿声音。绝望中，双头鬼恶狠狠地扼住了她的脖颈！

双头鬼言语狠戾，诅咒孟婆道："你这嚣张的妖女，就算有冥府做你的靠山，你也休想逃过人世所犯下的劫！这一切都是你的劫数，皆因你藐视人世规则！你必要为此付出代价！"

这双头鬼在说什么胡话？她根本听不懂，熊熊烈火燃烧，孟婆痛苦得快要窒息了。

"啊——！"

一声惨叫过后，双头鬼的巨大身躯已破碎成千万片，随着火焰一同灰飞烟灭了。孟婆伏在地上，她捂着自己被捏得几乎要断掉的脖颈，剧烈地喘息着。抬眼去看，见是冥帝从一片云烟之中向她走来，手里握着双头鬼的精元。他俯身望着她，询问道："可有受伤？"

孟婆气喘吁吁地摇了摇头，声音暗哑道："我没事，多谢冥帝大人解救，是我学艺不精，还未能胜任孟婆……"

冥帝并不责怪于她，反而温和地微微一笑，安慰她道："你且安心修行，奈何桥上本就是悲欢离合聚集地，可谓困难重重，又有何人能够在此凄楚之地尽善尽美、妥善圆全？你且再慢慢适应便是。"

冥帝的身上总是散发着清冽奇香，袅袅入鼻，令人心神安宁。孟婆竟从他的这番言语之中得到了深切的慰藉，令她心中十分动容。

接着，冥帝唤出了一位迷途于此许久的孤魂，对孟婆道："为了使你忘却方才的不快，就让这宫中伶人为你跳支舞吧。想来她在人间死得凄惨，唯有一身曼妙舞姿惊为天人，或许一曲终了，她也能抉择是去是留。"

孟婆在昏昏沉沉中瞥见伶人翩翩起舞，她的手镯与脚镯加在一起有几十个，相互碰撞，发出清脆声响。

清风微拂，沉香暗涌，孟婆已然忘却了方才的惊恐，不禁感慨道："此番美人、美景，只是缺一壶美酒……"

冥帝听见她的思量，淡然笑道："美酒未必会有，但这一次，你的梦里一定不会有恐惧了。"他抬手，掌心覆在孟婆额上，没过一会儿，孟婆便沉沉睡去。

梦境里香烟袅袅，山水翠绿，有一只羽毛乌黑的小雀停在桃花枝头。孟婆心中喜悦，正欲去探，小雀忽然褪去羽翼，摇身一变，成了人形。

"冥帝大人？"孟婆万分惊讶。

冥帝则对她道："这世间万物都有它的运转轨迹，风也好，雨也罢，即便是一只弱小的雀鸟，也能成为展翅遮日的大鹏。故此，奈何桥上的每一个过往来者都不是平白无故的匆匆过客，唯有以诚相待、以心对照，才可悟出其中道义。"

孟婆听着，并没有参透要领。她暗暗思忖，悟与不悟，都不打紧，反正这只是个梦。

冥帝却无可奈何地垂眼轻叹，忽地抬起食指，点在孟婆额心道："你我名中都有一个墨字，或许这便是难得的缘分，待到你醒来，你我便以'兄妹'相称吧。"

这番话就如同一种强烈暗示，渗透进孟婆的千思万绪中。待到她醒来，

竟发现自己枕在冥帝和墨的膝盖上，她全然不记得梦中的对话，却开口唤了一声"和墨哥哥"。

冥帝意味深长地笑笑，一副看尽世间天机的通透神情。

往事回忆到此，孟婆恍了恍神，这才发现眼前的马面已挣开了她的掌控，并且，他整张脸上都布满了诧异，正指着孟婆的身后说不出话来。

孟婆疑惑地顺着他的视线侧身循望，她眯起眼，见到雾气蒙蒙的奈何桥尽头，正飘飘忽忽地走来一抹纤纤倩影。

那是位身着艳红色嫁衣的姑娘，头上却顶着一块儿白布。她每走一步，脚下便滴出斑驳血迹，一阵阴风吹过，她头顶的白布被掀起，刮落在地，血溅其上，染出了一道又一道的朱砂印。

孟婆打量着她的容貌，瞬间认出她来，不敢置信地喃声唤道："离歌……"

离歌的面色惨白如月，双眼浑浊无神，她浑浑噩噩地抬起头来，一眼看见孟婆，那眼神顷刻间亮了，发出一丝柔和的光，仿佛，她也认出了孟婆。

第二节

五年前，天宁 202 年。

每逢上元节到来，阴阳两界，人声鼎沸，朱红色的灯笼连成蜿蜒婉转的小路，样式奇特的花灯顺着河水静静漂浮，夜空之中绽放着朵朵绚烂的烟花，街市上车水马龙、光怪陆离。孟婆便在这一天乘着冥界的莲花灯，踩着灯芯，于忘川中逆流而上，前往人间观望这太平盛世，赏这繁华美景。

姑娘、公子们结伴嬉笑，穿过她的身体奔跑追逐，谁也看不见这位顺着河水来到岸旁的孟婆。而她也只想静默地观赏这热闹景象，毫不在意是否会有人看到她。

她一路走在纷纷扰扰的人群之中，眼睛所看、耳中所听皆为凡人们的祈愿心声。那边的少女放飞了纸鸢，蝴蝶样式的坠子上写着愿同如意郎君喜结连理的意愿；这头又有少年郎将求来的上上签挂于许愿树的藤蔓中，一心盼望自己能够早日奔赴沙场，精忠报国；既有为家中久病老母祈福的孝子，也有埋葬心爱猫儿的幼童……这凡尘之中，人们各怀心思，却从未听到有人向冥界的神明祈愿。

孟婆不由得轻声嗤笑，只觉凡人见识浅薄，可她倒也不打算为那群凡夫俗子伤了心神，转身循着酒香走去了长安街的柳家酒坊。

夜风静谧，暗香袭人，孟婆每走一步，裙下的紫色光晕便流落满地，印下影影绰绰的琉璃般的光点。

她这几日馋柳家酒馋得心烦意乱，一早来到人间便决定要喝个痛快才肯罢休。

而今日的柳家酒坊门可罗雀，原来是铺子里的人都去市街放花灯了，唯独留下离歌看守着酒坊。那年的离歌只有十三岁，已经出落成亭亭玉立的模样。她的眉眼灵动娇俏，一笑起来，嘴角会扬起月牙儿般清丽的弧度。

　　这会儿，她正独自一人在酒坊里忙忙碌碌，品酒装坛，贴好"柳"字。孟婆走进大厅，盯着她看了好一阵儿，她擦汗的空隙察觉到有人，转头看向孟婆，心下一惊。

　　对方是何时出现的，离歌全然不知，就好像在无声无息间便出现了这样一个清冷、艳丽，美得仿若天人的女子。

　　可美虽美，离歌却从她的身上感受到了一股冷酷无情又危险神秘的气息，不禁心生惧怕，实在是因她同平时的客人全然不同。

　　但做生意的人总归是要招待周全的，于是离歌迅速打消心中疑虑，热情地迎上前去。

　　"这位姐姐，你要买些什么酒？怎么装？多少斤两？"她礼貌微笑，声如琴鸣。

　　孟婆惊讶于她竟可以真真切切地看见自己，实属难得，毕竟具有通灵体质的凡人并不多见。且她眼神里毫无顾虑，想必已是将她当作普通凡人来相待了。

　　这不禁令孟婆觉得是一种奇妙的缘分，便慢慢地放下了戒备，走近她几步，与之对面而站。想来也是，谁会对这样一个懵懂貌美的少女有提防之心呢？即便生性多疑，也还是会有怀柔之时，尤其是在这充满了烟火气的人间境地。

　　"我要喝那小坛的桃酒，只喝用清晨露水酿出来的。"孟婆颐指气使地指着放在最显眼处的土黄色坛酒，她近来只喝此一种。

　　离歌闻言，不禁露出了一抹极为自豪的笑容。她飞快地捧过小坛酒，拿出酒盏为孟婆斟好，递给孟婆时道："姐姐不仅人生得美艳，眼光也是上等的好呢。我们酒坊最为卖座的便是这小桃子酒。实不相瞒，每一坛都是我酿出的，我还为它起了名字，叫作'白素'。可惜爹爹娘亲不准我这么做，他们说柳家酒坊的酒都是柳家人一同酿制而成的，谁也别想独揽功劳……"说到最后，她脸上浮现出失落与无奈，眼神中又仿若有一丝惶恐，连忙抬头看向孟婆，只觉自己怕是交浅言深了。

　　孟婆这才知晓，原来自己近一年内所喝的柳家酒都是出自离歌之手，这小小年纪的姑娘竟有如此惊人的酿酒天赋，着实令孟婆感到赞许与惊喜。

　　可她也猜得出离歌的眼中为何会泄露慌乱，想来一个豆蔻年华的少女整日被扔进漆黑潮湿的酒窖之中独自酿酒，即便天赋异禀，可却无人体谅、欣赏她，哪怕是在热闹的节日中也不会带她赏月玩乐，连自行酿造出的卖座之酒都不被承认，其处境可见悲凉，这令孟婆情不自禁地产生了怜惜之情。

孟婆心中轻轻喟叹，走近她，接过她递来的酒盏，却没有立即喝下。她凝望着酒水如涟漪般层层散开，又上上下下地打量起面前少女的衣着。

她身形修长，要比同龄少女高出半个头。衣裙料子不算贵重，甚至有些寒酸，但是暗纹却格外繁复精致，是百鸟飞舞的图绘，看针脚走线定是她自己细细绣上去的，由此将她整个人都衬托出一股子华光之气。

她见孟婆盯着自己看，羞怯地低下头，双颊泛着微微红晕，像是看穿了孟婆的心思，极为不好意思地道："我娘说我还未出阁，无须打扮得花枝招展，而且又常年在酒窖中忙碌，方便行动的粗布衫最适合我。然而姐姐这般美若天仙，着实让我相形见绌……真是让姐姐见笑了。"

"素衣裹腰，也遮掩不住灵动，又何必在意是否衣衫华贵。"语毕，孟婆抿了一口酒，心觉满足，声音也透出一种难得的温柔，问她道："你叫什么名字？"

她弯过眼睛，声音清脆澄澈："我叫离歌，姐姐也可否将芳名告知？"

"我姓孟，名墨舞，年长你许多岁，你可以叫我孟姐姐。"孟婆意味深长地挑唇一笑，自是一脸的得意与高傲。

离歌有些许惊色："孟姐姐哪里像年长我许多岁，最多大我四五岁罢了。"

孟婆并不解释，奉承的话听得多了，她早已不会动心，只是又问："你方才说这桃子酒的名字是你起的，叫白素，可有何特别的缘由吗？"

一提到自己的佳作，离歌的眼角眉梢都是得意的欢喜，可又不敢表现得过于明显，她始终觉得这位美艳的客人与她不像是同一世界之中的人，不禁与之保持着一段微妙的距离，语调谨慎道："正所谓诗中有云：绿蚁新醅酒，红泥小火炉；晚来天欲雪，能饮一杯无？"

曾几何时，孟婆也十分喜欢这首别有意境的诗。她双眼亮起光，感到有趣，便接着离歌的话道："新酿的米酒的确色绿香浓，小小红泥炉，烧得殷红殷红。"

离歌眉飞色舞着："天色这般黑，大雪又将至，远方的友人能否移步寒舍共饮一杯暖酒？"

孟婆欣然抬起手中酒盏，豪爽地一饮而尽，畅快道："如若是寒冬腊月，暮色苍茫，风雪大作，家酒新熟，炉火袅袅，便能让人立即忘却瑟瑟寒风与飘飘大雪，只觉炽热暖意、珍贵情谊。"

离歌笑道："一盏桃子酒，白桃佳酿，虽素却醇，加之友情，令此酒韵味长存，酒香缠绕舌尖久久不散，仿若有种空灵摇曳之美，余香袅袅之妙。白素之名由此而来。"

如此一番娓娓道来的释名过程，令孟婆心情大好，她觉得与离歌这女孩极为投缘，便灵光一闪，"引诱"般地对她说道："既然你我一见如故，不如今日，就由姐姐带你去外头好生游玩儿一番，你意下如何？"

离歌连连点头，自然十分愿意，可又想到酒坊无人看管，随即面露难言之隐。

孟婆猜出她内心想法，便从怀中取出了一沓银票，置于离歌手中，叮嘱她收好，并再三命令她接纳："这是你卖出的酒钱，所以即便被家人发现你未曾寸步不离地守着酒坊也不打紧。俗世之人在意的是收益，你只管把这些给了他们，便不会受到处罚。"

离歌想要拒绝，她明明只为孟婆打开了一坛白素，怎可收下这么多银票？如此一沓厚厚的银票，怕是将整个酒坊里的酒全部买走都所剩有余。

然而孟婆那般能说会道、巧言令色，连哄带骗又加上威胁，不足一炷香的工夫就打消了离歌的全部顾虑。且再怎样讲，离歌也还是个孩子，贪玩是人之常情，更何况是有人肯带着她玩儿，自是乐不思蜀。

两人就这样一唱一和地跑出了柳家酒坊，离歌望见满街的绚烂花灯，如同明珠系成项链那般铺满了夜色。记得上一次游市集时，她还是极小的年岁，尤其是这几年，更少出门。打她可以酿酒后，便沦为爹娘赚钱的工具，她几乎忘记了酒坊之外还有这般热闹、宽广的天地。

上元时节，满街琳琅，笙箫管笛奏乐，提灯赏玩的人们嬉戏欢笑。孟婆一边走一边喝着酒，离歌则是满心好奇地买走了两个糖人，自己留一个，送孟婆一个。又见隔壁摊位在卖御魔面具，离歌戴在头顶冲着孟婆故作凶狠地低吼几声，孟婆只觉无聊，便抬手在红魔样式的面具上狠狠地拍打了一下，离歌笑嘻嘻地从面具下探出头来，又有些惧怕孟婆似的，对她顽皮腼腆地吐了吐舌头。

身后那边也有人家在互相猜着灯谜，你提灯我来猜，又或者是我提灯你来猜，一群人凑在一起绞尽脑汁，猜得不亦乐乎。离歌本也想凑上去瞧个究竟，但孟婆可不想去玩那无趣的猜谜，便强硬地带她去河边放花灯，离歌只好听命，随着孟婆去往河畔。

街角尽头的河岸处人声喧闹，姑娘、少爷们都聚在此处放花灯、诵心愿，满河的光华，顺着水波悠悠荡荡。月色温柔，烛光萦绕，数不清的花灯，听不尽的祷告，其中有离人的眼泪，有生者的祝福，有爱人的情意，也有父母的期盼……在这汇集人间情愁的许愿池旁，她们二人提着一只玉兔模样的莲花灯相视一笑。孟婆见离歌呆呆的不知所措，嗤笑她笨拙，不怎么耐心地教她写出心愿后捻成纸条，放于灯芯处。离歌则是乖乖照做，将写有愿望的纸条叠好，轻轻地放进灯里，正欲同众人一样将花灯放入河中时，离歌却迟疑了。

孟婆低头看着她，询问道："怎么了？"

离歌心怀忧思地轻叹一声："上元节中许下心愿的人千千万万，神明怎会听得过来呢？即便我许下愿望，也未必会被神明知晓，又怎么能实现呢？倘若我肯放弃自己的愿望，说不定还会为其他许愿之人腾出空位，他们或许会比我更需要被神明照拂。"

孟婆一愣。

她觉得，这少女有几分与众不同。想必在说出这些话时，离歌是信了世间有神，有妖，也有魔的。可她却不知自己身侧正站着一位能够掌管轮回与转世的"神明"，她始终没有丝毫察觉与怀疑。

这样一个宁愿埋葬自己少女时期最美好、最娇艳、最美丽的愿望，明知双肩柔弱，却还是担起家族生意的姑娘，理当被温柔地呵护与精心地对待。

于是孟婆柔声对她道："你只管放走花灯，心愿会否实现，皆是命数。"

离歌凝视着手中的花灯，沉吟片刻，终于放它入水："说的也是，缘由天定，份在人为，难得姐姐带我来，我不该坏了兴致，今日必要尽兴而归，才不枉这热闹美景。"说罢，她又再一次笑容满面，眼神明亮。

水中花灯微微晃动几下，粼粼波光映照在离歌的脸上婉婉流转。孟婆凝望着她，竟猛然间惊觉自己的心情也被她的喜悦所感染了。

她那顽劣又浑浊的心与灵魂，忽地就在这一瞬得到了洗涤，并为之震颤。真是怪了，她撇了撇嘴，可不想承认自己会被一个乳臭未干的小毛孩

子所感化。

热闹光景持续了一阵子，待到天色渐白，孟婆忽地一下子醒了神儿似的睁开眼，这才发现自己坐在柳家酒坊的门外假寐了片刻。她喝了不少酒，醉醺醺地摇晃起身，好像已经把带离歌出来玩的事情忘在脑后了，更是把期间同离歌走散的小插曲忘得一干二净。她只是提着酒坛，一边仰头畅饮，一边朝前走去。

正逢此时，离歌气喘吁吁地从对面跑来，两人擦肩而过。离歌首先发现她，可是她担心家人早已回到酒坊，心中焦急便来不及再与孟婆告别，只得快速奔家跑去。想来她心中自是十分感激那位孟姐姐的陪伴，二人并未约定再见时日，离歌回过头去望着孟婆的背影逐渐远去，逐渐褪去的月光将其勾勒出一抹剪影的错觉，几乎是眨眼间，孟婆的身影便消失不见了。

晨曦洒落，阳光和煦，孟婆已是醒了酒，她在回冥府的途中有些心神不宁，原是想起了自己的疏忽。那些给予离歌的银票皆是阴间冥币幻化而成，不出几日便会化作灰烬烟消云散，倘若柳家酒坊在盘账之时发现银票有异，离歌怕是要吃苦头了。

她蹙起纤眉，不由对自己产生厌恶之情，喃声自问道："我几时变成这般极具悲悯心思的孟婆了？那丫头是死是活，同我有何干系？不过是一面之缘罢了，她除了会酿酒也没什么稀奇。"

但总归是帮人要帮到底，更何况，她对离歌酿出的白素垂涎不已，就算是为了酒，也不能让离歌受罚。万一她被打残了，自己岂不是喝不到好酒了？

于是，在回到冥府后，孟婆就在奈何桥上寻到了几个生于权贵之家的死魂。他们作为新鬼初来乍到，自是不敢违逆守桥人孟婆的任何命令。可孟婆在冥界毕竟身份尊贵，且此事也是有求，自是不能太过嚣张。她带着几个新鬼到自己的赏乐亭中小聚，又命伶人们奏曲，再拿出一些上好的糕点供其品尝，最后，孟婆又亲自为他们斟酒——正是她心爱的白素。

新鬼们起初还很惧怕，坐立不安、语无伦次。可舞曲佳肴与美酒美人令他们逐渐找回了人间的烟火气，加之孟婆引他们轻松攀谈，新鬼们竟因怀念生时的光景及亲人而潸然泪下、悲苦交加。

孟婆便顺势询问他们："哎哟哟，瞧你们哭成这样可怜兮兮的，定是挂念人世与家人了吧？"

其中一个死魂是皇室宗族的公子挚，他哭得最为厉害，一被孟婆问及，更委屈得一发不可收拾，哭哭啼啼地诉说着自己的伤心事，又道家中只有他一个男丁，老父老母肯定日日伤心欲绝。

孟婆引导着他："见你这般可怜模样，我也是于心不忍。不如我造个梦境，让你们同家人在梦中一聚，也好倾诉各自思念，算是留下个念想。"

公子挚当即破涕为笑，赶忙叩谢孟婆的大恩大德。话音未落，孟婆便摇晃着手中的酒杯问他道："俗话说得好，投之以木桃，报之以琼瑶，只有我帮你们，你们怕是也过意不去。既然是礼尚往来，你们也得在梦中帮我个忙才是。敢问各位，这酒可算上等佳酿？"

公子挚等人连连称是。孟婆狡黠地笑着，慢条斯理道："那便请几位在与家人梦中相聚时，首先同他们说起这美酒吧。依我所看，光夸好并不算妙，必要同亲人们道明是你们自己想要日日喝上这酒水，不是这酒便绝不可用来祭拜。我所言这些，可都听得真切了？"

公子挚与其他几个鬼面面相觑，见彼此眼中都有困惑，倒也心里踏实了，看来大家都不明所以。算了，只管照做，反正也不是难事儿，权当奉承孟婆了。

到了子时，人世的亲人们都接连被新鬼们托梦，他们在梦中与亲人得以相聚，自是欢喜乐哉。末了，又想起孟婆的嘱托，便一一同亲人们道尽柳家酒坊的佳酿有多么让人留恋万分，尤其是那小坛桃酒，味醇清幽，余香绕齿，且喝下一杯仿若可以忘却天下烦恼，胜似神仙。如此美酒，作为鬼魂的他们想在阴间也喝得痛快。

听着这般绘声绘色的描述，亲人们在睡梦中都流下了口水。

几天之后，孟婆从坊间传言中得知，由于王权贵族为了祭拜已故的亲人而登门柳家酒坊买酒若干，以至于柳家酒坊所酿之酒在一时之间供不应求。据说，由于贵族们称是受到亲人托梦才特寻此酒，自身也是极为垂涎，便在祭拜之时尝了尝鲜，不禁赞不绝口，立即同柳家酒坊订购大量的小坛桃酒，且其他酒水也一并购入，这一订就订下了五年的量，又阔绰地预付了酒资。一时之间，柳家酒坊成了城中最火的招牌，更为夸张的说法是，就连嗷嗷待哺的婴孩在喝下柳家的美酒之后，都会吟诗作赋了。

如此一来，孟婆终于放下了心。她觉得离歌这次可以高枕无忧地过上

富足的生活，倘若有缘，她二人定有再次相见的时日。

　　然而聪明如孟婆，却还是忽略了人性中最为深邃的恶。她曾为凡人，本该最清楚这点，许是驻留冥界时日过多，竟令她在恍惚之中忘记了草履虫也会在适当的环境中生长出可以刺透叶片的獠牙。

　　由于酒坊的生意蒸蒸日上，柳家不仅财源广进，连各路人脉与社会地位都有了显著提升。柳家人已是乐得合不拢嘴，更被利欲蒙上了眼。金银珠宝的诱惑使原本还算温良的老实人也不受控制地打开了罪恶的心门，如魑魅魍魉一般蛊惑着他们的是越来越多的追寻刺激的心绪。

　　离歌的爹爹终日流连于烟花之地，沉醉在青楼歌妓的温柔乡中。那些视财如命的狐媚女子温香软玉，她们的绣帕上刺着同床共榻的鸳鸯，全身上下都摇曳着惑人魂魄的香。爹爹为她们抛掷千金，甚至为她们建造奢靡的高墙大院。如此锦衣富贵，众多仆从，青楼女子们皆与他厮混于此，整日荒淫，一派酒池肉林之景。且不仅仅如此，他嗜上了赌博，白花花的银两就这样夜夜付之东流，赌输了便再赌，赌小了再大赌，一来二去，哪里还有心思去妥善经营酒坊？

　　离歌的娘亲也曾日夜哭求丈夫收心回家，可他被吵得烦了，索性与家中断了联系，任凭是谁也找不到他的去处。娘亲又怎知他早已在外另立门户？为了排解苦闷，也不想郁郁成疾，她只得挥霍钱财来获得短暂的愉悦，那些华而不实的玩意皆是她花了大价钱购入的，什么虎皮象牙、鳄鱼长尾，竟还有熊胆与熊掌……离歌实在不明白母亲这样做有何意义，她多次劝阻也未能得到娘亲的顾及，久而久之，离歌内心绝望，却又无能为力。

　　就这样折腾了几年，离歌只能眼睁睁地看着家业破败，生意衰落，柳家酒坊就如同坍塌的残垣破壁一般跌陷于地底泥潭，好似再无重见天日之时。

　　最后，家中值钱的物件都已变卖一空，却依然是入不敷出，赤字惊人。爹爹和娘亲在这一时刻才幡然醒悟，可惜早已是回天乏力，为时晚矣，恐怕连整个柳家的酒坊都要输给上门讨债的人了。

　　娘亲日哭夜哭，哭得肝肠寸断，眼睛都要瞎了。爹爹更是唉声叹气，悔不当初。他惶恐不安，魔怔般地念叨着："酒坊不能没了，酒坊不能没了……"莫非天要亡他？但这可是祖辈留下的业绩，万万不可断于他手啊！

但，并非别无他法，眼下也未必真真儿地走投无路了。

爹爹和娘亲泪眼婆娑，忽觉一缕生机浮现眼前，不约而同地看向了站在他们身后的离歌。

离歌见状，惊慌不安地向后退了几步，她止不住地全身颤抖，只因爹娘此刻望着她的眼神，如同食人不吐骨的恶鬼，奸恶而可怖，似妖又似魔。

谁人道妖鬼无情人有情？只怕赫赫红尘中，沧海不忍吞幼龙，苍穹亦怜悯鹏鸟，唯独有披着人皮的狠戾角色，做尽了连妖魔鬼怪都为之惊骇、战栗之举。

最终，身为柳家酒坊女儿的离歌，便做了代替酒坊之物，被如此轻易地卖掉了。

爹爹娘亲在按压手印当日痛哭欲绝，不断地恳求着离歌的谅解，他们道："离歌啊，好歌儿，你要体谅爹爹娘亲，爹爹娘亲也是迫不得已而为之，柳家酒坊只有一个，我们必须要护它周全才能去面对列祖列宗！你……你不要恨我们，谁让柳家酒坊只有一个……"

但是离歌，也只有一个。

你们的女儿，也只有离歌一个。

缘来缘去，因果报应。

当日是一笔钱财，今日是离歌被逼上花轿。有始便有终，有善便有恶，可兜兜转转，竟皆是因孟婆那日将银票赠给离歌所起。

就如同是下到了一半的棋局，却早已是一步错，步步错，鹿死他手，全盘落索。

如今的离歌便是副已死之身，她六神无主地站在孟婆面前，身着三重繁复的朱红嫁衣，金丝绣的莲花鞋裹足，额前凤缀摇曳，正映着她眼里的盈盈泪光。她已是美丽动人的窈窕淑女，唯独一柄锋利长剑插在胸口，携着妖冶的血红，闪着凛冽的寒光，鲜血淋漓的模样刺痛人心。

见她这般凄惨，孟婆咬牙切齿地转向身侧的马面，厉声斥道："你竟敢骗我！她哪里还有四十年的阳寿？分明都已经死得彻彻底底了！"

马面抱头躲闪，大叫着自己冤枉，口口声声道着柳离歌确实还有四十年才寿终正寝，定是哪里出了他所不知情的岔头！

听到这边传来吵闹声的牛头也赶了过来，见是孟婆正在追打马面，他

赶忙上前去护住兄弟，挡在马面身前同孟婆讪笑着求饶："孟姐姐这是作甚？马面向来呆头呆脑的，好姐姐你人美心善，莫要同他一般见识。"

马面原本很感激牛头的拔刀相助，可他很快就不满道："牛头，你说谁呆头呆脑的？不是在说我吧？"

牛头翻了翻白眼道："除了你，这里还会有谁？"

"去！谁要你多管闲事，你才是呆头呆脑！"马面火气十足地推开牛头。

"你简直狗咬吕洞宾，不识好人心！"

"你是人吗？你是牛头！"

马面与牛头正吵得不可开交，忽然听到桥上的孟婆同新鬼离歌做起了交易。二鬼见多识广，自然识大体顾大局，便立即放下各自不爽，竖起耳朵去偷听她们的谈话内容。

此时的孟婆正纡尊降贵地俯身于离歌面前，竟是鲜少一见的和颜悦色，她道："放下马面骗我不说，反正你死都死了，不如干脆留在我这里为我做事吧，我自然是不会亏待你，并且还会格外关照你。你看，桥下那边就有一群小鬼，他们都是我前段时间特意留下来为我熬制孟婆汤的，别看他们好像整日忙碌，其实有得是甜头呢。在这冥府内，但凡有我的庇护，无论是新鬼还是老鬼，都要被众鬼差与其他孤魂野鬼高看的。如此大好机会，可不是天天都能遇到，你可要好生珍惜才是。"

离歌跪坐在桥面，死前的光景令她此刻依然提心吊胆，然而望着面前这锦绣华衣的美艳女子，她仿佛又回想起了五年前那个花灯锦簇、热闹万分的夜晚。

倘若她那日没有走出柳家酒坊……倘若自己从未与这女子相遇……

离歌的嘴唇颤抖如风中枯叶，脸色苍白无血，她摇了摇头，嗫嚅道："如果这是孟姐姐的美意，我便心领谢过了，恕离歌不识抬举，还请孟姐姐宽谅。"

孟婆不敢相信她竟婉拒了自己，便直截了当地问道："怎么，你不愿意？"

离歌的眼泪扑簌扑簌地接连掉落，哽咽着说道："孟姐姐，离歌并非不懂事理，然而我一心想要回人间去，否则我当真是死不瞑目。"

人间。

这二字莫名地刺到了孟婆的心弦，她的眼前不由自主地闪现出许多零散而破碎的画面，那些承载着过往伤痛的悲却顷刻间历历在目，令孟婆憎恶地紧闭双眼。待到她再次睁开双眼时，她的双眸中充满了凛冽的恨意，甚至将这股怨气迁怒到了哭哭啼啼的离歌身上，呵斥她道："有什么好哭的？你的眼泪很值钱吗？五年前我就告诉过你，不要总是轻易泄露你的软弱，你以为会有人同情你？会有人可怜你？错！只会遭人不齿罢了！"

刹那间，离歌停止了哭泣，惹得一旁的牛头、马面都屏住了呼吸，惊惧于稍有不慎便会招惹到孟婆。

孟婆站起身形，傲慢地扬起下巴，缓缓地在离歌的身旁踱步，她开始诱惑离歌，就像五年前那般，只不过，这一次的筹码更大，结果也更为诱惑。

"看来是我方才提出的条件没能让你满意了？好，那就敞开天窗说亮话，只要你肯答应留在这里，我会承诺给你其他鬼差十倍的工钱。不仅如此，绫罗绸缎也随你挑选，哪怕是你想要穿与我相同颜色的衣服也不在话下。"孟婆虽语调冰冷，却是掷地有声。

离歌闻言，微微动了动睫毛，双眼依旧空洞无神："即便是能够住进金屋银屋又如何？虽可护我肉身周全，怎能使我内心如愿？"

孟婆的脚步略有一停，她又道："我将给予你在人世从未食过的山珍海味，赐你伶人奏曲，也可助你在此修行渡己，百年后提升官职，定可取代我成为冥帝之下万鬼之上的新任守桥主人。"

离歌不为所动，默默道："即便所有光华汇集于我一身，即便我将独立于异彩流光的中央，哪怕被众人朝拜，可得了天下，失了我愿，又有何意义？"

孟婆的声音里逐渐浮现愠怒："你愿就一定是正确的吗？你怎知你愿是对？你那是执念，是疯魔的镜中花、水中月！"

离歌迟疑片刻，怅然道："即便是一错到底，我也无怨无悔。"

"简直荒谬！"孟婆忍无可忍地冲到离歌面前，一把抓过她的肩膀就要将她按在地上，"你若继续执迷不悟，我今日便打折你的双腿，挖掉你的双眼，强行将你留在此处！"

眼看孟婆就要动粗了，牛头、马面也不能坐视不管，赶忙跑上前去拉开孟婆，好言相劝着让她千万别动怒，为了区区一个小新鬼可不值得动气，末了又转过头去训斥着离歌不懂规矩，这奈何桥上孟婆称第二，自是不敢

有人称第一，竟敢惹孟婆不愉快，这是有天王老子给撑腰了不成？

离歌依旧安静跪坐，美目含泪，是为美人。

孟婆气喘吁吁地看着她，并不说话。

而离歌这朵还未绽放就已衰败的花朵早被悲戚与哀愁吞噬，她红艳艳的嫁衣上血迹斑驳，明明遭受过撕心裂肺的痛楚，却依然选择再次奔赴刀山火海。孟婆死死地咬着牙，终于问她道："为何？"

为何如此愚蠢！

离歌的身躯似受到惊吓般地震了一震，可她不再犹豫，终于鼓足勇气抬起眼，坚定地望着孟婆道："为了实现我在人世唯一的也是最后的心愿。我路上听鬼差大人们说过，只要自己能放得下来生来世，就能与孟姐姐做个交易。"

孟婆一边平息着自己的怒火，一边心里埋怨这些多嘴多舌的鬼差们竟让离歌知道了交易之事，转念一想或许也是定数。但是她依旧不得不提醒离歌道："你可知同奈何桥的孟婆签订契约是要付出你想都不敢想的代价的，不只是要下十八层地狱那么简单，你将魂飞魄散、受尽酷刑，永生永世都不得轮回！"

离歌面不改色地默然屈身，对孟婆行跪拜礼，她的双手从袖口里伸出半截，相互交叠，仿佛是尘世间最为卑微的凋零的玉白花朵。

"只要孟姐姐肯答应，离歌愿意为此付出任何代价。别说是不得超生，哪怕是挫骨扬灰，离歌也在所不辞。"

好一个挫骨扬灰啊！倒也有骨气。

孟婆心里虽气离歌的执拗，可她也知道和大怨，必有余怨，有德死契，无德死彻。罢了，何必同她争论不休？身为孟婆，本就是渡人渡魂的。末了，孟婆挣脱开牛头和马面，居高临下地望着离歌，冷冰冰地问道："但凡是不违背天道之事，我都可同你交易。说吧，你的心愿是什么？"

见孟婆终于同意，离歌的双眸瞬间便亮起了点点晶莹的光，她先是叩谢孟婆，再来便是几度开口，都如刺在喉。许久的沉默过去，她才悲悲切切地说道："我的心愿……是嫁给昌陵的姜家。"

"昌陵姜家？"孟婆眯起了眼，语气中充满狐疑。要说到昌陵的姜家，想必这世上再没人比孟婆更加了解了。毕竟，她尚且还是人类之躯时，便是在那个偌大家族中出生的。

孟婆也曾是姜家人，并且，是一个被写入族谱后又被无情划掉的人，没有对她的记载，也没有对她的描述，就好像她从未出生过，也从未存在过。

耳边似乎回想起母亲曾对她说过的话："你这孩子，身为女儿家，怎可与人打打杀杀？实在不像话！"

她那会儿年岁还小，又生性要强，自是满不在乎地辩驳道："女儿家怎就不可威风赫赫？我与男儿郎有何不同之处？我既可施粉黛，也可弄刀枪，即便是喝酒吃肉、比试文武，我也不会输给他们，说不准还会比他们略胜一筹。故此，又凭什么要我只做女儿家？谁人规定了女儿家就应该是什么模样？"

"一派胡言！"母亲忽然一巴掌打下来，辞色渐严，"姜墨舞，你身为女儿身，就要做女人家该做的事情，万不能有失姜家颜面！在这城邸之中，姜家乃大户人家，岂可让你这般胡作非为？男子生来便是天，女子自当对其叩首，而你竟要同男子平起平坐，你简直是痴心妄想，是中了魔！"

那日的一记耳光，火辣辣地打在了她的脸上，也烙在了她的心上。即便那般，她也是不服，心底深处的名为反抗的种子逐渐生出了根、长出了枝丫，很快便会成为参天巨树。为何女子就不可拥有同男子一般的生存权利？为何女子就一定不如男？她不愿被奴役，更不愿被轻视，她在那一天便对自己起誓——她，姜墨舞，绝不会就此罢休，绝不会任人宰割，绝不会。

而到了今日，历尽沧桑与千帆后，竟然还会有人在她的面前说要嫁去姜家。

离歌却字字真切地同她道："我……是要嫁去姜家做小妾，但我要嫁的人是姜家的嫡长子——姜怀笙。"

话音落下的瞬间，孟婆那绝美的面容上浮现出了一抹冷酷的、轻蔑的笑意。就好像离歌誓死都要完成的心愿，在她看来不过只是一个极为讽刺的笑话。

第三节

早在上古，便有六位灵兽，即南朱雀、北玄武、东青龙、西白虎、中麒麟与暗黑腾蛇。六位灵兽各守一方，后立国教，每一国教除有王族外，又有一族人与王平起平坐，即是灵兽钦选一族，世代守护王君，又被王君所敬仰、惧怕、尊敬且爱慕。

从先代起，帝王们便为钦选一族建造出蓬莱似的岛屿，供其居住，并远离尘世庸俗。而这其中最负盛名的，便是靠近北方的初代郡王所赋予其族的海岛。

土地偌大、山水翠绿的海岛之上漂浮着一个"天宁仙境"，他们背靠着北方玄武的庇护，令其岛四季如春、常年青翠，如同世外桃源，美不胜收，唯有虔诚的修行之人才可登入岛内。

据流传于人间诸国的记载来看，天宁仙境的确如同蓬莱胜地——湖水悬挂在头顶，海棠树的花朵开成了云，还有交织成原野般的紫藤花蔓盘旋在上空，结满了如雾如海的紫色花簇。正如那诗文里所写：

问蓬莱何处，风月依然，万里江清。休说神仙事，便神仙纵有，即是闲人。笑我几番醒醉，石磴扫松阴。任狂客难招，采芳难赠，且自微吟。俯仰成陈迹，叹百年谁在，阑槛孤凭。海日生残夜，看卧龙和梦，飞入秋冥。

这虽是用来描绘蓬莱美景的，可世人皆知，蓬莱圣地便是天宁仙境，天宁仙境胜似蓬莱圣地。许多皇亲国戚、王孙贵族都想方设法地前往天宁仙境一睹其风采，有的甚至驾着数不清的华丽车辆、高头大马去寻那海岛，可惜浩浩荡荡的船只总是在接近海的中心地带时，便被巨浪掀翻了船身。

数千年过去，史册中只记录了一位老翁驾着破败的孤舟前往海岛且成功的案例。当年，他独自一人默默前行，感叹生年不满百，常怀千岁忧。天快大亮时，见到海面上升起赤红的太阳，浪腾如龙，人在梦境，又听到舟下的滔滔波声，情不自禁地在心中感慨道：这千秋万载总是战乱不断，如若众人都能同他一样来海上见此壮阔，便不会心怀那渺小又无情的私欲了。红尘乱世，可会有一方净土能够永乐无争？那般圣洁之地必定是朝云暮雨，烟雾氤氲，高朋满座，笙歌盈室，品酒谈心，醉舞欢腾，美人容颜娇艳，香气氤氲馥郁。哪里有什么你争我夺、死不方休？彼此谦让，各自体谅，三千世界，墨守成规，如此这般，皆大欢喜……

他这样诚心所念，不知不觉间竟已经来到了海岛，抬眼一看，天宁仙境的宫门已然为他打开了。

后世便借他之口传颂着天宁仙岛上平和欢乐、从无战乱。列国深深地向往其地，便在商贸往来和文书记载中，以"天宁"作为人世纪年，以此来表达世人对和平的追求和期盼。即便在此后的百年中，诸国之间的战火与厮杀根本从未间断。

但这，却是"天宁"年号的由来。无论哪朝哪代的帝王登基加冕，都不会更改年号。比起内心的向往，追求表面的年号才更是一种无形的思想枷锁，牢牢地锁住了满怀欲念的历代帝王与诸国百姓。

"这便是人间为何只延续着天宁纪年的原因了。哎，说了这么多，口都干了，要润润嗓子才行！"孟婆道尽这些，赶忙畅快地饮下了一口酒，末了胡乱擦了擦嘴巴，极为满足地发出赞叹声。

那正是五年前的上元节。

离歌之所以会与姜怀笙相遇，也是缘于那一晚。

说起为何会遇见姜家嫡长子，还要从孟婆的随心所欲说起。要说她带着离歌逛遍了整个长安街后，两人都十足尽兴。离歌是凡人之躯，畅玩之后大汗淋漓，便请求在树荫处稍作休息。孟婆嘴上虽怨她娇弱，可行为上却很贴心，带着离歌躺在树荫下赏月，还施了一个小小的法术，为她驱赶走了夜里的蚊虫。

离歌惬意地乘凉，孟婆则是继续喝着她爱到难以自拔的珍酿白素，一口接一口地喝，喝到兴起时就同离歌讲起了各路故事，还要吟上几句诗："美酒白玉缸，肉腊黄金槃。乐哉今日宴，四座争万年。"

离歌听着，反而觉得烈酒已那般热辣，自是应该配以酥糕一类的点心才能解酒，便同孟婆道："孟姐姐可喜欢吃桂花酥？我家酒坊里每年春天都会自制桂花酥，又香又酥，十分好吃，下次也留些给姐姐配以白素一起品尝。"

孟婆却嗤了一声，不屑道："那种小孩子家家的东西怎配与好酒一同入胃？说起来，你这黄毛丫头才十三岁就会酿出这等好酒，自然也能千杯不醉了。来，这酒还剩下小半坛，赏给你快活一下吧！"

说罢，孟婆不顾离歌的拒绝，二话不说便给离歌灌酒。她生来便不在意细节，自然考虑不到离歌只是个孩子，哪可能擅酒？

这下可好，白素入喉，极为霸烈，离歌从不知自己酿出的酒是这般火烧火燎的东西，只喝了四口有余，便醉意上头了。

二人皆是醉眼惺忪，离歌在恍恍惚惚间看到孟婆摇摇晃晃地站起身来，她先是哈哈大笑，忽然又水袖翻飞地跳起舞来。

她歌声清丽，舞姿翩然，媚眼如丝，犹如惊鸿。

离歌看得呆住了，心想这世上怎么会有如此美丽的女子？定是仙人下凡，自己能见此惊艳景象，真是三生有幸……

可唱着唱着，孟婆渐渐变得神色颓唐，她惆怅之余，喃声自语道："人言落日是天涯，望极天涯不见家。已恨碧山相阻隔，碧山还被暮云遮。平生不会相思，才会相思，便害相思……"

离歌从她的语气中察觉到了她的悲戚，定是忆起了过往的伤心事，听那诗句，像是在思念家人。离歌正欲去安慰她一番，没想到孟婆忽然一把抓住离歌的手腕，低声念出咒语。

离歌困惑地询问："孟姐姐，你刚刚念的是什么……啊！！！"

伴随着一声惊叫，途经于此的几名布衣行人慢半拍地"哦？"了一声，这才发现树荫下掉落了一坛酒，漫天绿叶飘洒而落，却无半个人影。

月华皎洁，云雾缥缈。

半空之上，离歌只觉得耳畔生风，她怕得不敢看下面，只得紧紧地抓着孟婆的衣襟，碎碎念着："这是梦，这是梦，这一定是我在做梦，这全然不是真的……"

孟婆醉醺醺地扫了她一眼，嗤笑道："如何，醒酒了吧？醒酒的话就趁此良机俯瞰长安街，这可不是谁都能体验的。"

离歌眯缝着眼，偷偷去看——不看还好，一看更是可怕！下方的长安街小得如同一粒粒沙砾，这若是坠落下去，岂不是要粉身碎骨了？！

"我要回家！我害怕！救命啊，快来人救救我啊！"坐在云端之上的离歌吓得酒都醒了，她一边大叫一边哭泣，顷刻间便哭得梨花带雨，可怜至极。

孟婆被她哭得烦心，不耐烦地数落她道："不就是被我带到云端上来了吗，有什么可哭的，没完了？哭哭啼啼的女人最惹我不痛快，简直就是无能的丧家之犬。你最好立即给我止住眼泪，否则我就把你直接丢下去。"

离歌听进耳里，非常害怕，便不敢再哭出声来，只得捂住嘴委屈啜泣。

孟婆丝毫不觉得她可怜，反而不留情面地点拨她道："离歌，你如今虽然只有十三岁，可你很快就会长大成人。时光匆匆，岁月更是不会怜悯你，你将由少女变为少妇，再变为老妇人，也许你会嫁给一个你心爱的男子，为人妻，为人母，你会有那么一瞬间觉得你宁愿为他们抛弃自我，活成他们希望的模样。即便如此，你仍旧要牢牢记得，没人能够剥夺你追求自己是谁的权利，更没人有资格定义你该成为谁，女儿、妻子、母亲，这些都是你可以成为也可以不去成为的角色，只要你愿意，你可以成为任何人。你就是你，仅此一个，不可替代。"

这一番话发自肺腑，离歌却似懂非懂，倒是因此而忘记了流泪，壮着胆子问了孟婆一句："可谁又会在意我是否仅此一个呢？"

从出生那刻起，爹爹娘亲便从未珍惜过她，她每日的生活只有不断重复地制酒与学着制酒，甚至连能够交谈的同龄人都没有。那么，一个不被父母疼爱的人，何以奢求他人的在乎？

孟婆冷漠道："为何一定要他人来在意？你太软弱了。"

离歌的手指不由一抖。

"软弱的人连选择如何过活的权利都没有，除了变得更强大，根本不可能逃离现状。"孟婆的眼神飘向远方，若有所思地继续道："女子也好，男子也罢，但凡是人，无论生前还是死后，对自己的命运都要去争、去斗、去拼，哪怕不择手段，只要是你应当得到的，便绝不要拱手让人，更无须在意他人感受，一如他们不会在意软弱时的你。"

离歌默默重复着："不择手段……"

孟婆道："倘若你觉得哭着去求别人便会得到你想要的东西，那简直是大错特错。轻视你的人不会因为你的妥协而高看你，只会变本加厉地欺辱你，而你也将永无出头之日。既生而为人，便要好生走完一生，必将极致绚烂，莫留遗憾。就算是要以他人的身躯作踏脚石，都不可辜负了自己。"

生时绚烂，死也无憾。

离歌听着孟婆的话，眼神从浑浊逐渐变得清澈，尚且年少的她并不能参透孟婆话中的全部含义，可那一晚的所见、所闻，都如烙印一般深深地刻进了她心底，再难遗忘。

风渐渐小了，却已穿过了数层云霄。

离歌随着孟婆的云朵一路向前，她觉得自己被带进了另一个世界，云海浩瀚，星光熠熠，她从不知苍穹之中是怎样一番景象，如今竟看到许多浮在云端上的岛屿、巨树……还有与画卷中一模一样的蓬莱仙境。

她被眼前的种种画面惊呆，目不暇接，道："没想到世间真的有这种地方……"

孟婆笑她少见多怪："这样就让你震惊了？"

离歌惊叹道："自是会永生铭记了。"

话音刚落，孟婆突命令道："闭上嘴，不要出声。"

没等离歌反应过来，迎面飞来一只巨兽，脸孔狰狞凶恶，身形巨大，四肢缠冰，蹄下却腾火。

这兽出现之际，云霄都变了颜色，骤然黑暗。

"何人擅闯昌陵山？！"这兽高声质问。

孟婆自然是知道这兽的名字，她向前踱了几步，语气也是较为难得的尊敬，同这兽攀谈道："睚眦兄，多年未见，别来无恙，想必是贵人多忘事，记不得我了吗？"

离歌很惊奇，心想这个孟姐姐果真是个狠角色不成？见到那种可怕的兽都面不改色，竟还像是遇见了老友。

名为睚眦的兽打量孟婆一番，忽地亮了眼睛，随即幻化成了人形，是一名极其艳丽妖娆的公子模样。

他对孟婆作揖行礼，言语间十足恭敬："原来是墨舞姑娘，是在下冒犯了，只因如今姑娘的气息变了，扰乱了在下的判评，实在是许久未曾谋面……还请姑娘见谅。"

孟婆淡然一笑，道："睚眦兄不必多礼，是我突来此地，唐突了。我今日本想在人间稍作逗留便打道回府，但又想到这里有故人，实在是情不自禁闯进了这山中……说来，你的二位主人可都还好？"

不提还好，一提及，睚眦便伤心叹道："老爷和夫人近年来的身体状况倒是一言难尽，家中是非多，我等尽管十分担忧，可奈何此身非人，也是无能为力。"

孟婆点了点头，睚眦忽然抬头，一眼盯住了离歌，"姑娘怎么会和凡人女子在一起？"

离歌有些怕他，不敢和他对视。孟婆回头看了看她，然后轻佻笑道："不过是我一时贪玩，路上捡到了只可怜的小野猫罢了。"

竟说她是猫？还是野猫？

睚眦倒也不在意，只请示孟婆道："姑娘既然来了，便随我前去府中看看也好。你也知道，如果不跟着我，任凭是谁也进不去府中的，而且当年姑娘也是在闹情绪，都已过去这么久了，姑娘便别再介怀了。"

孟婆思虑了片刻，却拒绝了，道："谢过睚眦兄美意，我今日还有要紧事需要处理，不便多留，改日再会。"说罢，便与睚眦告别，转身返回原路。

离歌心存疑虑，跟随在孟婆身后，问道："孟姐姐，你来此处不正是要去他口中所说的地方吗？为何不随他前去？再有……他是什么人？不，看上去不像是人类……"

孟婆皱眉道："你的问题这么多，我听都听乱了。"

离歌不知所措起来。

孟婆侧脸看她，语气戏谑，像在嘲讽："你这笨丫头，他自然不是人类了，我已称呼他是睚眦，便足以证明他是那家宅子的守护神。他身为上古神兽，嗜杀喜斗，刻镂于刀环、门环、剑柄吞口，所谓'一饭之德必偿，睚眦之怨必报'，报则不免腥杀，睚眦便成了克杀一切邪恶的化身。若不是他在我婴孩之时便看守于宅中，自是不肯对我这般态度恭敬了。不过，我为何要听从他的提议呢？以我现在的功力，自是可以任意进出那宅子，根本不需要他来引我入门，他甚至都未曾察觉到，我便已经入宅了。"

孟婆生性叛逆，别人要她做什么，她向来不会乖乖听从，非要另行途径，自寻门路才行。

离歌却道："但他刚刚却发现你接近了这座山。"

孟婆哼一声："他是发现了你，可不是发现了我。"

说罢，孟婆便驾云绕到了山下的一处偌大府邸上空，那是栋富丽堂皇的大户别院，朱墙玉柱，金面灯笼，满园怒放着杜鹃花，姹紫嫣红，争奇斗艳，竟还有一簇簇紫藤蔓架在接连紧挨的柳树上，错中交杂，美如图卷。

有三三两两的女仆提着烛灯经过此地，孟婆对离歌比出食指，示意她不可说话。然后又驾云低空飞进了府中，趁着女仆们离开之后，孟婆便将离歌丢在了花园的假山上。

离歌脚下一个不稳，差点儿就跌落下方的莲池中。她双手攀附着假山的镂空处，惊慌失措地喊着孟婆，孟婆却对她作凶狠状："嘘——都告诉你了不准出声，想被睚眦发现，把你咬成碎片不成？好了，我现在要去忙重要的事了，你且在这里老实候着。"

想来这宅子是孟婆生时的故居，尚在人世的父母亲也不过仅剩两年寿命了，她今日来此，必要去偷偷探望。只是之前与他们二人有些过节，心中总是放不下别扭，这才在喝得酩酊大醉后跑来此处，颇有几分借酒壮胆的架势。

孟婆心中矛盾不已，最终还是决心去见父母亲。她念出一咒，顷刻间消失不见。见她没了踪影，离歌更是六神无主了。她独自一人在这陌生的高墙大院里，又狼狈地挂在假山上，实在是欲哭无泪。可她立即想起孟婆的话，莫要指望别人，也不能软弱。离歌咬了咬牙，决定自己救自己。她小心翼翼地踏着缝隙处爬下假山，可惜残余的酒精作祟，加之胃中烧灼，人又紧张得绷着一根弦，她眼前时而模糊不清，时而晕头转向，终究是在最后关头踩了个空，硬生生地从半山腰处摔了下去。

然而，离歌却不觉得疼痛，这真是怪了。她困惑地皱起眉，还没等猜想是怎么回事，就听到身下传来一个强压着愤怒的声音："这位姑娘，你差不多该从本公子的身上起来了吧？"

离歌一惊，赶忙爬起身来，这才发现自己方才是砸到了一个肉垫，不，是一个人，更准确来说，是一位少爷。

离歌心中不由"咯噔"了一下，没料到自己的运气这么差，撞见了人不说，对方好似还是个衣着不凡之人，且面露愠色，十足气愤。尽管惊惧不已，离歌却也还是看清了身前之人的面容。

十六七岁模样的少年，乌黑深邃的眼，身上穿着雨过天晴时那般的青色绸衣，腰间系着一把淡蓝色的折扇，坠着流苏穗，映着嵌有桃花的玉佩，将他华贵的身影勾勒出一股子青涩但又疏离的韵致。

姜家独子，名怀笙，是姜府之中汇集万千宠爱于一身的人物，虽是庶出，但自幼便得到全族的认可，上到祖辈、下到奴仆都将他当作嫡子一般恭敬相待。且又是父亲老来得子，哪怕生母只是地位卑微的妾室，可由于是长房母亲的远亲，也不会遭人欺辱。

离歌的视线从他的眉、眼、脸一直滑落到他手中握着的书卷，是本名为《武林绝密》的武功秘籍。察觉到她的眼神，他立即将书卷藏到身后，尴尬地解释着这是仆人随手丢在地上的，他好心帮忙拾起罢了，而且他可不是在偷偷练功——他绝不会做那么蠢的事。末了，又意识到自己干吗要和她说这么多？岂不是此地无银三百两？而且她从天而降砸得他好生疼痛，必当教训她一番才是！

怀笙沉着一张稚气未脱的俊秀脸孔，走近离歌几步正欲责骂，离歌受到惊吓般地向后退缩几步，竟是一副就要哭出来的楚楚可怜的样子。

怀笙抿起嘴角，迟疑了一下，目光缓缓落在她脸上。

那夜花影婆娑，月色深重，离歌的面容蒙上了一层柔和的光泽。怀笙对她端详许久，然后皱起眉，不情愿地低叹一声，又从自己袖中取出一条绣着朱红色丝线的锦帕递给她，别扭地说道："就算你是家中新买来的丫鬟，也不要在夜深人静时爬去假山胡闹吧？还有，你身上有泥污，收拾得干净些，免得母亲待会儿看到要罚你。"

离歌怯怯地接过帕子，猜想他是把自己当成他府里的新人了。而能以这种语气说话的人，定是少爷了。离歌仍旧惊魂未定，不知道该说些什么才好，又怕被识破，只好嗫嚅一句："谢过少爷……"

这会儿飘来一阵清风，吹散了怀笙身上的香。离歌忍不住闭眼深嗅，心觉这般奇香隐隐，实在令人沉醉。曾几何时，听闻来酒坊的客人们说起过城中的大户人家喜爱西域香料，负责调香的都是极为美貌的婢女，据说是为了令妙龄绝色女子的体香混杂进异族香料中，更添别致。

"你凑我这么近作甚？"他的声音惊醒了她。

离歌发觉自己的失态，脸红不已，支支吾吾中竟听见自己的肚子咕噜咕噜地叫了起来。

第三节

035

风清，花静。

离歌羞愧到恨不得像鸵鸟一般，把头扎进泥土里。

怀笙低头看着她，目光深不见底，半晌之后气呼呼地道："宋妈真是越来越不像话了，竟然如此苛待新来的丫鬟，连饭食都不给吃，实在恶毒！"

离歌越发不好意思地垂下头，她的确是肚子饿了不假，但连累那位宋妈被咒骂恶毒就是罪过了。

"你，跟我来。"怀笙平淡地扫了一眼离歌，转身向西侧走去。

离歌很犹豫，她担心自己离开原地后，孟婆回来会找不到她。但是怀笙这时停住脚，转过身看着她，轻声问了句："不来吗？"

离歌睫毛微微一颤，见他用那般寂静如夜的双眸盯住她，幽幽也深远，于静谧之中不动声色地刻进了她心里。

离歌向前迈去一步，便鬼使神差地追上了他。

他缓缓走在前方，她随在身后，耳畔是轻薄似纱的风，吹拂在面颊上如温柔的水，缠绵悱恻，竟令二人感到肌肤痒痒。

夜已很深了。

由于昨日刚下过一场雨，屋檐下还有残余的水珠滴落。怀笙踏上了莲池中央架起的小石桥，他青色的身影在夜幕中摇曳，腰间系着的桃花玉佩随他的走动而轻盈晃动。

姜府的宅邸内富丽堂皇，色调是金与红，庭院的设计竟都是流线型，衬着水潭中养着的金鲤，显得十分奢华。

走进西厢房的长廊，引起离歌注意的是半米处立着的一座山水图屏风，上面是泼墨画的八仙过海。

顺着长廊走到后院，赫然呈现在眼前的是一个古朴的山庄般的厢房。怀笙叮嘱离歌要紧紧跟在她的身后，蹑手蹑脚一些是最好的。离歌乖乖照办，随他偷偷地进了厢房，不禁眼前一亮！

这哪里是什么厢房，分明就是膳房！离歌见到梨花木案的长桌上摆放着琳琅满目的山珍海味，都是她见都没见过的。

怀笙环顾四周，确定没有旁人在场后，才松了一口气，立刻耀武扬威地同离歌炫耀起来："这些都是今晚剩下的菜色，但也还都新鲜着。从左起是莲藕蒸扣肉、酥油牛肉饭、麒麟肉羹、樱桃蜜饯糕、西施虾仁、雌乌鸡炖炸核桃、三鲜瑶柱、龙井竹荪……我说你倒是吃呀，随便吃不用担心，别傻愣愣地杵在门口，你不是饿了吗？快快填饱肚子。"

离歌拘谨地摇头笑笑，她并不愿无故受人恩惠。怀笙凝视着她，仿佛看穿了她的小心思，随即二话不说地盛了一碗乌鸡汤外加一只肥嫩的鸡腿递给她。

"你放心，只吃这点是不会有人发现的，就算他们察觉了也没关系，有我呢，你不用怕。"他的声音极为真诚，明眸如星。

离歌望着鸡腿吞了吞口水，终于按捺不住饥饿，接过碗筷便狼吞虎咽地吃了起来。

怀笙笑道："你不必吃得这么快，又不会有人同你抢食。"

离歌害羞地鼓着双颊，含糊不清地道："谢谢。"

怀笙觉得她此时模样像极了树林里的松鼠，便扬起唇角，温柔地笑了。

假设真的要回忆，怀笙偶尔会觉得自己出生至今的十六年里并没有太多愉快的过往。姜家作为富甲一方的大户，宗族势力极为复杂。为了巩固地位，父亲必须要有嫡子来做继承家业的候选人，才可继续掌握着众多势力中的话语权。

然而长房夫人却始终没有诞下男孩，生下两个孩子，偏偏都是女儿。在他看来，长房夫人的个性强势十足，就连父亲的姜室所纳何人，都要由她一手操办。

而他的生母，便是长房夫人的远房表妹。由于家道中落，身为表姐的长房夫人便讨来表妹为父亲做小妾。心想只要诞下男儿，这姜家还将由她长房一手遮天。

他的生母性格温和，甚至有一些软弱。她做妾嫁来时仅有 18 岁，生得非常美丽，令众人迷醉。生母博得了父亲的爱慕，长房夫人却掌控了生母的行为。

她要生母死，生母不敢苟活；她要生母怀上孩子，生母不敢有片刻耽搁。

生母成了她的傀儡，是她用来统治姜家的工具与武器，更是一把锋利的刀刃，也是免死金牌般的铁盾。

在嫁进姜家那年秋天，生母便怀上了他。即便生母已经拥有了恃宠而骄的筹码，她却因自我奴役而从不愿反抗。她整日紧跟在长房夫人身侧，唯她是从，下人们私下里还嘲笑她哪里是姜夫人，分明像是长房夫人的贴身婢女。

但值得欣慰的是，当他出生之后，长房夫人便将他养在身边，视如己出。他自幼被教导要称呼长房夫人为母亲，至于自己的生母，反而要尊称一声二夫人。

他的存在就如同照亮姜府的一道圣洁之光，被父亲视作明珠，被母亲万千宠爱，他是全府的希望，是未来唯一可继承家业的嫡子。

每日他听得最多的问话便是来自父亲与母亲的那句"可有乖乖读书？"

他们为他请来了最好的先生，教他琴、棋、诗、赋，教他读书、练字，日复一日，年复一年，圣贤书背了千万遍，父亲总在他耳边念着："富贵必从勤苦得，男儿须读五车书。"

可他毕竟还是个孩子，心里总想贪玩儿，更喜爱策马奔腾的自在感。然而能够主宰他的人生的人，却不是他自己。犹记得十一岁那年的初春，园内忽然飞进一群色泽艳丽的蝴蝶，他从未见过如此漂亮的蝴蝶成群出现，心中喜悦，便要婢女们陪他一起抓蝴蝶。只是蝴蝶还没抓到一只，母亲便出现了。

她扬手一个耳光，落在照顾他饮食起居的婢女脸上，并愤怒地斥责道："你们这群不知天高地厚的下贱东西，竟敢蛊惑少爷玩儿这些迷心妖冶之物？我钦点你们在他身边可不是要你们扰他心神的！少爷必要刻苦读书、心无旁骛，他日后要统领偌大的姜家，岂可在妖冶上浪费时间？如若再被我看见一次，我定要打折你们的双腿！"末了，母亲转向他，立即变得和颜悦色，蹲下身来抚摸他的脸颊，笑道："怀笙别怕，都是那群下人们不对，你只管勤于读书，其他的在日后都会手到擒来。至于现在……那些统统都是妖冶，你触及它们会沾染上肮脏的东西，会污了你的洁净，母亲会保护你的，有母亲在，谁也别想害你。"

但是……蝴蝶……

"蝴蝶明明那么美……"年幼的他情不自禁地对母亲说出了自己的心声，他神情伤心，面露哀色。

母亲却抓住了一只蝴蝶，绝情地撕掉了它美丽的双翅，并对他说："所有美艳之物，只会迷惑心智，蝴蝶是，人也是。怀笙，你必须要时刻保持清醒，牢记你的身份才是。"

他的身份……是不可以和其他人一样开心就笑、难过就哭的！

他的身份……是剥夺了他寻找自己的权利与喜欢美丽事物的心情！

这一切，只因他的身份，因为他是要继承姜家的人。

"我便整日读书，读书，还是读书，连一个能够攀谈的同龄人都没有。婢女们害怕会被母亲惩罚，即便想同我说话也是不敢；亲戚家的孩子也只是同我争风吃醋，攀比着谁人读的什么书、背的什么诗，除此之外再无其他。唉，好生无趣啊。"此时此刻，怀笙正坐在膳房后面的花园台阶上同离歌抱怨自己的人生，他偶尔还会给离歌递上些吃食，都是方才从膳房里顺出来的樱桃蜜饯。

离歌自始至终都默默地听着他的倾诉，不觉苦闷，反而还很憧憬地说道："我倒十分羡慕你有这么多的时间来读书。"

他不敢置信地挑起眉，惊恐地看着她。

离歌有些苦涩地笑了笑："你是因为反感家族压在你肩上的责任罢了，并非是全然厌恶读书这件事。可我却没你那般幸运……我很想要读书，却不被允许。"她暗自神伤地垂下眼，低叹。

他打量着她忧郁的模样，不禁心生疼惜，竟凑近她脱口而出道："这有什么难，我教你读书！"

离歌惊讶地抬起头，以眼相问。

姜怀笙立即得意地高扬起头，咳了几声清清嗓子，作风流态，慢声吟道："爰居爰处，爰丧其马。于以求之，于林之下。"

离歌笑着看他，听他继续吟道："死生契阔，与子成说。执子之手，与子偕老。于嗟……"

后面的"阔兮"二字还未出口，离歌便忍不住问道："执子之手，与子偕老是何意？"

他双手一拍，直道离歌问得好，便解释道："这句诗原本是形容将士之间共同勉励，生死与共，但我却觉得它是形容男女之间真挚、美好的爱情的，言下之意便是让我携起你的手，与你白头到老，一如生死不分离，永生如此誓……"

"生死不分离，永生如此誓。"离歌重复着他的话，与之四目相对。

怀笙怔了怔，这才发觉她的眼神纯粹而直接，忽地令他耳朵发热，双颊隐隐作红。

"是萤火虫！"离歌忽然一声尖叫，吓得怀笙一缩肩膀，转而循着她的视线望向身后，自家的花园里竟不知何时飞来了星星点点的几只小虫，仿若夜空星宿坠落一般明亮异常。

离歌欢欣雀跃地跳下石阶来，她围着那群萤火虫笑靥如花，几次伸手去捉，试图抓到那些狡黠飞舞的精灵。

怀笙料想她是喜欢这些小虫的，便不由自主地迎上前去帮她捕。几次交手，都未赢过小虫，差点儿害他撞到一旁的老树上。离歌觉得有趣，"咯咯咯"地直笑，怀笙有些赌气地不许她笑，上前追她。离歌慌忙躲闪，与他闹作一团。

二人在满天星辰之下嬉笑打闹，期间一个不经意，怀笙把离歌抱个满怀，年少无知的姑娘与公子交汇了眼神，说不清的情愫在难舍难分的气氛中氤氲，怀笙和离歌只觉得彼此的心都跳得极快，扑通扑通的。

今夜，仿佛是怀笙十六年来度过的最为美好的时光，一切人生宏图与烦恼都被抛在了脑后，他好似从离歌的身上汲取到了无尽的力量，足以支撑他面对后日将会出现的无尽的困苦。

"我……你……"怀笙一时之间手足无措，怀里抱着的人温软清香，令他口舌干热，语无伦次地问她道，"你的名字……是，是哪个房内的丫鬟？"

离歌面颊绯红，有时候，少女在瞬间便可长大的原因，只是来自少年的一个眼神、一声呼唤。她羞怯地咬着嘴唇，嗫嚅着回答："我叫离歌，我……并不是丫鬟……"

怀笙正欲再次追问，哪知忽来一阵大风，漆黑长夜都要被这呼啸的风声吹破了。乱花遮眼，树叶纷飞，怀笙不禁伸手去遮挡双目，等到再次睁开眼时，却发现离歌不见了。

他震惊地张望周遭，猛然看到半空中有一朵绵软的云在飘浮向前。坐在云上的人有离歌，还有一位黑色华服的美艳女子。她侧眼看向怀笙，神情狠戾，眼露寒光，吓得怀笙顷刻间脸色铁青，险些跌坐在地。

那美艳女子轻蔑一哼，水袖挥起，又招惹来千万阵大风一般，那无数道利风吹在怀笙脸上是切肤的疼。

待到醒来时，怀笙发现天色已亮，自己正躺在床榻上，他只觉高热不止，虚汗直冒，屋子里围满了大夫、婢女，父亲、母亲更是急得团团转，念叨着："怀笙已经病了三天三夜了，吃了好多汤药也不见好，这到底是中了哪门子邪？"

怀笙面容憔悴地梦呓不断，他念着什么神仙，什么腾云驾雾，什么执子之手……就这样一直病了数十天，在某个雨天过后，忽然大病初愈，不仅生龙活虎，竟连性情都发生了变化。

他不再厌恶读书，而是自愿投身仕途，日日发愤图强，再无怨言。只是，停下来的时候，他会时不时回想起那夜所发生的一切。

少女的音容笑貌，如松鼠般可爱的吃相，以及她那入怀时身上特有的清柔香气……每每忆起，都不觉地痴痴傻笑。他怕是永生永世都无法忘怀。

孟婆伸出纤纤玉手，遮挡着半张脸，百无聊赖地打了个长长的哈欠。她擦拭了眼角的泪迹，侧头去问听得入迷的牛头、马面："过了几炷香了？"

马面还未从离歌的故事中醒过神儿，他还在感动着，便只恍惚地回应孟婆道："似乎是两炷香……"

孟婆咂了咂嘴，原来已经过去两炷香了，怪不得她的酒瘾又上来了。转手拿过案几上的酒壶，为自己斟上了一杯。这酒的味道有些淡，倒真是比不上离歌酿出的白素那般令人沉醉。

离歌却心有疑虑地打量着孟婆喝酒的惬意模样，总觉得孟婆根本没有将自己的事情听进心里，她便心生一丝不悦，低声问道："孟姐姐，你有在听吗？"

孟婆不耐地叹息道："自然是都听见了。"说到这，她又微微蹙眉，看向离歌："可那夜你我不是走散了吗？我怎么不记得自己曾去姜府接你离开？"

牛头小声接话，同马面嘟囔道："定是孟姐姐中途犯了酒瘾，又把离歌姑娘忘在哪个地方，害得人家还要自己找路回家。"

孟婆一道凌厉的眼神利刃般刺向牛头，牛头只得乖乖闭嘴，不敢再多言语。

离歌也是无奈一笑，心想着，到底还是孟婆身边的亲信最了解她的为人。

孟婆才不理会属下对她的抱怨，只管继续喝酒寻乐，半晌之后才对离歌道："说来说去，你还没讲你是怎么死的呢。"

离歌沉下眼，缓缓道出了事情的来龙去脉。

她本以为再也不会同姜怀笙相遇，然而世事无常，她在十五岁那年，被欠下大笔赌债的父母卖掉了，竟是要嫁给一个古稀之年的鳏夫冲喜。

十八新娘八十郎，苍苍白发对红装。那鳏夫富甲一方，唯独疾病缠身，便买下离歌想要一扫晦气。

离歌的爹娘哭哭啼啼地将凤冠霞帔的女儿送上了锦绣富贵的花轿，离歌就这样被八抬大轿锣鼓喧天地抬走了。她额前凤坠摇曳，眼里噙泪，屡屡回首去看身后的爹娘，只见二人在酒坊门口数着满箱的金银，刹那间便已破涕为笑。

离歌回过头，重新盖上朱红色的盖头，泪水顺着脸颊溅碎在叠加于双腿的手背上，似晶莹玉珠支离破碎。

也不知道过去了多久，天色开始变得阴郁，苍穹尽头划过几道诡异的紫闪，负责送亲的队伍因此而滞住了。由八名壮汉高抬着的花轿也被巨风吹得颤颤巍巍的，惹得轿里的离歌心生恐惧。

轿头左顾右盼一通，眼下已是长安街的郊外，荒野无人，前方便是长桥了，过了桥，便可遇见迎亲的人，他向媒婆喊道："张妈妈，咱们已经到淮阳河了！待风停下再上桥为好，免得摇摇晃晃地摔进河里！"

媒婆自是应好，但心里却焦急得很。她满头大汗，心想着今儿还真是晦气，好端端的怎么就天色大变了？可别耽误了成亲的吉时才好。

淮阳河……花轿里的离歌听见这三个字，不由得攥紧了手中的红帕。

这时，一道闪电劈天而下——

白光刺痛人眼，几个壮汉跌落了轿子，红灿灿的花轿摔在地上，轿里的离歌爬出来，扯掉头上的盖头仓皇逃跑。

"不好！"媒婆调头紧追，慌慌张张地叫喊着："快抓住她啊！新娘子跑了！"

忽然之间，大雨瓢泼骤降，雨滴大如卵石，砸落在离歌的红色翘头履上，"啪嗒啪嗒"地四溅开来，仿若粉身碎骨那般凄厉、哀绝。

她怕得全身颤抖，只想着快逃、快逃！错过了这个机会，再没有其他法子了！就算是从此隐匿深山老林，她也不愿委身于苍老的鳏夫！然而头顶的盖头掉落，绊在她脚下，她一个趔趄摔倒在地，眼看身后的人就要追上，她脑中一片空白，竟是拼了全力爬起身，二话不说地跳进了身侧的淮阳河。

"扑通！"

离歌坚定不移地投入了秋时那冰冷刺骨的河水中，她本能地张开嘴想要呼吸，却被冷水呛得喘不上气，但很快地，她便遏制住了自己内心的希望，她不该有求生的幻想！今日，她必要死在这里，只有死亡才能解脱……于是她绝望地闭上双眼，任凭自己的身体向黑暗的深处缓慢下沉。

再这样下去，真的会死。

她唯独……留恋那一夜的上元节……

公子……离歌的泪水滑落，伸向前方的手无力地缓慢下垂。直到另一只手出现，一把拉住了她！

"离歌！"怀笙在水中大叫出她的名字，她不敢置信地睁开眼去看，竟真的是他。

此般重逢虽看似蹊跷，却也是命中注定的奇缘。

约莫半炷香的工夫前，怀笙与三两友人在桥这端的淮阳河畔赏湖饮酒。他们早早地便骑着高头骏马来到此地，只因友人念及怀笙家中刚过新丧，见他心情愁苦，便想陪他排忧解愁。

想来爹娘离世不足月余，怀笙还身着素色锦纱衣，腰间系着暗金黑绸。他站在河岸遥望平静无波的河面，不觉有何兴致，依然是哀叹连连。

其中一位友人是素来交好的商贾李鸢，便劝慰怀笙道："怀笙兄，这淮阳河无边无尽，见此美景，自当感受得到身为凡人的渺小。你便莫再郁郁苦闷了，令尊与令堂皆是高寿辞世，算作喜丧，两位老人又能一同在睡梦中蒙天召唤，自是一番美事了。你应当感到欣慰才是，何苦整日愁眉苦脸呢？"

话虽如此，可他与爹娘感情深厚，如今二人双双离去，对他而言无疑是一记重击。母亲虽不是他的生母，但他自襁褓时就被放在姜夫人身边照料，日日夜夜母子相对，这情分自然深刻。他爱她、尊她、敬她，又怎舍得她撒手人寰？

"多谢李鸢兄点拨，只是企者不立，跨者不行，自见者不明，自是者不彰，自伐者无功，自矜者不长。在下虽知其中道理，也仍旧需要时日来缓解心中难过。"怀笙眼中惆怅，声音低沉。

李鸢默然点头，不再多说，只陪伴于他身侧而立。偶然侧眼打量他，不禁感慨着他虽身着素衣，也仍旧遮盖不住那与生俱来的高贵。明明饱读诗书，身姿却英武挺拔，毫不屑弱，姿容又是那般夺目俊美，难怪见过他的人都说他是姜家祖上生的最漂亮的一位男嗣后人，实在是如画如玉，气宇轩昂。

正当此时，耳边忽然飘进锣鼓奏乐声。怀笙眼中困惑，同李鸢一齐望向声音传来的方向，见是一支送亲队伍欢天喜地地走来。

李鸢道："这般时辰娶亲，大多是续弦。我几日前倒是听闻街角那头的富户老鳏夫要娶个二八少女做妾室，也不知道那老头听了哪里的鬼话，说是要选个八字纯阳的姑娘和自己婚配，就能延年益寿，据说还有其他相貌和面相的要求。已经令人到处寻了一年有余，终究还是给他找到了。因为难寻，故此给女方家中许了重金彩礼，只是不知会是哪家倒霉的姑娘要遭此劫难。"

怀笙问道："那鳏夫已上了年岁，都不知还能活上几日，怎可做出如此违背天道之事？"

李鸢望着怀笙，叹道："在金财面前，天道又能作何判决？那厚重彩礼当前恐是动了心，定是那姑娘的父母把她卖了出去，倒是可怜。"

怀笙也跟着叹息，再朝前望去，那头不知何时竟乱成了一锅粥。媒婆张牙舞爪地叫喊着什么，好几个壮汉气势汹汹地追赶，居然是新娘跳出了花轿正欲逃跑。

狂风大雨忽然骤降，怀笙眯起眼，只见大风掀起了新娘头顶的红色盖头，一张娇俏美丽但却仓皇失措的容颜闯进了怀笙眼里。

一瞬间，那夜的记忆铺天盖地地席卷而来。她那灵动羞怯的风姿，衣香鬓影中透露出靡靡酒香，尤其是她抬眼看向他的那一刹光景，蒙昧而澄澈的眼神，连同皎月一同坠落进她的幽幽眼底。

是她！

怀笙神色震惊，心中动容，他不曾料到会在这里重逢他日思夜想的女子！

他激动喜悦到失了语，下一秒，他不由得倒吸了一口凉气，只见那女子狠绝地跳入淮阳河，毫不犹豫！

媒婆吓破了胆，瘫坐在河畔惊叫着："救……救人啊！新娘子投河了！出……出人命啦！"

话音刚刚落下，一道素白身影从媒婆眼前晃了过去。紧接着又是"扑

"通"一声投了河，怀笙在流动的水波里义无反顾地奔向了离歌。

正值秋高气爽，风高露深，花香袭人，淮阳河的水却是冰冷刺骨的。怀笙心觉自己要被冻僵了，然而不远处的离歌正在沉落水底，他体内竟激涌出一股强劲的力道，促使着他不停向前，急迫地抓住了离歌的手。

手腕处突然一紧，离歌听见他的呼唤声，微微一转头，便看见了那令她魂牵梦萦的容颜。

淮阳河水寒如冰，似藤蔓纠缠着二人，怀笙试图带着她涌出河面，可他博览群书、策马练功，偏偏不会游泳。以至于扑腾了几下之后，他很快就没了力气，除了牢牢地握紧离歌的手，似乎已是别无他法。

四肢无力，呼吸艰难，怀笙的双眼渐渐浑浊，在失去意识的前一秒，他仿佛看见有小小的亮光刺探进了眼底。白寥寥的，极其微小的光。

光怪陆离中，是离歌在水里贴近他，那光是来自她眼角的泪珠。

她对他笑了笑，带着一抹悲凉却欣喜的笑意，身上的红嫁衣灼灼，仿若是冥河旁终年怒放的曼珠沙华。她忽然用力地挽起他的手，屏住呼吸拨开水面，依然是极其坚定的神情，坦然地带着怀笙冲出了河面。

浮上水面的怀笙大口大口地呼吸，他抹掉脸上的水迹，低头的瞬间与离歌彼此相望，四目交接，二人皆是露出了失而复得般的苦涩和喜悦的笑容。

岸旁传来一阵阵杂沓的脚步声，分别是李鸢与媒婆等人。

媒婆怒不可遏地斥责离歌，壮汉口中也咒骂着难听话，甚至还要对怀笙大打出手。李鸢和友人们不服气，便与之争吵起来，道着："你们这群有眼无珠之徒，在姜府的继承人面前也敢如此大言不惭！本就是你们强买强卖好人家的姑娘，如若将今日之事呈报给官府，你等该当何罪？！"

怀笙与离歌却仿若充耳不闻，此时此刻，他们的眼中只有彼此。怀笙握起离歌的双手，满眼的深情与激动，他对她道："当年不辞而别，如今有幸相见，你可还记得执子之手，与子偕老？"

离歌眼睛灼热滚烫，泪水悄然间滑落，她心中的爱恋再无法隐藏，随着眼泪一同扑簌簌地倾泻而出。

"死生契阔，定当与子成悦。"她读书不多，也鲜少有机会能了解诗词歌赋，唯独这两句诗词，令她终日里刻骨铭心。

怀笙眼眶微热，他伸出手轻轻地拭掉离歌脸上的泪痕，释然地笑了。

天际落雨，一片苍凉。

离歌与怀笙在肆意落下的倾盆大雨中紧紧相拥，彼此的心跳交融，周围万物瞬间都没了声息。

她温软的身躯驻留在他的臂弯，他沉醉地细嗅着她发丝里的芳香。

心中有无声的话语传递给彼此。

"跟我走吧，离歌。"

"可我已是卖予鳏夫之人。"

"只要你肯，这一切都可交由我来解决。离歌，你愿意吗？"

"公子在哪，离歌便在哪。公子愿意，离歌便愿意。"

或许，早在两年前的那一夜就已然注定，他望向她的那一眼，便是她今后的一生。

红尘繁乱，相思苦短，转眼白发，与子成双。世人皆荒谬，亲人众叛离，任凭岁月消磨，痴心如她也义无反顾、心甘情愿。

那日之后，怀笙便趁热打铁般率先登门寻那鳏夫，不仅阔绰地把买走离歌的钱还与对方，还给了许多赔偿。起初鳏夫也是不肯同意的，但得知怀笙是姜府的人之后，他这种商贾老狐自是不愿招惹麻烦的，惺惺作态之后便收下了钱，还沾亲带故地想要攀附怀笙，打算与之结下货物上的往来交易。

怀笙宅心仁厚，断然是不会拒绝这份"忘年之交"的。想来他与离歌在那夜上元节分别后，便不再抗拒读书学习，许是因为离歌喜欢读书，又或许是他想早日出人头地，只要在姜家有了话语权，他说不定就可去向离歌提亲……他便是一直怀揣着这样的小心思的。

如今到底是遂了他的愿，幸与离歌相逢，他必要好生珍惜。于是在从鳏夫那里赎回离歌后，他又带着离歌重回柳家酒坊，感谢离歌父母对离歌的养育之恩，并赠予了一大笔金银作为报答。

离歌的爹娘自是十分惊讶于女儿与姜府少爷的机缘，他们也看得出怀笙对离歌的在意，便不想错过这大好的机会，竟狮子大开口，私下里同怀笙又要了一笔钱。哪知怀笙不仅应允，还许诺每年都会给，只要他们同意把离歌许配给他。

这可是活生生的财神爷啊，离歌爹娘见状便一改要挟嘴脸，阿谀奉承不说，还谄媚地鞍前马后起来。心想着与怀笙搞好关系，下半辈子定不愁

生计。怀笙毫不介意，他反倒更为怜惜离歌，想她生于这般家境之中，多年来真是苦了她了。

诚然，离歌的家世不足以与怀笙匹配，即便嫁去姜家，也只能做一个姜室，根本无法成为怀笙的发妻。姜府上上下下得知此事，更是抗拒不已，乃至于整个家族都反对此事。然而怀笙已铁了心，他非离歌不娶，如若众多长辈执意不肯，他便出家为僧，再不问红尘。

姜家万万是不能断后的，且怀笙又是长子，虽是庶出，但是姜夫人一早就把他放到自己名下，他自小便喊姜夫人为母亲，喊生母为二夫人。因此姜家都将他作为嫡子来看待，任何人都不敢轻慢了他。

他与已故的姜夫人情同亲生，反而与二夫人生分了不少，养恩大于生恩，再者一直在姜夫人身边长大，感情自然不同。这二夫人也是懂事明理的人，只当作自己没生儿子一般，见到怀笙也是恭敬客气地喊一声"少爷"，自己硬生生地断了母子的情分。正是因为她这般的识大体，姜夫人待她也是情同姐妹。

他是继承家业的不二人选，一旦他娶了亲，姜府便顺理成章地交由他来打理了。再者，族人也都了解怀笙的脾性，他必定是说到做到的，而且只是一个小妾罢了，断然没必要惹怀笙不快，允了便是。只不过姜家老爷与夫人才去世不足百日，嫡子必要守丧，纳妾的操办仪式需要延期，这是族人们提出的唯一一个条件。

怀笙倒也应了下来，他深知百事孝为先，的确是要守丧三年才可。只是要委屈一下离歌了，无名无分地跟随他来到姜府，实在是令他心中有愧。他承诺离歌，三年过后，一定要为离歌补上十里红装，即便是妾，也要明媒正娶地大肆操办。

其实，离歌并不在意是否有高堂在座、凤冠霞帔，她只要能和他日日相守便已心满意足。

想必姜家的老老少少也没有料到怀笙对离歌的情意是刻骨铭心的，他从未嫌弃过她不算高贵的出身，更是钟情于她，对她疼爱有加，甚至不肯纳其他妾室，真可谓是万千宠爱集于她一身。

风华正茂的二人沉浸在滋味甜美的热恋之中，他们形影不离地伴于彼此身侧，一起纵情策马，一起游山玩水，一起在花园里奔跑着放飞纸鸢，一起躺在红砖青瓦的宅邸之上细数夜空中的星辰。怀笙教会离歌抚琴吟诗，离歌为怀笙酿出醇厚美酒，彼此的眼神时时交汇，满是缠绵悱恻的爱恋之意。

没过多久，离歌怀了身孕。

犹记得那日天蒙蒙亮，晨曦穿透云层，耳边传来鹧鸪鸣叫，她身上倦意难耐，惺忪地睁开双眼，见到怀笙正单手支着身躯侧卧在她身边，眼角眉梢挂着一丝柔腻的笑。

她羞怯地遮挡住脸，从纤纤指缝中偷看他，问为何这样直勾勾地盯着她看？怪叫人羞的。

他"咿"了一声，略带顽劣地挑高了眉，眼波流转顾盼多情，极尽风流，道着自己昨夜整晚没睡，翻找古书想寻个好字，总算是皇天不负有心人，如若生的是女儿，就叫懿，儿子的话……就叫煜。

离歌眨眨眼，拿开双手问："都是何意？"

"懿字，意为完美；煜字，则是火焰之意。"他看向离歌，眼窝深邃如泉，伸手去抚她的眉、鼻与嘴唇，柔声细语着，像你这般完美，似火焰照耀了我的生命。

纸窗外吹进来了风，扫过耳畔，离歌睫毛微动，晨光将她的容颜染上一层华美旖旎，以至于她对他露出娇羞笑意时，他竟想要在此梦中一醉不醒。

世间富贵荣华、功名利禄，与离歌二字相比，皆是泥潭里的淤泥，不值得他去费丝毫心思。

唯独离歌与他们的孩子，是他一生倾尽全部也要保护周全的存在。他曾那般在心中暗暗起誓，他要护离歌一辈子，几辈子，永生，永世。

自那过去了三年。

守丧之期已到，离歌与怀笙的儿子姜煜也已年满三岁。

正如当年怀笙的承诺一般，明媒正娶与凤冠霞帔都一一兑现，十里红装铺满园，桃花灼灼香漫漫。正因离歌为姜家诞下了长子，母凭子贵，族人对她的偏见也日渐削弱，竟也默许了这番胜似迎娶正室的大肆操办。族人们也都明白怀笙的心思，他若再过三年依旧不肯娶正妻入门，那按照族中旧规就会在已经生育子女的姜室中挑选一位成为正妻，以便配合祠堂的祭祀典仪。以此来看，这未来姜夫人的位置定是属于离歌的，那他们所生

之子，就成了族中的嫡长子，地位自此贵重非常。

喜日到来的前几天里，婢女仆人们便忙上忙下地布置，挂红绸，贴喜字，上好的糕点与蜜枣也要提前订购，可把大伙累得大汗淋漓，却也是喜上眉梢。

而离歌也在大喜之日的前天夜里回到了柳家酒坊，那里永远都是她的娘家，从酒坊出嫁才算完成了整个盛大的仪式。

三年未曾谋面，爹娘鬓发已白，衰老可见。见她回来了，爹娘出门迎接，话还未说，泪先潸然。许是分离时日久了，爹娘也老了，反而忆起了曾经对她的不公与苛待。当年曾像卖掉一只小猫一样把她拱手送人，是何等丧尽天良啊！

明日便是她的出嫁之日了，娘亲竟彻夜为她铺好嫁衣，细数珠链，还亲自为她绣了一双红鞋。离歌心中不免动容，便决心再为爹娘最后酿一次酒。柳家酒坊的酒不能没有白素，她忙了一整晚，酿出的酒足够贩卖数月。快到天明时，离歌在娘亲的帮助下穿上了嫁衣，点上红唇，戴上凤冠，娘亲见她云鬓峨嵯，绰约婀娜，不禁感慨万千，道着："歌儿生得这般花容月貌，哪个男子见到都会心动的。而这心动，便心动一世最好。"

离歌叩拜了双亲，为其斟上清酒，怅然道："我虽未曾读过书，却从小被爹娘教导"酒要满，茶要浅"，斟酒必要满，饮茶必要七分，否则会被认为是不识礼数。如今离歌为爹娘斟满了酒，不仅是酒水满杯，也是代表了我心中的尊敬。自今以后，无论何时何地，离歌心中都将满怀对爹娘的敬意，永不敢忘却。"

爹娘闻言，愧疚难安。爹爹别开脸去，已是老泪纵横。娘亲俯身扶起盛装的离歌，以那双衰老浑浊的双眸凝视着她，歉意道："歌儿，是为娘对不住你。这些年你吃尽了苦头，如今终于苦尽甘来，你能够嫁给那般疼你、惜你的如意郎君，为娘也是为你感到喜悦。"

离歌双眼含泪，默默点头。

"为娘见识少，读书更少，可为娘却也知道信言不美，美言不信；善者不辩，辩者不善。这人世之中诱惑重重，真实可信的话不漂亮，漂亮的话不真实。善良的人不巧说，巧说的人不善良。姜家少爷会说美言，也是个能兑现美言之人，能够遇见他，是你的福气。为娘只望你能安稳此生，远离纷扰，把自己托付给值得托付的人，身为女子，这一生便也知足了。"话到最后，娘亲只余下一声深深的叹息。

离歌略有迟疑地思忖了片刻，仿若想要辩驳些什么，却也不知该从何说起。出嫁的时辰已到，来接亲的队伍已经奏响了乐曲。娘亲和爹爹拖起离歌繁复厚重的嫁衣，送她走出了铺满红装的酒坊。

离歌踏上花轿，转回头去看。这一次，爹娘是含笑目送她离去的，他们的身形相比之前瘦削了许多，眼中也再没了铜臭气的贪欲，他们与离歌挥别，望她珍重自己。

离歌缓缓地转回头，心中渐渐安稳下来，一丝喜悦的笑容浮现在她的唇角，她有一种预感，今日之后，她会与怀笙、煜儿过着再无担忧的喜乐生活。

"起轿！"一声高喊落下，离歌仿佛飞上了云端。

她就要真正嫁给怀笙了，过了今朝，她将是他的妾室，她有了名分，众人也不会再将她视为卑贱之躯。况且怀笙和她早就许诺过，三年之后按旧历将她扶为正妻，那时的她就是姜夫人了。想到这不久的将来，她情不自禁、按捺不住地微微扬起脸庞，是欣喜，是骄傲，眉宇间竟也有了一股子难以掩饰的盛气凌人。

仿若是在万众瞩目之中，花轿被抬出了长安街，抬进了山路，抬进了通往昌陵姜家的唯一一条必经的崎岖之道。

林中极静，一股隐隐的腐臭气息缓缓地飘进花轿里。

离歌用帕子遮挡住口鼻，她困惑这味道是怎么一回事，随即便听到花轿外面的嘈杂声。

"这里怎么有这么多的死兔子？天哪！前边还有一头腐烂的山猪呢！停下停下，快停卜轿子，别再往前了！"

花轿就这样落了地，离歌从轿中走出来，正欲摘下盖头，喜婆连连要她回去坐好，还没说完，山顶一道青光乍现。

电闪雷鸣中，竟有疾雨骤降。

众人叫嚷着先找处地方避避雨，可暴雨之中无处可寻，四周看不清道路，离歌心生恐惧，手指绞着喜帕，她曾听闻昌陵山附近经常会有山贼出没，官府也奈何不了那一群残暴的山野莽夫，难道今日……

"啊——！"

一声惨叫冲破耳膜，离歌受到惊吓，慌乱不安地张望周遭，雾蒙蒙的

一片，只感到脚下有温热的液体流淌而来。

是血。

她颤抖着伸手去触摸，倒在地上的正是喜婆的身体，她胸口中刀，朱红色的血液涓涓流淌，染红了地面的积雨。

离歌吓得全身瘫软，向后退了几步，忽然又听见不疾不徐的马蹄声传来，眼前雾气氤氲的雨帘中逐渐有身影浮现，他们的笑声诡异，言语粗鄙，离歌心下轰然，立即猜出是山贼来了。

她颤巍巍地想要逃跑，然而那群人意识到她的举动，竟策马将她团团围住，谈笑之间言辞放荡，嬉笑狰狞的模样极为可怖。

"呦呵，这可是姜府的小娘子啊！"山贼们勒住缰绳，放肆大笑，"据说姜府要从长安街娶亲，爷几个早在这头埋伏多日了，就等着小娘子现身啦！哈哈哈！"

"头儿，把这小娘子带回山上去，给你做压寨夫人，让她给寨子生一群娃娃，再拿她来敲诈姜府一笔钱，简直是一箭双雕！岂不是美哉！乐哉啊！"

雨幕成帘，光影交织，她站在被围剿的中央处，眼神里有惊慌、不安、惧怕……她满脑子想起的都是与怀笙一起度过的幸福时日，一起抚琴作画，一起品酒畅谈，他为她描眉点唇，为她题诗写词，将她抱在怀里，轻声念着她的名字。

她多希望怀笙能在此刻出现救她离开，她手足无措，可很快又想到他现在一定和煜儿在痴痴地等候着她。

怀笙，煜儿……

可惜啊，他们怕是再也等不到她了。

迎面袭来冷风，吹散离歌的思绪，她的神色渐渐变得沉着，任凭他人唏嘘嘲弄，她静默无声，只缓缓地摘掉了朱红色的盖头。

雾霭之中她的容颜依稀可见，山贼头子见是个美人，不禁喜出望外地狂笑出声，道着姜家少爷实在风流得很，如此美艳的小娘子可不能由他独自品尝！说罢，他策马走向她，近在咫尺，她仰头盯着他，眼神竟是幽深而狠戾。

山贼头子狐疑地皱起眉，离歌趁他分神之际，冲上前来抽出了他腰间的佩剑。

雨珠顺着锋利的剑身滴落，她嫁衣红如血，唇白似蜡纸。

山贼头子脸色顿时一变，翻身下马，却为时已晚。

离歌目光坚定，只见她眼中有泪，喉口哽咽，带着一丝哑涩，高昂起头柔情轻笑，道："怀笙，今生今世，我柳离歌便是死，也绝不负你。然而，你我到底是有缘无分，唯有来世再见了。"

她不会让自己受辱，更不会作为物件一般被这群十恶不赦之徒用来要挟她的爱人。她只是高举长剑，将刀刃逼向自己的胸口，就那么用力一推，剑身猛地刺入了心窝。

离歌自尽了。

离歌的故事终于娓娓道尽，她不由流下两行清泪，哭诉道："我并不是想要什么公道，那人世红尘浮浮沉沉，本就毫无道理可言，即便我是因遇到山贼才死得不明不白，说不准此时的肉身是否还是全尸都不得而知……可我唯独不甘心的是，自己来之不易的幸福付之东流，我不过是想要与怀笙恩恩爱爱地厮守，这般心愿有什么错？凭什么要被剥夺？只要能让我回到人世，哪怕是要我用无数个来世换取这一世的安稳我都心甘情愿，就算……这安稳仅有一年也好……"

孟婆被她的啜泣声扰得心烦意乱，忍不住啧了一声，神色不耐，竟还撇了撇嘴巴。

不仅离歌被孟婆的表情震撼了，连同身侧的牛头、马面也惊慌地瞪圆了眼睛。

这么感人、悲戚、美丽、凄惨的故事，孟婆竟毫无怜悯之意？虽说她本就是那般随心所欲之人，可如此不顾及死魂的感受未免也太狂妄了！试问历代孟婆之中，还有哪个如她这样不像"孟婆"？

然而牛头、马面只是敢怒不敢言，离歌虽然觉得孟婆表现得十分无情，也是不敢直言心中不满。她抿紧了嘴唇，猛然回想起初见孟婆的那一夜，自己便对这个美艳却冰冷的女子没有多少好感，反而是惧怕、排斥她。

当日的离歌怎会料到她是孟婆，更不会料到自己在死后会有求于她。

然而，身为掌管轮回转世的孟婆却如此漠然，真是好生残忍……离歌握紧了十指，竟在不自觉中对孟婆萌生出了一丝丝恨意。

哪知孟婆忽然在这时打了一个哈欠，她站起身来扭动几下身躯，又伸

了个风情万种的懒腰，转而对离歌嗤笑道："你竟然想要用无数个轮回来换取一世的爱情？你的轮回怎会如此不值钱，统共加到一起只抵得上这一世吗？未免太糟践自己了吧！"

离歌怔了怔，立即摇头道："我绝非是贪生怕死之人，我也不在乎来世、永世会是什么模样，更加不在乎自己来生会成为谁，我只是贪恋这一世的浓情蜜意，我只想活在这一世！即便你说我糟践自己也罢，我是断然不会退缩的！"

孟婆挑眉问："哪怕只有一年时光？"

离歌坚定道："哪怕只有一年时光。"

孟婆紧蹙着眉心，只觉麻烦。

离歌看到她又摆出这副表情，不禁神色落寞道："我在来此的路上亲耳听到鬼差们提起过交易之事，看来自古鬼众与孟婆的这种交易是存在的，求孟姐姐行行好，答应我的这个请求，我只想同夫君、孩儿共享一年的欢喜时日，不愿在后世里孤孤单单……"说及伤心处，她再次潸然泪下。

孟婆禁不住她的软磨硬泡，却仍旧嫌弃不已。她根本不想要离歌的这份福报珠子，更对离歌这种将性命寄付于男人身上的做派感到不齿。她无奈地叹息，想着都已经过去这么多年了，自己还在与姜家纠缠不清，实在令人感到头疼。特别是若按照阳世的名分，这离歌是自己未曾谋面的同父异母的弟弟怀笙的妻子，还要喊自己一声姐姐。只是这姜家已经将她在族谱之中除名，族人们也绝口不提她，怕是姜家的后人们都不知道曾有过她这么一个人的存在。转念一想，这离歌和怀笙的缘分竟然还是自己酒醉无意所致，想到这里不由一阵心烦。

见孟婆开始动摇，离歌趁热打铁地恳求道："无论如何，都请孟姐姐帮我实现心愿，念在你我曾有一面之缘的交情上，求孟姐姐不要让我含恨而终、死不瞑目。"

孟婆扫她一眼，言语虽淡漠，却也不是不近人情："哼，像你这般固执又不懂变通的死脑筋，即便回到了人世，日后也有的是苦头吃，到时候可别怪我没有事先提醒你。"说罢，她便水袖一挥，转身离开了。

离歌焦急地呼唤她，牛头、马面却替离歌开心道："别喊了别喊了，要说你这姑娘运气倒是好，孟姐姐已经答应你了，她现在是去冥帝大人处报备了，你就等着她取到凝时珠后带你去人间完成心愿吧！"

离歌闻言，惊喜道："她当真肯帮我了？"

牛头摇头晃脑道："孟姐姐虽然嘴巴坏，可她总归还是心存怜悯的。"然后又对离歌道："你啊，就只管在此乖乖等候便是。"

在去往冥府的路上，孟婆心绪繁杂，她想着人、仙、鬼三界中的嗔痴数不胜数，结果自然会有千千万万种。

人既有情，妖也有爱，芸芸众生心之所向，有愿为心上人而殉情的，也有随着心中痴恋而急不可耐地踏入轮回的，更有为报仇雪恨而拒饮孟婆汤的……可愿为人世心愿而放弃轮回之人，却寥寥无几。

而每次看见那些喝下孟婆汤的幽魂的眼神皆有不同，无论是恐慌、留恋、悲痛，或是疯狂，都不是孟婆想要寻觅的。

有时，她甚至连自己想要看见的是怎样的神情都快要忘却了。

可既然接了离歌的案子，就理应去冥帝处辞行，再领取凝时珠。

孟婆便摇摇头，不去想乱心之事，只管向前快步走去。

冥帝所在的正殿要经过忘川河，架在河上的是一条二十八孔石桥，下了桥，走进了正殿的居所大门，鹅卵石铺就的庭院，长长的九重石阶，两侧高挑的火焰仍熊熊燃烧。墨黑的石柱闪烁着忽明忽暗的光，只觉这是一幢雍容的建筑，而赤金色的府门两旁，坐落着玄鸟石像，那是冥帝的信使。

入幽冥殿时，冥帝和墨正坐在案几旁温一壶酒，醇厚酒香袅袅，从四面八方扑向孟婆。

一旁，林冉冉正欢快地向和墨汇报着自己近期降魔的情况，忽见孟婆进来先是一愣，随即面上就露出一丝不悦。毕竟这任孟婆与之前的几任皆不相同，竟然厚着脸皮认了冥帝做哥哥，还总是这般没大没小地横冲直撞，好像冥帝的府邸是可以随意进出一般。也不知道这任孟婆好在哪里，也确实获得了冥帝的额外垂青，总是偏颇地待她。虽然她对自己倒是礼数周到，也未敢造次，还经常主动让鬼差们给自己送些点心吃食和稀奇玩意儿巴结讨好着，估摸着也知道自己不是好惹的主，但自己总是对她亲近不起来，要说缘由却又说不清楚，只是每每想到此处，心里便不舒畅。日子越久便越发想念前几任孟婆，那都是如亲姐妹一般的主儿。

"既然孟婆来了，那属下就先行告退了。"林冉冉边说着边向和墨行礼。和墨轻轻地点了点头，林冉冉见状就转身快步走出大殿，与迎面而来的孟

婆点了点头就算打过招呼了。

孟婆侧身笑着目送着林冉冉离去，也心知这冥府第一猛将对自己总是有些芥蒂。而这芥蒂不为其他，只是因为自己与冥帝和墨走得颇近，又称和墨为哥哥，这才惹得林冉冉不悦。只是林冉冉性子耿直，怕是自己也没意识到罢了。自己本是很喜欢这性子直爽的林大将军，也有心交好，在阳世之时自己就没有什么可心的闺房密友，故盼着在这冥界能有一密友。但递送过去的好意都被这位林将军妥妥地照单全收了，却不见两人关系更进一步。反正这冥府岁月悠长，自己也不心急，想着总有一天能彼此交心的。

目送林冉冉离去，再看殿中。今日的和墨身穿素淡的长袍，外披黑纱罩衣，见孟婆来了，他狭长凤目略微上扬，道着她来得正好，邀请她一同坐坐。

孟婆礼数周到地向和墨作揖问安，随后便极为自然地走到了他对面，盘膝而坐，先是为冥帝斟上一杯酒，又为自己斟好，心满意足地狡黠一笑，道："和墨哥哥定是知道我接下来的计划了，所以准备好了美酒，想在临行之前与我小酌一杯。这三界中我最爱的酒除了白素，便是你住处的珍酿了。不愧是我情同手足的兄长，连我藏于心底的小心思都掌握得一清二楚。"

和墨淡淡笑过，摇晃着手中清酒饮入喉，沉声道："想来你已在奈何桥上做了三十年的守桥人，如今总算迎来这样一次不同以往的福报珠子，你且随她去往人间，自会从中悟出些许道义。"

孟婆却道："是否得道我是不奢望的，无非是还她一个人情。"要说来，孟婆喝了这么久的白素，对于酿酒之人多少也会有些许感情，就当是为了酒，也要帮她这个忙。

和墨侧头望了孟婆一眼，见她眸中少了些应当浮现的光，便示意她看向身后的一棵树。那是棵结满了金色桃子的桃树，满树硕果，金灿灿、红艳艳，格外美丽。

这是近来迷途于冥府的桃树妖，她孤孤单单地整日徘徊着，和墨见她可怜，便收留她在自己的府内，更是允许她在此开花结果。

和墨请孟婆去摘几只桃子来配酒喝，孟婆照办。她走近桃树斟酌一番，伸手便去够距离最近的枝丫上的桃子。这几只桃子可是长得最好的，色泽红润，又大又圆，这般看着都能想象出它的甜美。可没想到的是，枝丫立即躲开了她，并向上空生长起来。

孟婆皱起眉，施了法术，脚下腾空而起，她偏要去摘那根枝丫上的桃子。

　　可桃树也不甘示弱，正所谓道高一尺魔高一丈，孟婆每次凑近她，她都会甩开孟婆不停地生长，孟婆去追，她便躲，孟婆气急了要打坏她的树干，她便缩成一株小幼苗，带着金桃子藏进了地底。

　　这下可把孟婆气坏了，她飞回到地面，对着桃树消失的某一处又踩又踹，然而地底下的桃树却在"咯咯咯"地嘲笑她。孟婆被彻底激怒，她拔出腰间的两柄玄武刺便要穿透地面，嘴里叨念着："就算掘地三尺，也要把这个桃树妖给挖出来凌迟成桃子酱！"

　　也许是她的威胁奏效，桃树妖害怕了，便把两颗半生不熟的桃子丢了出来。

　　孟婆拾起桃子，立刻发现不是她看中的那几颗熟透的桃子，随即扔掉，越发愤怒地要收拾桃树妖。

　　和墨在这时喊住孟婆，他阻止道："阿桃已经妥协，你为何还要苦苦相逼？"

　　孟婆狠狠地踩了一脚探出头来的小幼苗，咬牙切齿道："这等杂碎般的小妖魅也敢同我一争高下，我偏要给她点儿颜色瞧瞧！"

　　和墨叹息道："她已败下阵来，并赠予你两颗桃子，你何不得饶人处且饶人？"

　　孟婆不满地回道："她分明知道我想要的桃子是最初那几颗，可她偏不给我，和墨哥哥，是她不识好歹、尊卑不分，我难道不该教训教训她吗？"

　　和墨道："你在摘桃之前，可有告知于她？"

　　孟婆道："和墨哥哥已下了令，我自当照做，她又有何不肯？"

　　"我请求于你，你请求于她，其中过往缺一不可。"

　　"我在她之上，凭什么请求她？"

　　"我在你之上，又如你待她这般待过你吗？"

　　孟婆略一沉吟，道："我与她自是不同，和墨哥哥向来高看我一眼，怎可拿我与她相提并论……"

　　和墨感慨道："含德之厚，比于赤子。毒虫不螫，猛兽不据，攫鸟不搏。骨弱筋柔而握固。"

孟婆听着，并不作声。

和墨浅笑指点她道："世间的万物、众生向来都是平等的，不分贵贱，更不分高低。相由心生，心由欲成。贪生纵欲就会遭殃，欲念主使精气就叫作逞强。事物过于壮盛了就会变衰老，这就叫不合于'道'，不遵守常道就会很快死亡。美好的言辞可以换来别人对你的尊重；良好的行为可以见重于人。"

孟婆收起了玄武刺，可心底仍旧对桃树妖耿耿于怀。

和墨继续说道："比起手中的利剑、刀刃，遍天下再没有什么东西比水更柔弱了，而攻坚克难却没有什么东西可以胜过水。弱胜过强，柔胜过刚，水是柔，也是刃，更可为盾，而你只是一味地掠夺，不加以情志上的润色，又怎会得到你希望得到的一切呢？"

孟婆沉吟片刻，似乎顿悟了一些，顷刻间明白这是冥帝为了点拨她，真是用心良苦。她只得向和墨低头致歉，内心却依旧不觉得自己所做有何不妥。心里觉得今日的和墨哥哥与往昔不同，虽然依旧如兄长一般待她，但更像是老师一般指点。

和墨看穿她心思浮杂，却不再多说，只从袖中取出一华贵锦盒交予孟婆，孟婆知道那锦盒之中就是凝时珠。这凝时珠是黄泉忘川河中凝结的宝物，可以让尸身复活一年，旁人全然察觉不出，这一年之间，尸身和灵魂合一，宛若再生。

和墨转过身去，向内堂缓步走去，说道："世人多不明了，那些没有受苦便得到的甜，总有一天要还回去的……"

孟婆怔怔地看着和墨远去的背影，急忙行礼道谢。退出冥府的时候，她隐约看见那株小树苗顷刻间又变回了原本的参天大树，抖动枝丫，落满了一地桃子。树枝变成无数只纤细的小手，皆是捧着桃子去送给冥帝。

孟婆心里憎恶地讽刺桃树妖媚上欺下，她不知和墨此时的喟叹，是因她全然没有领悟和墨赠予她的那番话的意图。

然而时不我待，孟婆不再耽搁，辞别了牛头、马面与为她做工熬汤的众小鬼，便带着离歌前往人间了。

目送二人离开的牛头，一直挥手到看不见孟婆的身影为止，他忍不住松下一口气，与身旁的马面相视一笑，突然觉得冥府的景色都变得格外好看了。

"孟姐姐要有一段时间才能回来了。"牛头的嘴角止不住地上扬。

"你看，那几个熬汤小鬼是不是高兴得泪流满面了？"马面自己也欣慰地擦拭了一下眼角，感叹着："这阵子我终于可以攒下工钱了，再不用担心被孟姐姐借走，且一去不返。"

"阿嚏！"

刚走出鬼门的孟婆打了一个喷嚏，她揉了揉鼻子，心想定是太久没走出冥府，身子骨都变得娇弱了。

第五节

从高空中俯瞰长安街一带，的确是极尽奢华的享受。

从皇宫处蜿蜒而出的高大城墙，巍峨壮丽，久经历代帝王的血与争的磨砺后，带着一股登峰造极的气息。街角市集热闹非凡，衣香鬓影，且又正值桂花婆娑、芳香入云之际，着实是人间美景。

孟婆坐在云端之上，凝望着身下的秀美，嘴里喃喃道："别来无恙了，人间！这人世间，真是个看清三界百态的好地方，一面朝着天界，一面向着冥界，每个人都在负重前行。全阳者为仙，全阴者为鬼，这半阴半阳的人们在人界沉沦宿命业力之中，也真是好生不容易。难怪那么多老鬼都赖在地府不肯投胎，怕是想明白了自己要在这万千轮回中浑浑噩噩不明就里地度日，还要承受各种生老病死之苦。唉，罢了罢了，都说仙道贵生，可这人道有几个真正明白贵生的呢？"

离歌凝视着孟婆那张嫣然如花的绝美面容，过了半晌，见孟婆不再言语就小声问道："敢问，孟姐姐你打算怎样救我出去？"

"你想要怎样被我救出去？"她一副云遮雾罩的迷离神情，着实令人猜不透她的心。

离歌很有骨气地道："我受够了偷偷摸摸地活着，更不想连死后都要躲躲闪闪。"

孟婆一笑，唇边弧度略有些许讥讽的意味，她慢条斯理地说着："你既然不想死后逃跑都偷偷摸摸，那便只能光明正大地放手一搏了。反正我会洗去那贼人知道你自尽的记忆，他只会当你还在房中乖乖等着他，其他的，你听我安排就是。"

离歌的眼神异常坚定，她点头道："只要能够光明正大地逃出山贼的巢穴，我愿听从你一切安排。"

孟婆媚笑："即便是不择手段？"

离歌再次点头，毅然道："悉听尊便。"

"既然你心意已决，我便可以无所顾忌了。"孟婆对自己引导而出的回复十分满意，她转过头，望向越来越近的昌陵山，嘴角笑意越发深邃。想来自打姜家夫妻逝世之后，守护着姜府的门神与神兽都一并随之死去了。多年来，睁睁守着这座昌陵山与姜府，从没有丝毫怠慢。可惜寿数已尽，没了神兽庇佑，昌陵山哀荒四野，山贼作乱，他们祸乱苍生，杀人诛心，强取豪夺，无恶不作，实在是令世人恨之入骨。故此……也是时候进行一番彻底的惩戒与肃清了。

不出半炷香的工夫，孟婆与离歌便来到了坐落在昌陵山顶端的山贼屋寨。

这屋寨极大，铁门之前竖立着数十根粗犷的木柱，柱端削得尖锐无比，分别挂着各种野兽的头颅与毛皮。在夜色中踏入这阴风阵阵的山林，孟婆看到寨门前方遍地都是动物的死尸，竟都是开膛破肚的模样，大抵是被掏空内脏后弃之不顾了。

"看来这里的山贼头子口味奇特，喜欢吃娇嫩的野味内脏啊。"孟婆踢开一只腐掉的野兔子，惹得兔子的红眼珠滚落出来。离歌见此情景，胃里一阵翻涌，她连忙转过头，扶着老树弯身干呕。

"呦，这么点小意思就受不了了？"孟婆哼了声，意味深长道："接下来还有更厉害的戏码呢，你且莫要晕厥才好。"

离歌擦了擦嘴角，强忍着恶心随孟婆走进了屋寨。早在离开冥府之前，孟婆便已利用凝时珠与法术重造了离歌的身体，原本已是死魂的她在服下凝时珠后便拥有了新的躯体，四肢也变得血肉鲜明，与常人无异。

从某种意义上来说，她也算得上是死而复生。

由于孟婆使了障眼法，守在寨门之外的小贼们根本没有发现她们二人。孟婆与离歌直奔一问如同洞房的屋子，走进去一看，果真布置得有模有样，山贼头子当真是把自己当成新郎官了，连喜字都贴在了木窗上，朱红色的蜡烛似两只鸳鸯，一并燃烧出暧昧氤氲的柔光。

啧啧，可惜了，平躺在喜床上的那具尸体在如此氛围中显得十分诡异。那正是死去的离歌的肉身，她双目紧闭，面容惨白，双手交叠着扣在一起，胸口上仍旧插着那把短而细的剑，血液顺着剑身一直流淌而下，凝固在地

面，猩红一片。

离歌望着自己这般凄惨的孤寂模样，不由得晦暗了眼神。

孟婆侧眼打量着身旁的离歌，自然猜得出她在想什么。于是她水袖一挥，略施法术，喜床上的尸身便消失不见了。

不等离歌惊讶，孟婆摇身一变，倏地化成了离歌的模样。她身着赤红嫁衣，灵动的眼神明艳而又娇丽，转而示意后方的屏风，对离歌令道："你还傻站在这里干什么？快点儿躲起来，这里现在可不需要两个'柳离歌'。"

离歌难以置信地打量着孟婆，四目相对，简直就像是在对镜而望。

她赞叹道："孟姐姐法术之高，实在令我叹为观止。"

孟婆可没打算听她奉承，与其浪费时间，不如快快展开计划。于是她不耐烦地挥一挥手，要离歌速速退下躲好。她自己则是坐到铜镜旁，拾起桃木梳子，风情万种地梳妆打扮。

镜中女子的容颜与她本人模样毫不相似，唯有一身灼灼如火的嫁衣勾人回忆。孟婆绾着青丝的动作缓慢而轻柔，她凝视着镜子里那女子迷蒙的眼神，耳边回荡起来自往昔的音律……

> 凤髻金泥带，龙纹玉掌梳。
> 走来窗下笑相扶，爱道画眉深浅入时无？
> 弄笔偎人久，描花试手初。
> 等闲妨了绣功夫，笑问鸳鸯两字怎生书？

鸟鸣声清亮，晨曦光和煦，一晃便迎来了日出，那年的孟婆还是笑靥如花的姜墨舞，她睁眼醒来，有些口渴，看到桌子上有一壶茶，喝过之后，便出门寻人。

侍女珠玳正在亭里照看花花草草，见她醒了，立即问候道："小姐醒了，我为小姐准备了桃花茶，小姐可喝过？"

墨舞点点头，道了谢，珠玳连说承受不起，墨舞却有些羞涩地问她道："他可来过了？"

珠玳道："自然是来过了，见你睡着，他不忍打扰，便等着明日吉时快快到呢。"

墨舞露出了甜蜜的笑意，她唤着珠玳快帮她入浴，珠玳便为她在木桶里准备好水，用桂花做的皂角为墨舞擦拭身体。闻着极为柔和的香气，珠玳说："这是他今早送来的，说是波斯人进贡的稀罕物，做工十分细致。"

洗完澡，珠玳为墨舞擦拭干了头发，并仔细梳好，插上簪子，换上藕粉色的裙衫，点一抹红唇，铜镜里映出的是一个明艳美丽的妙龄女子。

珠玳便赞叹道："小姐这般美貌举世无双，就如同天上来的仙子。想到小姐明天就要成亲嫁人了，全府上下都好生嫉妒那位姬侯爷……"

姬侯爷。

从眼前稍纵即逝的是他曾伸向她的手，那时的他眉目风流，语气轻柔，对她道："墨舞，我这一生一世都将只有你。你是我的唯一。"

她也曾被浓情蜜意环绕着，大婚当日，奢华的姜府外围满了前来观礼的人们，各大望族更是纷纷登门恭贺。喜轿之前，墨舞身着艳丽贵重的赤红嫁衣，宽大裙幅逶迤身后，在两名侍女的搀扶下，她迈着优雅的莲步，徐徐穿过园内玉阶，来到门外的父母亲面前，俯身跪下，摊开双掌，颔首叩拜。

她的母亲，骄傲而又风华绝代的妇人，含笑凝视她，眼中充满了赞许。

母亲为她戴好缀满珠玉的凤冠，替她挽起一丝流落于额前的发，又将一支镶嵌着黑玉玛瑙的璀璨碧簪插进她的云鬓之中。那簪子缀着星月般光华的珍珠，更衬她容颜绝美万千。

父亲则是接过她的手，引她来到长辈、族人们身前，她一一跪拜，得到望族们的美言、祝福、赏赐，待到她款款起身，众人艳羡的目光停留在她价值连城的嫁衣与美得惊心动魄的容颜上，她不禁高昂起纤美皎白的脖颈，傲慢如云端之上的仙鹤。

喜乐奏响，锣鼓喧天，她牵引着万众视线，仿若天地之间的光彩都凝聚在她一身。她缓缓落入喜轿，拉上玉帘，至此出嫁，前往他的宅邸。

风华正茂，胜过繁花，她怀抱着满心的喜悦、期盼与得意，曾以为他便是她幸福的归处。

可年年岁岁皆不如今朝，春夏更替，花草轮回，记不起是哪日下起的滂沱大雨，藏青车帘被暴雨打得湿漉漉的，府中的琉璃灯被狂风扑灭，内罩都刮破了，电闪雷鸣吓坏了去关窗的守夜侍女，连花枝都被狂风压得折了腰。

孟婆传奇之聚舞篇

长廊尽头，朝南的厢房里烛光微弱，一缕袅袅烟雾从白色帐幔中飘飘而出，她顺着那缕魅惑香气朝前走，白衫轻扫地面。她去嗅那香，闻起来竟也令这雨夜染上了一抹心醉之情。

轻微的对话声逐渐传入耳中，她来到了厢房门前，可以从纸窗上隐约看见锦帐绣幔轻轻飘洒，琳琅笑语起起伏伏。

呼吸与情话影影绰绰，伴随着袅袅云烟香雾，诉说着她所不知道的柔情缠绵。

她抬起雪白皓腕，终是推开了那扇门。

娇羞的低呼声伴着惊诧声，她目睹眼前的景象，只觉霹雳在头，心中轰然。

他的视线越过怀中略显慌乱的女子，落到她的脸上，却是平淡无波的轻叹，问她道："你来这里做什么？"

四周在刹那间空旷无声，仿若天地之间只余她一人孤立在此，悲壮决绝。

她的眼中布满痛心与绝望，连声音都因愠怒而控制不住地颤抖："我才要问你，在这里做什么……"

他淡漠地看着她，眼神似利刃，闪着寒芒，不动声色，只道："如你所见。"

简短四字，如芒刺背。

她犹记新婚宴尔，梨花轻落，翠色裙衫随风轻摆，柔光花影之中她与蝶共舞，而他在亭中廊柱旁含笑凝望，满眼都是情意正浓。

可那笑中宠溺，那蜜语和携手，竟也都是虚妄的镜中水月不成？

曾经热闹大婚，如今冷清空闺，谁人能懂其中的不甘与愤怒？

如若是大梦一场，不如随手挥去，抛下也罢。

孟婆的思绪逐渐抽回，往昔皆已消散，她却依然心有余悸似的露出一抹苦涩笑意，嘴里喃喃道："一梳梳到尾，二梳齐白眉，三梳子孙满堂，人间皆过往……"

她沉了沉眼，嘴角逐渐上扬起一个讥讽的弧度，于心中道："姜家，我到底是又回来了！"

然而门外突然传来跌跌撞撞的吵嚷声，孟婆侧身去看，房门被猛地打开，已然酩酊大醉的山贼头子踉跄着跌了进来。

这山贼头子人高马大，四肢壮硕，且又是一脸凶恶之相，左眼下方延伸出一条长长的刀疤，胸前还佩戴着红绸，趿拉着那双肮脏的草鞋便扑向了铜镜前的孟婆。

　　"小美人，爷来同你洞房了！"山贼头子一身浓重的酒气，他这一扑却是扑了个空，孟婆不知何时坐到了床上，正对他娇俏媚笑，好生风流。

　　山贼头子见状，心中一阵窃喜，想来自己掳回寨子的是个尤物，不禁口水直流，脸上的横肉都因笑意而显得越发猥琐，再一次朝孟婆扑去："唉哟，小美人，等爷等久了吧，快让爷亲亲！"

　　孟婆又一转身，山贼头子再次扑空，他四处寻孟婆，见她正站在门旁嬉笑着，以为她是在吊自己胃口，竟也咧嘴笑个不停，抬脚便去追赶她。

　　二人你追我赶，几次扑空，山贼头子终于急不可耐道："美人，娘子，你别害羞呀，今夜过后你我就是夫妻了，春宵千金都难买，可耽误不得！"

　　孟婆却道："山大王，你怎能随口叫妾身娘子呢？谁说我要嫁给你了？"

　　山贼头子狂笑起来："你不嫁给爷，难不成要去嫁姜府那个病秧子？"

　　话音刚落，山贼头子脚下突然一滑，竟是醉醺醺地要摔倒。可他到底会些功夫，情急之下伸手去抓孟婆的裙角，手指眼看就要触碰到孟婆。

　　孟婆突然踮起脚尖，轻轻一跃，背对着他坐在了案桌上。

　　山贼头子抓了个空，"砰"的一声摔倒在地，正骂骂咧咧着，孟婆却道："来，我们来玩个游戏吧，倘若你赢了，我今夜便做你的娘子。"

　　山贼头子立即称好，连问是什么游戏。

　　孟婆扶了扶发鬓，姿态尊贵，沉声道："我要问你三件事，你回答对了，就算赢。"

　　第一问。

　　"我正值风华好年岁，跟了你可会比跟姜家少爷好处多？你能否同他一样令我吃穿不愁、婢女伺候、无所担忧？"

　　山贼头子放肆大笑，得意扬扬道："爷的山寨占有山下长流村良田千顷，还打劫了过路富商万两家财，屋寨仓库里堆满了金银财宝，别说是一个小小姜家，爷都敢同皇宫国库叫板三分。"

　　"哟，口气还真大。"孟婆直了直腰身，忽然冷下语气，扬起头道，"那第二问，长流村虽有良田，可却仍会有人不断饿死。是否是因山大王你总

是强取豪夺，断却百姓口粮？"

山贼头子不屑道："哼，爷保他们自在生活，他们自然要给爷进贡，不过是点儿粮食罢了，用来当作养活爷兄弟们的保护费，他们啊，不吃亏！"

"不吃亏？呵，人为刀俎、我为鱼肉的感觉又有谁人会喜欢呢？"孟婆叹息，抬起纤纤玉手，从鬓上摘下了一支碧玉簪子，略微侧过眼，低垂的睫毛微微颤动，她道出了第三问，"那过路的富商，可是金陵来的金家？"

山贼头子龇牙奸笑，竟是阴恻恻的如恶鬼般的狰狞表情，且自豪道："自然是金陵首富金家商贾了。想来普天之下能与当今皇帝的财力平分秋色的，除了金家还会有何人？"

孟婆微启唇瓣，好似轻描淡写的一句："你便屠杀了金家全族？"

山贼头子打量着孟婆背对着自己的纤柔身影，狐疑地问道："你这小娘子是如何知道这些的？"

孟婆从案桌上移下身，转首看向跪坐在地上的山贼头子，她此刻的容颜凝上了一层寒冰般的清冷，眼神闪动，半晌，掩面嬉笑："因为，他们都去阴间找我沉冤了。"

山贼头子的笑容僵在脸上，彼时，他望着逐渐靠近他的红衣女子，竟觉得她全身都散发出一股鬼魅之气，令他冷汗直流、不寒而栗。

木窗忽然被从外吹开，大风涌进来，吹灭了喜烛火光，灰暗之中亮起一抹碧绿光晕，是她手中的那支簪子，闪着幽幽绿芒，映着她那张美丽却又恐怖的脸庞。

山贼头子缓缓地向后爬，他的眼前开始出现幻象，金陵金家，一族百余口人，仔细算算，是真真切切的一百三十人。他们浩浩荡荡地越过吞金岭，来到了昌陵山，携带着数不清的满箱满箱的金银、珠玉、玛瑙……金家的女眷个个貌美如花，男子们英武俊朗，腰间佩剑，又随着数十名精悍剑客，一群山贼竟然也能奈何得了这般大户？

可昌陵山下有长流村啊，村子外的淮阳河环绕着整座山，山贼头子早早便命人埋伏于此，并在河水中投了毒。

那毒无色无味，化于水中，喝下大伤肺腑，不足半炷香的工夫便七窍流血而崩亡。

约莫半数的金家人都喝了下过毒的淮阳河水，他们接连暴毙，剩下一群老弱妇孺抱着襁褓中的婴孩绝望地呼喊着亲人。他们摇晃着死去的同族的躯体，试图唤醒他们，然而这时山上奔来一群暴虐的山贼，为首的是一个左眼下有刀疤的人，他印堂狭窄，面相恶毒，全身上下都涌出令人惧怕的杀意。

他带领着三十几个山贼烧杀抢掠，用长剑刺穿垂死欲战的男子，用木棒击碎老者的头颅，用铁链拖拽妇孺的脚踝，用短刀劈开婴儿的身躯……鲜血四溢，脑浆横飞，哀号不断，一片人间炼狱之景。

嗜血的山贼们如鬼怪一般兴奋地狂笑，他们舔舐着喷溅于脸上的血迹，控制不住满眼的喜悦。

"好汉饶命——好汉饶命——"一位年轻的母亲抱着仅有三月大的婴儿跪在地上，泪流不止，苦苦求饶。

山贼头目却像听不见一样，举起手中的利刃，抛给站在一旁约摸十岁上下的小贼，这小贼歪着嘴嘿嘿地邪笑着，一步一步逼近那对母子，那感觉就像是在享受一种游戏的乐趣。面对瑟瑟发抖的母亲，他竟然眼都不眨一下地就将利刃瞄准了母亲与她怀里的婴儿，一剑刺穿了他们的躯体。

孟婆这时忽然伸出双手，凝视着自己的掌心，像是同山贼头子讲起了那位母亲临死前的模样，又仿佛是那母亲本人的魂魄附在孟婆身上一般，她死死地瞪着眼睛，仿佛要呕血一般咬牙切齿地恨道："那个时候，我害怕极了。我的丈夫已经被杀了；我的公婆喝了毒水，死状凄惨；我的弟弟、弟媳被屠杀，被开膛破肚，唯独剩下我和孩儿……我是金家大少爷的发妻，我是生下曾嫡孙的金赵氏……我死了并不打紧，可孩儿……孩儿怎可以和我一起死？"

孟婆说着，声音越来越激动，她甚至发出疯狂的叫声，哀号恸哭道："所以……我就，我就拔下了我的发簪，我要将那支簪子刺进山贼的胸口……我要与他同归于尽！我要保护我的孩儿！"

然而，簪子掉落在地，折成了弯月。她的一击太过微不足道，山贼扭断她的脖子就如同对待一只蝼蚁。血泊之中，她与孩儿倒在族人的尸身上，尸身伴着满地的血水流进淮阳河中，化作河底水鬼啃食殆尽的白骨，堆积成了被海藻覆盖的尸山。

"杀人有道，有怨报怨，有仇报仇，而你们，却连三个月大的婴孩都不肯放过。"孟婆缓缓地放下双手，她身上的幽魂已然悲戚离去，此时此刻，

孟婆传奇之灵舞篇
MENGPO CHUANQI

她以一种悲悯而又同情的眼神望着面前的山贼头子，声音冰冷刺骨："禽兽见到你们会躲远，恐怕连恶鬼都对你等闻风丧胆。可惜啊，你们花着染着血的金钱，犯下了如此不可饶恕的罪孽，不假时日，必是要付出同等代价的。"

山贼头子已经被吓得说不出话来，他脸色铁青，眼珠子充血，胯下一阵潮湿，竟是失禁了。他恐惧地颤抖着，想要逃，双脚瘫软无力，想要喊，却如鲠在喉。

虚空之中，有声音幽幽响起，伴随着叹息与哭泣，哀叫连连。

苍老的声音道："你还我命来……"

年轻的声音道："我死得好惨……"

女子的声音道："你们怎可侮辱我？"

婴孩的啼哭声不绝。

那位母亲的声音响起："为何不肯放过我的孩儿？你们已经夺走了金财，为何这般狠毒？"

"别……别过来……你们这群登徒子能死在我刀下是荣幸，是你们的福气！你们休要不识抬举！"山贼头子的眼前出现了大片的幻觉，那些曾经死在他刀下的金家鬼魂蜂拥而来，哭泣着，哀号着，攀上他的腿，缠上他的腰，大力地附在他的身体上，拉着他向下坠，向下坠，一直一直向下坠。

孟婆在这时贴近山贼头子，笑靥如花地将手中簪子在他身后轻轻一点，道："水可穿石，火可烧山，恶人自有恶来惩，你看，这番景象多美啊！"

山贼头子已然被死在自己刀下的鬼魂吓得痴痴傻傻，他循着孟婆指引的方向转过头去看，只见身后燃起了熊熊火焰，整个屋寨都被火海吞没，他的部下们在妖异的烈火之中焚烧着肉身，哀号着，惨叫连连。那杀害母子的小贼更是被烈火焚身，惨状异常。

他恍惚地站起身，目光呆滞地望着眼前炼狱，忽然哈哈大笑起来。他已经疯了，手舞足蹈地说着疯癫话："美啊，真是美景啊！烧吧！大火继续烧啊！哈哈哈哈……"

风大起来，火苗一点点蹿起。风越吹，火势越高，浓烟越起。老树纷纷倒下去，砸塌屋寨的房子。数不清的山贼被焚烧在这仿若红莲地狱的火海之中，嚷嚷成一片。

大火无情，随着风势大肆蔓延。

孟婆的脸上映满了火光，忽听见身后有人唤她，转身看去，是一脸惊惧的离歌。

"孟姐姐，你把人和寨子一起烧掉了……他们……还有那孩子，才十岁而已啊，他们……"也是命啊。离歌生生咽回了后半句话，因为她的声音止不住地颤抖，方才所见，令她不由自主地惧怕起孟婆。

而此时的孟婆已经恢复了自己原本的面貌，她目光漠然，凝视着火海冷声道："民不畏死，奈何以死惧之。若使民常畏死，而为奇者，得执而杀之，孰敢？惩戒暴虐之徒，唯有用暴虐之策。暴可制暴，也根治暴。邪恶是不分年龄的。一些孩子的阴暗面，远远超出你的想象。有的孩子是孩子，有的孩子是邪魔。有时，孩子的恶往往比大人的恶更可怕。因为他们心中没有规则与道德的限制，所以恶起来更纯粹、更彻底，也更无底线。你同情这群禽兽，那些死在他们刀下的冤魂又何辜呢？以他们的血来祭奠死者，实在甚妙。"

离歌畏惧地打量着孟婆，尤其令她心跳如鼓的是，在说这话时，孟婆竟是微笑着的。

次日清早，艳阳高照。

昌陵山下的送亲队伍热热闹闹地朝着姜府前行。

媒婆甩着喜帕走在最前方，时不时地回头去确认喜轿跟没跟上来，她脖肩相连，圆润的下巴总是会挤出两个，热辣辣的天气也挡不住她喜上眉梢。要说真是峰回路转，昨儿个才遭遇了山贼，新娘子被掳去了寨子，她这个喜婆和轿夫坐在山下哭了一整夜，人是他们弄丢的，是死是活总要有个说法。就这样哀苦着等到天明，正想着该如何向姜家交代时，新娘子竟然自己下了山，回来了。身后还跟着一个锦衣华服的貌美女子，据说是新娘子的救命恩人。

甭管是真是假，新娘子能不少一根头发丝地安全回来就要叩谢老天爷了！喜婆可谓是喜极而泣，忙活着把新娘子安排进喜轿里，又为救命恩人张罗出一顶轿子跟在后头，接着便快快启程赶去姜家。

还好有快马传书给姜家，事情的来龙去脉都写在了信中，想必姜家也定是担心坏了。好在人好好地回来了，即便是误了成亲的吉时也不打紧。

可是喜婆心中始终有个不敢问出口的疑虑。

这轿中的孟婆倒是自在得很，在烧山寨之前她也不忘在山贼头目身上拿了一大袋子银元宝。看这装银元宝的钱袋样式颇有些古怪，一般来说，都是绣了钱庄字号或是自己的名讳，而这钱袋质地上乘、崭新无痕且做工精细，一看就是极好的针线，通体看去，找不到任何字号的标识，这山寨之上也不像有如此缜密的手艺，实在有点儿匪夷所思了。算了，想这作甚，有钱就行，想到这里便安下心来，任凭喜轿继续前进，看着还有数日才可到达姜府，她又有了许多钱，正好可以借此机会去买些酒来喝。

谁让这人间的规矩是没钱寸步难行呢，即便她是孟婆，也还是要入乡随俗。

于是她踏着飞步来到离歌的轿旁，掀开帘子同她知会道："我要暂且去寻些乐子了，你只管安心坐着你的喜轿，如若再有危险，我会立即回来救你的。再会。"说罢，她便消失不见。

离歌半张着嘴，惆怅地叹气，心想这为期一年的交易，不知是否真的能够如愿以偿。

这是发生在两个时辰之后的事情了。

来到人间的孟婆自是要好好喝上一顿美酒的。喂饱了自己刁钻的胃，再去追赶送亲队伍也是不迟。

她来到远离昌陵山的城中，见到人间依旧是百年如一日的繁华，哪怕是过去了数十载也依旧没有两番模样。

待她来到主街，从一处小酒馆里买了壶用来开胃的小酒，正打算稍作休息，品品酒香，却察觉到不远处的人群中起了骚动。

有一列威武的仪仗队途经于此，孟婆好奇地走过去，看到一辆富贵的官车正缓缓而来，百姓纷纷退避，无不敬畏。孟婆只抬眼看了一看，那车被装点得格外雍容华丽，鎏金凤纹的车帘上绣着金丝线。见领头的男官骑着高头骏马，共四名，皆是环绕于官车，好生趾高气扬的姿态。

哪料后方的官车忽然歪歪扭扭地倒了下去，竟是路太窄，驾车的马匹同旁侧的小摊撞到了一起。小摊在卖红豆，拉车的高马馋着那色泽饱满的红豆，居然结伴跑去啃红豆吃，不仅吓坏了叫卖的父女，还把坐在车内的大汉给颠了出来。

大汉是这一带出了名的恶霸老爷，他摔得不轻，立即火冒三丈，喊上横肉一脸的男官们便要修理卖红豆的父女。老翁已年过花甲，赶忙向恶老爷求饶起来，然而他们那群蛮横无理之人可不会同情老翁，不仅一脚踢倒他，还抓过他的女儿，要她赔他摔疼的这个跟头。

"阿珠——阿珠——"老翁急得老泪纵横，想要救女儿，却被男官们恶狠狠地推开。

名为阿珠的秀美女子既愤怒又悲伤，她喊着"爹——爹——"可又挣脱不开，情急之下哭得伤心欲绝。

周围聚来了数不清的看客，他们既惧怕恶老爷，又忍不住义愤填膺道："光天化日之下竟如此为非作歹，分明是他家的马吃了老翁的红豆，居然反咬一口，还让人赔偿他摔的一跟头，赔什么？那被他家马吃了的红豆怎么算？哎哟，这叫什么世道啊！"

又有人小声叹气道："唉，恶霸老爷仗势欺人也不是一两天的新鲜事儿了，如若不是他在朝中有背景，咱们又怎会这般惧怕于他？"

孟婆左一句、右一句地听进耳里，又看向散乱的红豆摊子旁，只见那恶霸老爷欺人更甚，竟狂笑着要女子去他府中做他的陪房。孟婆嗤笑一声，并没有路见不平的打算。她心想着，戏里总是会出现这般桥段，我见犹怜的素女遭恶人强迫，危急时刻便会有意气风发的少年郎腾空出现来拔刀相助。牛头和马面十分喜爱这等风花雪月的趣事，时常同她讲起在人间所见，类似的英雄救美情节在三十年内不知讲过多少次了，她听都听得烦了。而按照推算，再数三下，差不多就该有侠义之士现身了。

孟婆坐看好戏似的在心中数着：一……二……三。

果然不出所料，人群之中走出来一位侠客，他大喊一声"住手"，众人的视线整齐一致地聚集到了他的身上。

真是准时。孟婆嘻嘻一笑，不由来了兴致。她侧眼打量着那"侠客"，竟是一个年岁不足十八的少年。他面若桃花，衣衫整洁，袖口针脚也缜密，腰间配着一把精致漂亮的好剑，倒有几分玉树临风的气势。

少年从镶有红宝石的剑鞘中抽出长剑，一脸的正义凛然，以剑指向恶霸老爷，高声质问道："你这恶霸实在猖狂，竟如此明目张胆地强抢民女，究竟心中还有没有王法？"

"呦呵，小小的黄毛孩子也敢同本大爷叫板放肆？"恶老爷根本不把少

年放在眼里，高高在上地抖了抖脸上横肉，嚣张道："本大爷乃是朝廷要人，你跑到这里竟谈什么王法？本大爷今日就逮你回去扔进大狱，让你知道多管闲事的下场！"

少年无所畏惧地摆好阵势，眼神坚定道："放马过来！"

恶霸老爷同男官们使了个眼色，走狗们一拥而上，冲上来将少年团团围住。少年几个招式下来便将男官们击倒在地，动作轻巧而流畅，惹得恶霸老爷怒不可遏地跺脚大叫道："你们这群没用的东西，连个吃奶的孩子也摆不平！还不快抄家伙，给本大爷打死他！往死里打！"

男官们便从官车里摸出了大刀、长矛、钉头锤……他们哇呀呀地叫着，再次围剿少年。

少年倒也冷静，以守为攻，待到男官们耗尽体力喘息如牛之际，他又是一个漂亮的回旋，以剑柄击打众人背脊，只用这一个招式便把一群男官击败。

眼看着手下都躺在地上哀叫连连，恶霸老爷慌了阵脚，他连忙把阿珠推向少年，又操起一旁的木棍胡乱挥舞着，虚张声势地警告少年不准过来。

少年懒得理他，赶忙将阿珠送还到老翁身边，好让他们父女二人团聚。谁料就在少年背对着恶霸老爷的工夫，那卑鄙小人高举着木棍偷袭，一棒子打在了少年的头上。

少年防备不及，踉跄着摔倒在红豆摊上，恶霸老爷乘胜追击，对着少年一通乱打，搞得整堆的红豆撒了满地，像天女散花。老翁心痛地哭喊着："别打了，别打了，豆子都所剩无几了！那可是我们全家接下来一个月的粮食钱啊！"

闻言，少年心中愤怒不已，他猛然一个转身，使出全力扔出手中长剑，锋利的剑刃割伤了恶霸老爷的手臂。恶霸老爷鲜血直流，吓得几乎昏厥。他被男官们扶起，少年作势还要追赶，恶霸老爷连连后退，赶快翻身上车带着属下逃之夭夭了。

待到确定恶霸老爷走远了，少年才如释重负地瘫坐在地上，他整张脸都被打得肿胀，眼眶乌青，疼得他可怜兮兮地哭了几声。

老翁和阿珠感谢他的救命之恩，少年却惭愧地道着："都怪我，太不谨慎了。红豆都被我们打散了，我实在感到抱歉，你们就别谢我了。唉，想来我身上也没有多少钱，这些银两算是我赔偿给你们的，拿去用吧。"

老翁父女再次感谢他的大恩，收下银两，拾起仅剩的为数不多的红豆，便相互扶持着离开了。

周围看戏的人们也逐渐散去，孟婆的目光则是落在少年遗落于地面的玉剑上。

她踱步过去，俯身拾起玉剑，剑柄绛紫纹理，仿若玉泽通透，而剑身的脉络打造得极为精细，寒光熠熠，实为上上之品。

这的确是把难得的好剑，孟婆猜想着那少年定是出身不凡，不然也不会带着此等宝物出行。

少年这时龇牙咧嘴地揉着肿胀的脸，他发现自己的佩剑不见了，便四处寻找。找着找着，便见一双样式精巧的绣鞋出现在视线中。

顺着鞋子向上看，是黑渊一般墨色的锦衣华服，如同暗寂的湖水一般闪着幽幽光辉。再向上移动着目光，自是看到一张面颊微丰的曼妙容颜，她柳眉下镶着一双桃花眼，朱唇轻点，耳坠琉璃，有股子超凡脱俗的疏离高冷之气，令他不觉愣了愣神儿。

"仙女啊……"他在心里发出感叹。

孟婆的美目停留在他脸上，有点儿轻蔑似的妩媚一笑，将手中玉剑同他示意道："这可是你的剑？"

少年看到她手中的剑，立刻醒神，上前几步靠近她，嗅到她身上有异样奇香，沁人心脾。

他闻着这幽幽清香，略微躬身，举止得体，不疾不徐道："正是在下的剑，多谢姑娘，还请奉还。"

孟婆并未立即还给他，反而问道："我见你方才同那恶霸争斗，倒是勇气可嘉。他们最初未持武器，而你手中握剑却不曾用剑身伤及他们，只是用剑柄击打他们的背部，所谓何因呢？"

少年肿着一张青紫交加的脸，义正词严道："面对手无寸铁之人，无论对方是老妪、妇孺，或者是十恶不赦的孽障者，握有武器的人都不该与之兵戎相见，否则便是利用自身优势去欺辱弱势，绝非正人君子所为。唯有对方也拾起武器，平等相对，才方可一战。"

听他说得头头是道，还不是被揍得一塌糊涂？就连最终获胜，也是险胜罢了。孟婆瞥他一眼，又细细端详起握在自己手中的玉剑，总觉得这剑似曾相识，她低低喟叹道："自古有云，不惜千金买宝刀，貂裘换酒也堪

豪，自是宝剑配英雄，红粉赠佳人了。可如此宝物被你这般模样的人佩戴，不知宝剑会否因此而哭泣啊……"

他这般模样的人？是怎样模样？

少年下意识地打量起自身，翩翩公子，卓尔不凡，当真是一表人才啊！但脸的确是破相了，有失尊重。他不好意思地揉了揉自己乌青的眼眶，羞怯地觉得这副样子的确不配此宝剑。

不过，等等。

他很快便反应过来，怎么就不配了？他文武双全、侠骨柔肠，不过是被打肿了脸，那也是因他寡不敌众啊！且她是何人，凭何断定他配不上剑？

而他还真的顾影自怜起来，险些就上了她的当！

他便皱起眉，气呼呼地冲上前去，欲将玉剑从她手中夺回。

此时的孟婆却神色有变，她瞥见了手中玉剑剑柄上刻着的名字——"逸舒"。

第六节

　　章莪之山，有鸟焉，其状如鹤，一足，赤文青质而白喙，名曰毕方，其鸣自叫也，见则其邑有讹火。

　　"这话里的意思是，往西方向二百八十里的地方，有座山名字叫作章莪山，这座山上不生草木，多产瑶和碧一类的美玉。山中常会出现十分奇怪的现象，那里有一种鸟，形状像白鹤，一只脚，红斑纹，青身子，白嘴壳，名字叫毕方，它鸣叫的声音就是自呼其名。"他同她解释着这番话，眼睛明亮如星，十分陶醉的模样。接着，他又为她展开自己珍藏的画卷，与她一同欣赏画中美景。

　　画中的景色如同仙境，美轮美奂，云端之上更是飞舞着成群结队的仙子，她们手捧花枝，身穿霓裳，正嬉笑着朝天际那边的云阁飞去。

　　她惊叹不已，他则是要她闭上眼，更为投入地去体验身临其境的感觉。她笑着照做，缓缓闭眼，再缓缓睁开，只见她自己似乎来到了画中，仙子们环绕在她的身侧嬉笑，她被牵着向前走。

　　可他在哪呢？

　　她唤了几声他的名字，却没得到任何回应。

　　走着走着，她被脚下异物所绊，低头去看，竟是一个梨木制的雕花酒壶。

　　她疑惑着俯身去拾，酒壶却一蹦一蹦地自己跑了起来。她惊愕去追，酒壶已带她来到一片空旷的遍地白沙的异域。

　　周围极其静谧，酒壶"啪"的一声倒在地上，一名身穿白色衣衫的男子提起酒壶，饮下一口烈酒，立刻皱眉，转手抛给她，对她道："清舞师妹，你随身携带的酒也太烈了吧？等下师父见你又贪起酒来，定要责怪于你了。"

清舞？那是谁？是在叫她？可她的名字是墨舞啊……

那……他又是谁？她眯起眼，仔仔细细地打量着他的尊容，眉眼清秀，眸中流光，左眼角下方一颗泪痣，更添风流。

可他神情中却带一丝凉意，且那股子寒冰般的气焰几乎要与他那身白衣融为一体，冷漠如寂寥之渊。

"公子，你怕是认错人了。我姓姜，名墨舞，并非公子口中的清舞。"她同他道。

这男子略一怔，随后若有所思道："也是难怪，这都已经步入轮回了，许多前尘你怕是也记不清楚了。更何况，我也……"

她更加困惑了。

接下来，他忽然望向天际，只听雷声乍起，乌云密布，他低咒一声："又是他们。"

刹那间，周遭景色发生巨变，大漠飞烟，迷雾浮现，男子赶忙将她拉到自己身边。她还在推拒，总归是男女授受不亲，可他却贴近她耳边低语道："前世劫难未尽，你我怕是再会时也难以维持当年的面貌与记忆了。"

她放眼向他身后望去，蓦然看见一群妖鬼之兽腾云驾雾而来，它们相貌可憎、尖嘴獠牙，个个都凶神恶煞。

她吓坏了，仓皇之中抓住他询问道："这是怎么一回事？那些都是什么？我们该如何是好？"

他看向她，眼波流动，极尽俊美的容颜仿若盛世繁花，竟让她觉得似曾相识。

"清舞，你且回去吧，在一切结束之前，再不要来这里了。"他像是挣扎了很久一般，终于用力推开了她。

恰逢此时，一阵大风扑面而来，她伸手去挡，再也看不清他的容颜。情急之下，她脱口问道："你……你可是晟云吗？"

他的声音逐渐消散在风中："你会想起我的名字的。"

风沙巨大，她只能依稀看得清他佩戴在腰间的玉剑，剑柄处的的确确刻有"晟云"二字，且方才正是晟云带她沉浸于画卷之中的，然而画里男子的模样却与晟云毫无相似之处，可这男子又怎会戴着晟云的剑呢？

又是一阵大风刮来，她吃痛地闭上眼，再记不得接下来发生的事情了。

孟婆恍惚地从回忆中拉回思绪，她回想起了相似的玉剑，更回想起了前世的身影。她继而转过头，灵巧地腾空一跳，躲避开了少年来抢玉剑的手，落地时看向他，充满疑虑地问他道："你是上官氏族？"

　　少年一怔，竟没料到自己的姓氏会被猜出，困惑地点头应道："对啊，我是上官氏。你怎么会知道的？我不记得我告诉过你我的名字……"

　　孟婆并不回答，眼波倒是亮起了微妙的光簇。

　　而有那么一瞬间，清风袭来，吹散孟婆衣裙，少年忽地发觉她不仅仅是美艳绝伦、光华照人，竟像是位故人。

　　想来那位未曾蒙面的已故叔父的书房里曾有一幅被他宝贝珍藏的画像。这位未曾蒙面的叔父在他出生前好几年就去世了，只是家族之中一直留有他的一间书房，每旬都命下人仔细打扫，宛若主人随时都要回来一般。自儿时起，他就特别喜欢独自偷溜进书房里待着，看看这、看看那，觉得既新奇又熟悉，特别是那幅画像，少年每次见到那画都会赞叹画中女子的美貌。

　　她眼中含笑，似盈盈水泽，又云髻峨峨，修眉联娟，戴金翠之步摇，皓腕玉白如瓷，腰肢纤细，身段玲珑。

　　少年曾感慨过：此女只应天上有。

　　可眼前这女子，却像极了画中之人。

　　瞬间，记忆的匣子被打开了，他又想起这位叔父的书桌上打开着一本笔记，像是记录一些自己的感慨和病情。听父亲提起过叔父是久病不愈而亡，但是也没有具体说是什么病症。到他大一些的年纪再去看笔记上的字，有几段话倒是让他记忆深刻：

　　"甲戌日记：这人一旦开始去悟，就会变得沉默寡言。正如那刹那花开，全然猝不及防。不是没有了与人相处的能力，而是没有了与人逢场作戏的兴趣。但是悟到通透之时，又会如琉璃一般光洁坚毅，透亮明达，心性好似回到孩童般自然天成，与人自然相处不设屏障之围。这当然是高阶之态，想要硬生生地模仿是求不来的，只能耐着心性一日日在这红尘中打磨历练，修行与顿悟只能在这动中得静。此时之静方为真静，可随动而动的静，自然阴阳转化无虞。

　　"庚子日记：今日风大，独坐在山边忽想起她，忆得她深锁眉目地说过：我最是厌恶这世间爱抱怨与谈论是非之人，尤其是那些自诩心善的嚼

舌的人，殊不知那舌头才是杀人的利器。有意无意地谈论着旁人的是非里短，自以为是关爱人家，嘘寒问暖谈东扯西，其实不过是日子乏味，拿那些事情来打发度日罢了。越是抱怨，事情多是与所期望相背离。'行有不得，反求诸己'，遇事最聪明的做法，就是自省。自我解析，自我反省，找到自己的不足。人无完人，每个人都会犯错。自省才能清晰地认识自己，更准确地改正自己。如果不懂自省，就看不到自己的问题，更不能自救，只能一直沉沦，终至无可救药。"

孟婆也重新审视了他一番，想来这个隽秀少年自是生得一副好皮囊，虽乍看之下，像是个富贵人家的纨绔子弟，可他举止有礼、行事有度，既是上官氏族的话……便不足为奇了。

的确是故人之后。

思及此，孟婆便略微放下了心中戒备，少年的表情也自然了许多，刹那间化解了二人之间剑拔弩张的气氛。

恶霸老爷的部下对着孟婆大吼道："哪来的道姑？多管闲事！赶紧给大爷们滚一边去！"

还不等孟婆接话，一旁的少年就忍不住大声回嘴道："这厮怎么如此无礼？！先不说这位姑娘没有道人打扮，就算是道人衣着装扮，遇到女道士也不可以称呼'道姑'，这是极其不尊重的叫法，在正统道教里，是没有这个称谓的。男道士，称为乾道；女道士，称为坤道。取义天地阴阳，乾坤有分。男女互相之间，均以道友、师兄相称。自古以来，道教一直崇尚男女平等，所以在见到道士时，不论性别，我们都称呼"道长"即可，遇到德高望重年长的修行者也可以尊称为"道爷"，你家主子没教过你这些吗？"

孟婆抿着嘴看着这较真的少年笑了，心中不由生出几分好感。

孟婆正打算将玉剑还予少年，哪知一直躲藏在暗处的恶霸老爷的部下突然向二人发起了偷袭。想来他是被恶霸老爷安排于此处伺机出手的，可他到底是小看了孟婆。

许是觉得孟婆是女子，轻而易举地便可将其制伏，那名部下便想首先拿下孟婆，一柄长刀挥出去，孟婆却灵敏地腾空，脚尖踩在刀尖上，部下神色一惊，抬头去看，孟婆与之四目相对，微微一笑，手指一弹，剑柄直击对方的胸口。

这一击令男子后退连连，可他还不肯服输，再次以迅雷不及掩耳之势横刀劈向孟婆。

孟婆扔出手中的剑，剑身滑过男子的脚下，使他绊倒在了石块上，摔倒不说，脑壳竟重重地砸在了石块上，当即便不省人事了。

那少年见此大招，立刻拍手叫好道："原来这就是传说中的隔空打物，好生厉害！"

孟婆悠悠然地捡起地上的玉剑，转手丢还给他，笑道："觉得厉害？想不想拜师学艺呀？"

这少年很懂事理，既然佩服孟婆的身手，立刻凑近她，合拳躬身道："自然是想，那便从道明身份开始——在下姓上官，名逸舒，字聿知，不知侠女如何称呼？"

"我可不是侠女。我姓孟，你且叫我孟姐姐吧。"

上官逸舒眨巴几下眼，挠挠头道："可你看着不像做人姐姐的年纪啊。"

孟婆高兴道："呦，你倒是真会说话。"接着又问："你方才教训了这一带的恶霸，下次他们再找你麻烦该如何是好？我未必会再帮你的，今日都是机缘巧遇。"

他却满不在乎地眉飞色舞说："一看你就不是本地人吧？你不知道那恶霸虽背后有势力，但也没有我们上官家资历雄厚！因我不喜欢炫耀这些身外之事，更愿意云游四方，多学武艺，练就一身好剑技！还有，你知道我为什么想要练好剑技吗？你一定不知道吧？就是因为我叔父啊！"

孟婆无动于衷，她对他的个人情况可没什么兴趣。

"对了。"他忽然想起了什么，从自己的口袋里翻出了一个宝贝，掰开一半给她："喏，你这会儿也应该饿了，这包子虽然有点被压扁了，不过不耽误吃！来，一人一半！"

孟婆看着他递来的东西，忍不住翻起白眼，"你竟然在自己的衣衫口袋里带包子，还是蜜枣馅儿的。"根本不能叫包子，应该是糕点了！

"这有什么奇怪的，谁说包子就一定是肉馅儿的？更何况，我喜欢吃甜的，要不是今天出门急，我就多带几个了，我家这次新换的厨娘手艺特别好！啊，等会儿，你身上是什么味儿？"说着，他便不拘小节地跑到孟婆跟前嗅了嗅，恍然大悟道："是酒味儿！你喝了酒，别说，这味道还挺好

闻，有酒的话，也分给我尝尝吧！"

孟婆心想真是狗鼻子，喝了几口酒都被他闻出来了。说来也是稀奇，上官家的后人还会有这般风流随性的，明明前人是那般清傲……倒也不能说是平淡无奇，总归嘛，是少了几分豪爽仗义的江湖气。

但眼下，上官逸舒太过聒噪，孟婆不得不数落他道："没大没小的主儿，你叫过我一声姐姐吗？别说是拜师学艺了，连姐姐都没叫过，我凭什么要分酒给你喝？"

看来对方可不是个好说话的，上官逸舒发现以自己目前的功力，就算是在嘴皮子上，也未必能应付得了这位美艳姐姐，只能默默地将头转向一边，小声嘟囔几句："都说喝酒脸不红的人不是良善之辈，她的脸就一点儿都没红……"

孟婆听见了，反而笑眯眯道："我喝酒是不会脸红，可我喝水会脸红，各人有各人的脸红方式。"

没听说有人喝水还能脸红的，上官逸舒嘴角微微抽搐，但也只敢在心中丢给她二字金言：谬论。

孟婆看向他，挑了挑眉问："你刚刚在心里说了什么？"

上官逸舒立刻捂住嘴，再次想道：不是吧，她连我的心里话都听得见？这是什么厉害的武林绝学？难道说不是仙女，而是妖怪吗？

孟婆笑了，皮笑肉不笑的那种，她从双袖中亮出尖锐的玄武刺直逼向他，眼角寒光乍起，上官逸舒立即乖乖地露齿笑道："我是在心里说，孟姐姐！"

孟婆收回玄武刺，略有轻蔑地看着他，倒也有几分纵容他的意味，笑着拿出自己的酒壶对他道："看你还算明事理，姐姐我就分你一杯酒尝尝鲜。"

上官逸舒的双眼立刻变得炯炯有神、闪闪发亮，他如获至宝一般双手接过孟婆的酒壶，仰起头来"咕咚咕咚"地喝下了好几大口。

这是他生平第一次品尝酒水的味道，有些辣，有些凛冽，可滑入胃中，却令他感到喜悦与快活。他欣喜地望向远处，心觉人生这般短暂，年少时日无多，定是不能浪费这大好风光呀。瞧，风刮落阵阵桃花，实在是一场极美的花瓣雨！

孟婆也顺着他的视线望去，眼前的花瓣雨纷纷扬扬地洒落，不知不觉间，她竟也露出了温和笑意。

而在周围路人的眼中，只觉桃花树下站着一对美丽如玉的人儿，他们在喝酒、赏花，时不时地传来欢声笑语，倒也令途经于此的人觉得赏心悦目。

喝着喝着，不胜酒量的上官逸舒便有些醺醺然，他作势便挥舞着手中的玉剑跳起了轻盈的剑舞，还手舞足蹈地喋喋不休着："想来我自幼喜吃鱼，可十岁时被鱼刺卡过喉咙，那之后便只吃得白鲢了，白鲢鱼刺较少，可谓乐哉！乐哉！！"

孟婆哭笑不得："可别说你这是在作诗。还有，你是小猫不成，竟这么喜欢吃鱼。"

上官逸舒哈哈大笑道："我若是小猫的话，孟姐姐便是只老虎了。"

孟婆同意道："便是一只猛虎。"

上官逸舒反唇相讥："猛虎都食人，姐姐这只虎也吃人吗？"

孟婆亮起手中的玄武刺，打趣道："倒是能伤人。"

上官逸舒挑衅似的一扬眉："是否能伤人，一试便知！"

说罢，上官逸舒便先发制人地举剑冲向孟婆，不甘示弱的模样倒有几分上官氏族应有的英姿。

孟婆一边后退一边笑了起来，饶有兴趣地奚落他道："呦，你这是喝了酒有了胆子，终于敢打女人啦？"

"不过是切磋武艺，孟姐姐何必要把话说得这么难听呢！"上官逸舒的动作极快，仿佛与之前判若两人。

酒可壮胆这话还真不假。

孟婆眯了眯眼，深知这个小毛孩子算不上善辈，但就算是切磋，她也不可能会输给他。玄武刺双双刺出，却被他防下，且他一个侧身，从左方杀来，孟婆尚未看穿他的这个招式，心下一惊，竟将上官逸舒看成了别的人。

仿若……是……

"晟云……"孟婆喃喃念道，脑子里猛地跳出了昔日画面。而回过神的空档，上官逸舒已经与她近在咫尺。她低呼一声，猛地反手，用左臂击向了上官逸舒的鼻子。

上官逸舒的旧伤还疼着，鼻子又遭殃，他"嗷呜"的一声跌倒在地，吃痛地不满道："你怎么动真格的呀，出手这么狠……面对我这样玉树临风

的美男子，亏你下得去手！"

孟婆恍惚了一下，这才发现自己方才有些失态。可是上官逸舒见她分神之际，又猛地跳起身来搞突袭。孟婆下意识地抬起腿，一脚踢中了他的胸口。

上官逸舒被踢出去老远，吱哇乱叫着，痛得不行。待他爬起身来想要再继续比试时，竟发现孟婆已经离开了，留给他的只是一个清冷孤傲的背影。

一阵风袭来，吹散她身上的酒香，与她对他的轻叹："少年人，你这柔弱的小身子骨还差得远呢，且再继续修炼吧。"

上官逸舒望着她在洒满余晖的金色天际逐渐消失不见，不怎么高兴地搔了搔耳朵，总觉得自己被她瞧不起了。不，分明是被侮辱了。

"唉。"他坐在石阶上消沉了一会儿，倒没有自怨自艾，反而是满怀憧憬地喃喃道："没想到家外面的世界这般与众不同，我虽是初出茅庐，可今日却受教许多。待到下次再与孟姐姐相遇，我定要成为更加非凡的男子才是……"

非凡的男子吗……孟婆静静地走进幽深的小巷中，她停住脚，低垂着眼，打开了自己手中的一个锦盒。

那是一个红色丝绳系着的小巧金盒子，其中装着宿世砂，轻抹一笔在额心，便可以看到想要去看的某人的宿世。

前世今生，历历在目。

这是孟婆从冥帝和墨处偷来的宝物，她将宿世砂沾染在手指上，点在自己眉目中央，心中念着上官逸舒的名字，顷刻间，眼前浮现出了他上一世的点滴过往。

那像是一场旧梦。

梦里的一切都是她前世所见，是记忆中的人间景象。唯独有一点不同的是，不远处飞来了一只会说话的文鸟，她认识那只文鸟，是宿世砂的守护者——南平君。

南平君的嘴里衔着一枝荷叶，盛着露水。他将荷叶送到孟婆面前，并对她说道："孟姑娘，好些时日不见了，近来可都安好？"

孟婆礼貌地颔首示意："一切都好，南平君，别来无恙。"

南平君又道："孟姑娘既然召唤来了在下，必定是有想要看的前尘。在下就捎来了云河水，知道孟姑娘喜欢酒，便在其中加了些杏子酒，喝下之后就可看到你想要得知的一切了，还请孟姑娘笑纳。"

孟婆感谢道："如此贵重之物，真是谢谢南平君了。"

南平君羞涩地弯下小脑袋，他很不习惯被冷艳的孟婆这么客气相待。

喝下水后，孟婆抬头望去，梦的场景变换成另一番景象——

他出现在她游湖的桥下，原来他早早便遇见了她。人群之中，所有人的视线都汇集在她的身上。那年的她有着五月清空般灵秀的面容，双眼透着秋水韵泽，一头乌亮的青丝垂在腰间，仿若有种与世隔绝的淡漠疏离。而在平庸的看客里，他清俊温润的面容格外醒目，他在凝望着桥上的她，竟从那时起便已是一脸痴迷。

孟婆紧紧注视着梦境内容，生怕错过任何一个细小的画面。她看到他与她相识后，总是默默地守在她身后。

雨天，晴天，雪天，乌云密布时，异常寒冷时，他的眼神总是追寻着她的身影，努力做到不被她，也不被其他人发现。

当她在树下打盹，他会命人悄悄移来纸伞，为她遮挡炎阳。

当她清晨醒来时，他会在她的窗前放上一枝娇艳的桃花，每天都不曾忘记。

不知不觉中，他望着她难得露出的笑意，眼底会浮起异样的波动。像是留恋，又似迷惘。

他屡次接纳酒后失言的她，将她带回自己府中，也让她知道了自己早有妻室，却依然不可自拔地迷恋她的事实。

他曾告诉过她，传说中，上天会惩罚对发妻不忠的负心之人。

负心人要被天雷击中三次——

第一次在胸口，第二次在四肢，第三次在灵魂。

也许从他无可救药地爱上她的那一刻开始，他便日日都在历经天雷的拷问。

有个模糊的身影万分吃惊，那身影痛苦而又不敢置信地质问他道："你竟动了真心不成？"

他摸摸胸口，那里每次都会因想起她的脸而变得很痛，比天雷重击还要痛。

他对此不知所措，可也只能告诉所有试图阻止他的人："我不过是很想

见她罢了。"

那么多的人在对他好言相劝：

"望你谨慎行事，莫要伤了自己，更莫要赔了夫人又折兵。"

可对于沉溺于相思之苦中的他来说，怕是听不进旁观者清的苦口婆心。

那么她呢，她又是何时在意起他的呢？

许是那年夏初，她在酒楼里寻欢作乐，忽听楼外人声鼎沸，大家都道是他来了，她好奇，从窗内探头望下去，便一眼瞧见了他。

那日花影婆娑，风暖斜阳，他走在缓缓一行人的最前方，正同身侧小厮低语，手拿一把淡绿色折扇，坠着一抹流苏穗，映着空中飘落的几朵桃花，将他华贵的身影勾勒出一股子韵致。

他察觉到她直勾勾的视线，抬眼看向他，便是轻描淡写的一瞥，却足以硬生生地刻上了她心尖。

那时的她，尚且不知于之后的岁月里，她与他之间竟会是一种如山如海的沦陷。

一滴泪从孟婆的眼眶中坠落。

"啪"。

砸碎在梦里。

南平君转头询问她："孟姑娘，你怎么哭了？"

孟婆抬手去触碰自己的脸颊，她从不知自己是会流泪的。多少年了，她都没有再掉过一滴眼泪。

"不要哭。"

是他的声音。

孟婆猛然间抬起头，竟看到他走到她的面前，抬起手，为她擦拭掉泪珠。

"我没哭。"她辩驳。

"那，这是什么？"他示意沾染在自己指尖上的泪痕。

"因为这里是梦，所以……这一切都是梦。我所看到的都是你后人的前世，连同你，也是这梦里的一部分。"

"不是梦。"他道，"我会向你证明，这不是梦。"

孟婆抬起头，以眼相问。

"我说过，我会永远陪在你身边。哪怕为你改变三界规矩，哪怕背叛世间人伦，我也在所不辞。"他的眼中仍然没有丝毫犹豫，那漂亮的黑色双瞳里隐隐泛起了痴心，竟是这样美艳绝伦。

待孟婆从这梦里睁开眼，呈现在眼前的是寂静幽深的小巷，他再不会出现在她身边了，打从上一世结束后，他便不再会轻唤她的名字了。

然而梦中所见仍令她觉得亦真亦假、恍恍惚惚。有时也会私心觉得，能够在梦里一醉不醒，未尝不是一件美事。

孟婆合上宿世砂的锦盒，苦涩而又轻蔑地摇摇头，笑自己愚蠢。然而，却不会有人看见她眼底深处泛起的泪光，那是沾染着沧桑与凄楚的，甚至有些许懊悔的泪光。

十三日后。

送亲的队伍终于磕磕绊绊地进入了昌陵境内，姜家早已安排好了入住的客栈，轿夫们围坐在案几旁招喊来店小二，要了上好的酒水和牛肉。累了这么久，定要好好地饱餐一顿。

离歌也下了轿，喜婆搀着她进了客栈，候在廊下的两名姜家侍女立即迎上来，向离歌作揖道：

"兰琪见过侧夫人。"蓝裙少女温柔妩媚。

"绿枳见过侧夫人。"绿裙少女明艳娇丽。

早先在姜府时，兰琪与绿枳便负责照顾离歌和煜儿的起居，已是颇有感情。如今再次相见，离歌十分感伤地握住二人的手，流泪道："想不到今时今日还能与你们相见，实在是让我心中倍感欣喜……"

怎么好端端的就哭起来了？

兰琪与绿枳面面相觑，皆是有些措手不及，只得劝慰起离歌米，喜婆也不明所以，讪笑道："可不是我们欺负侧夫人了啊，我们没那么大的胆子！定是侧夫人旅途疲劳，累坏了身子，二位姑娘还是陪侧夫人去楼上安顿好，吃好喝好地休息一夜，烦恼到明儿个就烟消云散了。"

兰琪与绿枳连连点头称是，一左一右地扶着离歌去了楼上的房间。

而待到孟婆循着离歌的气息赶到客栈时，已是入夜的光景了。见她回来，轿夫们兴高采烈地还要与她赌局，毫不在乎自己早已输得精光。

孟婆自是不会拒绝这等热闹好事的，可她闻到了酒香，便颐指气使地命令着轿夫们为她斟好酒、摆好菜，吃饱喝足才有心情玩乐。轿夫们乖乖

地照做，正欲把孟婆请进座位上时，客栈外忽来了一辆马车。

负责开道的家奴秩序井然，他们站在门外两侧让开路来，那富贵雍容的马车缓缓驶出，车门打开，走下来的人正是姜府的继承人姜怀笙。

尽管他今夜穿的是素淡衣衫，也仍旧遮盖不住那与生俱来的高贵，眉宇间的英气更是咄咄逼人，而唇角却总是含着温润的笑，与之形成鲜明的对比。

见是准新郎来了，堂内的喜婆赶忙一路小跑来迎接，笑着寒暄了好一阵，才突然想起风俗，不得不提醒怀笙道："姜家少爷，不是我这个喜婆多嘴，实在是规矩摆在这，咱们也不能不遵守。你看，这还没有到成婚之日……"

怀笙笑着接话道："昌陵夫妇成婚之前不得相见，我牢记规矩的。"

喜婆立即眉开眼笑："记得就好，你记得就好。"

怀笙则是将视线落在孟婆身上，礼貌地颔首点头，感激道："今夜造访，只是为了当面向救命恩人致谢。"

喜婆一时诧异，反问："救命恩人？"

怀笙望着孟婆的目光如温水一般明灿深邃，令孟婆情不自禁地感到心平气和，她听到怀笙真诚地道："救下我心爱女子的恩人，不同样也是我的恩人吗？幸好有快马传书，我才得知送亲队伍遭遇了山贼袭击，如若不是有这位姑娘出手相助，离歌恐怕早已遭遇不测。"说罢，他踱步上前，在距离孟婆半米处的地方轻微躬身，双手合成拳，再次致以真挚的谢意，"多谢姑娘见义勇为。我曾认为女子柔弱，无法护自己周全，今日有幸见到姑娘这般美貌与身手集于一身之人，实在佩服不已，敢问姑娘该如何称呼？"

孟婆抬手摸了一下自己鬓边，有意地扶了扶发中碧簪，手指捻过珍珠坠子，挑刺道："公子过誉了，我不过是见不得出嫁队伍里没有配备武夫罢了。从长安街到昌陵道路崎岖，山贼众多，只有妇孺和几个轿夫同行，岂不是送羊入虎口？"

怀笙一惊，脸红了红，赶忙道："是我考虑得不周到，自打我入职六部之后，也曾与同僚抓捕那群山贼，私以为已是斩草除根了……"

孟婆抢白道："不承想却春风吹又生？你这后生还真是只顾得眼前，顾不得日后的脾性啊。"

怀笙的脸又是一红，他从未遇见过孟婆这样一针见血指责于他的人，自是不知该如何与之相处，只好放弃这个话题，再次问道："不知姑娘芳名……"

"在询问他人姓名之前，难道不应该先报上自己的名号才对吗？"孟婆的问话抛得干净利落。

怀笙愣了一下，讷讷地道："抱歉，我一时疏忽，忘记自报名号。在下姜怀笙，是昌陵姜府的准当家，目前在六部任职。"

喜婆赶忙插嘴一句，得意扬扬道："少爷可是当年由皇上亲自点名面见的状元郎呀！"

孟婆不以为意地高抬起下颚，虽是傲慢，倒也不会显得无礼，她点头道："那便是姜少爷了，小女子姓孟，年长你几岁，幸会了。"

怀笙微笑问候一声："孟姑娘。"接着，他又侧身示意带来的绸缎、珠玉、糕点与坛酒，命人搬进孟婆的房间里，道："这些都是我特意给孟姑娘准备的见面礼，小小心意，不成敬意，望孟姑娘笑纳。"

到底是姜家的人，出手总归是阔绰。看来快马送去的消息不仅仅是离歌遭遇山贼，连孟婆好酒一事都一并告知了，不然怎会送来这么多的酒！

孟婆道谢后欣然接受，喜婆便指挥着轿夫们把东西都搬到房里去，客栈门外便只剩下孟婆与怀笙，还有马夫与几匹马了。

气氛静谧得有些许尴尬，怀笙倒也不避讳自己打量孟婆的眼神。他毫无轻薄之意，不过是觉得初见这女子之时便有种似曾相识的感觉，仿佛曾在何处与之照面过。

孟婆看穿了他心中所想，又觉得夜风微凉，她便邀请他进客栈的案桌旁一坐。尤其是今夜繁星璀璨，陪她喝杯酒，再走不迟。

怀笙心想，这样也好，毕竟是救了离歌的人，他也应当陪她小酌一杯，如此才不算怠慢。

灯烛晕黄，夜色沉沉，喜婆大概是向楼上的离歌道出了怀笙夜访之事，总能听见楼上传来窸窸窣窣的动静，仿佛是一种不得不按捺与克制的雀跃。

怀笙也时不时地张望楼上，眼神里藏着股切的期盼与爱恋，无奈被旧俗规矩所束缚，他叹息连连，想来一日不见如隔三秋，他思念离歌的心思真叫他彻夜难眠。

孟婆自然懂得这两个年轻人的缠绵情意，笑着为怀笙斟上一杯酒，同他说起了遭遇山贼，又如何解救离歌的过程。这其中虽然隐藏了纵火焚寨

的过程，但大致属实，说到最后，她的那句点拨便显得合情合理："为了断绝那帮作恶之人日后继续为非作歹，我恳请姜少爷明日在回到六部后能够处理此事，也算是做个善后了。"

怀笙觉得孟婆的提议甚妙，自是应好，几杯酒过后，他问起了孟婆家在何处，听口音觉得并不是外乡人。

孟婆故作感伤地怅然叹息，慢条斯理道："说来话长，也真可谓是凄凉，我家中父母尽丧，前些年又变卖了全部家当，为的就是来到故居昌陵投靠表亲。可惜到了这里才发现他们早已搬走，我正在苦苦寻觅他们，恐怕还要再孤孤单单地寻上一段时日了。"

怀笙心性纯善，从不疑人，听了孟婆的话，立刻就相信了她，并十分同情她的处境，又愧疚自责道："都怪我多嘴，害得孟姑娘说出自己的伤心事。"

孟婆摆摆手，摇晃着手中的酒杯，淡淡道："生老病死，人之常情，这其中道理谁人都明白。我唯独懊悔的是在爹娘生前很少陪伴他们，就连他们死时，我也不在他们身边。"

怀笙触景生情一般地感慨道："你我许是同病相怜，我家父母亲也亡故三年了，如今我有了妻子和孩儿，他们却无缘与孙辈相见，此后将永生阴阳两隔，这是何等不如意的憾事啊……"话到悲伤处，怀笙眼眶泛红，举起酒杯，一饮而尽。

孟婆打量着他此刻的痛心神色，不由得想起了许多年前，她曾返回人间逗留的某一个光景。

那日无风，日头隐蔽在云朵后，巷子与暗寂的街角相连，不知名的鸟群从灰蒙蒙的苍穹之中结伴飞过，孟婆走在去往姜府的路上，她听得见自己的脚步声，踩在空旷的青石路上，夹杂着她略显错乱的呼吸。

姜府的大门歪歪扭扭地大敞着，睚眦今日被上了锁，封在门眼里。孟婆随着家奴走进了府内，绕到空旷的后花园，忽然听到身后传来了清脆的呼唤声。

"母亲，快看我画的山水图！"

孟婆心中一震，循声望去，嬉笑着跑来的正是年幼的怀笙。

她急忙想躲，还没走几步，便想起他是不会看见自己的，再次抬头，她看见母亲已经抱住了同自己撒娇的怀笙，展开他手中的宣纸画，细细欣赏那生涩幼稚的粗糙山水。

"我的笙儿真是了不得呀，小小年纪就能画出这样的神来之笔，先生也赞叹不已吧？"母亲亲昵地搂着怀笙，眼中满是宠溺。

"先生要我再加练习，只要肯下功夫，日后也许会成为画圣呢！"怀笙笑嘻嘻地磨蹭着母亲，笑得纯真而无忧。

孟婆眼光落在他们母子二人亲昵相挽的手臂上，心中说不清是嫉妒还是酸楚，或是羡慕……她的嘴唇抿成了一条线，静默地站在他们面前，听着母亲絮絮叨叨地关心着怀笙："笙儿，今天你穿得少了些吧？乳娘怎么没有给你加件衣裳？天凉，冻到了笙儿，母亲会心疼的！"怀笙的小手覆在母亲的面颊上，眯着眼睛笑道："那母亲就给笙儿暖一暖，有母亲在，笙儿便不会觉得冷了！"

孟婆望着这对其乐融融的母子，她觉得自己像是一条河，无声无息地被他们隔开，远远地兀自流淌，没人问她流去何方，也无人在乎她是否快要干涸，哪怕是她结了冰、污了水底，也不会有人踏进她的河川，问她一声："这么久了，你还好吗？"

"孟姑娘，你还好吗？"

如此关切的问候令孟婆醒了神，她如梦初醒般看向门前的怀笙，俊秀的男子正面露担忧，略有不安地歉意一笑，道："你手中的酒都倒洒了，莫非是回想起了什么伤怀之事？"

孟婆慢慢收回了神思，恢复了那副玩世不恭的腔调，挑眉一笑："哪有什么值得伤怀的事儿，无非是多喝了几杯，且公子带来的酒又烈性十足，后劲极大，我一时醉得失了神罢了。"

怀笙顺势提议道："既然孟姑娘是来投奔亲人的，又不曾与亲人团聚，不如先到我府上小住，待你寻到亲人再离开。"

如此一来，正合孟婆之意，她点头答应下来："也好，那便谢过公子了。"

接下来，怀笙渐渐有了醉意，他双颊微红，笑意纯善，倒也敢同孟婆自然地聊起来："想来孟姑娘的表亲在昌陵，那孟姑娘也算是昌陵人了，或许你我曾经在何处相见过。"

孟婆明知故问道："何来此言？"

怀笙斟酌着话语说道："姑娘的身上有种神秘的意境，我总觉得熟识得

很，可又说不清到底是否曾打过照面。且要说你不过双十年华，却散发出百年积淀才会有的通透，令人在倍感压迫的同时也会不由自主地臣服。再者，姑娘孤身一人便能降伏数十名作恶多端的山贼，实乃不可思议。我本不愿以怀疑之意揣测姑娘，然而我仍旧觉得事情蹊跷，与其把这话藏在心中，不如统统说给姑娘听，也算是我对姑娘的一种通透。"

孟婆神色中流露出赞许之意，姜怀笙果然心思机敏，也难怪姜府上上下下都容忍他的任性了。

"以道莅天下，其鬼不神。非其鬼不神，其神不伤人。非其神不伤人，圣人也不伤人。夫两不相伤，故德交归焉。"孟婆凝视着怀笙，嘴角似笑非笑，低声问他："公子觉得，'道'是什么？你相信这种道的存在吗？"

你相信这种道的存在吗？

这句话从孟婆口中说出，竟然令怀笙觉得缥缈如梦。好像能够蛊惑人心，令某种欲望打开双眼，直抵心口深处最为隐蔽的地带。

怀笙惊醒似的睁了睁眼，像是察觉到异样危险一样，身子略微退后，恍惚道："能与鬼神……匹敌的道，是什么？"

孟婆笑了笑，伸出手，指了指怀笙的心脏，答曰："人心。"

怀笙一脸困惑。

孟婆的笑意更深一些，令人参不透这笑容下是危险还是真挚，她道："日后，你会成为姜府只手遮天的人，你可以挑选的女人千千万，多得如同天上星，数也数不清，她们同样是挖空心思地来接近你、取悦你，可却不会有人敢直言不讳地坦露心中野心。而你，又是否能察觉到你最爱的那个女子的真心呢？你怎知她究竟是至善还是至恶呢？"

怀笙皱起眉，他不明白孟婆的话。而孟婆在这时邪魅一笑，嘴角便似有两颗细细的獠牙隐现，这令怀笙大惊失色，踉跄起身，冷不丁脚下一滑，朝后跌去，加之酒劲儿正浓，便摔得昏过去了。

孟婆见状，只轻巧地笑一笑，抬起手，将自己掉落在额前的发丝拂起，又唤来门外的马夫，要他将自家少爷抬到车上，回府好生休息去吧。

马夫见少爷喝得烂醉如泥，一边将其扶起，一边好心对孟婆道："姑娘也别贪杯了，早些就寝吧！"

"我？"孟婆望着屋外沉沉夜色，眼中放彩，饶有兴致道："我的乐子才刚刚开始呢。"

第七节

　　长安街有柳家酒坊，昌陵附近则有孟婆前世更为喜爱的酒馆。

　　那里有着她数不清的醉生梦死与肆意快活，如今重回昌陵，她自然是要造访一下那久未涉足的老酒馆了。

　　这家酒馆在昌陵的平远街，距离姜府有一段距离。但平远街却是昌陵一带最为繁华热闹的街市，早在当年，歌舞艺伎便统统聚集在这里，酒楼、赌坊、茶馆、戏台，甚至是青楼，多得数不胜数，其他街道在入夜之后便悄无声息、乌黑一片，而此处却是彻夜灯红酒绿、人满为患。

　　如若说青楼是温柔乡，那酒馆便是长相守，孟婆生前常去的那家酒馆名为白家居，虽然名字素淡，里子却火辣，不仅藏有陈年佳酿，还有漂亮艺伎。

　　尤其酒馆大门是璀璨张扬的金色，上面镶着奇珍异兽的朱红色图腾，衬托着楠木匾额上的“白家居”三个大字。

　　孟婆来到白家居门前时，发现店名并未更换，店内的景色也没什么变化，灯火通明之中流光溢彩，各色的胭脂袖在楼上挥舞，软语莺言，丝竹靡靡。来这里不仅仅是喝酒，还可以赏舞听曲，必要的话，也是可以在楼上挑选几个姑娘陪着作乐的。

　　孟婆心想，这店虽然还保留旧时面貌，但老板必是要易主了，这么多年过去，换人也是情理之中。

　　而越走近白家居，孟婆来自前世的回忆便越加清晰。

　　当年，就是在这里，有人愿意为了她放弃眼前荣华富贵，愿意为了她背弃结发妻子，只为了和她相守天涯。

　　她先是一怔，很快便笑了，甚至是露出嘲笑的眼神，故作轻佻的态度讽刺他道：“你真是痴人说梦，快别再说这些不着边际的话了。”她拂开他

的手，转身背对他的时候却禁不住心中酸楚。

　　他们总是这样私会，她本以为这是彼此都习惯了的事情，称之为儿戏、消遣都不为过，她深知自己贪恋的是他所给予她的那份不求回报的温暖。

　　而一旦这份温暖需要以同样的方式回应时，她一时之间竟手足无措。

　　说她自私也好，怨她冷漠也罢，她只是不愿给感情加上筹码。沉重的爱会令人窒息，她想要快意人生又有何不妥？

　　在此之前，他与她之间的暗号是丑时初，她每每赶来时，都见他在白家居门前独自负手而立。

　　她远远就能望到他锦绣华衣上绣着水墨海波金线，腰间坠着的是发妻做给他的玫红色香囊，上面刺着相思花叶。

　　他闻声看来，盯着她走近，眼里有藏不住的爱意。

　　那份深切的爱意，忽然就没来由地令她失去了勇气。她下意识地想要躲闪，内心竟有一丝莫名的惧怕。

　　为何……要惧怕？

　　她惧怕的又是什么？

　　是……那个人吗？

　　她的身后传来一声呼唤，她背脊一僵，缓缓转过头去看，一脸惊愕。

　　果真是他。是她既爱恋又惧怕的人，是给了她梦一样的生活，又亲手碾碎了她美梦的人。

　　也许她早就知道会有这日到来，也早就料到会有今天的这种景象。

　　于是她走到他面前，微微颔首，恭敬道："姬侯爷。"

　　他的脸色并不好看，虽忍住了内心的愠怒，可开口的语调却好听不到哪里去："你是在同我装模作样吗？姜墨舞，你当真以为我把你捧在手心里，你就可以为所欲为不成？不过，倒是我小看了你，竟不想你能攀上上官氏族，倒是让我对你刮目相看了。"

　　她握紧双拳，面不改色地凝视着他的眼睛，淡淡地道："侯爷说笑了，我哪里值得侯爷刮目相看？不过是如今长了脑子，学会睚眦必报罢了。"

　　他一把抓住她的手腕，威胁她道："你最好不要用这种语气同我说话。就凭你，还不够格！"

　　她轻轻一笑，挣开他的手，低声道："我自是不够，想你姬侯爷是何等尊贵。可堂堂侯爷始乱终弃，也不见得是一件光彩事儿吧？你总不会说是我对你投怀送抱、不知廉耻吧？可的确啊，如若不是遇见了你，我怎会有现在这般自在生活？还不都是靠了你花大把大把的金银在我身上嘛。"

他的表情变了变，可他毕竟是出身望族，即便心中已勃然大怒，可展现在脸上的也只是寥寥几分。他冷冷道："你当真要亲手使你我之间的夫妻情意生分了吗？"

"侯爷高估我了。"她反唇相讥道，"你既与我夫妻情深，又怎能是轻易撼动得了的呢？除非心中有鬼，害怕此前种种事端暴露罢了。"

他居高临下地审视着她，漠然道："你实在让我很失望。"

她心被刺痛，强忍痛楚道："那么，姬侯爷，试问成为姬夫人与上官夫人，哪一个更高高在上呢？"

他眯起眼，打量她一番，道："你疯了。"

"我疯了？"她唇角含笑，像是在挖苦他似的，"难道只准你肆意寻欢，却不准我效仿之？古有南朝公主，现有我姜墨舞，与男子平起平坐一事才是你所畏惧的东西吧？"话至此，她志在必得般掩嘴一笑，媚眼看向他，问道："你也会怕被毁了清誉吗？"

他愕然，她顺势向他略微躬身道："时候不早了，我要先行休息了，侯爷请便吧。"

说罢，她转身离去。可每走一步，她都觉得脚下如履薄冰。

她不曾回过头去看身后的他，仿佛要毅然决然地摒弃过去种种。快乐的、悲伤的、喜悦的、痛苦的，哪怕还有美好的……统统都是虚幻，一如她当年初次见到他那般。

他的甜言蜜语是致命的砒霜，令她一度肝肠寸断。她也曾信他、痴恋他，以为他真会如他承诺那般，到头来却换得无情背叛。

在羞愤与悲痛之间，她回想那些他的情话与誓言——他为她挥洒千金，他为她题诗写词，也为她描眉点唇，也为她温一壶酒，也将她抱在怀里，低念她的名字。

怕是一场肝肠寸断的梦罢了。

迎面袭来清风，吹散她的思绪，她抬起眼，这才发现自己正醉醺醺地躺在马车上。而驾车的人正是白家居的老板娘，也不知道是多少次了，每当她喝得烂醉如泥，老板娘都会亲自送她回府。

她会听到老板娘发出的叹息声，似无奈，又似怜悯。

她心中嗤笑，想着身为中年妇人的老板娘又有何资格同情自己呢？早早便守了寡，还要操持着丈夫留下来的酒馆度日，劳累辛苦，无儿无女，岂不是更加可怜？

但老板娘对她十分之好，许是将她当成了女儿那般，总是会特别呵护。在回府的路上，老板娘同她说起青楼里的璎纼姑娘总是会在这个时间来私会情郎，就在前方不远处的小亭那头。

说罢，老板娘放慢了驾车的速度，她也循着视线望去，果真见到小亭里有一男一女在暗色中互诉衷肠。

老板娘停下了马车，遥望璎纼所在的方向惋惜道："璎纼打几年前便时常来我店中买酒喝，她身世悲苦，被亲爹娘转卖了好几家，十二岁便沦落到了青楼里卖艺。到了十四岁，老鸨见她颇有几分姿色，便打算将她的初夜卖给个达官贵人，讨个好价钱。想来这些烟花柳巷的女子极少有人自愿献身，无非是苟且谋生的手段罢了，谈何尊严呢？好在那个达官贵人还算良善之辈，倒也愿意花钱捧一捧璎纼，由此一来，璎纼在十五岁时成了头牌，为老鸨赚了不少金银，璎纼也在一时之间得到了青楼里至高的待遇。然而好景不长，那位上了年纪的达官贵人病逝了，璎纼的金主没了，地位不保，年轻姑娘又多如雨后春笋，新人笑，旧人哭，在十七岁的时候，璎纼便跌下了头牌的位置，但这中间还有另外的缘由，她不肯再卖身，是因她爱上了一位年轻的望族公子，她竟想要以身相许。"

老板娘低叹，继续娓娓道来这个充斥着淡淡忧伤的故事，而她则是静静听着，"公子名敖，这附近的人都称他一声公子敖，整日里衣冠整洁，满身香气，锦囊、玉扇系在腰间，乍一看正是十足的纨绔子弟。可他能言会道，花言巧语，令璎纼早早便委身于他，璎纼中了他的迷魂汤，将自己多年来藏下的私房钱都给他花天酒地，甚至还与他在此夜夜幽会。直到前段时日，公子敖家的夫人找上门来，带着家奴对璎纼拳打脚踢，这事儿闹得满城风雨。"

"公子敖的夫人年长他七岁，年方二十六，虽算不上徐娘半老，但也不及璎纼年轻貌美。且夫人家中势力雄厚，公子敖也不敢贸然得罪，便在夫人的威胁下同璎纼断了来往。可痴情如璎纼，太信他、痴恋他，以为他真会如他承诺那般，娶她为妻，即便遭遇抛弃，她还是低声下气的如同一条狗，对他下跪，恳求他收她做妾，哪怕是丫鬟也好，只要他肯留她在府中。可是，他惧怕家中夫人，便闭门不见。夫人更是命家奴泼了璎绞一桶脏水，要她认清身份与地位的悬殊。璎绞失魂落魄地回到青楼，闹出这等丑事，老鸨不再待见她，姐妹们也疏远她，她只能靠着以往攒下的银两过活。谁知偏巧在这时发现自己有孕，她不得不再去求公子敖，而夫人从未诞下过子嗣，自是害怕璎绞生下孩儿，可她又不能任凭璎绞仗着有孕便来与夫君相会，便陷入了两难境地。"

"然而月余前，事情出现了转机。据说公子敖的夫人突然重病不起，总是会被梦魇纠缠，请了法师前来做法也无济于事。那法师说，是怨气极重的女子灵魂脱壳，在夜间折磨夫人，如若不想办法制伏那女子，安抚她的怨念，夫人很快就会死于非命。"

"倘若夫人死了，公子敖岂不是可以顺理成章地纳璎绞入府？也就是在夫人卧病之后，公子敖再度与璎绞频繁幽会，且璎绞深爱公子敖，对于他的抛弃、侮辱，她根本不在乎，别说是只能于夜晚相见了，她恨不得事事都唯他是从。"

于是便有了现在这一幕。

夜风寥寥，青石铺路的亭子里，溢满了胭脂芳香。璎绞正靠在公子敖的肩头上娇笑着，她面容憔悴，仿佛彻夜无眠，可声音却依旧娇软，紧握着他的手，仿佛松开他就会再次被他抛弃。

"公子……这次你真的会娶我为妻了吧？只要夫人死了，就再也没有人能够阻碍你我了。"璎绞的笑中有些许苍凉与阴森，她瘦极了，手指如同枯槁，却还在不停地同心上人畅想着未来，"等到进了府啊，我就会诞下孩儿，再继续为公子开枝散叶，我要为你生三个，不，生五个、七个……我要生好多孩子给你，我们将过着膝下承欢、众人艳羡的生活……"

公子敖的脸隐匿于暗处，谁也看不清他的表情，只能听见他淡淡地应了一声。

璎绞察觉到他的异常，抬起头，不安地问他："你今天是怎么了，为何如此心不在焉？"

他没有回答，像是极为挣扎地叹息着站起身来。

璎绞随他走出亭外，来到桥下的河畔，她惶恐地拉住他的手追问着："究竟出了什么事？你是不是有什么话想要和我说？是不是……夫人的病有

了好的迹象？"

他摇摇头，只道："夫人的病越来越重，她夜夜哀叫，那声音凄惨瘆人，法师说是有怨魂附体在她的身上折磨着她。"

璎绞恍惚地躲闪着视线，略显慌乱地捂住了嘴："怨魂……怎么会有怨魂？世上竟会有这种可怖之事吗？好可怕，璎绞还是第一次听闻……"

他抽回自己的手，绕到她的身后，怅然道："我与夫人伉俪情深，多年来一直受她照拂，如今她受此磨难，我心中也是痛苦不已，恨不得由自己来替她受苦。"

璎绞嫉妒地皱起眉，突然提高音量道："公子，你在说什么胡话？你从前不是总和我抱怨你早已不爱夫人了吗？你说她又老又蛮横，根本比不上我年轻美丽，你说过你更爱我的。"

"我是说过……但，那是在你还没有折磨夫人之前。"他的声音寒冷如冰，痛彻骨髓。

璎绞惊住了，她不由得退后一步，脚下踩住石块才停下来，浑然不知自己的身后是波光粼粼的河水，只是困惑地问他："公子是在怀疑……那怨魂是璎绞？"

他看向她，眼神竟是憎恨："法师说了，怨魂身上有青楼里才会有的俗不可耐的胭脂味道，我闻见过，当真是同你身上的一模一样。璎绞，你竟连自己会在夜晚里灵魂出窍都不知道了，你现在这副鬼样子与妖魔鬼怪有什么区分？"

"我是夜夜思念公子，夜不能寐啊，且我整日吃喝不下，才会瘦弱不堪……公子是嫌弃我吗？你不是曾说，无论璎绞变成什么模样都会钟爱于我吗？"

"荒谬！我堂堂公子敖怎会爱一个青楼女子？我又如何会娶你过门？且要世人一并笑我不成？"

"可是，我怀有公子的骨肉，已经四月有余了！"璎绞心中刺痛，她不敢置信地摇头，他则是表情凶狠地逼近她，一步，又一步，她不停地后退，一步，又一步。

"如果夫人死了，我哪里有多余的钱来养活孩子？你想指望我养着你们母子不成？而你害死了夫人之后，也要连我一同害死了吧？"他冷冷问道。

璎绂睁大了眼睛，她悲痛地否认道："不是我！我没有做过任何伤害夫人的事情，我不是妖魔鬼怪！我的确是很高兴她病倒了，那是因为我想和公子长相厮守，我不想公子离开我！而我们有了孩子，我还有一些私房钱可以暂且过活的，只要公子肯收我入府，我不在意吃穿，只要能和你在一起……"

"我不需要累赘。"他面无表情地看着她，眼神竟有了杀意，"一旦夫人死了，我的钱财便断了路子，没有了夫人，她娘家便不会再接济于我，宅邸、绸缎、玉器……统统都会被她的娘家收回去。故此，我不能没有夫人。"

璎绂惊恐地张了张嘴："公子……"

"但是，我可以没有你。"

他望着她，嘴角含笑。

她惨白着脸，手足无措。

他伸出双手，用力一推。

"扑通！"

她坠入了身后的河水之中。

许是过于震惊，她跌入水中许久都忘记了要挣扎，待到她逐渐沉入水底时，猛然看见河畔的他搬起了一块巨大的石头，狠狠地砸向了她。

他怕她会游上岸来，所以才要狠心到底，甚至连她肚子里自己的亲生骨肉也决不姑息。

巨响过后，水面上逐渐浮现出猩红色的血迹。

水下的尸身已然是越坠越深，她直到死前，都瞪圆了双眼，并不知自己为何而死。

为情？

为爱？

为男人？

也许，她只是死于自己之手。

如若她早些醒悟，如若她没有爱上这个恶魔般的人，如若她能干净利落地斩断与他的联系……或许就不会是今日这般凄惨境地了。

她与一个无情的男子抵死缠绵数年之久，从不承想会为此搭上自己与未出生的孩儿的性命。

她再也不会知道了，哪有什么怨魂附体一说？无非是他夫人编造出的谎言与手段，利用他担心失去金钱的心理，促使他早早地将她了结。

在利益面前，他对她口口声声的爱，全都是子虚乌有的，是水中月，是镜中花，是祭奠她死亡的一株毒药草。

可她在死前最后看见的，却是河岸旁的另一端，马车上坐着的两名女子：一位中年妇人与一位年轻姑娘。

她们并未对她出手相救，只是怜悯地望着她的生命逐渐消逝。

而她也毫不在意，在最后关头伸出手去，嗫嚅出的呼唤仍旧是："公子……"

他已然决绝地转过身去，踏着大步，仓皇地离开了。

而她的双手，在水中缓缓沉落，如同被暴风雨打折的花朵，摇摇欲坠，支离破碎。

杀人与被杀的整个过程，尽收老板娘与孟婆的眼底。孟婆望着那具泡在冰冷河水中的尸体，像是在问老板娘，又像是在问自己，喃喃道："为何不去救她？"

老板娘沉默半晌才回道："生死有命，富贵在天，这一切都是她的命数，缘来缘去，皆有因果。人都说"妞爱俏、鸨爱钞"，以前听得有些刺耳，可如今才知道，这还变成了青楼姑娘们的保命良言了。这世上爱慕花容月貌的风流才子多了去了，可有几人能真心相待呢？既然如此，这风尘中的姑娘也别存了那份情意，免得白白受人践踏，还是手上握着点儿真金白银更为可靠。她是可怜，却也有那痴人的可恨之处。何况即便今日救得了她，难保明日、后日……所以，这是她最好的结局，也算是死得其所。"

孟婆攥紧了手指，捏得骨节发白，心里如同化了脓一般黏稠："她太蠢了，竟然把自己的性命寄托在男人身上。在第一次被抛弃之后，她便不该再给他第二次机会，就算怀了孩子又如何？她甚至连保护孩儿的力量都没有。是她把自己送上了绝路，她太软弱，太糟蹋自己了。"

老板娘看向孟婆，静默地问道："如果是你呢？"

你心爱的人负了你，甚至想方设法打算抹杀你，你会如何？

"死的人不会是我。"孟婆这样说着，脸上却冰凉一片，抬手摸了摸，原来早已泪流满面。她闭上眼，任由两行清泪滑落，却字字珠玑道，"我发誓，我会让他尝到他所给予我的相同的喜悦、快乐、甜蜜，以及痛不欲生，一样都不会少，一样也不会多。"

投之以木桃，报之以琼瑶。

而屠夫杀人以刀，智者杀人以口。

没人可以决定她的生死，除了她自己；没人能剥夺她的爱与恨，更没人有权决定她该去爱谁，如何去爱。

她是自由的，也是唯一的。

"客官，我说……这位客官！"

随着剧烈的摇晃，孟婆猛地睁开了双眼，这才发现自己侧靠在白家居的店门口睡着了。而梦里所见，也一并随着她的清醒而消逝了。

把孟婆摇醒的正是酒馆的新老板，她看上去不过二十五六岁，簪花粉黛，媚眼如丝，腰身十分婀娜，胸口处系着的桃色绢帕尽显风流。孟婆见她身着一袭暗紫色流云水纹交织的华服，头戴翠玉制成的步摇，手腕上有四五个异域风情的金镯，眉心一点朱砂，且有一双别致美艳的凤眼。

她打量一番孟婆的这身行头，不由妩媚一笑，声音柔软又热情，听进耳里十分舒坦："呦，我这才仔细看清了，原来是位如此俊俏的姑娘啊，可也别在门口打盹啊。来，进店里坐，看你是副新面孔，我定会好酒好肉地招呼你，包管你日后天天都想来混成老面孔！"说罢，她传唤着店小二："阿樵，把咱家的桑葚酒拿出来，有尊贵的稀客来啦！"

如此盛情难却，孟婆便起了身，随着酒馆的新任老板娘进了大堂。

店里热热闹闹，都是孟婆不认识的面孔，客官们同老板娘熟络地打着哈哈，一番物是人非却又充满了人间烟火的场面。

老板娘很会识人，她觉得孟婆定是出身不俗的大户小姐，自然不会喜欢同粗鄙大汉同桌，就引她去了一张靠着河岸的玉石小桌，又热络地坐下来陪她，笑容可掬地自报家门道："我是这家店的老板，姓柳，名绮嫣。姑娘怎么称呼？脸很生呀，我还是第一次在这带见到你。"

孟婆盯着柳绮嫣看了一会儿，心里暗自想着，这真是个会打扮的女子，想必她对自己的美貌是非常清楚的。

"我姓孟，曾是昌陵人。"孟婆接过她斟来的酒，摇晃着杯中液体，缓缓道："在还未离开这里的儿时，我时常陪同亲人出入这家酒馆。我记得酒馆的老板娘原先是位年纪虽大，却风韵犹存的女子。依稀中记得她待年幼

的我极好，这次返乡有了闲暇，便特意前来此处，想要探望她。"

"原来同是昌陵人呀。"柳绮嫣便道，"真是不巧，你要是早回来几天，说不准还能见上她一面。她也是年岁渐长，想颐养天年，这才在几日前把这酒馆卖给我。"

孟婆问道："那她现在在哪里？"

柳绮嫣摇头道："她把酒馆卖给我后便离开了，并未告知去向。"

孟婆点了点头，虽有惋惜，却不再追问，这才想起品尝手中佳酿，喝下一口后，立即双眼明亮起来，毫不吝啬自己的赞叹，道："这桑葚酒味道醇厚，口感清凉，实属好酒！"来人间多日，总算是找到一款不输给白素的宝贝了！

柳绮嫣骄傲地笑道："孟姑娘好品位，识得佳酿。不瞒你说，这酒是由专人酿制的，名为'三生久'，普通的客人我可是不舍得拿给他们喝的，庸俗之人可喝不明白，必要让识货的有缘人品尝才不枉费好酒的绝美味道。"

孟婆笑得有些顽劣，挑眉道："你怎看得出我是有缘人？"

柳绮嫣指了指自己的眼睛，道："自然是靠这里了。否则，怎能算作见多识广的白家居当家人呢？"

孟婆觉得这姑娘蛮有趣，的确是难得的投缘，但她又不喜欢被别人牵着鼻子走，便佯装不太满意道："可我怎么觉得白家居比以前抠门了许多呢，曾经的老板娘不仅会拿出好酒，还要配以好菜来招待的，难不成是酒馆换人就砸了老招牌，走起了下坡路不成？"

柳绮嫣也不是善茬儿，立即怼道："孟姑娘那会儿年岁还小，怕是记不清什么有用的事情吧？"

孟婆惺惺作态地娇叹一声，抚了抚鬓边发，挑衅一般："看来白家居不仅是换了人，连老底都要换了，这都是后浪要比前浪强，怎么到了柳老板这里要扭转古言了呢？究竟是白家居不舍得好菜，还是拿不出好菜来呢？"

柳绮嫣眯起眼，笑着凝视孟婆，心想好一个能言会道之人，真不是个省油的灯。她可不能被看扁，立即拍拍手，吩咐店小二道："告诉酿酒的老哥，让他把镇店之宝拿上来。"

小二"哎"了一声，但还是犹豫地问道："嫣姐，你确定？"

"有什么不确定？这位姑娘想看看咱们店里的稀罕物，咱们统统拿出来便是，你还担心她会是骗吃骗喝的神棍不成？"柳绮嫣一昂头，又吩咐道："再端上各色佳肴，凤凰酥鸡、玉笋汤、菊香团、飞鱼羹、炒银丝、芙蓉炙、清蒸蟹、一品肉、焖白鳝……都记住了吧？"

小二飞速记录，心觉可是遇见冤大头了，不痛宰一顿都对不起老板娘这无奸不商的名号了。

不出一会儿，这些菜色便都摆在了孟婆的面前，柳绮嫣笑问："如何？孟姑娘可都满意？"

孟婆用眼睛扫了一遍琳琅满目的菜肴，咂了咂嘴巴，轻描淡写道："还凑合吧。"

柳绮嫣笑她装模作样，两人你一句我一句地斗了一会儿嘴，一位佝偻的老翁在这时走了过来，他头发花白，长须银亮，颤颤巍巍地捧着一壶酒，双手递给了孟婆。

孟婆怔了一怔，接过他手中的酒，视线却停留在老翁身上移不开。

柳绮嫣看看孟婆，又看看老翁，机敏的眼睛转了转，介绍道："孟姑娘，这便是在后头酿酒的店里的老哥，他的手艺可不是随处都有的。你快尝尝这酒，比桑葚那壶还要绝呢。"

孟婆低下眼，见那老翁已经动作迟缓地为她斟酒了，边倒酒边用沙哑的声音道："满杯酒，半杯茶……姑娘，请用。"说罢，他弓着身子退了下去。

孟婆望着他离去的方向出了一会儿神，只因他是一位故人。

在前世，他也曾像今日这般为她斟酒，同样说着"满杯酒，半杯茶"。那时的他中年俊逸，眼神敏锐，不似现在，老如枯木。

可他即便变成了这番模样，孟婆却一眼认出了他。

而她容颜仍是当年，他却没有识出她来。

一股凄凉之意溢上心头，孟婆沉下眼，故作漫不经心地询问道："他在此酿酒有年头了吧？"

"可有好些年了。"柳绮嫣有些心绪复杂地叹道，"实不相瞒，那老哥是上任老板娘的追随者，这些年来他一直都在店里任劳任怨地帮忙，为那老板娘东奔西走的，真可谓是真情实意。可惜了，那老板娘也是个从一而终的痴情人，她心里只有那死去的丈夫，即便她也感动老哥对她的痴情，可

就是没法子接受他。想来啊，这感情也的确是分先来后到的，并不是说先遇见的那个人就有多么好，而是用心爱过之后，再也抹不掉了。可怜了老哥，就那么默默地守护了一辈子，到头来自己孤老不说，也没换来那老板娘的芳心相许，都是死心眼儿的人。"

孟婆听着，心中不禁动容。

她从不知，原来世间竟有这般至深之情。男子对女子竟也会倾覆一生，哪怕到头来做了孤家寡人。

可这尘世到底是纷纷扰扰的，谁人能够抵挡住万物诱惑呢？一腔深情错付他人，可算值得？多少庸人的生生世世皆是如此，无论再轮回多少世，始终都在作茧自缚罢了。被爱，或是去爱，无非都是来填补内心的私欲与空虚，一生只爱一人的高洁之情，又有几人有幸得之？

何其奢侈。

轻捻酒杯，孟婆定定地看着酒液轻晃，分不清心中酸痛的滋味究竟为何。

河畔处微风轻拂，那河底深处葬送了多少痴男怨女，也埋葬了多少爱恨别离？而酒馆内烛光斑驳，酒香缭绕，一室欢声，令人唏嘘。

柳绮嫣像是猜透了几分孟婆的心思，柔着声音缓缓道："依我所看，之前的那位老板娘也并非对老哥完全无意。想当初，前任老板娘曾给了我一笔钱，要我好好照顾那位老哥。如此说来，她也会担心老哥过得好不好，管那是愧疚还是怜悯呢，总之是有情所在。我也曾想找个借口把钱给老哥，自然不会说是谁给的，否则老哥知情的话，又怎会收下呢？但是，当我透露给老哥想要为他买个宅子，安度晚年光景时，老哥却断然拒绝了。"

孟婆倒是明白他拒绝的原因，点头道："他这一生已经习惯了守护心爱之人，又是这把年岁了，离开这里能去往何处呢？"

柳绮嫣苦涩地笑了笑，道："是啊，这酒馆便已是他的一生了，他那会儿告诉我，他愿意留在这里继续酿酒，既然心爱之人不辞而别了，那他就继续守着这个酒馆，也许有一天她会回来，而他，刚好也在。"

孟婆感慨万分，幽幽垂眼。她不禁想起《太虚心渊篇》里曾提起过：我心无心，湛然外鉴，物形无形，坦坦荡荡，万虑归空，岂不乐乎。

想来她做了三十年的孟婆，汤没有亲手熬过几碗，轮回转生之事倒是见过了不少。而这轮回之中，众生本即是道的一部分，和道是同体的，是因为人有自由意志，有贪婪，是人自身的迷障让凡人忘却了前生。万事万物的发展有它自然的规则，各安其位，遵循它的变化秩序，才能得其所哉。

人是，情是，爱与恨皆是。

没有谁能扭转这其中的规律，也许到死，都未必能实现生时所愿，说不定，还会怀揣着遗憾世世转生，永生凄凉。

孟婆像是回想起了什么，猛然间蹙眉，握起手中的酒杯一饮而尽。柳绮嫣十分有眼力见儿，立即为她又斟满了酒，并起了一个轻松的话题，两人就这样再次畅谈起来，直到结账的那一刻。

"五十两。"柳绮嫣的算盘子扒拉得噼里啪啦响，她对照着阿樵记下来的每一笔账目，精准到了分毫。

孟婆看了一眼自己提溜在手里准备打包带走的剩余美酒，倒也认可道："毕竟喝了这么多又带走了这么多，五十两就五十两吧。"

柳绮嫣笑眯眯地补充道："酒钱五十两，菜钱一百两。"

孟婆大惊失色道："你怎么不去抢劫？！"

柳绮嫣也很无奈地耸了耸肩膀，她搔着耳朵道："我良家妇女怎能去做抢劫那种大逆不道的事情？孟姑娘啊，这一朝天子一朝臣，且酒馆换人就自然而然地换了新价，毕竟我这是刚盘下来的店，欠债一堆呢，不调高些菜价我可怎么养活这大大小小的一酒馆人？你也要体谅一下我的不易之处嘛。而且，我都给你很大优惠了，那条白鳝就算是我赠送给你的，要不看你是有缘人，我可不会白白赔一条白鳝。所以喽，总共收你一百五十两已经很划算了。"

孟婆讨价还价道："一百两，不能再多了。"

柳绮嫣挑眉："一百三十两。"

孟婆继续讨价还价："一百一十两。"

柳绮嫣撇嘴笑笑："一百二十两，我破例送你个好座位，下次来的时候包管你先坐到那个座位喝到满意为止。"

还真是无商不奸呀，送座位这种话都说得出口，真是气煞孟婆！可她什么时候出门带过钱？即便是带钱，也是人间没法子花的。所以，她理所应当地从袖口里掏出姜家的腰牌，递到柳绮嫣的面前吩咐道："一百二十两就一百二十两，你拿着这个，只管去姜家如数要钱。"想讹她钱，姓柳的还嫩着呢。

柳绮嫣有些惊讶道："呦，瞧我，真是有眼识不出泰山，孟姑娘竟和姜府有关系呀？定是极为亲近，这姜府的腰牌可不是谁人都有的。"

"问那么多做什么，你登门去要钱便是了。"孟婆"哼"了一声，转身大摇大摆地走出了酒馆。

可她越想越觉得憋气，本是想着吃顿霸王餐，结果却被霸王宰了。虽说她分文未掏，但柳绮嫣精明算计的模样可让她不愉快。于是她转了转眼珠，灵机一动，翻墙到了酒馆的后院，只见酿酒老哥正背对着她制酒，想来他耳聋眼花，根本察觉不到她的动静。孟婆得意地嬉笑，挑了一坛子味道最香的"三生久"便跑走了。

夜色极静，皎月悬空，孟婆乐哉哉地拎着好几坛美酒往客栈走去。她忍不住放声吟诗道：

> 葡萄美酒夜光杯，欲饮琵琶马上催。
> 醉卧沙场君莫笑，古来征战几人回。
> 秦中花鸟已应阑，塞外风沙犹自寒。
> 夜听胡笳折杨柳，教人意气忆长安……

昌陵……前尘往事皆未消散，如今，她到底是又回来了！

第八节

三天后，是离歌出嫁的喜日。

依照姜府出嫁的习俗，新娘在头一晚半夜便要开始装扮。

天还未亮，作为"娘家人"的孟婆便开始为离歌梳妆了。花瓣沐浴、红绡华幔，喜婆送来凤冠霞帔，离歌像是被层层地捆绑了起来。也不知是衣服太紧还是过于紧张，她竟眼中含泪，几度情绪低落。喜婆与侍女见状，傻眼地站在一旁不知所措。孟婆便命她们统统退下，由她来安抚离歌的情绪。

喜婆自是带着侍女们暂且离开，并絮絮叨叨地念叨着："这女子出嫁前啊，往往都会这样焦虑的，过了今日，往后的命运都会发生改变，任凭是谁都会不安的……"

房门被关上，坐在铜镜前的离歌这才问孟婆道："孟姐姐，我从昨日起便茶饭不思、寝食难安，实在是有些担心……"

孟婆了然地点头，体谅地微笑道："我知道，你担心姜怀笙会察觉到你是从阴间返回人世的。"

离歌点点头，眉目之中显露忧愁。

"傻姑娘，姜怀笙那么在意你，即便知情又如何？更何况我已与你做了交易，任凭是火眼金睛也识不出你这副躯体不是肉体凡胎，你还有什么可担心的？"孟婆示意她安心，"别庸人自扰了，还是快期待你盼望已久的成婚仪式吧。"

"是……"离歌听着，渐渐放下心来。

孟婆在这时伸出手指，在她的额心处轻点，立即出现了一朵曼珠沙华的图案。孟婆微微吹了口气，花朵渐渐隐去，最终凝结成了一抹赤红的朱砂印。

孟婆传奇之
MENGPO CHUANQI
灵舞篇

"这是来自冥界的曼珠沙华，代表着灼烧的爱情。带着这个印记，你会受到冥界的庇护，此后的情缘也会顺畅一些。"孟婆说的这些，都是冥帝和墨曾经告知于她的。他说过，曼珠沙华可以给予每一个冥界之人祝福。如今的离歌虽可返还人世一年，但已经算是冥界的人了。那么，曼珠沙华便会成为她的护身符。

离歌抬手碰了碰朱砂印，不由得安心了许多。

到了启程的吉时，孟婆为离歌盖上了赤红的盖巾，并挽过她的手缓缓地走出了房间。喜婆与侍女们早已等待多时，见新娘子终于出来，她们立即欢天喜地地将离歌从孟婆的手中接了过来。

离歌按照姜府的嫁娶习俗从昌陵的第一条街长远街开始走，穿过夏华街、永乐街……喜乐喧天，沿途都铺满了大红缎子，尤其是临近昌陵街时，漫天的花瓣洋洋洒洒，许多家奴负责在此洒下金粉，一派奢华景象。

半炷香的工夫过去了，负责送亲的队伍终于到达了坐落在昌陵街的姜府，气派十足的宅邸大门前早已聚满了人群。一直遵守着"成亲之前不可相见"旧俗的怀笙已然是盼了又盼、等了又等，可算是把抬着离歌的花轿给等来了。

身穿锦衣喜服的他欣喜若狂，离歌则是不由自主地探出帘子偷偷看他，抿着嘴唇羞怯一笑，不料被喜婆发现，赶忙要离歌放下轿帘，直说着"不拜堂不能摘盖头，晦气晦气"。

离歌赶忙缩回到轿子里，她听着耳边锣鼓声响、鞭炮礼乐，心中既喜悦又有几分不安。待喜轿落地，离歌被喜婆从轿中请了出来，四周人群嘈杂，离歌是在万众瞩目中走进姜府的。

她一步步走得缓慢，由于盖头遮挡着视线，喜婆提醒她哪处有门槛，哪处要左转，直到将她带到堂内。

在嬉闹与起哄声中，她感到有一只手轻轻地握住了她的肩，她可以闻到他身上的那股淡淡的男性味道，还有混杂着烟草的清冷味道。

是怀笙。

离歌的唇角泛起甜蜜，既感动又心酸，如今的一切来之不易，她回想起自己几乎是跋山涉水才重新回到他的身边，便不由得流下了清泪，又轻轻探出手去，紧紧地挽住了他的臂。

仿佛是在回应她的不安一般，怀笙的手掌覆盖住她的手背，温暖的热度在顷刻间便平复了离歌的忧虑。

二人拜了天地与高堂，最后是夫妻对拜，等她再直起身来，怀笙已经将她的盖头掀起了一半，他们彼此相望，会心而笑。

周围一群说着吉利话、喜庆话的人儿蜂拥而来，道着"快入洞房""再添儿女"，离歌娇羞地笑着，她被推搡着扑进怀笙的臂膀中，这一刻，他离她这么近，她可以听得见他的心跳，他也可以揽她入怀，她是他的姻缘，他是她的良人，如今再次拥抱着对方，就仿佛可以永生永世都不会再分开。

转眼，入了夜。

月光洒照，暗香氤氲，家奴们燃放起了烟火，来宾们歌舞升平。离歌已经在洞房之中等候，怀笙仍要陪着宾客们谈笑。高座之上是姜家德高望重的长辈，他们纷纷举杯，献上祝福，亭子里搭起的戏台上请来舞女，她们配合着气氛挥洒水袖，一时间天花乱坠，香风旖旎。

而孟婆却在这个时候远离了热闹，她独自一人坐在姜府主宅的房顶上，只要向上稍一探头，就能透过红泥瓦的缝隙看到宅内欢声笑语的人们。

也不是她非要远离喧嚣与人群，只是她不想被姜家尚且在世的老一辈认出。虽说那些人老的老，死的死，更未必会记得她，可她到底是不愿去凑这热闹的。

她抬起头，望着高空明月，为自己倒一杯喜酒，对着月亮干杯道："来，今夜就你我二人，来个不醉不归。"

月亮自然不会回话，只管白寥寥地照着她。孟婆一努嘴，故作生气地不满意道："怎么，你不肯喝？哼，算了，料你这个大银盘也没有喝酒的本事，还是姐姐我替你一饮而尽吧！"说罢，她又自斟一杯酒，喝过之后豪爽地咂舌道："痛快！"

有美酒做伴，还需过问世间悲苦吗？孟婆惬意地侧身而卧，一眼瞥见宾客们都已渐渐离府，剩下怀笙一人也在家奴的指引下前往洞房了。

孟婆调皮，小小施法，便可将洞房里的景象尽收眼底。

她看到怀笙在进入洞房之前喊来了乳娘，她怀里抱着三岁的煜儿。煜儿已会嘟嘟嚷嚷地说很多话了。怀笙抱过煜儿走进洞房，离歌听见孩儿的

声音，立即摘掉盖头。煜儿见到离歌后开心地笑起来，伸出小手嚷着："娘亲抱抱，娘亲抱抱。"

离歌喜极而泣，将煜儿抱在怀里不停地亲吻着他的脸颊。一家三口如同劫后余生般相拥在一起，门外的乳娘见状，也是欢喜地潸然泪下。

怀笙逗着煜儿问道："煜儿，说给爹爹听听何为九气？"

煜儿稚声答道："九气者，始气生混混气苍，混气生洞洞气赤，洞气生皓皓气青，元气生旻旻气绿，旻气生景景气黄，景气生遁遁气白，玄气生融融气紫，融气生炎炎气碧，炎气生演演气。"

离歌在一旁听着吃了一惊，说道："煜儿怎么懂这么多？"

怀笙爱怜地看着离歌说："煜儿将来要继承我姜家祖业，你不在的这些时日，我已经为他挑选了位先生，早早教他些东西。他也聪慧好学，先生也是夸他。"

离歌听后，心里一阵暖意和欣慰。忍不住在煜儿粉嫩的小脸上嗫上一口，满眼都是慈母的爱意。

煜儿见到离歌也是特别兴奋，急急忙忙地向娘亲展示着自己近日所学，琅琅诵道："正月为陬，二月为如，三月为寎，四月为余，五月为皋，六月为且，七月为相，八月为壮，九月为玄，十月为阳，十一月为辜，十二月为涂。"

离歌一听更是面带赞许之喜，些许日子不见，儿子已经能将十二月名记牢。煜儿也是个小机灵，看见娘高兴了，便又接着诵道："玄枵子，星纪丑，析木寅，木火卯，寿星辰，鹑尾巳，鹑火午，鹑首未，实沈申，大梁酉，降娄戌，娵訾亥；此为十二时辰之名……"此后又反反复复地和娘亲亲昵了好一会儿。待到他有了倦意，怀笙便吩咐乳娘带煜儿去休息。

乳娘得令后退下，将房门妥善关好。这下终于只剩他们夫妻二人，怀笙与离歌相视凝望，满眼都是悱恻情意。

怀笙探出手，轻抚她的脸颊，离歌贴着他的手心，温柔地微笑。

怀笙感慨地轻叹道："打从我第一次见你的那夜起，我就时常在幻想今日这番画面——我与你对面而坐，你的眼里映着我，我的眼里有着你，而我的手指随时都可以触碰到你，我的唇，也能够想如何吻你，便如何吻你……"他说着，俯身轻吻她的额。

她沉醉地闭上眼，心中泛起些许酸涩，嘴巴却还要执拗一句："你说的这些，怪羞人的……"

怀笙有些惊讶道："哪里羞人了？你难道不是这样想的吗？"

"我倒是曾想过自己会孤身一世，也曾想过对你的爱恋是痴心妄想……"离歌缓缓倾诉衷肠道："我柳离歌只是草芥，尚不能支配自己的命运，即便想要与之抗衡，也无奈于处境艰难、能力微薄，思来想去，莫不如安分守命，岂能有非分之想？可在被卖去给那年迈体衰的富户之时，就在跳河的刹那间，我也是在生死关头幻想着有朝一日，能够像现在这般接近你，哪怕做你身边的一棵树、一株草、一朵花，一块石……"

怀笙眼神温柔，反问她道："你我不已经如此接近了吗？"他抬起手，将她掉落在额前的发丝拂起，这举动令她的呼吸微微一滞，她听见他说："即便你是一棵树也不要紧，我会在你身边生根、发芽，同你一样变成参天大树；然而你若是花朵，我甘愿做你的叶片；你是石块，我就做包裹于你的淤泥……我只知道，从今以后，再也没有任何人能够把我们拆散了，你终于成了我真正的妻子，在我心中，我的妻子只有你一个人，谁也不能改变这个事实。"

离歌极为感动地握住他的手，点头道："我会和夫君，和煜儿永远在一起，我们三个人会时时刻刻都守着彼此。如此一来，我此生无憾，再别无所求了。"

怀笙笑意深陷，他将离歌搂进怀中，紧紧地抱着她温软如云朵的身体，好似在诉说一首无声而又宏大的情诗。

案桌上的花烛灼灼燃烧，一支龙烛，一支凤烛，火苗蹿起，仿若深浅不一的胭脂粉末儿，纠缠着纤细的烛芯，袅袅轻烟如气韵流动般忽明忽灭，逐渐模糊了那对相爱至深的新人的身影。

孟婆很知趣，她适时地收回了法术，不再看下去。这个时候，她的唇边不由自主地挂起了一抹淡淡的笑意，心中想着离歌终于有了一个完整的家——有夫君，有孩儿，有了生存的希望。对于离歌来说，这便是最后的归宿了。孟婆心中百味杂陈，却也为离歌感到喜悦。

她也会羡慕这样平淡却真实的生活，前世她也曾恋他许久，是他令她初次知晓情字缠绵，也令她饮尽了人间冷暖、尘世悲欢，那些往昔的迷情与眷恋都似璀璨的烟花，如今想要诉尽衷肠，都不知向何人说起。

世间人茫茫、海沧沧，能得一心人，甚妙！孟婆有些醉了，然而到底

是人醉了酒，还是酒醉了人呢？夜色这般美，圆月如此明，怕是连同心也一并醉得不知所以了。

"忆梅下西洲，折梅寄江北。单衫杏子红，双鬓鸦雏色……"孟婆醉醺醺地站起身，她口中吟着诗，脚下踏着云，飞下房顶，来到了地面。

好在这会子众人都已安睡，否则她这般出神入化的模样，真要吓坏几个家奴了。

"西洲在何处？两桨桥头渡。日暮伯劳飞，风吹乌桕树……"孟婆东倒西歪地朝前走着，时不时"咯咯咯"地笑几声，自问自答道："伯劳鸟飞去哪里了？是否把思念转达给了我的心上人？倘若没有的话……我便亲自去告知于他！"

孟婆就这样一路跟跟跄跄地艰难前行，她循着记忆中的道路走着、走着……恍惚之间，她发觉自己好像变回了曾经的那个风华正茂的少女。

十六岁的她穿过了如今的她的躯体，带着一身绮丽的光晕，那个少女正带领着她向前走，她时而回过头来张望孟婆，嬉笑着朝她招手，孟婆很想去追赶，可酒醉得厉害，她眼前混沌一片，少女便跑来牵过她的手，声音娇柔地对她说："你来，快和我一起去看。"

"去看哪里呢？"孟婆问。

"当然是你心心念念的地方啊。"少女回答。

"可我……早就已经回不去了。"

"怎么会呢？"她凑近她，双手捧起她的脸颊，弯过双眼，轻快地笑道："只要你还是姜墨舞，你就回得去！"

仿佛被这句话惊醒一般，孟婆猛然间醒了醒神。

姜墨舞，这人世之中还有谁人会唤出她的这个名字？身为这个名字的主人，她早已抛弃了过往的温柔缠绵、牵绊思念，她再也不是姜墨舞了！

如果她不是姜墨舞，她又会是谁？谁又会是姜墨舞？

思及此，她反而加快了脚步，一直追着少女时的自己到达了那处已经改成仓库的院落。

她只身一人来到这里，每接近一步，她的心跳便加快一分，以至于她脑子里面涌现的全部都是零散回忆，那些曾经遗落在此处的音容笑貌、轻声笑语，竟是恍如隔世。

"吱呀——"

她推开了那扇木门，原本应该飘浮着异香的房间里，此刻却落满了厚重的灰尘。她拨开蛛网走进来，黯然地望着灰蒙蒙的旧物，心中神伤。

这里不再是她曾经的闺房了，早已物是人非了。

孟婆的手抚过脏乱的每一处，她的眼神中泄露伤怀，仓库里唯一留存的旧物便只有她曾用过的铜镜了。孟婆回想起自己一袭水纹裙坐于镜前梳妆的模样，那时的她笑靥如花，绾着发鬟，插上步摇，然后拉开抽屉取出最喜爱的那支骨笛，起身到草丛中吹奏一曲。

说到骨笛……

孟婆立即翻找起铜镜案几的三只抽屉，竟真的在第二只抽屉里找到了儿时视作珍宝的骨笛。

数年过去，细细的一支骨笛藏在这里无人问津，倒令它保留住了原有的模样。

孟婆将它握在手中，出神地端详着，夜风顺着纸窗吹进来，环绕在她的身畔，像是将她带回了八岁那年的初春。

那时的她还不太懂忧愁是何等滋味，即便偶尔尝到酸和苦，也总想用自己得到的为数不多的甘甜去将其取代。

六岁之前，她身体羸弱，大小病症不断，为尽快让她强壮起来，父母亲四处找来了不少名医，却也无果。直到她五岁那年，有一位道长途径姜府门前，听闻院内的她因肺热而啼哭不止，便将一支细小的骨笛戴在了她的脖子上。

说来也怪，自打那之后，墨舞的病症便逐渐消失，到了六岁时，她与曾经病弱的自己已然判若两人。而那小小的骨笛，便成了墨舞无论去到何处都会随身携带的宝贝。她整日捧着骨笛在后院里吹奏，由于足够刻苦，竟自学成才。

偶然一次在后院里吹奏《陌上桑》，正兴起，她听见身后传来了脚步声，转头去看，正是循声而来的母亲。

母亲近来去往宫中，最近才回到府上。许是有时日不见，她只觉那日的母亲格外美丽高贵，她内心喜悦，飞快地跑去母亲身边，对母亲撒着娇，表达着心中的思念之情。母亲却嫌恶地蹙眉，一把推开她，严厉道："你可有乖乖地练习女红？"

她取悦似的抓着母亲的手，语调里还未褪去女娃娃家才有的奶音，嘻嘻笑着："母亲总算是回来了，不要总是让墨舞练女红了，母亲听墨舞吹奏一曲吧！"

母亲难掩怒色，视线更是落在她手中的骨笛上。忽然间，母亲粗鲁地将骨笛抢过，高声斥责起她："你整日把时间浪费在这等无关紧要的事情上做什么？你不过是个姑娘家，能有什么出息和能耐？只管做好女红，相貌可人就罢了，便是会吹奏上千首曲子又如何？进不了朝中做官，也没办法给家中延续香火，你终究是要嫁去别处，成为那泼出去的水！且姑娘家就做姑娘家该做的事情，生儿育女、相夫教子才是你最终要操持好的事业，殊不知你竟摆不正自己的位置，为娘从前都白打烂你的皮肉了吗？怎会如此不长记性？你莫不是想着他人议论为娘教女无方不成？"

那年，八岁的她因这一番话而受到震撼，她的眼神在短短的几秒钟内从不安变成惊恐，再展现疑惑、犹豫、神伤……最终，竟是抗拒。

母亲更为大怒道："你那是什么眼神？谁教会你这样看母亲的？你还懂不懂礼教了？！"说罢，母亲将骨笛"咔嚓"一声折断，一分为二地丢到了她的脸上。

骨笛的尖锐处刺痛她面颊，却比不上心中之痛的万分之一。

她沉默地拾起两截骨笛，咬紧牙，转身飞快地跑掉了。身后还遗留着母亲不满的咒骂声："如今说你两句都说不得了吗？连女红都做不好，日后谁会娶你这样没用的妻子？你别忘了你自己的身份，你不过是个女儿身，女子无才便是德，休想坏了老祖宗留下的德行！"

女儿身……便让她不能和男子一样开怀就笑、放肆吃肉、学习书画吗？

女儿身，是剥夺她装饰自己生命的罪魁祸首吗？是阻碍她获得同等尊重的枷锁吗？

这一切，只因她是女儿身。

女儿成为女人后便要嫁做人妇，生儿育女，相夫教子，从占至今，千千万万的妇人都在走同一条道路。

而上至宫中金鸾，下到布衣穷汉，谁人也逃不过。

就连以天宁为年号的几国的历史上也记载着，有数位帝王因宠信美人而灭国，明明是其自身贪婪暴虐疏于朝政——或许的确是过于偏爱美色，可小女子也寝难安，奸计非无才之人所擅。天下无道、人命卑贱、官吏猖狂、以权作恶，难道这也是那拥有色相的女子所造成的吗？可后人却在江山破碎之后，将万般过错都推责到了那小女子身上。

只因女子本弱，弱者连拒绝、辩驳的资本都不具备。难道女子便只有嫁人生子这一条路可走不成？说到底，为何女子不可考取功名、不可登堂入室、不可抛头露面、不可休夫、不可寻欢？点唇与红装，竟不是为了悦纳自己，反倒是为了取悦男子？

圣人有言，爱养万物而不为主，常无欲，可名于小；万物归之不为主，可名于大。是以圣人终不为大，故能成其大。

道生长万物，养育万物，使万物各得所需，而道又从不主宰万物，完全顺应自然。这便是天道，得之者幸事。

说起来简单，听起来也简单，可黑发白头、岁岁年年，又有谁能真正的无欲无求？又有何人能得偿所愿、得其天道？

亘古万年，日月星辰，其路漫漫，圣贤明见，然而那些倡导众生平等之人是否真正体会到了平等的滋味？

如若平等，生灵皆同，草、木、石、狼、虎、狮，乃至神明，真可谓是平起平坐了吗？

那为何唯独男子与女子不可平等相待？

除去性别，男子、女子，又有何不同之处呢？

女子也想策马奔腾，去看红尘滚滚；也想踏出闺阁，得似锦如绸般的好前途。

哪里就凭得好儿郎才可对酒当歌，才可信马由缰？

女子同样可以闯出一番大名堂，即便身披霞衣又如何？长裙绫罗绊不倒玉足，相夫教子从不是女子的全部。

如今的孟婆终究是明白了这个道理，她望着那蹲在院落里哭泣的八岁女童，心中极为同情怜悯她，却也并没上前去安慰她。

孟婆知道，那是她必经的悲痛之路，只有亲身去体会，去经历，去感悟，才能成就日后的自己。无论前方是光芒万丈，或者是无尽深渊，终究都是她依靠自己作出的选择，无怨无悔才算值得。

于是，孟婆望着自己手中的骨笛，那是当年被她想方设法重新接好的，虽不如当初完整无缺，却证明了她的坚韧与笃定。

孟婆的手指轻抚笛身，凑近唇边，以愉快的曲调再次吹起了《陌上

桑》。她一边吹着，一边走出了门，清傲的背影孤寂但却决绝，眼神也是清澈明丽，如同义无反顾地挥别了故去的只会无助哭泣的身为幼童的自己。

而她姜墨舞在世之时即便是嫁人，也是出于自己的意愿；面对不公时，也可字字珠玑去奚落对方，而不是做案板上任人宰割的鱼肉。

且她感谢自己身为女子，从不会因他人打压而厌恶自己。她的确柔弱，正因为天生柔弱，才更加体谅柔弱之人，哪怕是强大之后，也依然心怀善意，永不犹疑。

思及此，孟婆放下了手中的骨笛，她高昂起脖颈，极为洒脱地走出了姜府。

今夜月朗星稀，孟婆的半壶酒也喝光了，她还没醒酒，身形略微摇晃地走在昌陵街上。她恍惚地看着周身景色，心中感慨着昌陵还是原来的样子，不曾有丝毫改变。说到原来……她顺着记忆中的路线，嘴中念叨着：一步、两步、三步……二十步。

果然，在走到第二十步的时候，她伸出手，触碰到了距离自己一臂之遥的参天大树的树干。

她深深吐息，将额头抵在树干上，双手的掌心一同贴覆在上面，与这棵大柳树打了声久违的招呼道："许久不见，别来无恙。"

大柳树像是听懂了她的问候，抖动着树枝，数不清的翠绿树叶扑簌扑簌地掉落下来，仿佛在回应她。

孟婆微笑了，她施法念咒，整个人立刻飞到了大柳树的高处枝丫上。

她找了个舒适的位置躺好，心满意足地喃喃道："没想到有朝一日还能重回你的怀抱，柳树姑姑，我甚是想念你绿荫的树香呀。"

大柳树再度轻摇树枝，像是在咯咯低笑。

孟婆之所以称其为柳树姑姑，是有个奇妙的缘由。

想当年，前尘的姜墨舞六岁时，被母亲打骂后跑出姜府，一路避难似的来到了湖畔，看到了一株略高于她的柳树。她见柳树快枯萎了，便好心地拾起路边掉落的破败荷叶，盛起湖水去灌溉柳树。

来来回回数十次，她累得满头大汗，却毫无怨言。实在累得不行了，她就靠着柳树睡去。即便回姜府后，她也不忘时常来浇灌柳树，并查看树干年轮，发觉柳树要比她年长一些。

她认真地揣摩起来，叫姐姐吧，好像不合适，那便称呼它柳树姑姑好了，这下，辈分同年岁便符合了。而柳树就如同有灵气一般感受到了她的用心，竟在不久之后恢复了茂盛模样。

她无比开心地拍着树干，笑道："柳树姑姑，你可要再长得高一些，如此一来我便可以时常在你的枝丫上睡觉啦！"

柳树姑姑没有辜负她，一直生长，不断生长，最终居然成了昌陵街上最大、最繁茂的一棵巨树。人们会来敬仰柳树姑姑，向它祈愿，把它视为神树一般恭敬相待。每当夜深人静时，她便会偷偷溜出家门，睡在柳树姑姑巨大的枝丫上，这比她在姜府中要舒适、惬意多了。

躺在枝丫上，她觉得月亮都距离自己极近，星辰也唾手可得。她在树上俯瞰树下，似能将人间百态尽收眼底。

有初次品尝爱情甜蜜滋味的男女在此相聚，他们将许愿签挂在树腰的红麻绳上，诉说着百年好合的心愿；有父亲带着孩儿在树下奔跑着放飞纸鸢；有诗人们团团围坐树下喝酒聊天；有姑娘们嬉笑着在此捉迷藏……

她默默地看着这一切，也会觉得人世间是万般美好，她却像是个局外人一般远离尘嚣。她很羡慕这群快乐的人们，看着他们快乐，她也感到了快乐。

只是，偶尔，她在睡着之前会询问柳树姑姑一个问题："柳树姑姑，你知道人们穷其一生都在追逐何种事物吗？"

柳树姑姑扑簌着掉落几片叶子，她听懂了柳树姑姑的回答，便点头赞同道："你说得对，每个人都是不一样的，追求的也都不同。有人喜欢名，有人喜欢利，有人慕强，有人贪色。到头来，每个人的境遇不相似，命运也便不一样了……"

可是，那些临死之人，会不会对自己走过的一生充满悔恨呢？还愿再转世为人吗？

"如果有来世……"她有了睡意，沉沉地闭上眼，呢喃着："无论男子还是女子，飞禽或者是走兽，但凡可以自由无阻，便是值得的……"

她睡着了，也不知是梦里还是谁家的小童在吟诗，那诗道着：

风雨替花愁。风雨罢，花也应休。劝君莫惜花前醉，今年花谢，明年花谢，白了人头。

乘兴两三瓯。拣溪山好处追游。但教有酒身无事，有花也好，无花也好，选甚春秋……

有花也好，无花也好……

"选甚春秋……"

"你别'咿咿呀呀'地念着春秋诗了，这都日上三竿了，她怎么还在睡啊？"

"嘘——小声点儿，搞不好是妖怪，吵醒了妖怪会被吃掉的。"

"哪里是妖怪啊，你没看见她的肚子一鼓一鼓的吗？我娘说了，我爹睡觉时就会鼓肚子，那是在喘气儿。会喘气儿的怎么可能是妖怪？"

"谁告诉你妖怪不会喘气儿了？"

你一言我一句的，耳边充斥着叽叽喳喳的吵闹声，孟婆嫌弃地皱了皱眉头，这才不情不愿地睁开了眼。

日头笔直地照射着她，她恍惚地抬手去挡，再缓缓地起身，这才发现树下有一、二、三、四个小童在仰头盯着她看。

"哇，她醒了！"小童们莫名地雀跃着凑成一团，又怕又好奇地偷偷瞄孟婆。

孟婆见他们一个个的衣着不俗，五六岁的模样，大抵是附近宅邸的孩子。可他们聚到一处谈论着她，这令孟婆觉得有些不自在，又不知道该怎么做，她整个人显得僵硬无措。

她已经很久没有遇见过这个年纪的小童了，即便她曾经也有一双……算了，别去回想了，她摇摇头，刚想离开柳树姑姑的枝丫，突然感到侧面飞来一个圆滚滚的小东西，她敏捷地伸手一挡，再握住，摊开一看，竟然是一颗生栗子。

树下的小童们不禁赞叹连连："她刚刚接住了我们扔过去的栗子！这是什么绝技，好想学啊！"

孟婆困惑地低头去看，小童们围在树下仰视着她，清一色都是崇拜的眼神。她咳嗽几声，清了清嗓子，故作深沉地问他们："哪来的生栗子？"

其中一个小男童指了指树下挖开的洞，里面全部都是生栗子，他惊喜地叫道："我们方才挖出来的，一定是这棵神树送给我们吃的！"

旁边的小女童提议道："烤栗子好吃。"

另一个小女童兴致勃勃起来："那我们就在树下烤着吃吧。"

孟婆呵斥他们道："什么神树送你们的，这分明是花鼠屯着过冬吃的，你们这群小贼，想让花鼠在冬季活活饿死吗？还不快快把挖出来的洞给填上！"

几个小童被她凶巴巴的模样吓到，立即乖乖地把泥土重新填补好，倒是十分听话。孟婆觉得这会儿能清净一下了，没想到小童们补洞的速度极快，补完了又开始研究孟婆，叽叽喳喳地询问孟婆是怎么爬到那么高的枝丫上的，且她还会挡栗子，定是深藏神功，便非要孟婆教他们。

孟婆无言以对，穿着中分褂子的小男童忽然提议道："我和你交换，只要你教会我爬得像你那么高，我就教你武林绝学！"说罢，他自己倒先显摆起了功力。

众人瞪大眼睛看他比画来比画去，孟婆的白眼都要翻了三千遍了，哪里是什么"武林绝学"，根本就是华佗五禽戏。

看来他家爹娘很喜欢养生，所以才通过模仿虎、熊、鹿、猿、鹤五种动物的动作来保健强身。五禽戏是华佗发明的一种气功功法，用来治病调养、强壮身体倒是极为有用。

很不巧，孟婆对五禽戏已经熟得不能再熟，而且她可不想在这里看小男童表演动作不标准的养生功夫，更不想和他交换学艺。她心想着要赶快脱身才行，没想到这群乳臭未干的小毛孩子竟然一眼就看穿了她的企图，立即接连吵嚷起来，一声吵得更比一声高："你不教我们爬树就别想走！"

"就是就是！我们不会放你走的！"

"否则我们会把生栗子再次挖出来，我们要饿死花鼠！"

拿素未谋面的花鼠来威胁上她了？花鼠招谁惹谁了？这群小无赖！见惯了大风大浪的孟婆可从未如此狼狈，她只觉此地不宜久留，便二话不说地立刻施法，腾空而起，踏着唤来的云朵飞速离开了。

见此情景的小童们皆是张大了嘴巴，目瞪口呆，他们望着孟婆消失的方向眨巴眨巴眼，其中几名女童被吓得"哇"地一下子大哭了起来，而刚刚炫耀五禽戏的男童则是呆愣愣地低头一看，自己的裤子在不知不觉中尿湿了，他神思恍惚地嘟囔着："她随云离去了，不是妖怪，这不是妖怪，而是神仙……是神仙啊……"

冥府之中，和墨用月影镜看到孟婆踏云而去的身影，又看了一眼台面上孟婆送他的琉璃砚台上的诗文：

第八节

昨日花开满树红，今朝花落万枝空。

滋荣实藉三春秀，变化虚随一夜风。

物外光阴元自得，人间生灭有谁穷。

百年大小荣枯事，过眼浑如一梦中。

思索片刻之后，不由得抿嘴笑了笑。站在其侧的马面带着不满之意说道："冥帝大人，您还笑得出来，您看这任孟婆真是胆大妄为啊，在人间竟然肆意使用法术，这还得了？历任孟婆在人世间都是尽量不用法术的，就算是迫不得已，也是背着人施法，哪有这样明目张胆让外人看见的？旁人都觉得她是妖怪了。"

和墨转身轻笑着看了马面一眼，微微点了点头说："我是要提醒她一下，有些时候还是要顾及下旁人，免得吓着孩子们。"

马面一听，瞪大了眼睛，心里嘀咕这冥帝真是偏心孟婆，明明滥用法术，怎么最后总结成了莫要惊吓孩童，唉……

人世间此刻是另一番景象，且先不管是妖怪还是神仙，同样睡在柳树姑姑更高处树干的上官逸舒却满眼膜拜。他是昨晚在湖边赏月懒得回家，便凑近在树上睡一晚。没想到还会再遇孟婆，真是幸运至极。他方才一直不动声色地观察着她与毛孩子们的互动，本想伺机插话，谁料她竟一言不合便踏云跑路了。

但就是这一幕，令他对她的憧憬翻了数十倍。他在心中暗暗发誓，一定要拜她为师！他也要变成她那样霹雳爆炸般的无敌！想飞就飞，而且还是踩着云飞！

不过，等等。

"拜师都应该有见面礼才对。"上官逸舒摸着下巴，十分认真地思考着，"可是要送些什么好呢？必须要彰显我的与众不同与非凡气度……啊！有了！每次见她都是手不离酒，虽然加上这次也只见了两次，但她的的确确是个好酒之辈！那就买上好的佳酿好了！"

这个师父，他是拜定了！

第九节

要说孟婆狼狈而逃可还是头一遭。想不到她堂堂一个守桥人会被几个毛头小孩逼迫得无路可退，只得逃窜。

她倒没有离开多远，只是回到了昌陵街的中心地带，心想着离歌那边正是新婚宴尔，倒是不需要她出面做什么。如此，她便决定自己随处逛逛。

这昌陵街在白日里很热闹，用诗里的句子来形容便是：长安大道连狭斜，青牛白马七香车。玉辇纵横过主第，金鞭络绎向侯家。

然而，这阵子似乎也到了梅雨时节，清晨过后倒是有过一场毛毛细雨，这会儿正午，又淅淅沥沥地下了起来。

茶屋檐下避雨的老农望着雨幕唱叹，担忧道："涝疏旱溉，今年庄稼的收成可该如何是好。"

后桌的小生喝醉了，扯着嗓门接话道："眼下变成这样，都得去怪那些贪得无厌的官吏，他们作恶太多，惹怒了苍天，怕是不久之后还要遭遇涝灾！"

茶屋老板正拨弄着算盘，瞥一眼小生奉劝道："大白天跑来茶屋喝酒也就罢了，可休要在我店里胡言乱语，小心自己脑袋不保，还要连累了我。"

小生醉醺醺的，脸颊两团红，拎着酒壶摇摇晃晃起身："我……我说错了吗？你去问旁人，这昌陵内，谁人不知掌权的官吏总是把百姓的税收揣进自己的腰包？哼，你们茶楼的说书人都敢把这些事唱成戏剧，我有何说不得的？"小生又灌了口酒，转头问站在门口的孟婆，"喂，你说，你说对不对？"

孟婆正在避雨，不承想话题会丢到她身上，毕竟她与小生素不相识，更何况——

"我不算是本地人。"她鬓角头发几缕垂着，清悠悠的淡漠语调里散发出慵懒，倒也很好奇似的，"不过，你刚刚说，说书人在道官吏作恶？"现在的说书人都这般快意恩仇了吗？

小生指了指后头那对正在戏台子上说书唱曲的父女，对孟婆道："喏，你自己看，那不正在唱着嘛！"

孟婆循望过去，果真见到一对父女在茶楼里说着书。她这会子也没什么打紧事要去做，便找了个较好的位置坐下来听书。店里小二极有眼力见儿地为她拎来一壶茶，又端上一盘瓜子果脯，孟婆一边嗑瓜子一边打量着台上的父女俩。

说书的老翁年过花甲，可身板直挺，声音洪亮有力，丝毫不比那青年人逊色。他将着花白的胡子，绘声绘色地说道："要说这昌陵奇事数不胜数，无论是近来发生的还是曾经发生的，大家也都能略知一二，可许多年前有一桩惊世骇俗的案子，各位可都听说过？"

听客中有人接话道："老先生说的可是二十年前发生在刘官员家中的那起惨案？"

老翁一拍手中的醒木，眉飞色舞道："这位客官见多识广，正是那起刘氏全族的灭门惨案！"

刘氏。

这二字滑进耳中，孟婆捏着瓜子的手指停顿了一下，身边坐着的几个听戏的也都自以为是地议论起来："那个刘官员祖上三代都是朝中的大官，传到他那代已经是最为巅峰鼎盛的时期，据说他家后院砌了一座窖，里面堆满了金子。"

"不是说盖了一幢别院吗？那整个院子里都铺满了金银珠宝，连他家家奴拉屎的马桶都是用银子打制出来的！"

"那点东西对他来说算什么？据说他光正妻就娶了十五个，妾室更是纳了近百人，怕是皇帝后宫佳丽的数量也不过如此了吧！"

"如果只是这般骄奢淫逸倒也不足为奇了。"说书老翁的表情变得沉重起来，他女儿拉着二胡的调子也逐渐悲戚忧苦，他继续道："刘官到了七十岁那年还在强抢良家妇女去他府上，都是挑十八岁貌美如花的姑娘，倘若是做妾侍也罢了，起码还是条活路。可他竟不知从哪里道听途说，非要喝童女血延寿！"

众人只知刘氏那桩灭门惨案的皮毛，却不知还有这层恐怖的内幕，便都静默了一阵儿，屏住呼吸继续听下去。

说书老翁悲叹道："实乃世间惨剧啊，那七十岁的刘官在一夜之间如同妖魔附体，杀尽了家中五十七位不足二十岁的妻妾，其余的家奴被吓得疯的疯、逃的逃，一些年幼的刘氏的后代也被他亲手夺走了性命，哀号漫天，死状凄惨，实在是丧尽天良！据说那天夜里，血染刘府，胜似魔鬼的刘官浴血狂笑着童女血可长生不老，他将超越皇帝，寿与天齐！可是隔日，奔赴此处欲捉拿刘官的军队却发现刘府上下除了血流成河之外，并没有任何一具尸首。"

有人问道："怎么可能会没有尸首？死了那么多的人……"

"士兵们也觉得事情蹊跷，他们挖地三尺地找，就那样日夜不休地找了一天一夜，终于在后院的窖子里发现了约莫数十件嫁衣，都是用人皮做成的。而头骨和头发都做成了凤冠和零零碎碎的首饰、毯子……那可真是吓坏了在场的士兵，有些十四五岁的小战士当场就晕了过去，年长一点儿的则是呕吐不止，可谓是惊魂未定。"

茶楼里的众人听着这如同鬼神之说的惨案，表情皆是惊惧万分，他们之间有人喃声问道："是谁把尸体的皮做成了嫁衣？又有何缘由？难不成是那刘官？他喝了人血之后便真的成了魔鬼不成？"

"必然是那无恶不作的刘官！"说书老翁义愤填膺地控诉道，"想来我家外亲的女儿也惨死在他府中，他是少有的狼心狗肺之人，恶毒至极，真该千刀万剐、人人得而诛之！可惜事到今日，他仍旧不知在何处逍遥快活着，谁人都没有抓到他留下的蛛丝马迹，但老夫相信天网恢恢疏而不漏，待到他落网之时，必定是昌陵众人复仇之日！"

众人同仇敌忾地叫着好，仿佛都与那刘官有着不共戴天之仇一般。说书老翁也笑着同大家握拳示意，只觉自己这故事道得情真意切，博得一众喝彩。然而在这时，台下却忽然传来一个幽幽的女声，她那声音飘散在室内的烟草香气里，有一种缥缈如异域般的空灵："老先生，你怎就如此确信杀人的是那刘官？你又没有在场，更没有真凭实据。"

说书老翁循声望去，只见台下中央位置坐着一位黑色锦衣的貌美女子，她长发绾着如云鬟，肤白唇红，眉眼之间尽显风流。

"这位姑娘不是本地人吧？"说书老翁见孟婆脸生，便同她细细道：

"那刘官本就作恶多端，他想效仿野史中所写的长生不老之术，老早便在民间四处搜寻可制药之人，自是有人同他举荐了童女血一说，才促使了当年那场灭门惨案的发生。"

孟婆却道："可这也只能说明他想喝童女血罢了，又何以证明他杀人剥皮？"

"除了他还会有谁？那般血腥之事可不是凡人能做得出的。"

孟婆笑道："你这也说了，凡人做不出，那刘官身为凡人，如何做得出？"

众人闻言，立即驳道："刘官是人吗？他是畜生！他简直猪狗不如啊！"

孟婆轻笑着，那笑意深藏着早已洞察了世间一切玄机的深邃，"我也绝非是为刘官叫冤，想来我与他素昧平生，自是与我无关。更不会是质疑老先生说书的真实性了，只不过，我早年也曾逗留在昌陵许久，机缘巧合地听闻过有关此事的另一版本。"

说书老翁和听客们嗤之以鼻，但也没有打断她，只静默地听她继续说着："在刘官还是青年才俊之时，他便已经被皇帝亲自嘉许为本地七品，然而刘家子嗣兴旺，他又是庶出，那会儿子虽在外得了个一官半职，可在家中并未拔得头筹。无法获得爹娘喜爱，就无法继承家业，他生性争强好胜、心狠手辣，又怎会坐以待毙呢？他便攀龙附凤，巴结宫中皇亲国戚家的女儿婚配，想来生得嫡孙便可从众兄弟的'夺嫡之争'中胜出，不料成婚当年妻子难产而死，倒是生下一儿子，却是个哑巴，且还痴傻，这令刘官愤怒非常。"

"要说刘官在家中排行第五，生于中间的子嗣总归不会太受待见，资源与亲情都要靠争抢，他自小便视最为得宠的长子为眼中钉，总是想要拔掉这根刺。想来生在王侯将相家既是幸事也是不幸，不争不抢都未必会得善终，实乃悲哀。刚巧那年长子的媳妇出天花死了，刘官便假情假意地要为大哥张罗续弦。不过昌陵的好人家都不愿把女儿嫁去刘府，他们都道刘府男丁克妻，兄弟七人的发妻不是早亡便是多病，好生晦气。

"这自古就有献美姬之举，那么刘官自然也想寻一个既可献给大哥做侧室，又可为自己所用的心腹对象。苦觅多日，刘官从友人那里听闻后山道观里有一道姑美若天仙，且家中毫无背景，不必担忧她会有人撑腰，抢来进府便是。刘官于某日夜深人静时带人前去，果然见那道姑才情俱全，真可谓檀口点樱桃，粉鼻倚琼瑶，轻盈杨柳腰，一团真是娇。他当下起了色心，想要占为己有后再送去给大哥做妻。怎料这道姑是仙人降世，她容不得世间有刘官这等为非作歹之人，当即便现出本尊，要将他绳之以法。

"刘官这才发现自己得罪的是仙姑，赶忙跪下叩头求饶，仙姑念他有改过自新之意，便不打算追究，而且仙姑还好心地送给他一个能使他改头换面的物件。刘官做梦也没想到，送他的物件竟是位比仙姑还要貌美绝伦的妙龄女子。这姑娘淡白梨花面，身姿甚娇俏。正所谓窈窕淑女，君子好逑。刘官一见便丢了魂儿，心想着美！容貌美，身段美，实乃尤物！刘官心中春潮汹涌，当下谢过仙姑，便把姑娘带回了自己府中。

"姑娘姓龙，单名玥字。刘官对其宠爱有加，日夜颠鸾倒凤，沉溺在温柔乡里不能自拔。他想着龙玥这么美，献给大哥实在可惜了，干脆此事作罢，好生与龙玥生儿育女倒也乐在其中。然而不出月余，刘官竟然意外捉到龙玥与大哥私下幽会，他一时被愤怒冲昏了头脑，干脆操起地上石块砸死了大哥。事后他清醒过来，当真觉得下手的那一刻犹如妖魔附身般不受控制。龙玥倒劝他不必将此事放在心上，古时弑父杀兄、手足相残都是常事，而她故意魅惑大哥也是为了刘官，她想通过美人计来为刘官铺出一条康庄大道。刘官十分感动，心觉错怪了她。二人和好如初，那之后更是似联手般利用各种计谋来扳倒家中兄长、亲友，甚至是爹娘。其过程歹毒狠辣，二哥被做成了人彘，三哥被挖去双眼，四哥、六弟还算幸运，被流放去了蛮夷之地。爹娘见到此番景象，一夜之间疯癫呆傻，双双投井自尽。到了最后，刘官顺利继承了家业，又登上了父亲的大官之位，终是一路平步青云。

"人之初性本善也许是真的，但又有人之初性本恶之说，所以此种论法要因人而异，譬如说刘官，他这种人便是性本恶的代表。自打位居高位后，他野心膨胀，越发放肆，不再满足于只有龙玥一人，他开始于普天之下掠夺美艳女子，而女子过了二十岁，他便将她们无情抛弃，即便女子已怀有他的骨肉，他也随便给些银两便将其打发走。衰老的容颜会让他觉得丑陋无比，他平生爱好酒色与金钱，朝中事务皆是丢给龙玥打理，他只管自己快活。

"十年过后，刘官已到了油腻知命之年，更是成了一个富有的恶霸，欺

凌百姓、搜刮民财、强取豪夺、酒池肉林。龙玥在某一日相问，说他从未正式迎娶过她，而她也从未穿过嫁衣，想恳求他履行当年明媒正娶的承诺。刘官见龙玥都是徐娘半老了，要不是看在她聪慧，能帮他打理公事，早就把她赶出府去了。所以他一直敷衍附和，就这样骗了她几十年，到了最后，他已是古稀之龄，仍未实现娶她之约。

"且他担忧自己抢到府中的妙龄少女们会因他的老去而逃离，便急不可耐地寻找长生不老的法子。童女血一说倒是正中他下怀，可刘官是个怜香惜玉之人，对待自己府中的年轻小妾们疼爱有加，又怎会舍得杀了她们？不过是每日清晨令她们割破手臂，取几滴血给他饮下便罢。

"可惜事情到底还是出乎了他的掌控。某日他得知自己最喜欢的小妾阿苑与家奴私通，甚至怀了身孕后，他气得火冒三丈，当着小妾的面命人打死了那名家奴。阿苑痛不欲生，整日哀哭，孩子也流产了。她做了诅咒刘官去死的小人，每逢夜里便狠狠地用针去扎。这一扎可引来了龙玥，龙玥并不会伤及她，只悄悄地告诉了她时机已到，以及自己在策划的事情。

"当天夜里，龙玥去刘官的房里唤他，刘官吓了一跳，醒来见到龙玥，他更是惊恐，直念着你怎么和当年在道观中相见时的相貌一模一样，毫无改变，难道你这些年来的衰老都是假的不成？你到底是人是鬼？

"貌美如花的龙玥坐在他床榻旁，媚眼如丝地笑着道：'官人会老如枯木是自然常事，肉体凡胎岂能同我龙族相提并论呢？想当年，你在道观中轻薄我家主人本就种下了恶果，是主人心善才肯放过你这牲畜，可我并非仙族，更不像主人那般怀柔，自是可以替主人讨回公道。主人曾叮嘱于我，要我给你四十年的时间来脱胎换骨，倘若你在这期间能重新做人，便饶你一命；但要是你不知悔改，我便会让你满门全灭、后继无人。纵观这四十年里，你骄奢淫恶，十恶不赦，视女子为玩物，把百姓当粪土，你为人世作出了何等贡献？且你答应八抬大轿迎娶我，却迟迟耍弄着我，你当真以为我不知实情？我不过是在屡次给你机会，你反而将我视为愚钝。而你抢来的女子又有哪些是你给予礼金、明媒正娶的？你连她们一生嫁与心爱之人的权利都剥夺了，你可配为人？仗着你有权有势便随心所欲，你不知苍天可见，报应可现？不过……虽说你死不足惜，可府上无辜之人不能白白做你陪葬，我会选那些与你同样作恶的女子陪你一同赴死，也算不枉费你我之间的一场夫妻情分了。'

"刘官被吓得冷汗直冒、魂飞魄散，只见龙玥的头上出现了犄角，瞳孔闪着金光，唇边尖牙外露，手腕泛起鳞片。刘官刚要大叫，龙玥已经化身成一条小银龙附在他身上，并借着他的手血洗了刘府的上上下下，至此才有了后世流传的刘氏灭门惨案。可实际上，死的都是那些与刘官一样无恶不作的小妾与他的后代，其余被刘官欺压多年的良家女子都在早就知情的阿苑的帮助下逃跑了。

"至于那些用人皮做成的嫁衣，都是用恶人的皮囊制成，以祭奠那些曾经死在刘官手下的可怜女子的。而刘官的去处嘛，大概早已在龙玥的胃液中化作一摊不算美味的血水了。

"仙姑在那之后唤回了龙玥，她本是仙姑养在海里的一条小龙，性情正直刚烈，见不惯龌龊与不公之事，当年是主动请缨去治一治刘官的。仙姑问龙玥人间此行有何收获与感慨，龙玥回道：'世人贪婪，不知满足，恩怨悲欢，皆是因果。人心可怖胜似妖鬼邪魅，如若在道观当日便惩戒酿造孽缘之人，大可拯救数以百计的苍生百姓。'

"仙姑赞许龙玥果敢英勇，却也道出自己意图：那刘官虽大逆不道、丧尽天良，可上天仁慈，心怀厚爱，必定不愿放弃任何一粒沙砾的凝固。我本愿刘官能知错就改、造福于民，然他本性极恶、不思进取，早已是违背天道循环，自古福祸相依相生，花开过盛必萎，骄兵征战必败，由此可见是他咎由自取。自作孽，不可活，且他阳寿一百有余，派你前去损他三十年寿命，并断去他的后继，倒也是拯救了许多无辜众生，有憾，也有圆满。"

故事道尽，孟婆起身同台上的说书老翁作了个揖，云淡风轻地笑笑，道："献丑了。老先生，我很少像这般同人高谈阔论，其中不免夸大其词之处，还请多多包涵。"

说书老翁愣着神，半晌之后才找回思绪，竟发现自己手中的醒木不知何时掉落在地，身旁的女儿连忙为他拾了起来，并以一种畏惧而又悲伤的神情凝望着孟婆。

孟婆的视线落在她眼角处的胎记上，那像是鳞片的图案，但又绝非鱼鳞圆且小，更不是鳄鳞那般钝而扁。

像是……画卷中才有的龙鳞。

台下的听客从窃窃私语到高声发表言论，他们质疑孟婆道："你这姑娘

信口雌黄，简直是妖言惑众，世间哪有鬼怪邪魅？即便有，也绝非你所言那般正直意气。妖就是妖，岂可胜于人一头？"

说书老翁张了张嘴，欲替孟婆辩驳一般，可他到底还是把话咽了回去。最终看向孟婆，以一种细弱蚊虫的声音问道："老夫冒昧相问，姑娘的年纪……"

孟婆反问："老先生今年高龄几何？"

"七十有一了。"

"刘官死了多少年了？"

"三十余年了。"

孟婆笑笑："时间倒是刚刚好。龙妖来到人间一遭，确也留下了痕迹，说来她也是宅心仁厚，到底是没有令刘官后继无人。好在，留下的是善者。"

闻言，说书老翁的表情极为复杂，似担忧、惊惧、迷惘，其中又夹杂着释然。仿若许多年来守口如瓶的秘密，如今终于得了一位知心人。

又怕知心人戳穿、公之于众，所以欣喜中伴随慌乱，煎熬万分。

孟婆倒是两袖清风地打算离去，说书老翁唤住她，欲言又止，最后问道："姑娘是如何知道此事的？"

孟婆唇角泛起的笑意仿若蛊惑心智的罂粟花，绝美而危险，神秘又通透，她只道："奈何桥上三十年，迎来幽魂千千万，有人诉苦，有人诉情，也有人诉往生。待到日后你我有缘再会，其中奥妙你自有分晓。"话音落下，她在众听客的瞩目中走出茶楼。店老板这才发现她没付茶钱，刚要追赶，孟婆背对着他扔来一锭银子。店老板捧在手里喜出望外，扯着嗓子吆喝道："姑娘再来啊！上好的碧螺春备着给你！"

孟婆撇撇嘴，心中想着这时节的碧螺春潮得厉害，喝着没滋没味儿的。且她本不愿付钱的，毕竟她孟婆可不是会乖乖和凡人做交易往来的。但是这出戏她听得有兴致，赏的钱自然就多了些，更何况，那都是从轿夫那里赢来的银两，既然赢得来，也要花在值得的地方。

人与人、妖与人、神与人之间，皆是如此。唯有守住金钱、权利、爱欲之间的互换平衡才可相安无事，一方获得的贪婪与饕餮都是暂时的虚幻，代价在最终总是惊人的巨大，然而三千世界中从无后悔灵药，必要从最初便按规则行事。

就这样结束了茶楼之行，孟婆再回到姜府的时候已经是隔日的黄昏。

见她回了府，早先就被安排服侍她的侍女兰琪与绿枳立即引她到客房里梳洗、用膳。孟婆倒是很享受这份久违的有人伺候着的待遇，舒舒坦坦地洗了个澡、吃了顿晚饭之后，才想起要去离歌那头看看。

侍女们说不去看也罢，少夫人与少爷在后花园里看舞呢，昨日有人献给姜府一个异域舞班，少爷便送给少夫人开心用了。

孟婆不经意地说着："呦，小妾都成少夫人了？听这一口一个少夫人叫得多亲热、多自然。"

侍女兰琪得意道："那必定是少夫人了，谁让少爷独独宠爱我们主子一人呢，虽然身份是妾，可名义上早就是独一无二的少夫人了，姜府上下谁不知道啊。"

还真是"狗仗人势"啊，主子得势了，丫鬟都跟着牛哄哄了。

侍女绿枳则道："而且像我们主子这样集美貌与手艺于一身的年轻姑娘可不是随处都能见到的，她上得厅堂、做得羹汤、酿得美酒、生得男郎，如此艳压群芳的稀罕女子，也难怪少爷会痴迷不已。"

现在的丫鬟都这么会溜须拍马了吗？别说，拍得还挺押韵。

兰琪点头认可道："主子这几日天天亲自为少爷和小少爷熬汤喝，那手艺真是不比御膳房里的厨子差，我光是闻着就口水流下三千尺。"

孟婆一口桂花糕差点儿噎在嗓子里，她真不知道这两个丫鬟到底还有什么是不敢吹嘘的了。

兰琪见孟婆咳个不停，赶忙为她倒了杯茶，关切道："孟姑娘吃急了吧？快喝口茶缓一缓，真是对不住啊，晚饭的酒都被你喝光了，奴婢也没备太多，不然就给你倒酒顺顺嗓子了。"

酒顺桂花糕？那能是个正经味儿吗？

绿枳在这时天真无邪地问："孟姑娘，听说你和我们主子一见如故，且又是她的救命恩人，可主子现在整日和少爷黏在一起，孟姑娘可会有所失落？"

孟婆非常认真地斟酌着她的问题，双手环胸，很是为难地蹙紧眉心道："你这可真是问住我了——容我想想……嗯——失落倒不至于，迷茫还是有点儿的，毕竟没我的用武之地，显得我好像很闲。"

兰琪嘴快，立即提议道："孟姑娘可以自行陪伴在主子身侧呀！如此一

来，孟姑娘就不必和主子分开，我和绿枳也可以同时侍奉你们二人了。"

绿枳却扯了扯兰琪的衣角，极小声地数落她道："榆木脑袋，你什么时候才能机灵些？孟姑娘天天陪着主子，不就是厚着脸皮夹在人家新婚夫妻中间了吗？"

"如果孟姑娘也成为侧室的话——哎哟！痛，你干吗打我的头？"

"要你说昏话！净说些有的没的！"

"嘘——你小声一点儿，孟姑娘会听到的。"

孟姑娘抽搐着嘴角，已经听到了，且一字不漏。

而这时，离歌抱着煜儿，与怀笙三人从门前路过的画面引得孟婆望去。

淡淡月色之下，满树桃花花瓣纷落，飘飘洒洒地弥留在他们身旁，煞是美艳。

怀笙同离歌耳语了些悄悄话，离歌听后笑靥如花，煜儿也随着娘亲一同"咯咯咯"地笑着，他们沉浸在三人的幸福世界中，全然没有注意到孟婆的凝视。

待到他们走远，兰琪与绿枳才发出赞叹声："好美，好甜蜜啊……"

孟婆则是尴尬地站起身来，她示意两位叽叽喳喳的侍女可以离开了，她要就寝了。

啊，还有。

"我明天一早要去城中寻亲戚——如若离歌问起我，你等如此交代即可。"孟婆皮笑肉不笑地推走兰琪与绿枳，关上了房门。

入夜时分，孟婆换下衣服准备入睡，这几天皆在人间游历，她竟觉得有一丝疲惫。

说来也怪，身为孟婆也会觉得累？她嘲笑起多愁善感的自己，不再多想，很快便沉沉睡去。

梦里的她温了一壶酒，是上乘佳酿，又燃一炉香，嗅青烟袅袅。

夕阳的血红覆上天际，黄绿色的蒿草杂乱无章地疯长于园内，曾经熟悉的小阁楼里，她正大喇喇地倚靠在垫子上，自斟自酌，舒服又惬意。

木门外响起叮叮当当的声音，她随即望去，身着艳丽华服的少女走进屋内，纤纤玉手遮挡着半张脸，犹如凝脂。

夜云渐渐融入余晖，弹琴奏乐的班子席地而坐，琵琶声响，曲调婉转，丝丝入扣，扣上心头。

少女衣衫红绡，绾朝云近香鬓，一缕鬓发垂落下来，拂过玉白脸颊。她移开遮着半张脸的手，眼波流动，侧看向她身后的人。

她一怔，随即循着少女的视线看向自己身后，竟是心中大惊。

只见身后坐着的人正是青年温润的他，他像是早就在等着少女的到来，挑眉轻笑，抬起手，唤少女起舞。

丝竹声窈窈，少女翩翩起舞，她的手镯与脚镯加在一起有几十个，相互碰撞，发出清脆声响，倒也有一番侠骨柔情的别样韵味。

孟婆的眼神逐渐黯淡了下来，她看清了那少女的容颜，正是曾经风华正茂的自己。

这梦境里芳香四溢，云雾缭绕，舞姿轻盈，情愫氤氲，谁也没有注意到独自饮酒的孟婆，他与少女的眼中只有彼此，相望时含情脉脉，仿若全天下只余他们二人一般。

舞到动情处，他起身握住少女的手，将她锁入自己怀中。

少女眼神含羞，声音娇柔道："侯爷……"

他轻笑，犹如面对自己的猎物一般高高在上："你刁蛮任性时好看，这样娇媚可人时，也很好看。蔷薇艳丽，适合你的姿容。"他去吻她鬓发上的那朵蔷薇花，一低眉、一侧眼的刹那间，极尽温柔。

少女扭开脸去，想掩饰羞涩："油嘴滑舌的，你快不要取笑我了。"

"面对你绝美容颜，我还可以更油嘴滑舌一些，你要尽早适应才行。"他将她整个人横抱起来，她一声低呼，双臂不自觉地攀上他的肩。

而那朵蔷薇花，也顺势掉落在地面，红艳艳的花瓣散了满地，妩媚迷离，一如她与他的柔情笑语。

睡梦中的孟婆因此而哽咽一声，她翻了个身，眼角竟闪烁起了点点晶莹。

她知道，即便是在梦里她也知道，那梦是她回不去的过往，凝固着悲欢情意，也是她藏于心底的旧殇。

或许，是离歌对怀笙展露出的幸福笑意令她触景生情，她很久不曾梦见往事了，而明明最想梦见的人，已经不会再出现于她的梦境之中了，因此，她只觉不如再也不去梦。

翌日。

晨起便落雨，孟婆借着寻亲的幌子，撑伞出了姜府，首先去了皇族陵墓，果真找到了刘皇后的棺木。

她驻留了片刻，掌心覆上棺木的玉案，心中千思万绪。不料陵外传来守卫的脚步声，她不想惹麻烦，便借着雨天的黯淡离去了。

皇陵之外的山极高，她是徒步上了上尖，又踩着泥泞一路下山，油纸伞被雨水打得支离破碎，只剩下若干伞骨了。待她来到主街，正欲去寻个小酒馆坐上一坐，却察觉到不远处的人群中起了骚动。

有一列威武的仪仗队途经于此，孟婆走过去，看到一辆富贵的宫车正缓缓而来，百姓纷纷退避，无不敬畏。孟婆只抬眼看了一看，见领头的女官骑着高头骏马，共四名，皆是环绕于宫车周围。那车被装点得格外雍容华丽，鎏金凤纹的车帘上绣着金丝线，轻风携雨来，吹起了帘子一角，露出了车内女子的曼妙容颜。

"是个美人。"孟婆想。

周围百姓恰时议论道："刘氏平懿公主很久不曾出行此街了。"

"自打驸马暴毙以来，她整日在道观中修身养性足有一整月，也是到了今日才出观返回宫中。"

"休得再提驸马的事了，毕竟国丧前段日子才过……即便你我是普通百姓，也都要谨言慎行才是。"

旁边人接茬儿道："你们别说那些陈芝麻烂谷子了，平懿公主今日出行是带人张贴告示来的，据说是要招聘会做琉璃的手工匠人入宫。喏，告示就在前头。"

孟婆的神色变了变，她蹙起眉心，随着人群一同走向了告示前，黄底白纸上赫然写着——

　　天下一统，四海皆平，皇上在位，欲行大道，现需琉璃匠人，遂求贤若渴，以纳贤良；不使野有遗漏，特颁诏贤榜，聘名士，礼贤者，广征八方人才，入宫即刻封赏，钦此。

这告示读完，人群之中便炸开了锅，各自吵嚷着："哼，还真敢说啊，入宫即刻封赏？说得好听，如今的户部哪还有钱啊？这琉璃可不是人人都做得来的，能入宫的更是人中龙凤，没钱要如何结算？耍弄我们平民百姓好欺负吗？"

"你想得可真多，这天下会做琉璃的人不在少数，但入宫的名额可不是人人都有份儿的，他们见了告示，定是要抢破脑袋才是了！"

有年轻人不解道："为何要招聘入宫呢？朝廷下令，吩咐商贾做好了送去宫中多方便。"

"此言差矣。"胡须花白的老者接话道："此事还要从多年前说起，当年啊，昌陵姜家的姑娘找人制作琉璃献给皇后，冒名顶替，罪犯欺君。"

众人的眼神中皆是困惑，老者缓缓地，近乎残酷地说着多年前的那个故事："想来那还是刘皇后凤仪天下的时期，姜家女儿备受她的宠爱，便借着会做琉璃之艺进宫做了女官。要说姜家女儿如若是个脚踏实地、不卑不亢之人，倒也会有似锦前程，毕竟女子做官可不是件简单事，放在哪朝哪代都是凤毛麟角的人物。"

"姜家女儿能获得刘皇后嘉许，自然也是才艺俱佳，可她的个性实在飞扬跋扈，明明已为人妻、为人母，却从不懂得收敛。私下生活偏又极为混乱放荡，种种挑战道德伦理的作为导致众叛亲离不说，还被情人揭发了制作琉璃背后的真相，到了最后，凭借刘皇后之力，已然是护不住她了。"

说到这里，老者长长叹息道："一棵巨树，如若傲然挺立，不畏严寒，反而容易招致雷电的暴虐，但是像柳树一样保持同一个低姿态，左右摇摆，能够保持平衡，不仅不会受损，反而能够长久于世。而在获得一点儿功劳时便自视甚高，最终的结果往往得不到善终。姜家女儿的所作所为，便是对后人的警戒。"

听了老者所言，众人发出一阵唏嘘声，而淹没在人群深处的孟婆只是苦涩一笑。

姜家女儿，偷梁换柱。

当年的琉璃之案实在是闹得满城风雨，如今细细地回忆起来，除了悲怆，也有讽刺。

第十节

　　那要从很久之前说起了，可往事的本来模样估计早已没有人能够说得清。不管日后有多少人在闲暇时谈起，都是断章取义、添油加醋，或者是肆意杜撰、夸大其词地作为余兴趣事罢了，又有谁会在意事情的缘与灭，始与终呢。

　　有人会从因果一说上道是姜家祖上阴德不足，先人做过孽障事，才导致这脉绝了后。仔细想想，也不无道理，姜家最早的祖先要追溯到上古时期，族谱上有过记载：在古帝治理天下时，身为宠臣的姜家祖先曾有策反之心，最终导致株连九族，命脉一度受损，蛰伏了许多个朝代才重建了后世的荣耀。且姜家最初不姓姜，但具体缘由为何，族谱便没有记载了。

　　也有人会从德义论上来说姜家之所以这般"美中不足"，是德不配位。可如今的姜家自认是老老实实做人、勤勤恳恳做事，不参与朝中任何帮派争斗，更不会滋事生事，逢年过节也会为百姓做做慈善，发放米面对于姜家来说已是寻常小事，他们也会接济看不起重病的穷人，甚至还会按月份派送银两到其家中。

　　难道这不是在积攒德行吗？难道这不是在充实福报吗？

　　那为何当时的姜家只有女儿，生不出儿子呢？

　　这便要从五十多年前来细细道清了。

　　五十七年前，天宁 150 年的春天。那年正逢涝灾，昌陵整日暴雨不停，庄稼都被雨珠子打折了腰，朝廷为了治水愁白了头，百姓们的日子苦不堪言，不出半个月的工夫，昌陵城内汪洋一片，怕是都可以直接划船出行了。

　　而就是在这等混乱又不太平的年份里，姜家的长女姜墨舞出生了。

　　费了好大的劲儿才把她生下来的姜夫人满头大汗，她顾不得身子虚弱，既期待又不安地询问产婆道："是男孩还是女孩？"

产婆讪讪地回了句："是个漂亮的千金。"姜夫人脸色立即惨白，她痛恨地尖叫一声，惹得襁褓中的婴儿"哇哇"地啼哭不止。

自那之后，姜夫人为了诞下男丁而再接再厉，可是不如意之事十有八九，第二胎仍旧是个女童，如同是受到了诅咒。

由于一连生下两个女儿，身为姜家长房的她常被亲戚嘲讽是断了家业的绝户，来自裙带的轻蔑与嘲讽令她心有不甘，尤其是常来府中做客的妯娌，总是会趾高气扬地抱着刚满周岁的儿子同姜夫人冷言冷语。

"呦，长嫂近来瘦了不少，是不是两个女儿过于顽皮，令你操心烦忧了？"妯娌二十余岁，衣衫精致，珠宝满身，总是化着时下最流行的妆容。她虽有名字，可做了姜家媳妇后便只被唤作四夫人或者是四房了。

"弟妹说笑了，我两个女儿都乖巧懂事，怎会舍得让我这个做娘亲的烦心呢？倒是你可有些发福了，难不成是又怀上了？这才刚生完一个没多久，我看，兔子都要及不上你的速度了。"姜夫人端庄的面容上挂着一抹恰到好处的凌厉微笑，语气也拿捏得十分得体，尽管是讥讽的话，可听进耳里倒也没有任何失礼之处。

四夫人有一瞬间升起怒火，但很快便压了下去，她打量着姜夫人那张年长于自己几岁的脸，不由得露出了轻蔑的眼神，她心想着犯不上和一个生不出儿子的女人赌气，再怎么说，自己也比她得老太太的宠、得姜家的宠，且又有怀中孩儿撑腰，这日后的形势可说不好呢。思及此，她便笑道："长嫂此言极是，如若再能生下个一儿半女，那我们也就有机会同长兄长嫂争一下家业了。虽说长兄是嫡子，又同老爷、太太同吃同住，的确是在先天条件上高于我们，自是人人艳羡。可我家夫君有我啊，我为他生下了男儿，长嫂，你说如今在老爷和太太的心中，究竟是孰重孰轻呢？"

姜夫人脸色骤变，刚要数落她，她却赶忙惧怕地嬉笑着说："唉哟，长嫂千万别生气，是我不知分寸胡言乱语呢，快别和我这个又有身孕的人一般见识。我出身于小门小户，自然无法和您这大家闺秀相比，您读的书多，见识也广博。长嫂，您大人有大量，莫要记恨我这般不识礼数的小女子才是。"然而，她嘴上道着歉，望着姜夫人的眼神里却毫不掩盖地满是沾沾自喜与洋洋得意。

姜夫人强压怒火，她的手指搅弄着绢帕，忽然听见门外传来欢声笑语，她循声望去，只见自己的两个女儿正在相互追赶着玩耍。这一瞬间，姜夫

人才恍然大悟一般地发觉，原来她们竟已经长得这么大了，自己也不再年轻了，她，就要失去生育的机会了。

一旦成了半老徐娘，三十有余，夫君可还会愿意多瞧她一眼？

想来从前年冬天开始，老太太便总会对她唉声叹气，言语之间不乏奚落："当初看上你，一来你娘家在朝中关系颇多；二来你模样生得俊俏。可未曾料到你这肚皮却实在不争气！老二、老三，就连老四，都生出了儿子。虽然他们媳妇的娘家家境不如你，但是人家兴旺家族，个个都是人财两旺的。可你呢，你为老大生了什么？女儿，还是一双！姜家家大业大，历代祖宗都是传位给长男嫡子，我们何德何能，岂可破坏祖宗的规矩？然而你，却一直生不出儿子来，你是要我这把老骨头看着我大儿绝后不成？我看你这是要我含恨而终才罢休啊！"

老爷则是在一旁擦拭着玉石烟管，却没有续烟草，只是冷声道着："百事孝为先，无后罪则大，家中如此阴盛阳衰，实在有碍于长儿的仕途官运。本来四儿之中就老大文墨饱满，又在朝为官，家族之中皆看好他，可如今这般景象……再看二、三、四房中，添子如添运，男儿阳气厚重，必定会富贵荣华，而女儿生得再多，也到底是为别人家延续血脉的物件，终究不是姜家的人啊。"

姜夫人听着这些，咬了咬嘴唇，微微垂下了脸一言不发，表情哀怨凄苦。

而那一年的墨舞已经六岁，是可以听懂他人语言的年纪了。她偷偷地趴在门框旁，望着屋内的母亲、祖父与祖母，只觉三人之间的气氛极为诡异。但她不敢出声，她自牙牙学语起便被父母严格管教，直至今日，她已很少会表达内心真正的情感。她习惯了隐藏自己的真实，也渐渐摸索出了如何来保护自己不受皮肉之苦的路子，可妹妹却不懂。

身边传来了隐隐的啜泣声，墨舞低头一看，果然不出所料，与她一同在此偷听的妹妹正抓着她的衣襟满面委屈，竟是尿裤子了。

妹妹生性胆小，时常被母亲打骂，这样的日子久了，妹妹甚至到了不听从命令便不会行动的地步，即便是饿了也不知道开口说，冷了也不会要衣服穿。她与墨舞不同，她不会在夹缝中寻找生存之道，反而逆来顺受也仍然要吃许多棍棒的痛。就像现在这样，她明明想要去小便，但是由于心中惧怕而难以启齿，又或者是找不到开口的时机，一来二去，便因忍不住而尿了满地之后怕得哭个不停。

哭，哭，每日只会哭，眼泪能解决什么问题？墨舞气愤不已，她捂住妹妹的嘴巴对她猛烈摇头，示意她不许出声。

妹妹也在努力，可她的眼泪顺着墨舞的指缝流下，啪嗒啪嗒地砸在地上的尿液积水中，微弱的声响引来了母亲的注意，墨舞立即察觉背后有一双冷锐的眼神在注视着这里。

等意识到不好时，已经太迟了，母亲迅速冲了过来，二话不说地把墨舞扯开，然后在墨舞震惊的眼神中，母亲扬起了手，狠狠地打在了妹妹幼小且柔软的脸颊上。

"谁允许你们偷跑出来的？为何不安安分分地待在房间里？这里也是你们女儿家能来的吗？！小小年纪学什么不好，学偷听！竟敢尿在走廊里，传出去都要被家奴笑话！"

母亲的骂声与妹妹的哭声交织混杂，好像戏里的秦腔曲，咿咿呀呀地唱，而扭曲的撕扯、打骂，又仿佛是在上演着残破的皮影戏。

不知为什么，那一次的墨舞没有去帮妹妹求情，她只是在一旁静默地望着妹妹被打，满脸的麻木。她甚至觉得，幸好被打的人不是自己。打从她两岁记事起，这种事情就时常会发生在自己身上，她早已司空见惯。或者，她仿佛在娘胎里便适应面对这种情景，也许是她学会了接纳，并自愿去忍受如此不公、无理、暴虐与冷漠。

哪怕所有的缘由都出自父亲与母亲的那句"都是为了你好"。

为了让你成为更好的姑娘，为了让你在将来嫁去好的人家，为了让你过上比现在更为锦衣玉食的生活，为了让你成为完美的妻子与母亲……

全部都是为了你好……

是从何时起，他们总爱以此来支配墨舞与妹妹的想法呢？一句"都是为了你好"，便可以随意责罚、打骂；一句"都是为了你好"，便可以随意支配、讥讽。正如祖父所言，女子是物件儿，是为别人家传宗接代的容器，可生育子女的是女子，哺乳子女的是女子，何谈是为别人家做这件事？难道子女的血液里流淌的不是母亲的血液吗？

然而，那许多如魔音灌耳般抨击着灵魂的咒骂，那许多腐骨噬魂般折磨着自尊的管教，在墨舞过于幼嫩的年纪，她就不得不在忍受着痛苦的情况下为自己治疗心里的伤口，并致力于让自己表面看上去与同龄的孩子无

异，尤其是面对叔婶家的表弟们时，她更要展现自己正常、聪慧、骄傲与无所不能的一面。

她要成为父母引以为傲的存在，她想成为，也必须成为，可能……可能她本不愿意去争去夺，但命运毫不怜悯她，任何人的眼神与语言之于她来说都是凶器，她只有强迫自己在本不该承受这些的年纪里变得百毒不侵，哪怕她的幼年乃至童年都早早地被无情扼杀……她知道，在那个春天的夜晚，最该天真烂漫的她已经死去了，她甚至头也没回，只管飞快地蜕变成一个连她自己都不认识的可怕模样朝前方跑去。

十岁那年，母亲的歇斯底里越发加剧，她常年被祖母与叔母们欺压，又因生不出男丁而自觉低人一等，整日暴躁成疾，动辄便与那时在宫中做太医的父亲争吵不休。她每次都重复着相同的抱怨："还不都是因为你无能！身为我的夫君，你可有一次在人前护过我？你母亲、弟弟、弟妹挖苦嘲笑我的时候，你反驳过他们吗？偏偏你只会装聋作哑，任由他们轻视、轻贱我！四房仗着这些年接管家族的绸缎庄生意赚了大钱，便可如此欺凌身为兄长的你，日后家业真要给他继承了，他们夫妻二人岂不是要生吞了我们全家？"

每当母亲数落父亲时，生性懦弱的父亲只会在堂内来回踱步，他背着双手，紧锁眉头，连辩驳的腔调都显得底气不足："你就别吵了！要是生出半个男儿，就半个，你也不必受这份屈辱了！"

母亲气红了脸，怒喊道："连你也在埋怨我？生不出男儿当真只是我一人的错？你不是自诩医术精湛吗？那你开点儿药予我啊！再言，你与弟弟们同父同母，为何他们所生皆男，偏偏只有你女儿成双？"

父亲咕哝一句："还不都是因为我娶的是你，倘若娶的是旁人……"

"好呀！你这便休了我去另娶他人！"这句话狠狠地刺痛了母亲的心窝，她撒泼起来，抓起古董物件儿便往地上摔去，哭喊着叫道："凭你也有能耐怪罪于我吗？想你的几位弟弟都在地方做着商贾，只有你在朝廷为官，本是大好前途，可偏偏这么多年都得不到擢升。现在连他们都看不起你，连同我也要和你一并遭殃！我倒也想做个高官的夫人去享清闲，人家二房、四房整日都有穿不完的绸缎，吃不完的燕窝，出门的马车都用六匹马拉着，那么你呢？你一个小小的太医，月份都不够打点家奴的！如若不是靠着你爹娘赏些银两，还有我娘家的生意帮衬，我都要跟着你去喝西北风来充饥了！"

父亲被骂得脸色难看，他气冲冲地反驳道："你说够了没有？"

"我说三天三夜也说不够！"母亲指着父亲的鼻子，已是哭得满面泪水，"自从我嫁给你生下一双女儿，你家人就没给我好脸色看！你别以为我不知道大家的心思，二老都是想要你纳妾的，无非是顾忌我娘家的权势而不便开口。当初你来提亲之时与我父母兄长说一生一世只娶我一人，我娘家才托人介绍你入朝为官，每年还打点不少银两给太医院院长，盼的就是你能当上大官。可年年都轮不到你晋升，到底是你医术不堪，还是与同僚不睦？再或是你本就没有那官运福分？你若是能节节高升，就算我生不出儿子，你母亲也不会太为难我，你弟弟、弟媳也会来巴结我。现如今他们口口声声都说是我没有兴家之运，既生不出儿子，也阻碍了你的官运，这是个什么理？分明是你自己做人苟且，行事胆怯，根本都算不上是个男人，在太医院这么多年你连个主事的官位都混不到，我就算生十个男儿又有什么用？都要和你一起受这份窝囊气不成？我就不信那一品大员的夫人也非要生出男儿才会被夫家高看！是你护不了妻女，你一无是处！"

最后，能够终止这一切的是父亲挥向母亲的那一巴掌。这样的场面墨舞时常目睹，她蹲坐在窗外，望着那映在纸窗上的两个相互撕扯的身影，如虎似狼，彼此都向对方龇出锋利的獠牙，恨不得将对方撕成血淋淋的碎片。

她自小便知道母亲的娘家虽然在离家百里之外的乔城，但却在京城之中关系众多。当初姜家虽然是昌陵城的富甲大户，但是在京城之中并无势力。在京城权贵看来，不过是地方富商而已，没有功名的富，那都是不值一提的。

姜家之所以不远百里去乔城提亲，就是看中了母亲家的权势。姜家早期的先祖在古帝治理天下时，身为宠臣。但后起谋反之心，最终被株连九族，命脉一度受损，蛰伏了许多个朝代才重建了后世的荣耀。但这荣耀再大，也只是地方上的大族富户，文脉就一直没落不起。几代姜家人都想着入朝为官，奈何都名落孙山。当朝吏治严格，不经科考不能为官。到了这一代，姜家长子竟不喜经商，反而迷上了医术。想不到这竟成了入朝为官的契机。这朝中除了文武百官还需要医官，医官是无须科考的，但是需要朝中保荐和诸多名医推举才行。而乔家在京城之中的关系密结，自然也愿

意为这姑爷打点前程。因此父母成婚不久之后，乔家就托关系推举了父亲入朝为官，这也打开了姜家人由商入仕途的正道，算是偿了几代人之所愿。在这一点上，姜家里里外外都明白这份长远的好处。

所以，其他叔叔们都纳了几房妾室，唯独父亲不敢纳妾，也是恐母亲娘家不悦。虽然母亲的娘家保住了母亲的正房地位，但是母亲所受的压力并不少。毕竟嫁出去的女儿是别人家的人了，娘家也护不了她许多。

听府里老人们说，母亲刚嫁来时是另一副模样，年轻貌美、性情率真而亲切，待人也是有礼有节，和父亲也是琴瑟和谐、出双入对的一对璧人，是全昌陵城都羡慕不已的眷侣。可这些年来，爱意耗损殆尽，剩下的都是生活的苛责和无尽的压抑。终究岁月把母亲变成了另一个人。

十岁的墨舞便在心中滋生出了对权利的近乎病态的渴望，她觉得会让这个家整日充满争吵的原因是父亲不够强大，如若他掌握着超越祖父母的权势，那么姜家便无人敢欺凌她与母亲。或者是他有着富足的金银，众人也将会对他刮目相看。

但父亲一无所有，他只会钻研中医之术，不擅结交人脉，也不会阿谀奉承父母，明明守着姜家万贯家财，却像是个要饭的乞儿。这样的男子其实是极度自私的，他没有解决问题的能力，反而把一切压力都抛给了妻子，才会将原本的如花美眷变成今日的村野泼妇。

软弱的父亲，疯魔的母亲，哭泣的妹妹，冷漠的表亲。

"只有获得权力，我才能离开姜家。我不属于这里，这里也从未欢迎过我。"墨舞对怀中抱着的虎崽说道。

那虎崽是一个月前，墨舞在昌陵山脚下捡到的。她极少被允许外出，但那日是她的生日，她很想买一条花绳系在手腕上。母亲那时正在同父亲冷战，没有心情理会她，便随口应允了。墨舞与妹妹便在家奴的陪同下出了府，姐妹二人尽兴玩耍了一番，还吃到了心心念念的小酥糕，上一次吃外面店铺里的小食还是四年前的事情。妹妹从未开口索要过什么，她只是望着小贩手中的纸鸢出神。她的心思被家奴看出来了，家奴怜悯这对姐妹连世间最平常的乐趣都从未体会过，一时心软，便挑了一只纸鸢同她们嬉闹。谁料刚放了没一会儿，大风将纸鸢刮去了街市的后山，家奴带着姐妹二人奔去后山寻纸鸢，意外地在山脚下发现了一只奄奄一息的虎崽。它刚出生没多久，脐带还在，家奴惊恐万分，担心附近会有母虎出现，便急忙拉着墨舞姐妹逃跑。可墨舞却发现虎崽的四周没有野兽出没过的痕迹，且虎崽正在垂死边缘，定是被母虎遗弃了。她挣脱开家奴的阻拦，义无反顾地抱起了虎崽，决定要养育这只境遇悲惨的可怜小兽。

但虎崽不能被母亲发现，墨舞和妹妹只得偷偷地将其养在房内。幸好小兽命不该绝，在墨舞精心照料了半月后，虎崽终于迟迟地睁开了眼睛。那是一双碧绿的兽眼，虽稚气，却透露着野心。墨舞曾以为它会陪伴自己长大，也许等养大了它，她也就有了靠山。

它是猛兽，自会保护她，为她驱赶危险，撕咬欺辱她的人。

她便不需要再惧怕任何人与任何事。

可惜人算不如天算，虎崽在来到姜府的第二个月便死了。是被祖父一刀戳破了肚子，像扔老鼠一样地扔到了墨舞面前。

本可长成凶恶野兽的虎崽软塌塌地倒在地上，墨舞瞪圆了双眼，正打算要去触摸虎崽冰冷的身躯，祖母却一把抓住了她的臂膀，冷眼望着她道："私藏猛虎可是大逆不道之举，这等畜生也敢带回府中，你是想养大了它，再命它把我们都吃进腹中吧？"

墨舞失魂落魄地喃声道："它还只是一个幼崽……它连牙齿都还未长全……"

"孽畜就是孽畜，无论幼年还是成年，它都是危及凡人性命之物！"祖父盯着墨舞的眼睛，一字一句道，"必要趁早铲除，免得后患无穷。"

墨舞怔怔地看着祖父，又看向祖母，最后看向死去的虎崽，她心中剧痛无比，却终究是忍住了眼泪。

正因此事，她很快便不再悲伤，余下的只有无穷无尽的憎恨。

对祖父、祖母，对父亲、母亲，对整个姜府，乃至府内的每一寸土地都憎恨到令她面部狰狞。可她从不奢求会有人把她从这里带走，她要凭借自己的力量离开这里，有朝一日，她一定可以。

只叵惜岁月无情，总是肆意地玩弄人心。

十五岁那年，墨舞被家中定下了亲事。与其说是"定"，不如说是强迫。墨舞还记得对方初次登门的模样，那日是梅雨午后，墨舞刚刚绣好一只云雀，正准备稍作歇息时，门外传来一阵急促的脚步声，侍女来传墨舞去大堂正厅。墨舞询问所为何事，侍女只说府中来了客人，看那架势像是来提亲的。

提亲？和谁？除了正值嫁娶年龄的墨舞之外，府中再没有第二个合适的人选。虽然心中隐隐察觉到会是怎样的情况，墨舞还是随侍女前往正厅。

时值仲夏，姜府内花开满园，高台芳树，池水迢迢，转过一片种满了凤尾竹的小林，便到了招待尊客的大堂正厅。远远望去，墨舞看到绣满山水图的屏风后站着几个脸生的客人。

而见墨舞来了，祖母立即唤她来见过贵客："墨舞，高家母子都在此等候你多时了，还不快点来问候两位。"

站在母亲身旁的是昌陵境内赫赫有名的官员家的高夫人，她姿态傲慢，体态臃肿，颇有几分屠夫妻子的神韵。再看向她身侧，大概就是她的儿子高公子了。这男子约莫二十刚刚出头的模样，生得倒还算清秀，全然不像是他母亲的亲生骨肉。可是他见到墨舞时却极为羞涩地低下头去，唇边也显露腼腆的笑意，这令墨舞很难对他产生好感。

前段日子里，墨舞时常会听母亲在她耳畔念叨着："你如今也到了出阁的年纪，是该为你好好寻觅位才貌双全的如意郎君了，必要门当户对才行。"

墨舞心里冷嗤，不是才貌双全，而是"财"貌双全才对。毕竟在母亲眼中，必要关头，是可以舍貌取财的。

母亲又道："好在你生得如花似玉，倒也有不少仰慕你姿容的合适人选托人来游说。但这婚姻大事嘛，定要听从父母之命，你祖母也很为你的终身去向上心，思来想去，我们必要为你选个腰缠万贯的好人家，一来可以令你高枕无忧，二来也可帮扶你的娘家，真可谓是两全其美的好事。"

呵，令她高枕无忧是次要，帮扶娘家才是关键。

墨舞早就料到自己的结局会是如此，只是没想到会来得如此之快，当她望着眼前的这位高公子时，仅仅一眼而已，她就已经把他整个人都看了个通透。出身望族，钱财不缺，生性软弱，顺从父母，怕是滴酒都未沾过，定是个安稳于现状且胸无大志之人。墨舞同情似的叹了口气，心想着自家母亲和祖母才不会在乎长远之事呢，她们只看得到这家人的老爷在朝中位高权重。但凡是可以为姜府带来助力之人，又何必在意对方是肥、是瘦、是蠢、是笨呢？

再去看母亲与祖母同高夫人攀谈的热络模样，大抵是要将她这个姜家嫡女姜墨舞如同物件儿一般地置换出去了。一如祖父在她六岁那年所说的那句话——"女子皆是物件儿"，连人都不配做，不过是一个同玉器、骡子、牛马等价的货物罢了。一如古时用来与蛮夷联姻的人，不都是公主吗？可否有过皇子、爵爷？当然没有！

女子可安定祸乱，女子可平息战争，待到利益达成之际，再杀掉公主的丈夫，掠夺他的领地与财富，此种壮举只用一女之力便可达成，真是皆大欢喜，何乐而不为？

想到这里，墨舞不禁觉得可笑至极，看来自己也要效仿古往今来的贞洁、大义女子去入蕃平乱了。

"墨舞！"母亲的一声叫喊令她回了神。

她看向母亲，母亲对她使了个眼色，道："高公子的茶都凉了，还不快去为他添一杯热茶。"

这种事情大可命侍女去做，但母亲就是迫不及待地想要高家母子见识一下墨舞的乖巧顺从与贤良淑德。

墨舞自是微笑着应好，她迈着莲花碎步提起案桌上的茶壶，笑脸盈盈地来到高公子的座前为他斟茶倒水。显然，墨舞的美貌惊艳了高公子，加之此刻是如此近距离的凝视，高公子甚至可以嗅到她发鬓中的幽香，这使他在端茶的时候双手一抖，墨舞便顺势去扶他的手，这一扶可好，直令高公子羞得向后一退，一盏热茶就直接浇到了他的腿上。

墨舞赶紧掏出自己的帕子为高公子擦拭着，还不忘振振有词道："哎呀，高公子没烫坏吧？怎么会如此粗心大意呀？莫不是这里在场的女人太多，吓坏了你吧？"

此话一出，高公子更加羞红了脸，连额角都隐隐渗出了汗迹，直道："不，不是！是我手滑了，和其他人无关，是我不小心……"

墨舞眼波流转，淡淡一笑，那笑意是有些森凉的，像是在看到了他出丑的窘态后，感到了十足的满足与喜悦。

她在以此方式来静默地反抗、控诉，她要告诉母亲和祖母，她不喜欢这个男子，更不会嫁给他，而今天她所做的，便是今后会日日所做的，倘若她们执意逼迫她，那高公子的日子可不会太舒坦。

果不其然，高夫人心疼高公子，立即上前察看他是否被烫伤，满口都念着他的乳名，当真是捧在手里怕摔了，含在嘴里怕化了。一如墨舞所料，这位高公子分明就是个未断奶的乳儿呢。

第十节

于是，高家与姜家的会面算不得愉快与圆满，高夫人临走时是气冲冲的，小声嘟囔着："要不是看你们姜家在昌陵还算有地位，我们才不特意跑来吃一鼻子灰呢。"而祖母则是在事后大骂了墨舞一顿，她自然是毫不心疼墨舞这个孙女的，在她的心里，从来就没有过墨舞的位置。

无论墨舞怎么做，嘘寒问暖也好，洗脚搓背也罢，哪怕是在祖母犯了胃疼时，长达三个月不间断地服侍，为她熬制调理用的汤羹，却也未曾换来祖母的一丝赞许与半毫温情。

而墨舞又为何要为了一个心中无她的人，卑微地献出自己珍贵的一生呢？

又为何，要任由他人来掌控自己的一生？

她自是同样慕强、爱权，可她也不想为难自己去委身于根本就不感兴趣的人。俗话说得好，鱼和熊掌不可兼得，得了这一样，便要失去那一样，貌如潘安与万贯家财总是很难呈现在同一个人身上，且还要考量对方的人品与修养，更是难上加难。

但墨舞认为，只要她足够优秀，足够与众不同，便足够去匹配"难上加难"之人。

而这种欲望促使她越发地想要表露真实的自己。于是私下里，她会买酒来喝，凭什么只有男子才可饮酒？

她也会把绣鞋偷偷改得大一点，让自己的双足得以放松，凭什么只有男子才可以趾高气扬地大步行走？

她不喜红装，偏爱黑裙；她不绾鬓发，偏束马尾。她的种种做法实属离经叛道，也时常会受到父母、祖父母的责骂，但她只会在表面上附和，心情好的时候还愿意伪装一下，然而伪装久了，她便不管不顾地只做自己想做的事情。

妹妹总是担心她这样会嫁不到好人家，便在只有两人独处的时候好言相劝道："姐姐，我知道这样说会惹你不高兴，可你我是姐妹，我万万不能看着你一错再错。家奴们都道你行事'别具一格'，如此下去会吓跑那些前来提亲的男子，就像上次那个高公子，他家世明明很好，你那样做他会认定你做不成好妻子，自是不敢娶你了……"

墨舞挥了挥宽宽大大的衣袖，她并不喜欢穿束缚腰身的长裙，那样会令她无法随意呼吸。她正在修剪着房间里的花花草草，看也不看一眼妹妹，只面无表情地回道："他们不愿意娶我？呵，总得问问我愿不愿意嫁吧？"

妹妹叹息着："母亲说了，女子从古至今都是被人挑选的，哪有自己愿意与否的道理？好在我们生于家境不错的姜府，还可以嫁去较为上流的人家。但要是做不好三从四德，到头来臭名远扬，定要沦落成无人问津的老姑娘了。"

墨舞道："便是自食其力，做个老姑娘又有何不可？"

妹妹连连摇头道："老姑娘会被众人笑话，俗话说人言可畏，那样不仅会成为众矢之的，年老之后的下场更是会极其悲惨。"

墨舞停下手中动作，问："怎样才不算是悲惨？嫁做人妇，生儿育女，便会老有所依吗？像母亲那样？"

一句"像母亲那样"令懦弱的妹妹也不由得蹙起了眉，可她骨子里的奴性已经令她无法正确思考，只管诉说着别人常年灌输给她的思想道："每个女子的归宿都是嫁人生子，母亲是因为膝下无子才会变成那样，如果她能生下一个男孩，那么母凭子贵，她的状况肯定就不会是今日这般了。祖母不是总说吗，养儿防老，嫡子继业。谁让我们是女儿呢，母亲也不想这样……"

墨舞在这时转回身来，眼神淡漠地凝视着妹妹，指着自己窗棂上的一盆杜鹃花问道："这花美吗？"

妹妹点头。

墨舞又问："它会岁岁年年、朝朝暮暮都这样美吗？"

妹妹摇头："当然不能，但凡是花，都会枯萎、凋谢，它的美丽终究只是昙花一现。"

墨舞略微侧过脸，指着窗外栽种在姜府园内的果树问妹妹道："但你觉得结满了果子的绿树会否永远繁茂？"

妹妹望着满树的果子回答道："它可年年岁岁结果，但不可朝朝暮暮翠绿。"

墨舞道："那么，比起昙花一现和岁岁结果，哪一个存在得更为长远？"

妹妹若有所思地低下头去，缓缓道："虽是昙花一现，可世有百花，再换一盆来欣赏便好，何必在意它的长远？而果树即便可以岁岁结果，却生得不如花朵美艳，再如何长远又有何用呢？谁人愿意多看它一眼？"

墨舞再道："你方才也说了，百花可再换，果树却能够岁岁结果，结的是自己的果实，造福的是灌溉果树的人，可花朵换掉了便不再是之前那一朵花了，而果树，依然是原来的那棵果树。这说明昙花始终是一现，绿树在本质上却可长青。"

妹妹沉默。

墨舞再道："帝王后宫佳丽三千，诞下子嗣的妃嫔寥寥无几；女子之间争相斗艳，攀比的竟全部都是容貌与青春。然而无论他们争与不争，斗与不斗，以色事人又能几日久？花朵娇美，终要衰败，绽放的瞬间极其短暂，可它在凋零之前又得到了什么？无果又无实，怎可比得上结出累累硕果的绿树呢？一如男子爱美色是天性，女子炫耀自身美色却是为了吸引男子的青睐，那么女子的天性又是什么？千百年来，当真有女子敢把自己内心的想法公之于众吗？祖母不敢，母亲不敢，你也是不敢，又有何资本来指责敢于做出这些的我呢？你们活在男子创建出的条条框框之中，认定如何做才会获得男子喜爱，却因此放弃了自己的天性，不觉得可悲吗？"

妹妹哑口无言，想方设法地企图反驳墨舞，但她又不敢，便只能郁郁寡欢地垂下脸去。

墨舞见状，反而轻蔑地冷哼一声，不留情面地戳穿妹妹道："你竟然连与我理论的勇气都没有吗？自己想要说什么都不敢了吗？你岂不是一辈子都要活在别人对你的认为之中？那与行尸走肉又有何区别？"

妹妹挣扎似的绞弄着手指，终于在耗费了许多挣扎之后，才嗫嚅道："我与姐姐不同，我不像姐姐拥有资本，我……我不过是个只能让人摆布的平常人罢了，如果不嫁人，我又能有什么其他出路呢？怕是最终会被爹娘赶出姜府，孤苦无依地饿死在路边，成为连投胎转世都去不了好人家的孤魂野鬼了。"说到最后，妹妹竟如同母亲那般说起了亲戚的闲话："四叔前年新纳的小妾便是活生生的例子，她不知好歹地同四叔母争宠，仗着自己年轻貌美便忘乎所以。她连了女都未曾给四叔生下，有何能耐同生养了两儿两女的四叔母平起平坐？"

墨舞对妹妹感到万分失望，她无比同情地说道："你整个人都是混乱的，你嘴上说着女子年轻貌美最为关键，可到头来又强调要生下一儿半女，究竟什么才是女子最为重要的底气？是容颜，还是生育的能力呢？"

"女子就该在应该生育的时候去生育，而这个时间便是女子最年轻、最貌美的时候！一旦错过了，将会后悔莫及！就像四叔的小妾，她好端端地拥有着好时光与好姿色，却不去为四叔生儿育女，反而日日同四叔母较量，简直就是摆不正自己的位置！女子就该相夫教子，否则就会像她那样被落井下石地害死，凭她又怎么可能斗得过四叔母？聪明反被聪明误，她丢了自己的卿卿性命。据说，她住过的院子到现在还在闹鬼，整夜都是悲恨的哭泣声。"

墨舞冷着一双眼，脸上看不出一丝情绪，她道："这世上最恶的鬼，是来自于人的心里。"说罢，她剪了一朵杜鹃花的枝叶，折成两半，递给妹妹一半。

妹妹困惑地接过，墨舞对她道："你我如同这株断了的杜鹃，花与叶分离，根与茎中断，代表着你我姐妹血缘虽在，情意却不再了，各自留好这象征因果的花枝。今日，这花枝证明了你我分道的因；择日，这花枝便将是你我再难相聚的果。道不同，不相为谋。可他日你再拿这花枝寻我，我也定会义不容辞地帮助你，只是再也不会心中有你。"

"姐姐……"妹妹神色黯然，她意识到墨舞是觉得自己愚钝，所以才打算与自己划清界限。然而前段时日，她随同祖母与母亲一同前去道观祈福，也曾将一位道长的赠言铭记于心，于是送与墨舞道："那位道长说，人生有四种境界。首先要'把自己当成别人'，此是'无我'；再者，要'把别人当成自己'，这是'慈悲'；而后，要'把别人当成别人'，此是'智慧'；最后，要'把自己当成自己'，这是'自然'。他的这番话我始终不明其意，许是我的确慧根不足，所以，在今日送给姐姐，希望有朝一日，姐姐能参透其中妙趣。"

墨舞看着她，眼底闪过一抹暖意，那大概是墨舞在完全沉迷于权力之前的最后一丝柔情了。

窗外天色渐渐暗下，四面环风，空气中有淡淡的泥土气味，混入傍晚的幽暗中，竟显得有几分苍凉与沉重。

第十一节

天宁 176 年。

皇城，宫中。

本是晚秋，正值秋高气爽，可天色却阴郁着，几点雨滴落下，砸在悬挂于红木檐的薄纱宫灯上，转瞬便晕染开了水迹。

皇宫内的殿堂里歌舞升平，数不清的王孙贵族受邀而来，为的是庆祝太后生辰。高座的正中央坐着雍容华贵的太后，年轻的帝王与皇后伴在其身侧，谈笑有加。

众人纷纷举杯，献上祝福，台下舞起的《霓裳羽衣》配合着气氛挥洒水袖，舞得越发欢快。

坐在殿内左侧位置的五王爷正一边小酌青瓷杯中的佳酿，一边打量着高台之上的帝王。

年长他两岁的兄长，八岁封为太子，十六岁便登上皇位，眼下已执政十年的他在满堂的谄媚声中笑得一如既往的温文尔雅，平和而沉静，不似李卿玺，眉宇间都是戾气。

可论资质论相貌，五王爷要胜他不知几筹，倾向于他的皇室党羽自然也是多不胜数，偏偏父皇生前却格外偏爱兄长。

思及此，五王爷心生妒意。眼下，最为紧要的便是时机。他又饮下一杯，目光越过帝王，落在太后右侧的那抹身影上。

今夜的皇后仍然是美艳绝伦、光华照人。她正目不转睛地观舞，妩媚的桃花眼中含笑，似盈盈水泽。

正当他思绪浑浊之时，耳边忽然传来惊叹声。他循声望去，只见场上一名舞女正在独舞，腰身灵活如雀，上演出一曲惊人的霓裳飞天。她纵情旋转，翩若惊鸿，又宛若游龙。四肢缠绕着的金铃相互碰触，响声悦耳动听。那透明面纱下的容貌荣耀如春松，好似仙子一般。只见她媚眼如波去探皇上，好像已有蓄谋。

五王爷侧身去问旁桌的二王爷道："这领舞之人是谁？"

"听说是皇后招进宫来的琉璃班子的，叫沁女。"二王爷听他这一问，立即嬉笑道："想尝尝鲜？可人家只盯着皇上呢。"

五王爷口是心非地一撇嘴，道："不过是个做手艺的，会跳点儿舞罢了，再如何美也攀不上龙床。"

二王爷的声音更为压低道："老五，你是最没资格说这话的吧？嘿嘿，你这个过来人又何必在这里说葡萄酸呢。"

五王爷托着腮，再不言语，余光去扫沁女，见她在皇上面前卖弄风骚却未能博得侧目，那失望模样着实好笑。

卑贱之躯，本就不配。

当天夜里。

大雨终于滂沱而下，五王爷的马车停在成阳宫外，藏青车帘被暴雨打得湿漉漉的。宫墙里的琉璃灯被狂风打灭，内罩都刮破了，电闪雷鸣吓坏了去关窗的守夜侍女，连花枝都被狂风压得折了腰。

成阳宫内的朝南房里烛光微弱，一缕袅袅烟雾从白色帐幔中飘飘而出，沁女燃了一炉香，闻起来竟也令这雨夜染上了一抹心醉之情。

五王爷的视线落在她光洁的背上，抬手去抚，听她娇羞得低呼一声，唤道："五王……"

他眼神迷离地看着她，随口问道："你想不想做皇后？"

沁女先是一惊，随即抿嘴窃喜似的笑了笑，羞怯道："今夜过后，妾身都已是王爷的人了，做皇后也比不过做王妃。"

五王爷忽地变了脸色，冷声问道："谁是王爷？"

沁女困惑，不知自己说错了什么，也不敢再多说。五王爷便一笑，指尖扫过她柔软脸颊，竟是对她道："让本王来告诉你——等本王成了皇上，你自然就是皇后了，所以这里没有什么王爷，只有日后的皇上和皇后。"

沁女闻言，大惊失色，可她打量着他那英俊到不似人间来客的面容，竟鬼迷心窍地觉得他所言定会成真。窗外一道闪电划过，闷雷乍响，沁女面向五王爷而跪，伏身叩头道："臣妾参见皇上，吾皇万岁，万万岁。"

五王爷哈哈大笑几声，长臂一挥道："免礼！"

沁女怯怯抬眼，脸上溢出喜悦，眼里则透露出引诱。五王爷重新将她揽入怀抱，正欲翻云覆雨，忽然听到房门被"砰"地一脚踢开，他作势就要发怒，可脸色却骤然变得惨白，眼神中满是惊惧。

只见皇帝与皇后站在门外，身后立着一队侍卫。五王爷见皇帝面无表情，顷刻间吓得魂飞魄散，身体瘫软得从床榻上翻滚下来，跪着求饶道："皇、皇兄……饶了臣弟吧……"

皇帝将一支折子扔下，恶狠狠地砸在五王爷面前，他拂袖离去道："把五王爷押去大狱！"

侍卫们诚惶诚恐，彼此面面相觑，心想着那可是尊贵的五王殿下啊……

皇帝侧过身，盛怒道："都愣在那里作甚？还不快快照做！"

"是！"侍卫们胆战心惊地领命，纷纷冲上前去扣押五王爷。

"皇兄！皇兄听臣弟解释，臣弟忠心耿耿，绝无半点窥视皇位之心！都是这个贱人蛊惑臣弟，是她！她才罪该万死！"五王爷恶狠狠地瞪着沁女，恨不得将她撕成碎片。

全身颤抖的沁女被侍卫押到皇后的面前，作为皇后选进宫的琉璃班子的一员，虽名为"班子"，实际上却只有两人，她，以及……

"姜墨舞……"沁女看见了站在皇后身侧的墨舞，顷刻之间，她便明白了自己为何会沦落到此种局面。

是姜墨舞，是她！这一切都是她陷害的！

"是你的诡计……"沁女面色如纸，她不敢置信地嘟囔着："是你……"

墨舞看也不看她，只是恭敬地请示皇后道："娘娘，耳听为虚，眼见为实。沁女欺上瞒下，勾引王爷，今日证据确凿，该如何处置呢？"

皇后本觉得沁女伶俐聪慧，样貌可人，万万没想到是个守不住本分与操守之人，这样的女子断然是不适合留在宫中做事的。

"就将她逐出宫去吧。"皇后略微叹息，最后看一眼沁女，眼中不乏惋惜之色。

墨舞则是随皇上、皇后一同离去的，沁女看到她的嘴角泛起一丝狡黠的笑容，这令沁女恍然大悟、震怒不已，她想要挣脱侍卫扑向墨舞，却被众人按在地上。她扭曲了花容，歇斯底里地咒骂道："姜墨舞！你简直是蛇蝎心肠！你我自入宫以来便以姐妹相称，我处处照拂于你，你却恩将仇报！你以为我不知道是你通风报信的吗？你是恨我手艺比你精湛才将我视为眼中钉，你真觉得把我赶出宫了你便会事事称心如意不成？苍天有眼，自是不会放过你这种背信弃义、不知廉耻的下贱之徒！"

"你会有报应的！姜墨舞！"

"我做鬼也不会放过你！"

……

身后的叫喊声越发模糊，墨舞风轻云淡地走在皇后身旁，这一路上她的心境颇为复杂，既恐慌，又欣喜，甚至止不住地上扬起了嘴角。她在心中骂着："是沁女自己蠢，身为琉璃匠人却与皇族私通，是她自己妄想飞上枝头变凤凰，本就罪不可赦。"

而沁女一旦离开了皇宫，那么皇后所能信赖的琉璃匠人便只有她一人了。

只要她能做出令皇后满意的琉璃，她便可以做女官，拥有人人艳羡的权力。

是啊，她踩着无数人的身躯走到今天，为的不就是成为女官的那一刻吗？

想她这十年来经历的苦与痛还不够吗？无论他人怎样污蔑、咒骂她，她也是绝对不会回头的，从十年前，她决心学艺琉璃时，她就已然决定了——姜墨舞要成为天宁纪年中第一个做官的女子。

她要用事实告诉母亲和祖母，就算是凭借一己之力，她也可以获得其他女子一生都求而不得的全部。

十年前的昌陵城郊。临近傍晚，天色阴郁，不久便下起了急雨，繁茂的山林树枝被雨水浇打得摇摇欲坠，天地间是一片混沌的暗色。

墨舞正仓皇地奔走在泥泞的山路上，她的头顶没有避雨的伞，鞋子掉了一只，罩在衣衫外的斗笠也是破旧不堪。

她还在加快赶路，心中盼着这雨下得再久一些，最好能断去她来时的路。

绕过山脚，有一家小客栈。她踩着泥水推门而进，栈里竟坐满了人，纷纷闻声来看她。见是个衣衫褴褛的少年，便也不足为奇。店小二招呼她

坐下，又给她倒了茶水，她推辞说自己身上没有带钱，只避一避雨，随后就走。

店小二还未开口，温厚的店老板便道："少年人，喝碗热茶再赶路吧，出门在外都有难处，一碗茶水，自然是不会收你铜板的。"

墨舞便道了谢，可却没有喝那茶。她脱掉了鞋子，将积水倒出去，期间听到后面那桌人的闲谈。

"此话可当真？姜家那个大女儿真的逃跑了？"

"这还能有假，我胞弟是姜府里做事的，前天晚上便带着不少人去追了，那可是要嫁去高官员家的长女，岂能让她逃掉。"

"呵，自打那没生出儿子的姜家大房继承了姜家产业之后，姜府的日子还真是过得一天不如一天了。想来姜府这是要效仿古人献美女啊，攀上了高官员，姜府日后也是可以蒸蒸日上嘛。"末了又压低声音窃窃道，"可依我看，说是献妖女才更为贴切。"

"这话可不能乱讲啊……"

"就别装糊涂了，昌陵城内谁人不知姜府大女儿离经叛道，韵事风流？"

姜府，长女。

这几个字滑进墨舞的耳里，她不自觉地抿紧了嘴唇，只听那几人仍在夸夸其谈道："那姜家长女也是愚蠢至极，区区女子怎可效仿男子一般吃肉喝酒？也就高官员家的傻儿子不嫌弃她罢了，听说，她还时常去主动勾搭一些纨绔子弟呢，简直不知廉耻。"

"可我怎么听说是她不愿意嫁去高家才出逃的呢？如若真的是那种随意结交男子的轻浮女子，嫁去高家做少奶奶岂不是乐得自在？如今看来，她定是个有主意的，并非旁人口中说的那般不堪。"

"哎哟，你懂什么，这兴许是她使出的欲擒故纵的把戏呢。"对方不屑地说道，"她这次出逃定是同姜府串通一气，摆明了要高家再增加迎亲金额。姜府的那群人，个个都不是省油的灯。"

旁人面面相觑，点头附和道："说得也是，毕竟一个弱女子离开家门是活不了几天的，女子嘛，到底无才便是德。"

想来确是"商女不知亡国恨，隔江犹唱后庭花"。他人说起虚幻缥缈之事，也能那般兴致勃勃。然而墨舞本人听着，却觉得极为可笑。她端起茶碗，抿了一口，茶已凉，她起身走出客栈，望着夜幕之中的厚重雨帘，墨舞不再犹豫，义无反顾地走了进去。

待到夜极深，雨已停，她已经走到了山下最为偏僻的一处宅院前。

皎月高挂，万物静谧，宅院里负责值夜的小弟子抱着扫把睡着了。忽然感觉一阵阴风从窗外吹进来，石桌上的烛台"啪"地倒了。

"笃笃——"

"笃笃——"

是敲门声。

小弟子被惊醒，他困惑地眨了眨眼，犹豫着该不该回应，那敲门声再一次响起，这一回显得有些急促，令他不由地心生狐疑。这么晚了……

"是谁？"他小声询问。

没人回应，片刻沉静过后，再次响起"笃笃——""笃笃——"

小弟子走到门前，迟疑片刻，打开了宅院的大门，只见月色之中站着一位身穿青玉色短衫的俊美少年。小弟子从未走出过昌陵山，更从未见过如此美的"男子"。可这"男子"看上去极为瘦弱，反而更像是女子。如若是女子，倒像极了画卷上那些天姿国色的飞天。

小弟子看她看得入了迷，忍不住赞叹道："真是美啊……"

墨舞压低了头顶的草织檐帽，轻咳了几声，同小弟子抱拳道："听闻昌陵山脚下的无名宅院里有着制作琉璃技术最为精湛的师傅，我远道而来，是前来拜师的。"

是来找师父的……小弟子奇怪她是怎么找到无名宅的，要知道这附近人烟极少，而且师父行事低调，都是经熟人介绍才会送来弟子，而她贸然出现，究竟是如何来到这里的……

"可我连你的名字都不知道。"小弟子略有戒备。

"小生姓姜，名……墨池。"她凝视着小弟子，问道，"敢问小哥是……"

小弟子想了想，道："我是师父的第十九个徒儿，也是排位最靠后的，你就叫我阿瑁吧。"

"那阿瑁师兄能否帮忙带路？我实在是醉心于琉璃，一定要拜师学艺才行。"墨舞眼神坚定，语气更是不容置疑。

这就称师兄了，倒是懂得攀附关系。而一声"师兄"令小弟子有些得

第十一节

151

意，便答应道："好吧，你随我来。"

阿瑁本以为自己会被师父指责，却没想到师父不仅没有责怪他，反而像是等候已久了。

师父甚至亲自沏茶，还是他平日里最宝贝的赤芍茶。

阿瑁心有疑虑地打量着师父为墨舞倒茶的模样，总觉得眼前景象令人难以置信，但还是介绍道："师父，这位是姜公子，我也不知道他是从哪里来的，总之他执意要拜您为师……"

师父一摆手，示意阿瑁不必多言。

阿瑁有点生气，只能乖乖地咽下话，坐到一边。

师父是位样貌清瘦的男子，已到知命之年。他身穿黑色暗金纹长衫，腰间系着波纹似的腰带，上面镶嵌着颗颗色泽不同的琉璃，璀璨夺目，样式新颖。墨舞曾经见过类似的腰带，都是昌陵达官贵人才佩戴得起的，而近来的新琉璃产业也的确在中州大陆上发展得如火如荼，以至于小孩子之间都在流传着一首歌谣：

> 只道人前可显贵，必要学制琉璃翠；
> 修艺还乡盆钵满，坐享其乐人上人。
> 帝后只为琉璃醉，谁人不愿入皇城？
> 明朝飞去紫云路，头戴官爵耀祖位。

的确如歌谣中所说，世人都道琉璃难制，工艺繁琐，而上好的琉璃更是价值连城。做得一手好琉璃的人实在是可遇不可求，而当今皇后更是钟爱于琉璃，百姓们便着魔般地抢着去学制琉璃，一心盼着能借此入宫，从而平步青云、光宗耀祖。

近五年来，要数昌陵最为热衷制作琉璃，大街小巷的古玩店铺里都摆放着琉璃的工艺品，上到人像、神像，下到碗筷器皿，皆是由琉璃所制，别管廉价还是贵重，到头来都能卖去望族家中做摆设。

从前，考取功名是步入仕途的唯一途径，如今，学会制作琉璃则成了飞黄腾达的捷径，而一心爱慕权势的墨舞自是不会放过这等好机遇。

她听闻昌陵山下有个无名宅，虽是无名，却住着整个昌陵的制璃高人，他远离尘嚣，钻研手艺，只在每年秋分之后才肯开门收徒。如若对方愚笨、缺乏天资，不管是皇亲国戚的后代还是诚心可鉴的痴人，他都是断然不会收入门下的。没人知道他的尊名，有幸见过他的幸运之人都会尊称其一声"琉璃道人"。

墨舞深知，要想脱离姜府的束缚只有出逃这等下策。她死也不愿意嫁去高家，又想依靠自己的能力出人头地，便只能来投奔无名宅学得制作琉璃的手艺。她在某夜扮成男子模样，匆匆地逃出了姜府，一路寻到了无名宅。

此时此刻，琉璃道人望着面前的墨舞，低声道："有关你的事情……"说到这，他又微微皱眉，心觉不该道破天机，便改口道："能凭借一己之力找到老夫这里，已然是不易。但你要知道，并不是每个来到此处的人都会得到满意的答复。"

墨舞诚恳道："师父，徒儿初来乍到，必有技不如人之处，可徒儿一心想要求得制作琉璃的手艺，且我自小偏爱玉器古玩，对此类物品的赏识眼光绝非泛泛之辈，还请师父能够收下徒儿，为徒儿指点迷津。"

这一口一声"师父""徒儿"的，的确能够博得些许好感，但琉璃道人也不是会吃这套的凡夫俗子，他只是意味深长地微笑，问墨舞道："你学艺有成之后，将会做何等壮举？"

墨舞闻言，怔了一怔，她低垂下眼，缓缓地道："古人警戒过世人，五色令人目盲；五音令人耳聋；五味令人口爽；驰骋畋猎，令人心发狂；难得之货，令人行妨；是以圣人为腹不为目，故去彼取此。"

琉璃道人饶有兴味地点头应道："正是。缤纷的色彩，使人眼花缭乱；嘈杂的音调，使人听觉失灵；丰盛的食物，使人舌不知味；纵情狩猎，使人心情放荡发狂；稀有的物品，使人行为不轨。因此，圣人但求吃饱肚子而不追逐声色之娱，所以摒弃物欲的诱惑而保持安定知足的生活方式。如此说来，你是打算在学成之后采菊东篱下，怡然自得去吗？"

墨舞违心地点头道："师父明鉴，徒儿有意如此。我曾在书上看过这样一个故事，庖丁为文惠君解牛，手之所触，肩之所倚，足之所履，膝之所踦，砉然向然，奏刀騞然，莫不中音，合于桑林之舞，乃中经首之会。徒儿也同他一样，所喜好的是摸索事物的规律，从小时候起，我就不只用眼睛去观察万物，因为眼见未必为实。而我之所以对琉璃工艺有兴趣，完全

是因为它自身的通透与美丽，想要把它的美展现到极致，必须要去不断地探索、提升。我也曾觉得，人们生活在俗世之中，如若只是浑浑噩噩地度过一生，未免太过悲哀，然而能够把握自己命运的人必然是能主宰某个领域的强者，我想在成为这样的强者之后去过平静的生活，不受任何人的牵制与打扰，在最终，我想要自己来主宰我自己。"

在说这些话的时候，墨舞的确是真心的，可她对功名利禄的追逐仍旧毫不掩饰地写在了眼睛里。她言语之间极为矛盾，但又情真意切，不会令人觉得她口是心非，倒让在一旁听到这番话的阿瑁心生出了几分钦佩。

可琉璃道人却没有立即答应墨舞的拜师，他只道："你且先去外面烧满十缸的水吧，待到明日一早，老夫会去查看每缸的水温。"说罢，他便示意阿瑁一同离开。

临走时，阿瑁还有些担心地看了几眼墨舞。毕竟院落里的水缸都有半米高，宽度同样是半米，满满的十缸水可不是说笑的，这可怜的小个子怕是整晚都别想睡了。

阿瑁叹口气，随师父走了出去。

剩下墨舞一人，她也没有觉得是被刁难，只放下了自己的行囊，略微挽起袖子，抬头察看窗外皎月，心想着今夜要大干一番才行。

对于中土大陆近来盛行的琉璃产业大热这件事，墨舞始终不曾设身处地地把自己放进其中的浪潮旋涡中。她尚且不知琉璃的背后是权势的较量，更是金钱的攀比，她只觉得，如果她学成这门手艺，她便会制作出美艳的琉璃，可以是器皿，可以是摆件，也可以是征服那些轻视她的人的武器。

她会拥有一种依靠自己也能生存下去的技能，所以她知道，她必须要获得琉璃道人的认可，她要留在无名宅。

但是烧开一壶水要足足半炷香的工夫，再倒入水缸里，也仅仅能填满缸底。就这么一次又一次，来来回回，反反复复，墨舞的手、脸颊、脖颈都被沸腾的开水的热气熏得红肿。可她不肯放弃，必要想出更快的法子才行。

思来想去，她把水缸里灌满了凉水，然后架起许多柴火来烧缸底，如此一来，便可煮沸缸里的水。然而秋末晚风大得很，总是会把她刚刚打着的火星吹灭，以至于她反复地尝试也无法点燃柴火。

一气之下，墨舞干脆还是按照原来的方式，一壶接一壶地烧起水来。

但是做着做着，她便累得气喘如牛、汗如雨下，眼看着天色已经发白，她只烧好了一缸水。

墨舞冷静下来，决心再细细考量，寻找其他可行的法子。

到了天色蒙蒙亮的时候，阿琂打着哈欠从屋子里出来扫落叶。他排位最末，年纪也小，便总是要替师兄师姐们做活。

可是找来找去他也没找到扫把，转头一看，竟见墨舞抱着扫把靠在其中一个水缸旁睡着了。

阿琂凑过去想要叫醒她，却惊讶地发现十个水缸里都装满了水，他赶忙伸出手去挨个试水温，每个水缸的水温皆有不同，最后一个水缸里的水温最凉，第十个水缸的水温烫手，定是刚刚注入沸水没多久。

阿琂很意外，震惊于墨舞竟真的能装满十缸热水。而这个时候，有几名师兄、师姐也走了过来，他们见状，便凑在一处小声地议论，待到琉璃道人出现，他们都毕恭毕敬地唤道："师父。"

琉璃道人打量着熟睡的墨舞，又扫视了十个水缸，不由得会心一笑，询问起在场的几个弟子道："你们可知她是怎么做到将十个水缸倒满沸水的吗？"

有弟子抢先回道："她定是整夜未睡，不停地烧沸了热水注满十个水缸的。"

阿琂却反驳说："即便整夜不眠，也是不可能注满十个水缸的，要知道那烧水的水壶只能倒满供八个人喝的茶杯，凭借一个小小的水壶又怎能在短短一个夜晚填满那么多的水缸呢？"

有位师姐揣摩道："莫非是架起柴火来烧水缸里的水吗？可是秋季风大，柴火用来烧水壶的水还好说，用量一大便容易灭火。"

弟子们想了半天也未能参透，琉璃道人便指点道："你们自是都知道琉璃的制作过程，最为精髓的六字则是'火里来，水里去'。"

弟子们点头。

琉璃道人示意他们去水缸旁伸手触碰缸壁，而不是去试探水温。其中一名弟子的手指刚碰到缸壁，便被烫得哇哇直叫："好烫！缸壁都可以煮沸一缸水了！"

此话一出，大家恍然大悟，阿琂首先明白道："我懂了，她是将柴火扔进了缸底点燃，既可以不被秋风吹灭，又可以烧热缸壁，待到温度上来，

她再将凉水注满水缸。缸底的柴火会被浇灭，浮于水面，捞出即可，而凉水则会在滚烫的缸壁内部不断升温，虽达不到沸水的程度，可却也能保持着温热的水温。"

琉璃道人点头笑道："她虽不曾学过琉璃工艺，却已经深谙制作琉璃的道理，的确是身怀天资，若肯潜心苦学，定能成就点名堂。"

阿瑁也忍不住地露出了开心的笑容，他可不是为了墨舞，而是觉得师父有意收下她。那么，自己就不再是排位最末、最小的徒儿了。

几名师兄笑嘻嘻地走上前去踢醒了墨舞，还不拘小节地拍打着她的肩膀道："你小子虽然是新来的，可脑袋灵光得很嘛，走！师兄们带你洗个澡，再买点肉回来吃！"

墨舞揉了揉眼睛，睡眼惺忪地看着面前站了一堆人，其中还有师姐对她露出了带有几分羞容的笑意，大抵是真的把她当成个清俊的少年郎了。

但身边这几个青年自称是师兄，墨舞当下顿悟，看向琉璃道人问道："师父，你肯收下我了？我通过考验了？"

琉璃道人并不言语，似一种默认。他转过身，背过手，离开前对着同墨舞勾肩搭背的徒儿们说道："你等莫要对一个女儿家毛手毛脚，新来的这位不是师弟，而是你们的师妹。你们做师兄、师姐的，都要对其多加照拂才是。"

此话一出，不仅阿瑁、师兄、师姐，就连墨舞本人都愣住了。

原来师父竟一早就识破了她的真实身份吗？墨舞有些困惑地看了看自己的装束，明明天衣无缝啊。

的确是天衣无缝，毕竟阿瑁也不曾怀疑她的性别。但如此一来，他岂不是还要做最苦最累的活吗？总不能让个师妹替他做吧？

其余的师姐也翻了翻白眼，一脸悻悻然。本想着可算来了个样貌不错的师弟，竟然是个女子，真是害得她们空欢喜一场。

第二日，拜师仪式在师兄师姐们的见证下完成。琉璃道人对着堂内的弟子们说道："今日小舞新入我门，今后就是一家人了，师兄弟之间需彼此善待帮扶。谨记：持而盈之不如其已，揣而锐之不可长保，金玉满堂莫之能守。富贵而骄，自遗其咎。功遂身退，天之道。自满、锐利、恃骄，即便金玉满堂，富贵无比，时间久了也会出问题。不明白道之理，违逆而行就是在消耗自我。烧制琉璃看似制作一件器皿而已，实然却可从中悟出修行之道。我琉璃道人是个火居的闲散之人，我的修行不在山林之中，不在庙宇之间，偏偏就在这市井红尘，要的就是在红尘炼心，在琉璃之中参道、悟道、传道。尔等皆是上等根器，但心性不定、欲望沉重，若是能按为师所授心法修身养性，假以时日必有小成。

"一切事物非事物自己如此，日月无人燃而自明，星辰无人列而自序，禽兽无人造而自生，风无人扇而自动，水无人推而自流，草木无人种而自生，不呼吸而自呼吸，不心跳而自心跳，等等不可尽言皆自己如此。因一切事物非事物，不约而同，统一遵循某种东西，无有例外。它即变化之本，不生不灭，无形无象，无始无终，无所不包，其大无外，其小无内，过而变之，亘古不变。

"'道'散形为炁，炁聚形为'太上'。如此这般遵循道去制作琉璃，才能使琉璃有生命有灵性，而不是简单的器皿。今后你们制作的难度随着年岁的增长而增加之时，一定会遇到诸多挫折与坎坷，但是不要轻言放弃，也不可过分执着。正如心智未开未受世俗的污染，内则柔和淡泊，外则天真无邪，也如襁褓之中的婴儿终日大哭嗓子却依然清亮。人世间的一切看起来各有不同，但'以道观之'，所谓的生死荣辱、是非对错等，都是一样的。若'我'与'物'是对立的，则有无数种是非，就会陷入痛苦的深渊不能自拔；我与物本无差别、我与物化为一体，那带来痛苦的问题就自然消失了。若把期待变成执着时，期待则变成了人生枷锁。

"忘物忘他忘我忘心，无情无功无名无己，才是人生的逍遥之道。道说'见素抱朴，少私寡欲，绝学无忧'。一个人只有无所欲，才能无所求，从而保持宁静的心态。其嗜欲深者，其天机浅。人只有天机深厚，其生命力才能强盛。若我门弟子能恪守己心，神足欲寡则可天机深藏，定然可以做出惊世之作，传世万代。"

包含墨舞在内的堂中众多弟子，虽然不是全然理解师父一番话的意思，但也都恭恭敬敬地聆听师训，末了纷纷附和答复道："弟子明白，谨遵师训。"

琉璃道人冷冷的目光扫向众人，清冷地说："明日卯时点到，今日散了吧。"

弟子们一个个按次序低着头行着礼走出了主堂。墨舞辈分最小，所以她是最后一个走出主堂的。虽然背对着师父，但是她似乎总能感觉到自己

身后两道冰冷的目光如冰锥一般扎在自己背上。她连大气都不敢出一声就走了出来，直奔后院的寝房。

墨舞入了琉璃道人门下，换上了无名宅的装束，黑色锦绣衣，腰间琉璃带。她虽入门最晚，却天赋异禀，尤其擅长制作古法琉璃。

古法琉璃别名脱蜡琉璃，是琉璃的种类之一。经由高温加工而成，采用"琉璃石"加入"琉璃母"烧制。琉璃石曾在《天工开物》中有所记载，其石五色皆具，为乾坤造化，日渐稀缺，尤为珍贵。而此种琉璃的制作工艺自是异常复杂，琉璃道人所说的"火里来、水里去"便是开端，且要经过几十道工序才能完成，有些精致的小摆件要耗费数月才能制出，其中的火候把握之难更可以说是一半靠技艺，一半凭运气。

诚然，琉璃工艺与金银制品不同，它无法回收重做，只能从一而终，便是说期间一旦出现环节问题，那么数十天的心血都要付诸东流，所以世人总说：世间绝无两件同样的琉璃器。

"古法琉璃的色泽有需要识别的特征，它自身的部分都有不同的色彩，但以纯色为主，混合之后会爆裂或者是浑浊，即便如此，也依旧通透如故；在声音上，轻轻敲击它会有金属之音；透明度高于水晶、玛瑙，可却永不变色，无论历经千百年还是上万年，古法琉璃的物件儿都会色泽如新。古人虽有云：水火不相容。但在古法琉璃的手艺体现中，水与火是可以完美交融的，也是此种手艺的魅力所在。它细腻、温婉、繁华、美艳、纯净、流云漓彩、光彩夺目，仿佛带有律动的生命之美，极具意境，自是无与伦比。"琉璃道人向墨舞传授着制作琉璃的所需所用，墨舞一字不落地记于心间。

"其实早在很久之前，方士们就流行着'食金饮玉'可以长生的说法，但用这种方法得到的琉璃因烧制的气温低，有大量的气泡，导致其透明度极差。而随着文明逐渐发展，道家的炼丹术开始盛行。正所谓道人消烁五石，作五色之玉，比之真玉，光不殊别。此烧炼珠玉正是制作琉璃的来源，但那时的技术尚且不够成熟。直至今日，琉璃的发展达到了顶峰时期，许多具有才能之人纷纷投进制作琉璃的工艺中，才令多种琉璃横空出世。

"而做好琉璃，尤其是古法琉璃，光有天赋断然不够，必要有足够的耐心和吃苦的劲头。他人常道唯有男子才可做好万物，老夫却不这样认为。

只要有恒心与追求，无论是男子还是女子，都可以成就自身所需。而老夫的无名宅里，女弟子要比男弟子多不少，这正是因为她们极具忍耐力，又细致入微，可以做出近乎完美的琉璃工艺品。"

墨舞仔仔细细、认认真真地想要把琉璃道人所说的每一句话都记于脑海，而她也十分要强，整日钻研制作琉璃，回过神时才发现，自己已经在无名宅里度过两个月了。

在这里，她不仅可以学艺，还能同师兄们平等相待。师兄们也不会高高在上地划分男女界限，反而带着墨舞在学艺的间歇喝酒谈心，墨舞便是在那段时间习惯品味美酒的。

而每日早起烧制琉璃石是她最喜欢做的事情。宅中有规定，每两人在辰时配合，日落时分将烧好的琉璃石排列出来，并绘制出该琉璃物件的草图，如果无法完成，将会被罚。这惩罚随机定夺，有时是罚一日三餐不准进食，有时也会罚静坐止语一日思索错误。无论是哪种，对于墨舞来说都代表了一种耻辱。

所以，她每日都起得很早，早于同组的师姐或是师兄先行烧制琉璃石。与她同住的师姐也会同他人抱怨墨舞急功近利，但墨舞全然不在乎，她只想凭借自己的能力出人头地，至于闲言碎语，她统统充耳不闻。而在众多的徒儿中，师父是格外偏爱她的，一来是她的确有天赋，聪慧有野心，相貌又极为美丽，实属难得的才貌双全；二来她也毫不扭捏，一点儿女孩子该有的娇气都不存在，像是早已习惯了单枪匹马地拼搏，在让人赞许之余也不乏怜惜之情。

每月逢"三"的日子的中时，琉璃道人都会出题来检验弟子的学艺。拔得头筹的人会获得一次制作琉璃工艺品送给达官贵人的机会，的确是很好的展现自己的方式。墨舞自然不会放过这样的好机遇，可她不擅长团队作业，而这种检验向来是二人合作。

今次的题目是要寻得色泽、质感、透明度上等的琉璃石，是"寻"，而不是"制"。其中要考验的是身为琉璃匠人的敏锐度和观察度，每两人一组，分头行动，墨舞则是同阿瑨一起去山脚的前一条街搜寻。

阿瑨素来对墨舞比较关照，两人年纪最为接近，平日里的交集也要多一些。且阿瑨是唯一一个愿意同墨舞组队的人，师兄们倒还好，但其他师姐因长时间的接触都不喜欢墨舞的个性，也一度排挤过墨舞。

阿瑂便在出行的时候劝慰墨舞要懂得收敛，毕竟都是师姐，要给对方些面子的。

墨舞"嗯啊"地敷衍着，目光则是不停地流连在市集或是店里的琉璃艺品上。要说她已经很久没有走出无名宅了，距离逃出姜府已经过了数月，想必爹娘也会担忧一下她的去向，可她并不想回去，在达到自己的目的之前，她不可能走回头路。而这次小试，她势必要寻到最为上等的琉璃石带给师父。可这些小店里的琉璃品都是从外城运来的，抛光程度可见一斑，老远望去就知道是次品。

难不成这条街上根本就没有好东西了？

墨舞不甘心地继续找，阿瑂小跑着跟上她，两人走着走着，来到了一条幽深小巷，仿佛穿过巷子就能来到另外一个奇妙的地方似的。墨舞打头走着，阿瑂有点儿怕，周围很静很暗，可是没想到转过巷角，眼前赫然出现的是一片熙熙攘攘、人声鼎沸的景象。

阿瑂感到不可思议地打量四周，一抬头，发现头顶悬挂着一轮皎月，不禁大惊失色道："竟然已是夜晚了吗？明明才刚到申时不久……"

墨舞停留在一个小贩的面前，她背对着阿瑂说了句："阿瑂师兄，你我虽为一组，可先到先得。"

阿瑂困惑地问："什么意思？"

墨舞转过身看着他，唇边挂笑，示意手中一颗极为璀璨光艳的琉璃石，道："看，是我先找到的。"

阿瑂擦了擦眼睛，仔细一看，当真是颗从未见过、美轮美奂的琉璃石。尽管他心中有些羡慕是被墨舞先行找到，可却毫不嫉妒，他与墨舞向来同组，无论是谁拔得头筹都是给二人团队带来荣耀。

只是……这般价值连城的琉璃石怎会出现在这种平平无奇的小摊贩上？小贩又怎会同意把它送给墨舞呢？

"姑娘可想要带走它？"小贩是位身形枯瘦如柴的老翁，他的一只眼睛瞎了，戴着黑色的眼罩，正坐在石凳上抽着烟筒。

墨舞看向他，坚定且真诚地点点头，她自知这颗琉璃石必定与众不同，但师父也说过，琉璃石在被做成工艺品之前的价钱都不算高，只要付给对方相应的银两便可，可这一颗却不一样，不是简简单单的价格就能带走的。于是墨舞决定道出实情："老先生，我是无名宅的学徒，今日正逢小考，只要我能寻到最为上等的琉璃石带回去，我便可获得一个极有可能飞黄腾达的机会，故此……老先生能否先行把这琉璃石卖给我？我可以打下欠条，日后的每月都补上差价，直到还清为止。”

老翁吐出一口白寥寥的袅袅烟雾，眯着眼睛看墨舞道："你买不起的。"

只此一句，令墨舞觉得受到蔑视，她忍不住道："我可是姜府……！"话说了一半，又被她硬生生地咽了回去，她不想被身后的阿瑁得知自己的身家，便只得再问老翁："老先生要怎样才能把琉璃石卖给我？"

老翁的声音如绕梁余音般空旷深远，他神神秘秘地对墨舞说："你眼光好得很，一眼便识出这石头是个好宝贝。金银财宝换不走它，唯有与之等价的东西才能将它带走，必是你身上最为珍贵的物件儿才行。"说着，老翁掀开了自己摊位的黑布，陈列在桌子上的竟全部都是血淋淋的器官！

有心脏、肝、手、脚等内脏与四肢……目睹此景，吓得身后的阿瑁面色惨白，连连后退。

尽管墨舞也受到惊吓，可她却还算镇定。老翁见她面不改色，倒觉得有趣道："看来你是个不怕交换的主儿，不过你别见这摊子上有血有肉的，那都是对方愿意送给我的，这些是他们认为他们所拥有的最为值钱的物件儿，但你嘛……确定要和我换吗？"

墨舞的额角渗出冷汗，她想要琉璃石，但却不想失去内脏与四肢任何一处，可她全身还有更为值钱的东西吗？

"有。"

墨舞一惊，抬头看向老翁，他竟读懂了自己的心思。

"诚心想换的话，我就要取走你身上的值钱物件儿了。"他说着，伸出干枯得如同老树一般的手，一把按住了墨舞的手臂。

墨舞是在那一刻花容失色地叫出声来，而阿瑁飞快地冲上前来抓住她，带着她头也不回地跑出了小巷。

两人一直跑了很远才停下来，阿瑁气喘吁吁地弯着腰大口呼吸，墨舞则是魂不守舍地坐到一旁的树下，她浑浑噩噩地张开手，发现那颗琉璃石正在她的掌心里熠熠生辉。

墨舞怔怔地看向阿瑁，阿瑁也正迷茫地看着她，他们面面相觑，心中困惑不已。

待到回到了无名宅，已是夜深人静之时。弟子们都聚集在琉璃道人面前，一一献上搜寻而来的琉璃石。墨舞也把自己得来的琉璃石呈给师父，唯有在看到那颗琉璃石的时候，师父的眼里亮起了非比寻常的光。

果然不出所料，墨舞因这颗琉璃石而拔得头筹，仿佛是蒙得了上天的偏爱。

师父也用赞许的目光看着墨舞点了点头。大家的目光聚集在她身上，皆是羡慕、嫉妒，同样也有欣慰。

数月后，墨舞送给达官贵人的琉璃博得了上流社会的好评，对方竟为她谏言，令她被选进了皇宫招揽人才的名单里。

师父以她为荣，达官贵人也送来了祝贺的华服。临行之前，墨舞身穿孔雀蓝长裙，一点迎春，簪珠佩玉地站在无名宅前同众人告别。

师兄姐们站在门旁议论纷纷，他们三三两两地道着："听说北国前来和亲，皇宫里热闹着呢。且冠宠后宫的刘皇后甚爱琉璃作画，皇帝便想着给皇后做出最好的琉璃，供皇后赏玩入画，这才在中土招揽手艺精湛的琉璃匠人。"

"要说皇帝对皇后可真是疼爱有加，不仅为她闲置后宫，连和亲这会儿都不忘要博皇后一笑。不过也罢，墨舞生得漂亮，身世也好，的确有着天赋，手艺也不差，能有进宫的机会也是她自己得来的。"

"身世？她的身世是什么？"

"刚刚师父不是同她说了吗，如若功成名就，要记得回姜家去。可见师父打从一开始就知道她是姜府的人，你又不是不清楚，这昌陵上下姓姜的不就只有那一户嘛。"

对方木讷地点点头，仿佛一时之间难以相信一般，可是他四下找了一圈，却发现阿瑁没来，便问起去向。

有人说阿瑁病了，不能来送墨舞了。

而这时的墨舞也准备离开，她随着前来接应的宦官走了一段路，又回过头，望着无名宅与师父。师父向她挥手致意，墨舞点头回应，心想着阿瑁是不能出现了，他一连病了数日都不见好，也不知道要不要紧。再次回过身时，墨舞心中却仍旧有莫名的不安。

总是会忍不住猜测，老翁那日从她身上拿走的东西，究竟是什么呢？

第十二节

天宁 167 年。

皇城。

坐落在城内最为中心的院落是琉璃坊，在这个占地面积足有半个城池大的宝地中建造着许多个富丽堂皇的小别院，根据东、南、西、北分别划分出青龙苑、朱雀苑、白虎苑，以及玄武苑。北苑玄武苑的地势最高，在四苑中也最大、最奢侈，能够被选进此苑的都是中土大陆内四海八荒中最为优秀的女性琉璃手艺人。

负责掌管琉璃坊的是当红宦官，人称赵内侍。他年岁不大，样貌也较为清俊，左眼下一颗泪痣为其增添了几分风流韵味。由于皇帝很信赖他，皇后也中意他，便把这偌大的、华丽的琉璃坊交由他打理，最终也将由他选出顶尖的几名琉璃匠人来为皇后制作最为精致的琉璃品。

此番全国招揽，统共寻来了五十名三十岁以内的年轻男女，且都是有家室背景的——毕竟是将来要面见皇上与皇后的，草芥出身与寒门之徒是断然不可进入琉璃坊的。据说还有位一品大官的女儿被选了进来，的确是令原本就金光灿灿的琉璃坊更为蓬荜生辉。

墨舞是最后一个来到琉璃坊的，她被侍女带去划分好的房间里梳洗、换装——按照手艺程度与家境身世，她被分去了玄武苑，衣衫与无名宅的颜色相同，都是黑色的，可纹路却金贵得多，连腰带上的琉璃都缀着金坠子，背上的图腾则是玄武印记，证明她的院落。

墨舞以为自己将会是玄武苑的佼佼者——她一直以自己的貌美姿容为傲，可换洗之后被带去玄武苑的前院与其他人会合时，她才发现玄武苑是清一色的女匠人，共十二位，且美人如云。

墨舞的视线一一扫过那些高贵、出尘而又满身香气的女子，心中竟有

一瞬间的挫败感。虽说她的美丽没有被比下去，可细细相比之下，她到底是小地方来的，从她们的言谈之间听得出大部分是来自皇都，再者便是邻市，而一品大官的女儿蕙楼也在这里。

那女子美艳得很，几乎与墨舞的容貌不相上下。她说自己从小便学制琉璃，十岁就可做出琉璃器皿了，十五岁便收徒弟了，如今十八岁，还是赵内侍亲自登府邀她前来的。

墨舞闻言，睫毛垂了垂，她恍惚中察觉到自己并不是最为优秀的琉璃匠人。俗话说得好，人外有人，山外有山，她在玄武苑里显得有些渺小了。

"姑娘，我是瑶平来的，你老家在何处？"身边传来一阵沁人心脾的芳香，墨舞转头去看，只见一位鹅蛋脸、桃花眼的漂亮女子凑近她，微笑着搭话。

"我是昌陵姜家。"墨舞挂在唇边的笑意不卑不亢，恰到好处，"我叫姜墨舞。"

那女子媚笑一下，眼波流转道："当真是人如其名的美，让人一眼就能在人群中看见你。我叫胡沁女，是住在你隔壁房的。"

墨舞点头笑道："沁女姐姐美貌惊人，真是令妹妹相形见绌。"

沁女嬉笑着："可不敢当，不过，生得美总归是件好事情。"说着，她更为凑近墨舞的耳边嘀咕道："咱们这里经常会有皇亲国戚出没，前几日还有王爷造访，于你于我都是机会。"

墨舞一愣，随即暗藏轻蔑地笑了，面前的沁女令她不由得想起了自己的母亲、祖母，或是妹妹。

原来无论到了哪里都会遇见这样的女子！也罢，妄想利用美色改变自己命运的女子不在少数，但墨舞始终觉得，美色只是一部分筹码，其余还要依靠更为长久、稳固的东西才行。譬如，脑子。

"各位小师傅久等了。"

正在此时，一个温和的声音传来，墨舞随众人循声望去，见是赵内侍携着八名侍女来了。

在场的年轻琉璃匠人们，包括墨舞在内，立即恭敬地作揖，问候道："见过赵内侍。"

"不必多礼。"赵内侍始终含笑，却让人觉得格外疏离，他侧身带路道："各位同洒家一起去中心苑见过其余别苑的同好吧，打从今日起，你们便要在这里入住了，直到有人制作出令皇后娘娘满意的琉璃艺品出现之前，你们都得拼了命地努力才是。毕竟不被皇后娘娘喜欢的艺品一旦出现两次，那它的主人就得打道回府了。"

"是。"众人低眉顺眼地遵命，皆是规规矩矩地跟在赵内侍的身后。

看来竞争会相当的惨烈。墨舞一边走一边打着算盘，余光时不时地打量着周遭的匠人：那个走在最前面的像是凤首一般的存在正是蕙楼，她趾高气扬的模样像极了胜券在握，想必这是她平步青云的一块踏板。的确，有些人在出生时便已经赢了。然而，墨舞可不想成为她的踏脚石。

再看其他人，有几个也是出身不俗，大抵是有家族撑腰的，到了她自己，虽然算不上上等，也轮不到下等，竟是个中庸之辈了。而沁女和她则不相上下，但沁女容貌同样耀眼，也是个不容小觑的对手。

墨舞暗暗咬牙，她必要拼尽全力留在这里才行。如果被赶回了老家昌陵，岂不是要让所有人一并看她笑话不成？她可不想沦落到最终要去嫁给高家那个无才无德的纨绔子弟。

"注意脚下。"身旁有人提醒出神的墨舞，是个梳着双云鬟的秀丽女子。

墨舞点点头，随着大家上了桥，穿过月亮门，走进了中心苑。

苑里种满了参天大树，花林曲池，还有幽碧水潭。其中立着一块约莫三米高的琉璃玉像，像是个公主，怀里抱着只兔子。墨舞等人绕过琉璃玉像，又走过了挂着珍珠帘子的长廊，直叫人看得眼花缭乱。不愧是皇城境地，也能看得出皇帝对皇后的宠爱程度，特意为她打造出一座奢华铺张的琉璃坊，当真是宠到了极致。

待到了中心苑，其他三苑的琉璃匠人都已经聚齐，最为显眼的当属南苑朱雀苑的琉璃匠人，都是清一色的身穿红衫的年轻男子，相貌堂堂、衣冠楚楚不说，更有一种不食人间烟火的高雅气质。

而青龙苑与白虎苑则是有男有女，唯独朱雀苑、玄武苑的人员性别比较规整。

墨舞打量着朱雀苑的男子们，目光缓缓地落在为首的最为显眼的人身上。他约莫二十岁出头，朱雀苑的锦绣红衣着实衬他，且他的衣襟与袖口都特意挽出一条非常精致的纹路，领口与其他人有些不同，是镶金小方领，倒是显露出了别致的英气。

其他的玄武苑女子也注意到了他，皆是交头接耳地小声议论，私下里发出欣喜的惊叹。

沁女忍不住同墨舞嘀咕道："听说他是皇后的外亲，叫沈意，是朱雀苑的第一美男子，不仅琉璃做得好，家世也雄厚得很，而且，是赵内侍亲命的琉璃坊副管。"

墨舞听着，目光始终没有离开他，他虽乍一看有那么些遗世孤立，但看得久了，会发现他也绝非表象上那般清高。而他也察觉到了墨舞略显炽热的视线，转过脸来，与墨舞四目相对，墨舞对他妩媚一笑，她自知自己的这种笑能勾魂摄魄。

果然不出所料，他审视并认可了她的美貌，也领会了她笑里的信号，自是微微颔首，眼里也流露出一抹暧昧而放肆的波纹。

墨舞略低下眼，思索着沁女方才所告知的信息，皇后的外亲，家世雄厚，又擅琉璃，副管……墨舞如春花般的容颜上泛起了志在必得的底气，眼眸深处更是藏着森冷笑意，讥讽而又孤傲。

九月初七当日，是墨舞来到琉璃坊的第七日。

傍晚，天空的云朵沉甸甸的，像是黑灰色的残骸。

这七日中，墨舞几乎是日夜不休地在制作第一件要去献给皇后的琉璃艺品——河伯公主像。

说起河伯，传说里的他倒是位风流潇洒的花花公子，诗歌里有云：鱼鳞屋兮龙堂，紫贝阙兮朱宫。灵何为兮水中，乘白鼋兮逐文鱼。与女游兮河之渚，流澌纷兮将来下。与子交手兮东行，送美人兮南浦。波滔滔兮来迎，鱼邻邻兮媵予。

这一番描写倒是验证了河伯的多情与浪漫，可河伯的妻子众多，记录在野史里的子嗣倒没有几个。而墨舞所制的河伯公主像则是根据中心苑所看到的巨大琉璃人像而产生的灵感，故事里的公主也来自她儿时听来的戏曲，那公主叫芜，尚在襁褓时便被河伯送去邻国的君主手中养大。芜生性勇敢，不爱红装爱刀枪，自小便信马由缰、武艺高强，可后来国家被侵略，导致灭亡，君主自焚，芜被逼迫上吊，暴乱之中是侍女假扮成芜，救了她一命，使她在重臣的掩护下逃出国去。恰逢此时，她逃到了河伯的大河中，父女相认，河伯为了替芜报答君主的养育之恩，便使大水冲毁了敌军军营，保全了虽成废墟，却依然是芜的故乡的国度。而后，芜在残余的臣子、女眷、百姓们的扶持下登上王位，成了那时唯一的女帝。

"那便不是公主像了，而是女帝像。"沈意站在墨舞的身后，探出手去抚摸着她制出一半的琉璃像。而他的手背有意无意地擦过墨舞的脸颊，稍做片刻停留，是极为明目张胆的引诱。

墨舞的房门是虚掩着的，留有一条浅浅的缝隙，她不动声色地坐在椅子上，视线只专注地盯着面前的琉璃像，语调慵懒道："要说朱雀苑与玄武苑虽然只有两道月亮门，可沈君私自来我房中，这般孤男寡女的，传出去怕是会有损沈君翩翩君子的形象吧？"她特意加重了"翩翩君子"四字的读音。

沈意的双手顺着墨舞的臂膀滑到她的肩上，眼神里倒有那么一丝深情，并静默地说道："你不说，我不说，又有何人会知道？"

墨舞笑道："隔墙须有耳，窗外岂无人。"

沈意立即绕到她面前，以手指抬起她的下巴，捏住，挑眉一笑，道："姜墨舞，整日用美色来暗示我的可是你自己啊，怎么？鱼上钩了，你反而要撤掉鱼饵了不成？你也不想想这几日里都是我帮着你抛光琉璃石，否则你怎会这么快就完成了人像的一半？"

墨舞娇媚地笑着，轻轻拂开他的手，一双美目弯成月牙状，柔声细语道："沈君美意，墨舞自是无以为报，还要劳烦人像完成后，由沈君替我在赵内侍那头占个名额，毕竟每个月送到皇后眼前的琉璃艺品只准三人的物件儿，我想快点拔得头筹嘛。"

沈意打量着她的面容，凑近她的唇边低声问着："事成之后，你打算如何谢我啊？"

墨舞巧妙地躲开了他，并推开了自己的房门送他道："待到那日，墨舞自当对沈君的吩咐悉听尊便。"

沈意很喜欢墨舞的欲擒故纵，他拿起置于案桌上的折扇，踏着墨舞的逐客令离开了。

见他走远，墨舞的脸色也变回了原本的漠然，她嫌恶地擦了擦自己的下巴，正欲关门时，绾着双云鬟的秀丽少女走向她来，且面色凝重地望了一眼沈意的背影，对墨舞道："他又来纠缠你了吧？"

墨舞见是宓晓，便侧身让她进屋了，不以为然地答道："我都明确地拒绝过他了，可谁让我生得这般貌美呢，他执意对我献好，我也无计可施。"

宓晓心性纯善，总是喜欢亲近墨舞，自是不会怀疑墨舞话里有假，只

建议道："不如去告诉赵内侍吧，你如若不喜欢那个浪荡公子哥，还是趁早断了他念想，免得惹上不必要的麻烦。"

墨舞转头看着宓晓，嗤嗤一笑，心觉这姑娘真是蠢得可怜，竟不知赵内侍与沈意等官宦子弟都是一丘之貉？可宓晓对墨舞的确是真心的，墨舞也知道她是个通透清澈如光华琉璃般的女子。只是墨舞不是来这里交朋友的，她也无心与人建立亲密关系。或许从幼年开始，她整个人的内心都已封闭成了一道死死的铁门，她守着心中的这扇门不停地朝远方的高山攀爬，沿途的绿树、花草都不值得她为其停留驻足，她恨不得踩踏着那些强有力的肩膀迅速地爬高，直至登到那遥不可及的高顶山尖。

许多看破墨舞本性的女匠人们都会奉劝宓晓离她远一点儿，小心遭到陷害。就连沁女也同墨舞若即若离的，她们深知墨舞是贪慕虚荣与权势金钱的极具野心的女子，名门闺秀自是对她的种种做法感到不齿，可沁女同她们一样，也会对墨舞产生一丝不敢公之于众的嫉妒。

墨舞的确美，极美，且是看得越久，越会被她吸引。她的身上仿佛有一种超过皮囊容颜之外的魅力，举手投足之间，音容笑貌之里，无不渗透出蛊惑心智的媚骨，似是浑然天成般的尤物，牵引着女子的妒，勾摄着男子的心，她的确不是琉璃坊中最美的，可却是最令人在看过一眼之后，便欲罢不能的。

不仅沈意成了她的裙下臣，许多朱雀苑的其他男子，甚至是排名最为靠前的青龙苑的男子也有许多对墨舞暗藏爱意与痴心。而墨舞游刃有余地周旋在他们之间，凭借自己的美貌与计谋换取着数不胜数的便利。

她随口说想要最为晶莹剔透的琉璃石做人像的眼，便有男子彻夜不眠地为她打造；她因烧制琉璃时的高温熏伤了手背，便有男子翻山越岭地为她寻止痛祛疤的草药；她不愿意自己打水沐浴，又嫌侍女们不肯给她熏香，便有男子亲自为她烧好木盆里的浴水，又命自家家奴携来上好的波斯进贡的香料……

类似这等小事多如牛毛，墨舞十分享受，沁女渐渐开始巴结讨好她，偶尔也会分得一杯羹。但表面上沁女又会疏离墨舞，她不想站进墨舞的孤营，更不想被其他人孤立。墨舞倒也无所谓，她虽一心攀附权力，但也不是随便的人。她心目中最是动情的感觉不变，她想要琉璃一般光彩夺目的爱情。那样的爱情里，她可以肆无忌惮，可以认真做自己，可以有归属感。

而沈意是给不了她的，琉璃坊里的男子没人能给她。

然而，她玩弄感情的做法终究是要东窗事发的，就在她的琉璃人像经由沈意通融，可以在第一批的三人名额中送进宫里时，沈意突然发现了墨舞对他只是利用，他很愤怒，当即就要去赵内侍那里告发墨舞的计谋，墨舞为了安抚他而与他约定：子时在玄武苑的后院角落相会。

沈意身为风流倜傥的富贵少爷，自觉没有得不到手的少女，他家中虽有妻女，可身为权贵，想娶几房都不在话下。那晚他来到后院角落时还在想，只要墨舞肯听话，他会在入宫成为皇后跟前的琉璃匠人之后，便把她纳回自己府上做个美妾。正想着，跟前传来脚步声，来人披着黑色斗篷，神色仓皇，一脸汗水，走近时彼此相视而望，皆是大惊失色。

宓晓瞪圆了双眼，指着沈意惊慌道："你，你在这里做什么？我是来见墨舞姐姐的！"

沈意更是一头雾水，斥责她道："怎么是你？你快滚回去！小心被人看到……"话音未落，他像是懂了什么，脑子里乱糟糟一片，走马灯似的闪现着初来琉璃坊那天，赵内侍宣读的圣旨：

"皇上有旨，琉璃坊是圣洁华美之地，虽是男女同吃同住，但不可在夜深人静之时私自相会，更不可亲密接触，一旦发现男女有染者，必将其赶出琉璃坊，且终生不得踏入皇城半步。钦此。"

这是禁令，一旦触犯，虽死罪可免，活罪却难逃。沈意与宓晓双双愣在那里，好半天之后，沈意决心趁人发现之前逃之夭夭，可他失策了。逐渐亮起的烛灯由远而近，领头前来的人正是赵内侍。见到沈意与宓晓果真在此密会，他冷眼挥袖，所有的侍从上前来扣住沈意、宓晓二人。

沈意满心错愕，不明白这究竟是怎么回事，是谁走漏了风声？此事明明只有他与墨舞知情，为何……

赵内侍在这时惋惜道："沈君啊沈君，你名列前茅，又有身家背景做后盾，明明有着大好前程，何苦痴迷于区区女色呢？"

女色。沈意顷刻间恍然大悟，是墨舞，他被墨舞骗了！宓晓成了替罪羊，而他，也一并被墨舞耍得团团转，并踢出了局！

思及此，沈意眼神震怒，他挣扎着不肯离开，还吼着他是冤枉的，是遭贱人陷害！宓晓也在一旁哭哭啼啼，她直说着自己是来见墨舞姐姐的，绝非与沈意有染！

赵内侍斥责他们二人口出狂言，实在放肆！又说姜墨舞早已把二人时常密会之事全盘托出，休要诡辩！

果真是姜墨舞！

沈意怒不可遏，他咒骂着姜墨舞那个妖妇、贱人！她玩弄人心、背信弃义，简直人人得而诛之！

赵内侍无比怜悯地看着沈意，道着："沈君，你空口无凭，可万万不能血口喷人啊，更何况牡丹花下死，做鬼也风流，你便与宓晓二人一同离开琉璃坊好生恩爱去吧。"

侍从们押着沈意、宓晓朝前走着，宓晓则是一步三回头地喊着墨舞的名字，声音嘶哑，响彻整个宅院。

这时的墨舞正背靠房门，她隐约听得见宓晓的哭喊声，眼前也曾闪过初来琉璃坊那日，宓晓曾提醒她脚下的台阶。

脚下的台阶啊……墨舞只想着自己似乎又走得远了一些。她一脸淡漠地转过身，打开窗，独自凝望着夜色。风里带来槐花树的香气，扑进她鼻中，混杂着被她抛弃的良知，一同碎成了泥。

回忆渐渐散去，孟婆缓缓地抬起眼，面前招揽琉璃匠人的告示映入眼帘，周遭的看客都已四散，她也浑浑噩噩地转过身，慢慢地朝着她自己都不知道的地方走去。

耳边响起的是冥帝和墨的声音，那是她刚成为孟婆没多久的事情，她不愿熬汤，总是独自一人坐在奈何桥旁的树下出神。

她会观察那些踏上桥的幽魂，神情专注，面容冷酷，惹得牛头和马面只敢在一旁远远地观望她，从不敢上前与之搭话。

唯独和墨总是去同她攀谈。最初，孟婆很讨厌和墨，讨厌他那双仿若看透世间万物的眼眸，讨厌他永远温润无澜的面容，孟婆把他看作一块神秘的古玉，不愿理会他。

可时间久了，她也习惯了他总是站在身边，虽然无非是询问她"何时打算熬汤""从幽魂的身上看到了什么"之类的，就这样一天天过去，孟婆也就同他闲聊起来了。

孟婆问他："为什么选我做孟婆？"

和墨微笑着，回道："不是我选了你，是奈何桥选了你。"

孟婆道："你不是这里的老大吗？而且，奈何桥只是座桥罢了，又不会说话，更别说选谁做孟婆了。"

和墨唇边的笑意更深了一些，他风轻云淡地道："世间万物皆不同，却始终平等。只是，桥非桥，物非物，人非人，妖非妖，你，也非你。"

孟婆听得乱了，和墨邀她明日还在此相聚，他会亲自为她沏上一壶好茶。

孟婆心想阴曹地府的也会有雅兴品茶？但冥帝在此数千年，自然早已与此融为一体了。而他说话的声音总是令她感到奇妙的平和，于是便答应了他的邀约。

隔日，和墨并没出现。孟婆等了一日，依然不见他来。就这样过了三天，和墨也爽约了三天。孟婆有些气不过，直接冲去他的殿中找他质问。

她来到他住处，见他正在自斟饮茶，她有点生气他为何骗她，和墨只笑笑，要她一同来坐。

可他虽然沏了茶，却为她拿出了酒。她有些怔然，抬头看着他。他语调轻缓地道着他喜喝茶，他人未必同他一样喜欢；正如她喜饮酒，他尊重她愿即可。想来她一生颠簸坎坷，心中寂寞，即便能有人陪她一起喝酒作乐，却参不透她心思，那如此陪伴岂不是更为孤苦？而这三天未见，她若是不喜欢自然不会来寻他，可她既然来了，则说明彼此有缘，那不如坐到一起，闲聊着各做各的，也算惬意。

"你既是孟婆，却不必做历任孟婆应该做的事情，你有许多方式可以成为孟婆，而孟婆断然不仅只有一种模样，正如奈何桥选了你，而你也不该只将它看作桥，它是你脚下的安稳，它既给你安稳，便是你的知己。"和墨的笑意如和煦清风，吹拂过孟婆的心头。

她凝望着他，眼神有些飘忽，和墨则是为她倒上了酒，对她再道："你且留在这里，便做你愿意做的事，有朝一日若是悟出了道义，想回人间去，我也会好生送你离去。所以，莫要流泪。"

她一怔，抬手触碰脸颊，这才发现自己流下了眼泪。仿若是平生第一次得到了认可与理解，虽然是在死后，可是她内心却止不住地动容。

她接过和墨递来的酒杯，对他展露出了会心的笑意。

"为何你不是人间的男子？"她这样委屈地问，随后又觉得可笑地扑哧一下乐出了声儿。

和墨侧卧在玉榻上，眼里含笑道："即便曾是，你我也还是于此处相识得好。"

那日是午时三刻，和墨宫殿里的一切都井井有条，一如他这个人，早在最初便已将看透的全部藏在心底，纵然要说出口，也是以一种能够使人欣然接受的态度，以至于令孟婆觉得，如果能够早些遇见他……她的人生，或许会有所不同。

她总是缺乏安全感，纵观前尘，她历经煎熬与痛苦，她知道自己的不安与悲痛无人相知，有时她也会想，为何自己明明出身不错、样貌一等，且又有追求，却还是觉得内心空落落，无从归属？所以，她始终不相信风花雪月的浪漫，只相信那些能抓在手中的权力和财富。但想要得到权力，必然要有大笔的财富来给自己做底气。

还记得生前的那一年，九月初八的清晨。

一大早便起了蒙蒙雾气，墨舞按照排序在打扫院落里的灰尘与落叶。无论她在琉璃坊里走到哪，都能听见沈意与宓晓私会被逐一事的窃窃私语。

有人说宓晓不知天高地厚，沈府哪里是她地方小官的女儿高攀得起的？这下可好，惹出大祸，她被赶出皇城不要紧，可连沈君也被流放了，这才是赔了夫人又折兵。

又有人说琉璃坊不准匠人之间谈情说爱是铁则，明知故犯实在是愚蠢至极。可惜了宓晓，做得一手漂亮的琉璃器皿，白白断送了前程。

墨舞静静听着，面无表情。直到苑外忽来一仗人，负责开道的侍卫秩序井然，他们站在苑门两侧让开路来，一辆马车缓缓驶进，车门打开，走下来的人是位身穿月白底子赤红凤鸟纹锦袍的青年男子。他腰间配着镶有白狐尾毛的琉璃玉，于晨光之下闪耀着璀璨明艳的光晕，映着他那张好似人间美景般斑斓高贵的容颜。他一转眼，看向墨舞，眼神凌厉，眉宇间的英气咄咄逼人，刹那间惊艳了八荒河山。

墨舞心下一惊，不由得移开了视线，竟是略显仓皇。那男子的视线停留在墨舞身上片刻，而后挑唇轻笑，他抬起手，侍从立刻将暖炉递上来，他押着暖炉于双手间转身去了别院。墨舞余光瞥向他，只看得他乌青色的长靴踩在一地白晃晃的落花里，几簇流光飘飞在他的锦袍衣角，好似点缀了这苍白干枯的晚秋。

惊鸿一瞥，令墨舞心绪烦乱，她的心跳极快，满脑子都是他方才的炫目姿容。

沁女与几名女匠人恰好经过此处，他们交头接耳地议论着那男子，沁女更是兴奋得笑声吟吟道："墨舞，你可真好运，这么多人之中，姬侯爷就只瞧了你一眼，我等都不得他法眼呢。"

墨舞问："姬侯爷？"

沁女道："正是他了，皇城富商姬晏璟，年近而立却还未曾娶亲，人人都道他眼光刁钻。我看啊，他是百花丛中过，片片不留身。"

墨舞思索着这几句话，又问："他那样的人怎会来琉璃坊？"

"自然是来替沈君善后的了。"沁女道，"姬侯爷与朝廷大官都有所交往，要不然怎能凭借商贾之身得了侯爷头衔？想来并不是为沈君求情，不过是将他的衣物带回沈府罢了。我听闻他是沈老爷的忘年之交，且又与赵内侍交好，刚刚赵内侍还命人来传呢，今晚要在玄武苑设宴招待姬侯爷那群人，连舞女都传来了。"

墨舞故作漫不经心地叹息："既是晚宴，我们这些小匠人便不会受邀出席了罢。"

沁女却笑道："你还别说，其他苑的匠人自是没有受邀，唯独咱们的玄武苑被赵内侍钦点了参加晚宴。依我所看，赵内侍是想借花献佛，谁让玄武苑里的貌美女子最多呢。"

旁人推搡着沁女，挤眉弄眼着："呦，沁女，这就打好如意算盘啦？凭你的姿色，只要有机会，必定能引得姬侯爷瞩目。"

沁女扭捏地辩驳着谁要嫁给长我那么多岁的商贾。可她眉眼里却满是言不由衷的喜悦，巴不得成为富家奶奶呢。

墨舞则是低垂下眼，她抿着嘴角，若有所思地笑了。

当天夜里，琉璃坊中心苑的晚宴极尽奢华。

平时里与姬晏璟有所交往的王孙贵族都受赵内侍邀约而来，借此机会叙旧谈笑。

这会儿已接近黄昏，夕阳渐渐西垂，器乐班子跟随侍女前来，他们一个个捧着琵琶、古琴、瑟、筝，还有笛与笙，连同钟、鼓、锣、磬，一应俱全，二十多人的器乐阵，井然有序地落座，开始弹奏七曼妙曲音。

姬晏璟早就听闻赵内侍对戏曲痴迷，不承想琉璃坊中还能邀来这么一

群专业人士，倒令他颇为惊讶了。想来尔虞我诈的商贸往来之中，还能有这样一处角落供姬晏璟赏花弄月，也实属难得。

正想着，苑内的所有歌女舞姬忽然倾巢而出，在丝竹迭奏声中踏歌而舞。她们身姿曼妙，风情万种，一时之间花影风动，桃花婆娑，如同天上人间。

姬晏璟凝望着这景象，心情也不由得大好。待到众舞姬散去，一名坐在对面的女子引起了他的注意。

早在晚宴之前，他便听赵内侍提起过玄武苑的琉璃匠人都是美人，今夜也会一同出席。而晚宴刚开始没多久，他也的确看到十几名妙龄女子依次坐到对面的长桌旁，可却因为忙着同赵内侍攀谈而忘记去欣赏。

直到此刻，那坐在偏僻位置的女子令他回想起了今晨的匆匆一瞥。她定是好好装饰了一番自己，玄武苑的那身黑裙穿在她身上倒显得流云般璀璨了。

姬晏璟见她身姿绮丽，容光照人，手腕与脚腕上佩戴着琉璃手串，在烛光下闪动着点点光芒，自是颇为引人注目。

赵内侍悄悄打量姬晏璟此时的表情，会心一笑，而坐在身侧的老商贾也循着姬晏璟的视线望去，而后凑近他，低声耳语道："这女子的面相极好，眉清目秀，眼有灵光，可谓是旺夫旺子之相。"

姬晏璟凝视着她的脸，略微眯起眼，揉搓了几下左手食指上的翠玉扳指，接着唤来自己的随从悄悄吩咐了几句，随从立刻照办。不出一炷香的工夫，随从便回来了，他手上拿着类似生辰八字的纸封，双手递给姬晏璟。

姬晏璟看过之后露出满意的笑容，他将纸封折了几折，随即装进袖口中。又问赵内侍道："她叫什么名字？"

赵内侍的目光落到她身上，狡黠一笑，贴近他回道："她叫姜墨舞，老家是昌陵的，虽然算不上琉璃坊中最美、家世最好的，可她聪慧懂事，如若侯爷喜欢，就带回你府中去。"

姬晏璟挑眉相问："听闻琉璃坊内不准谈情说爱，赵内侍怎可坏了规矩？"

赵内侍嗤笑道："那是对琉璃坊内男女匠人的规矩，侯爷又非琉璃坊中之人，此种规矩如何约束得了你？更何况今夜设宴，最要紧的事就是为你择位美妻，如若她能令你满意，洒家都要为你开心不已。"

姬晏璟含义不明地抬了抬下颚，语调尽显尊贵："做妻嘛，还早了点儿。但赵内侍不介意的话，在下要先行一步。"

赵内侍立即侧身："请。"

姬晏璟站起身来，踱步向墨舞的桌旁。那会儿的墨舞正在同身旁女眷说笑，姬晏璟凝望着她那黛眉红唇、脸若皎月的容颜越发接近，待来到她身后，怕惊到她，他只略微俯身，彬彬有礼地问候道："墨舞姑娘，在下姬晏璟，不知姑娘可否赏光，同我去正桌一聚？"

墨舞诧异了，连同周遭的所有女子都一并诧异了。她们看着姬晏璟向墨舞伸出手，将她扶起，又看到他带着她前去赵内侍的桌旁。起初，墨舞还很困惑，他凑近她耳边，掌握了一个恰到好处的距离，既不会令她感到轻薄，却又极好地将他的好感传达给了她，就那样低声说了些什么，墨舞忽然露出极为释然的笑意，他也淡淡一笑，令这边目睹此情此景的沁女大为吃惊。

难不成……富商姬侯爷很满意姜墨舞？仅仅一眼就令他动了心？她可不曾听闻挑剔的姬侯爷会对女子这样体贴入微，偏偏是墨舞……为何是墨舞？她沁女……哪里不如墨舞了？

"狐媚……"沁女忍不住从齿缝里挤出了混杂着嫉恨的两字。

而墨舞那边，赵内侍极会看事态，自是提议道："这歌舞也看了一会儿了，如若看腻的话，洒家在房中安排了好茶，就请侯爷与姜姑娘一同品茶去吧。"

"如此也好。"姬晏璟未走几步，回头去看墨舞。

她立即低垂脸颊，有些不敢看他似的，他却对她道："你一同来吧。"

墨舞身形一颤，像是不敢置信。这下赵内侍终于能够断定，侯爷是对这女子有兴趣的。也罢，即便是侯爷，也会有一时兴起……未必真的会带她回府宫，而且就算封个侧室，也算是经由琉璃坊成全的一桩美事。

只要侯爷开心，又有什么不可呢？

到了赵内侍房中，茶点早已准备妥当，其余的商贾还尚在宴席中观舞，赵内侍岂能怠慢了众人？自是不能在此处待得太久，他便唤来侍女伺候二位，又增添了菜肴与好酒，临走之前他道："姜姑娘，你也来敬姬侯爷一杯酒吧，他可有小半年没来琉璃坊做客了。"

墨舞为姬晏璟倒了一杯酒，敬道："小女敬侯爷。"

姬晏璟一饮而尽，墨舞又为其倒上一杯，在凑近他时听他问道："你可擅酒？可否同饮？"

墨舞笑着点点头，而赵内侍又喊来了两名侍女，要他们一同陪着饮酒，说罢，他便离开了。而几杯酒下去，侍女们借着酒兴作起诗来。墨舞赞其好诗，姬晏璟也觉得久违地高兴，众人猜拳饮酒，笑声满堂。

直到月色爬满墙，薄纱灯盏盏点亮，房门之外的宴席已散，侍女们醉成泥，东倒西歪地躺在长椅上。

姬晏璟颇有酒量，他尚且能够保持清醒，便坐到窗边，闭上眼睛，享受夜风拂面。

"侯爷，夜晚风凉。"墨舞将一件衣衫披在姬晏璟的肩上。

姬晏璟睁开眼，看向她道："墨舞姑娘，你可会觉得我年长你许多岁吗？"

墨舞想了想，轻轻一笑："我也年方十八，算不得年少。"

他转过脸，隔着夜晚的清风，定定地盯着她道："我却已有三十，要大你整整十二岁。"

墨舞不由自主地问："如此……侯爷为何还不娶亲？"

他望着她，笑意竟是顽劣的，只道："我在寻觅一位能够令我刻骨铭心的妻子。"

墨舞望着他的眼睛，心觉这是一双藏着哀色的眼眸，载着些许忧愁色泽，让墨舞在与之对视的刹那不禁感到一丝触动。可她又在这眼里找到了寒渊般的冷，以至于她感觉自己要被吸进那黝黑的瞳孔中。

直到他从容平淡的声音再次于她耳畔响起："墨舞姑娘，你会是那位令我刻骨铭心的女子吗？"

墨舞没想到他会如此直接，想来在他的身边，女人定有千千万，多得如同天上星，数也数不清，她们同样是挖空心思地来接近他、取悦他，可却没获得任何名分。

见她愣了神，他反倒笑了，抬起手将她掉落在额前的发丝拂起。这举动令她的呼吸微微一滞，她听见他说："其实凭你的姿色，本不必在琉璃坊中浪费这些时日的。而你今天遇见了我，日后，皇城境地的每一个角落你都可以无阻通行。"

墨舞听着这话，心中泛起窃喜。

他的目光从她身上收回，转眼望向窗外，意味深长道："或许这就是你与我的缘分，既已来之，便不要有违天意了。"

打那日开始之后，姬晏璟便对墨舞展开了热烈的追求，且长达半年之久。而在这期间，墨舞的河伯公主像并没有得到宫中传来的任何评价，也令她心觉自己是不是应该抓住机遇，嫁人为好。

而比起琉璃坊内青涩的王孙公子，年长的姬晏璟的确更为成熟有礼，他从不会为难她，更不会轻薄她，他尊重她的所有意愿，更愿意花更多的时间来陪伴她，哪怕只是静静地看着她做琉璃的模样。

诚然，他对她太好了，好到她也不自觉地开始珍视起了自己。

他会给她制造浪漫与惊喜，也擅长捕捉她的小心思，让墨舞对着他撒娇，让她对他逐渐放松了戒备，然后将一颗赤诚的心交付于他。

他的柔情，令曾玩弄众多公子情意的她逐渐沉沦。待到她十八岁生辰当日，他乘着马车来到琉璃坊当众送给她一份厚礼——在京城郊外的奢华宅院，数不清的侍女家奴、绫罗绸缎，还有白银万两。

她在众多女眷艳羡的目光中走向他，他于万众恭维的视线中牵过她的手。

"嫁给我，做我刻骨铭心的妻子。"他突然这样请求她。

语声低沉，情真意切，她竟一时感动不已，心中酸楚，在这般花月春风时节，她舍弃了自由，答应做他的妻。

大婚前夕，琉璃坊内飞满了匠人们的七嘴八舌："可见生得姿色非凡是件顶要紧的事儿，这不就飞上枝头成凤凰了嘛。但要说绝色美人，蕙楼不知要比她美多少倍呢。"

"蕙楼又不像她那样轻浮引诱，要说侯爷也非圣贤，美人在怀自然是抵挡不住。我听沁女说了，姜墨舞当日在晚宴上使尽浑身解数去迷惑侯爷。"

"这马上就要成婚了，赵内侍还亲自为她送亲呢。呵，琉璃坊里的公子哥们不知道要哭倒多少个了，朱雀苑那头就有好多暗地里爱慕她的，结果怎样？才情终归是比不上财情，姜墨舞攀上的可是赫赫有名的姬侯爷，京城最大的富商……"话到这里便没了下文，因为侍从来传他们去烧制琉璃石。

而此时此刻，正在房中将奢华嫁衣挂起的墨舞尚且不知自己将走向何种人生，她的心，已被喜悦充满，认定自己所嫁是良人，很快，她就会在皇城之内站稳脚，梦寐以求的一切都会到来……

第十三节

夜幕宁静，孟婆坐在石桥下的水岸旁，她凝望着寂静无人的河川对面，心中感叹，风景虽美，却终不及当年。想来再过大半月就是十月十五下元节。下元节为"三元节"之一，但知名度远不如上元节、中元节。后面两个节日内涵丰富，而下元节只与三官信仰有关。

正月十五"上元节"天官赐福，广赐福利于人间；七月十五"中元节"地官赦罪，赦免亡魂之罪；十月十五"下元节"水官解厄，为人解除厄运、危难。

三官大帝，是玉帝派驻人间的代表，每年都要考察人间善恶。他们分别在正月十五、七月十五、十月十五来到人间，但司职略有不同。其中，水官负责校戒罪福，为人消灾。作为对上天的回应，下元节的习俗往往围绕"解厄"展开：参加祈福消灾、迎福纳祥法会；还受生债，增补财库；祭祀水神，超度拔荐、祈求好运。

这是个人鬼共济的节日。

想到这里，孟婆不由低垂了眼，当年她大婚之日，便是那节日的隔天……

在墨舞嫁入姬府之前，姬府大管家夫人曾经亲自领着墨舞到城外十里的"碧云观"进行了一系列的祈福法事和祝祷仪式。这是京城皇亲贵胄们成婚之前的必经之礼。而这一切对于墨舞而言陌生又好奇。

碧云观的偏厅之内一位年长的坤道接待了她们。坤道问："姜小姐儿时家中长辈可曾替您还过受生债？"

墨舞有些不解："尚未还过，请问道长何为受生债？"

坤道答："受生债就是人受胎下生后所欠的阴债。在道教讲受生债的经典有《太上老君说五斗金章受生经》《灵宝天尊说禄库受生经》《太上元始天尊说开库钥匙妙经》等。

"据《灵宝天尊说禄库受生经》载，十方一切众生，命属天曹，身系地府，当得人身之日，曾于地府所属冥司，借贷禄库受生钱财使用。方以禄簿注生，为人富贵其有贫穷者，为从劫至劫，负欠冥财，夺禄在世穷乏，皆是冥官所克，阳禄填于阴债。也就是说，众生在地府所属冥司借贷禄库受生钱财注生，如果累欠禄库受生钱财在世就会穷乏。

"经文中记：昔赐宝树一株，付与酆都北帝，植于冥京，明察众生善恶果报。以圣箭三矢，神弓三张，给予得生人身男女。将此弓箭望宝树而射：

　　　　射得东枝，得官爵长寿身。
　　　　射得南枝，得延寿康健身。
　　　　射得西枝，得富贵荣华身。
　　　　射得北枝，得贫穷困苦身。

"上之宝树者，乃是业镜果报之缘。若在生钦敬三宝，方便布施，设斋诵念，行种种善缘，及依吾教，诵念此经，填还禄库受生钱者，得三生常为男子身。若复死亡，不经地狱，再复人身。酆都若以弓箭施于宝树，灵宝天尊以神力扶助，无使中于北枝，再得荣贵之身。

"《太上五斗受生经》记：'当生之先，每以为灵魂在天曹地府都曾许愿。来世当受生人之时需要还本命银钱，即受生债。不许此愿不许受生人间，永在地狱内受苦，生人必还此债，不还者必将遭受短命、病苦、贫穷、牢狱之灾，财运不聚、长生口舌之灾，心不如意、结怨之极。'所以天尊大慈悲，颁出《太上老君说五斗金章受生经》以劝诫世人有债当还，填还所有过去现在父母债，吃生债，杀生债，寿生债，流产堕胎债，风流债，天地债，官利债，轮回债，历劫冤凶人命债，牢狱债，孽债，一切众生债，等等。让人了却今生前生所欠之阴债，从而减轻罪孽，减少业障，愿得现世安乐，出入平安通达，愿望达成，吉无不利，自有本命星官垂护庇佑，过世之时不失人身，文武星临，财星禄星，五福照耀，身宫胎宫，安乐长寿，不值恶缘等等益处。人生下土，命系上天，人之生也，顶天立地，有

阴有阳，各有五行正气，各有五斗所管，本命元辰，十二相属，且甲乙生人，东斗注生，丙丁生人，南斗注生，戊己生人，中斗注生，庚辛生人，西斗注生，壬癸生人，北斗注生，注生之时，各禀五行真气，真气混合，结秀成胎，受胎十月。

"人之生身，便有十二年值宫分，各有曹典，主掌禄库。十二宫库，各有主局，生人借贷受生钱簿，及得人身，曾许所属元辰钱财，乞注受生禄库之簿，合同冥司之籍。

"若人本命之日，依此烧醮了足，别无少欠，即得见世安乐，出入通达，吉无不利，所愿如心，自有本命星官，常随荫佑，使保天年，过世之时，不失人身，得生富贵，文武星临，财星禄星，五福照耀，身命胎宫，安乐长寿，不值恶缘。

"还受生债免得身边一十八种横灾：远路波陌内被恶人窥算之灾、远路风雹雨打之灾、过江渡河落水之灾、墙倒屋塌之灾、火光之灾、血光之灾、劳病之灾、疥癫之灾、咽喉闭塞之灾、落马伤人之灾、车碾之灾、破伤风死之灾、难产之灾、横死之灾、摔中风病之灾、天行时气之灾、投河自尽之灾、官事口舌之灾。"

这坤道一口气说了一大堆，听得墨舞目瞪口呆，虽然记不大清晰，但总之知道这是极其重要的一件事情，心中不免想起过往种种不愉快的经历，若是能早些知道这事，早些还了这受生债，不知道眼下还是如此光景吗？

坤道递给墨舞纸墨，接着说："既然姜小姐儿时家中并未替您还过受生债，那贫道择好日子就给您安排上。姬候爷也交代过，问问您是否要替家中至亲一并将这受生债还去，若是需要便在这纸上写上他们的名讳和生辰八字，以及府上地址，届时贫道都会安排妥帖。"

墨舞心中一阵暖意，他真是细心待我。

片刻之后，白纸上出现了父母和妹妹，还有那位总不给她好脸色的祖母的名字。

十月十六日。

墨舞大婚之日，嫁衣、凤冠、琉璃玉翠、珠光宝玉皆是源源不断地抬进琉璃坊，赵内侍笑称：即便公主和亲也不过是如此排场了。

玄武苑的众多女匠人纷纷来向墨舞贺喜，沁女更是一脸舍不得，哭得妆容皆花。临行之前，她还握着墨舞的手不停道："妹妹，好妹妹，你日后得了势，可要记得提拔我这个做姐姐的呀。"

墨舞自是微笑着回握她的手，意味深长地说着沁女姐姐的好，她姜墨舞定会加倍回报。

由于墨舞的娘家远在昌陵，她便只能从琉璃坊出嫁。成婚的仪式也是按照皇城贵族来做的，赵内侍担当着父母角色，被墨舞跪恩辞行，他带了一队人送墨舞出了玄武苑、青龙苑、白虎苑与朱雀苑……喜乐声漫天，十里红装铺满了琉璃坊的青石道，数十位家奴抬着朱红色的奢华鸾轿，一路直达金碧辉煌的姬府。

喜轿里，墨舞在大红色的盖头之下笑得美艳绝伦，她满怀着对未来的期盼和憧憬，嘴角泛起的是按捺不住的甜蜜与喜悦。

而到了姬府，两位喜娘早已经在大门前恭候多时，伴随着喜乐丝竹之声，喜娘扶着墨舞从鸾轿中走下，侍女们也跟在身后不停地说着些吉利话，墨舞任由她们牵着来到大堂，在繁多的礼数下，墨舞先是被喜娘吩咐着跪下，拜叩高堂，再来是姬家列祖，紧接着是辈分高的族人，最后才是与姬晏璟的夫妻交拜。

这是最为匆匆的一拜，快到墨舞都没有来得及听见他的声音，接着便被送入洞房了。新郎并没有当众掀开她的喜盖，而她也只是遵照着姬府的规矩，到了洞房之后还要被折腾着坐福、颂吉。且喜娘说，唯有等到新郎来了洞房之后，新娘才能吃喝。

墨舞告诉自己这点难处没什么，不就是饿肚子久一点儿，她只管乖乖地等着便是了。可大婚一整天，她的确疲惫不已，哪怕是想要靠着休息片刻也被喜娘阻止，她们满口都是不成规矩、不成规矩，墨舞忽然发觉，姬府的规矩比姜府的礼数还要繁杂。

这也难怪，毕竟是皇城望族，自然不是地方大户能够比拟的。墨舞回想起方才拜堂时，她只能从盖头下看见他的乌青长靴，竟会有一瞬间觉得陌生。就好像她一点儿都不了解真正的他，而他……又真的了解她吗？

墨舞似乎被自己的这个想法惊到了，她不允许自己再多想，便遵从喜娘的要求，端坐在喜床上等候自己的夫君。可是待到喜烛燃尽，喜娘离开，也没见外面传来脚步声。

夜已经很深了，府内的喜宴还在热热闹闹地进行着，墨舞等了又等，

一直等到天色蒙蒙亮，才听到家奴敲门。侍女忙去接应，家奴规规矩矩地站在门旁，恭敬地同屋内的墨舞道："夫人，侯爷今日欢喜，一时兴起便喝得酩酊大醉，这会儿已经在偏院书房里睡熟了，小的们不敢惊醒侯爷，便来告知夫人今夜莫要等了。如此，小的先行告退。"

墨舞愣了愣，不等开口，家奴便已退下。她不敢置信地扯下盖头，望着空荡荡的洞房，她神色复杂，既慌乱，又不安，还有愠怒……侍女见此情景，赶忙讪笑着劝慰道："那夫人今夜便早些就寝吧，等到了明日，侯爷自会来见夫人的。"说罢，她关上房门，也默默离开了，徒留墨舞一人怅然若失地坐在床榻上。她腰侧酸痛至极，红玉琉璃的耳环与嫁衣成套，随着她的微动而轻晃，如同点点火光。可她却不知该用何种表情来面对今夜的变故，是该伤心？痛哭？或者是破口大骂？

他娶她回来，难道是要在新婚当夜便将她一个人丢在洞房里吗？

不，墨舞不相信，他那么爱她、宠溺她，定是个疏忽。定如家奴所说，他是喝得太醉了，无法来见她而已，他断然不是有心的。可……他明知今日大婚，又何必喝到烂醉如泥？他难道将她忘于脑后了不成？

而她的新婚之夜，竟是如此狼狈凄惨吗？

墨舞的胸中像是被揉进了一团碎泥块，沉甸甸地压着她，令她心中烦躁不堪，只得裹着一身赤艳艳的嫁衣倒头睡去。

窗外临近凌晨的夜色静谧，月凉似雪。离愁渐远渐无穷，迢迢不断如春水，钗分凤凰，人拆鸳鸯，墨舞尚且不知，一座富丽堂皇、满目珠翠的姬府，此后便住满了哀伤别离、朱颜惊乱。

那天晚上，墨舞做了一个梦。

在梦中，她凭借着姬晏璟殷实的家境与他结交的各种朝堂权贵的势力来实现了自己的全部虚荣。姬晏璟与琉璃差事合作多年，更重要的是姬家树大根深，家里兄弟有六部官员，才有了他与赵内侍的交情，且又能够得到经手琉璃的这个肥差。在那个梦里，墨舞凭借姬晏璟的推荐，得到了许多的资源和机会，甚至得到了皇后的欣赏，并成为皇后的御用琉璃匠人。

梦里的她拥有了权势、财富，乃至她曾经向往的一切。但梦境一转，她看见自己正在浴血坠落，身上的绫罗、珠玉一点点瓦解纷飞，连同她整个人也一起瓦解消散了。

墨舞惊恐万分地跑到高殿之下寻找自己的尸身，她甚至喊起了自己的名字，一遍又一遍，喊到声嘶力竭、喉咙腥涩。可是最后，她终究没找到自己的尸身，连同自己的肉身也开始溃烂。

还没等梦结束，墨舞便醒了过来，是因为有人坐在她的身旁，正轻轻摇晃着她的臂膀。

她恍惚地睁开眼，侧过身望去，只见仍旧穿着红衣的姬晏璟正伏在床榻边，见她醒了，他略带歉意地一笑，柔声道："昨晚让你受苦了，是我做得不周，你可会怪我只顾喝酒，忘记来陪你吗？"

墨舞闻言，当即心生委屈，转回头背对着他，有些赌气似的道："你这是醒了酒，终于记起还有我这个人来了？"

"夫人息怒。"他自然知道她还在生气，便侧身支撑着自己的身躯，一手去轻抚她的脸颊，"昨晚朝中来人恭贺，美言我娶得娇妻，也是我心中喜悦，才醉得忘乎所以。"

一句"朝中来人"令墨舞亮了亮眼睛，她静静听着，心中怒气已消了大半，本想继续佯装不快地责怪他一番，他却忽地起了身。

墨舞急忙坐起来，竟是见他要离开。她感到困惑，便喊了他名字，许是声音微弱，他没有听见，她只好提高音量，开口便是一句："你站住！"

他停住身形，眼神诧异地回过头，望着她问："你，在命令我？"

墨舞这才意识到他是她的夫君，而他的语气明显在告诉她，妻子是不能够同夫君如此讲话的。可在成为他妻子之前，她却可以肆无忌惮地同他表现着自己的任性，为何一夜之间身份扭转，天差地别？

"我不是命令……"尽管墨舞一时难以适应这种身份地位的变换，但她还是缓声道，"我是见你要走，心中焦急，想要挽留你。"

他眼里有着他的思量，半晌过后，他才踱步走回到墨舞的面前，笑着探手去抬起她的下颚，居高临下的俯视倒也掺杂着浓厚的柔情，轻声道："夫人多虑了，我不过是想要去换身衣裳。想你方才不愿理我，大抵是我身上残留酒气，惹你不快了。"

他当真是个心思缜密且细腻的男子。墨舞这样想着，倒也不气昨晚了，拉着他的手坐回到床边，极为娇柔地伏进他的怀里："我是不想你丢下我，又怎会嫌你身上的酒气？我昨晚的确是寂寞了些，也很伤心……"

他向来喜欢她这套柔情似水的呢喃，自然是招架不住美人叹息，便握住她的手，低头凝望她道："令夫人伤心，便是我作为夫君的失职。若能有

机会弥补，夫人只管开口。"

这句话仿佛是蛊惑人心的咒语，使墨舞心底深处的欲望张开了碧绿的眼。她抬起头，迎上他的目光，直言不讳地道："夫君有机会弥补。"

"夫人请讲。"

"我想要为皇后做琉璃。"

"为皇后？"

"我来到皇城，便是一心想要做出能够被皇后认可的琉璃，时至今日，依然执着于此。"

他便笑了，凑近她唇边道："夫人，你已经不是琉璃坊的人了，又何苦受着普通凡人的苦？你是我姬晏璟的夫人，自是金银珠宝不缺，山珍美味万千，小小的琉璃又如何能让你这般费心？"

她嫣然轻笑，道着自己只求他这个。

见她如此坚定，他也不再推辞，不过，他提出条件："夫人且要先生下一男半女，为我姬家开枝散叶才是。"

她有些羞红了脸，他已翻身怀抱住了她，又在她耳边引诱似的念着春宵一刻值千金，昨夜浪费的千金，今朝需加倍补回。

她"咯咯咯"地笑着，就此沉沦在他含情脉脉的甜言蜜语里。此时此刻，情意正浓，风月誓言哪里比得上两人恩爱缠绵。她自是轻盈杨柳，他也是风流富贵，窈窕淑女，君子好逑，一如诗里说着：

> 春来频到宋家东，垂袖开怀待好风。
> 莺藏柳暗无人语，唯有墙花满树红。
> 深院无人草树光，娇莺不语趁阴藏。
> 等闲弄水流花片，流出门前赚阮郎。

他与她情意绵绵地一同度过了三年时光，她如他所愿，为他生儿育女，诞下了一对龙凤胎，令他命中儿女双全，好字当头。

他十分爱她，但也许，爱的是她尚且年轻美丽的容颜，与她顺从时那带有一丝羞涩的笑脸。她深知自己的筹码，更是十分看重自己的容貌，整日里精心养护，期盼着自己能够永远年轻、貌美。

时光流淌，岁月更换，他以蜜糖般的语言哄骗似的令她静待闺阁，照顾一双儿女，做他身后的贤内。她也的确为了满足他的意愿付出了自己的年华、梦想，甚至是当初的约定。她沉浸在有儿女绕膝，有夫君疼爱，有侍女伺候的富足生活中，竟也渐渐忘记了要凭借自身能力出人头地的愿望。

但三年过去、四年过去、一千多个日夜过去，当她的眼角爬出第一道细碎的褶皱，当她的皮肤不似豆蔻年华时光滑洁净，她开始听见了他对她的叹息声与挑剔声。

他会提及谁家夫人知书达礼、聪慧贤良、明媚照人，也会说起朝中友人家的女儿出落得亭亭玉立、才学兼备、青春逼人。她起先听在耳里，只是笑笑，并不去在意，权当他是在同她分享日日所见。毕竟她足不出户，整日陪在孩子身边，对外面的事情鲜少听闻，也乐意听他闲聊。

她嫁与如此显赫的京中贵胄，昌陵姜家在当年闻信后也是一片大喜，几乎在一夜之间便把墨舞当年不辞而别的罪过抛于脑后，且还道着墨舞这是效仿金鲤，一跃去了龙门。爹娘与妹妹初期还经常来姬府探望她与孩子们，姬晏璟也礼数周到地接待。可日子久了，她与他提起姜家之时，他先是面露不悦之色，继而便指出姜家种种问题。墨舞隐约感到他对自己娘家人的见识、处世之道颇具看法。自此之后，她便极少主动与自己的母家联系，一来不想被他瞧不起，二来也想少生事端。

日子久了，墨舞便发现这姬府上下琐碎之事极多，虽有管家协力，但姬家历来要求女主人亲自打理。她嫁进来后自然也要遵随姬家的家族惯例，丝毫不敢懈怠，事无巨细、尽心尽力打理，但终究多有不足之处。偏偏他是个细致入微的主儿，常常一眼所察、一语点破，让墨舞在下人面前多有失颜。

一双儿女自虚龄三岁起便请了城中最好的先生来教，每周他亲自考学两人，如有习学倦怠或日常礼仪失当之行，便要板起面孔，责怪她平日里管教不当，言语之间处处流淌出"慈母多败儿"的埋怨。墨舞是争强好胜的，当然不愿意总听见否定的声音，于是每周的考学，与其说是在考两个孩童，不如说是在考墨舞自己。可姬晏璟并非真的是在针对她，自古男尊女卑的思想在他心中根深蒂固，哪怕是与她分享起时政之时也会讥笑似的数落墨舞学识不足，总道着："将来自己的儿女定不要随了她母亲这般短视才好。"这话说者无心，闻者却伤心。

即便如此，她也时常劝慰自己：他只是随口说说罢了，莫要当真就好，他还是如他当初所说的"墨舞就是墨舞，四海八荒，天上地下，又有谁能及上我独一无二的墨舞"。想到这里，她不由嘴角微微上扬，又想起婚前的月下桂花树下他拥她在怀轻声说："只要墨舞一人便好。"回忆往昔的美好之后，她总会淡然微笑，重新打起精神，继续处理那似乎永远做不完的琐碎家事。

可时日越久，他回府用膳的次数越发减少，今日是去邻市验货，明日又去同僚家中吃宴，直到他一连十日未归家门，她终是忍不住地质问他。不料他竟是毫不隐瞒，直截了当地告诉她："我的确是去了周府，也的确是见了周官的女儿。"

她一时之间竟然接不上一句话，猛地起身，径直向府外走去。

他却没有追上来。

她恍恍惚惚地走到河边，一个人坐在河堤之上，一坐就是三个时辰。直到天色已深，路上行人渐少之时，她才失魂落魄、心灰意冷地拖着疲惫的身躯一步步挪回了姬府。

他依旧平静地坐在书房看书，见到她只有一句话："回来了。"她咬了咬唇，眼泪在眼眶里打转，近乎绝望道："我以为你会来寻我。"他连头都没抬，依旧看着那本书说道："你不是稚儿，又不是痴傻之人，不会走丢，何必要寻？闹闹性子罢了，脾气发完了自会回来的。"

她脸色煞白，愤恨交加，一股闷气憋在胸口，想要大声喊出来，又怕惊扰熟睡中的一双孩儿，她只得咬住牙关转身离去，不愿再同他共处一室。她独自一人走在空荡寂寥的府中，衣衫单薄，裙角悲凉，她如同孤魂似的穿梭在亭廊间，恍惚中像是在诸多家奴、侍女的讥笑、嘲讽声中走过。她能回想起他们在谈起她与他现状时的可憎嘴脸，他们都在笑她："不过是一个琉璃坊出身的小女匠，能嫁进京城富商家中已是登峰造极了，她也不想想自己几斤几两，凭什么整日同侯爷理论？我要是侯爷啊，我也不愿意在这府中待着，谁愿意天天瞧个黄脸婆。"

"嘴巴别这么毒嘛，夫人还年轻得很，二十岁出头罢了，风韵尚在，还未到人老珠黄、令人生厌之时，只不过是侯爷业务繁忙、日理万机，总得有人在外照顾他身子才是。更何况夫人还要在府哺育小姐和少爷，又怎能时时刻刻陪在侯爷身边呢？"

"生孩子又怎么了，哪个女人不生孩子？想要配得上咱们侯爷，必要秀外慧中、八面玲珑才是。要说那周府的姑娘的确年轻貌美，周官又能辅佐侯爷的生意，周姑娘进姬府啊，那是早晚的事儿。"

"怎么连你们也说起捕风捉影的事情了？夫人平日里待咱们不薄，休要背后议论了。"

"呵，也不知还能称她几日夫人了，这江山易主都是常有的事情，夫人轮流做，也不是不可能。"

那些话如同利刃，笔直地刺进她的心口，惹得整颗心都血淋淋的破败不堪。她顿觉愤怒，又恨自己遇人不淑，可思来想去，她还是恨那些比她年轻美丽的女子，痛恨她们迷惑自己的丈夫。她也曾悄悄地去看周府的小姐，想看看她到底是怎样的美人。

那日她偷偷出府，一路辗转到周府门口，正巧见到周府小姐被侍女搀扶着出门。那姑娘不过十六七岁，却已然耀眼得如同天上星辰，尽管不及她年轻时美貌，可那如同鲜嫩蜜桃般的肌肤足以勾魂摄魄了。

而她自己呢？

在这些年里都得到了什么，又失去了什么？她回想起自己大婚时的风光，想到他追求自己时的殷勤，又想到如今连出府的次数都屈指可数，甚至在面对陌生人时屡次失语，忘记如何去自如交谈。

她是何时变成自己最厌恶、鄙视的模样的？她明明和母亲、妹妹不同，为何到头来也过上了抱怨、可悲的生活？她还是那个为了制作琉璃而彻夜不眠的满怀热情的少女吗？爱情剥夺了她的自我，妻子的头衔令她舍弃了梦想，为人母的身份令她不得不将自己置于最为卑微的位置。

难道她的一生就是如此了吗？

不。她泪流满面地摇了摇头，她绝不甘心如此，她还有她尚未实现的抱负，她与其他女子不同，她是姜墨舞，是可以证明自己价值的人。

那天回到姬府，已是黄昏时分。侍女正在亭里照看花花草草，见墨舞来了，立即问候道："夫人可算回来了，我为夫人准备了桃花茶，夫人快去房里喝吧。"

墨舞打量了侍女一番，心中知道她也是在背后同其他家奴一并笑过自己的。可墨舞并不恼，反而对她道了谢。侍女吓得连说承受不起，墨舞问她道："侯爷回来了吗？"

侍女道："还没有，但侯爷昨日交代过，他会回来用晚膳。"

墨舞若有所思地点点头，命侍女为她准备水，她要沐浴。侍女便为她在木桶里备好水，墨舞用桂花做的皂角擦拭身体，那香气极为柔和。侍女说："这是波斯人进贡来的，做工十分细致。"

洗完澡，侍女为她擦拭干了头发，并仔细梳好，插上簪子，换上藕粉色的裙衫，点一抹红唇，铜镜里映出的是一个明艳美丽的女子。

侍女便赞叹道："我到姬府八年之久，还从未见过谁有夫人这般美貌，简直就像是天上来的仙子。"

墨舞冷冷一笑，未等说些什么，门外突然传来脚步声，侍女首先回头去看，立刻恭候道："侯爷回来了。"

只此一句，墨舞的笑意便僵在脸上。

此时是酉时初，姬晏璟负手而立，踱步进来，他一摆手，侍女乖乖退离，临走之前关上了房门，剩下他与墨舞四目相对。

墨舞望见他锦绣华衣上绣着的水墨海波金线，像极了初见他时的尊贵姿容。这些年过去，岁月似乎极为优待他，不曾给他带来任何风霜。

而墨舞见到他，也并不躲闪，那些往昔全然都被她抛去了脑后，她神情坚定，对他笑道："你来得正好，我正有话要同你说。"

姬晏璟默不作声地坐到她对面的案桌旁，见有热茶，便自行斟上了一杯，凑近唇边想喝，却觉得烫，便有些埋怨似的对她道："你既知我今日回府，怎不事先凉好一杯茶来等我？"

墨舞平静道："我并没有等你，是你自行来我这里的。"

他这才抬眼看向她，轻微一蹙眉，明知故问："你心情不好？"

她摇摇头："别说这个了，我今日想求你帮个忙。璟郎，若你还记得当年的约定，我希望你今日能够兑现，我想要重新做琉璃。这次，我想只为皇后做。"

他一怔，很快便释然，眼里有玩味之色，倒也目光灼灼："夫人好端端的为何忽然提起这件事？"

"我已生下一双儿女，圆你心愿，也希望你能遂了我的心愿。"她笑容苍白，了无生机。

他看出她心中的落寞与不快，自然也是心疼的，不由叹息道："看来是府中的日子令你觉得索然无味了。"

她默然。

"可以是可以。"他手中轻摇杯盏，眯起眼凝视着杯中一朵桃花，"但堂堂姬府的夫人去委身制作琉璃，同僚中人会作何感想？"

墨舞早就料到他会这么说，她心里也十分清楚自己丈夫虽是满门荣耀，可身后又藏着多少死在利益刃下的冤魂枯骨？想来姬氏一族富甲一方，皇城内外大名赫赫，早些年也曾深陷权势漩涡，站队皇营，祖上更是为先皇做事，利用自身经商来蛊惑与撕裂朝臣，促使夺嫡之争偏向那时还是皇子的先皇，甚至将对立一方九族尽诛，连同刚降生的婴孩也不放过，终究是帮衬先皇登上皇位，姬氏从此摇身一变，成为皇城新贵，自然是渔翁得利。

而她身为姬氏后人的正妻，本应该守着本分在这府中做一辈子的贤妻，可她在成为姬晏璟的妻子之前，是姜墨舞。

也许世人都羡她嫁给了富商俊才，胜似嫁与那朝不保夕的王侯将相，她自己也曾满足自己的选择，直到她发现，以色待人，为时不久。

"璟郎，让我为你讲个故事吧。"墨舞在这时展露出一抹魅惑的笑意，徐徐道出："二十五年前的南城地带，有一户人家得了女儿，那是个名门望族，代代由嫡子继承家业，可惜这代嫡子偏巧生了女儿，致使被家族埋怨会令家道中落。而长夫人娘家财势优渥，所以即便是生了女儿，那家嫡子也不敢休她再娶。然而这两人生活得并不快乐，他们互相抱怨、咒骂，简直有辱夫妻情分。直到女儿长大，年满十八岁，他们又想将女儿嫁给高官贵戚，要让她的裙带成为帮衬家族的工具。她将会为手握权财的男子生育，她的身体将成为媚惑男子的利刃，她的肚子会包裹着赢来的底气与日后漫漫长夜里的筹码，因为她生来便是女子，而女子只能用容颜、玉体来博得一席之地。她不是男子，无法像男子那样抛头露面，哪怕她勇敢坚强，只要有人肯给她一个机会，她自是可以登峰造极。偏偏没人愿意去了解她心里在想些什么，更没人倾听她的诉求，所以，她自尽了。"墨舞的眼神空洞而落魄，她语调清冷如冰，漠然道："也许唯有死，才能令她得到永恒的解脱。"

姬晏璟凝视着墨舞的表情，他以拇指与食指撑着脸，玉扳指抵在下颚骨上，他询问墨舞："这女子，是你吗？"

墨舞看向他，轻巧一笑："倘若是我，那璟郎岂不是同一个已死之人做

了这么多年的夫妻？"

"死的是心，活的是身。"他仿若洞察了她的内心，眼神充满疼惜怜爱之色。

墨舞则是对他古怪一笑："如果你今日不答应我的请求，我也是会效仿那女子去自尽的。因为，我不想永远都过着我不想要的生活。"

姬晏璟望着她，眼里的哀戚又加深了一些，就是他这样的神色，顷刻间剜进了墨舞心底，令她的心塌陷了一小块儿。她见他起身走近她，抬起手，以修长手指抚过她的眉、眼、鼻，最终停留在她的唇间，他就那样定定地凝望她，似无助，也似挽留，问她道："你这一去，可还愿回？"

她不懂，以眼相问。

他松开手，侧过首："罢了，只要是你愿，就都随你的意吧。"

宦海浮沉，权欲诡秘，她既要投身于此，他又怎能忍心横加阻拦？许是她厌倦了被护在身后的日子，而他也早就知道她眼里透露出的灼灼野心，一如他初见她那日，晚秋，枯叶，唯独她眼中闪着炽热的光。虽危险，却惑人。

早在那时，一切便已注定，他与她之间的那一眼，造就了彼此的倾覆与相息。

利用也好，假意也罢，她到底是他心尖上的朱砂，而此时此刻，看到她对他露出满意的笑容，他也就觉得值得了。

想必是他爱得太谨慎，这一腔情意，或许也会有伤到她的时候。莫不如给她更多的自由，令她寻找她愿意成为的任何人，她还年轻，总要尝试许多不同的滋味。

只是那个时候的墨舞，全然不懂他这般深沉的爱。

她一心沉醉在自己即将实现的宏图大业之中，甚至连儿女的挽留都全然不去理会。还记得那日离开姬府时，不足六岁的钰犀与铭笕被乳娘抱在怀里，见到正欲坐上马车离去的墨舞，钰犀首先挣开乳娘，跌跌撞撞地朝母亲跑去。

"娘亲！不要走！"钰犀呼喊着墨舞，明亮的眼里泪光闪闪。

墨舞望向女儿，当下心中酸楚，俯下身去欲将钰犀抱进怀里，可是姬晏璟却命乳娘将钰犀抱了回来，无论钰犀如何挣扎哭喊，姬晏璟也不准乳娘撒手。

他就站在大门旁，无声地望着墨舞。

墨舞也望着他，她知道，他是要她既然走，就走得洒脱。路是她自己选的，而他能做的便是为她在琉璃坊安排最好的待遇，家中子女也有乳娘照看，她自是后顾无忧，又何必在此刻踌躇？

鱼和熊掌难两全，她既要去寻找自我，就必然要舍弃母亲的身份。

钰犀与铭笈啼哭不已，墨舞悲伤地看着自己的一双孩儿，她张了张嘴，最后也只是恋恋不舍地望了一眼女儿，又望了一眼儿子，终究是狠下心，转身坐进了马车。

马夫喊了一声"驾"，马车匆匆驶离。钰犀呆呆地望着母亲的车子渐行渐远，她抽泣着询问："爹爹，娘亲去哪儿？"

姬晏璟为钰犀擦拭着泪水，道："犀儿不哭，娘亲很快就会回来，很快……"

但这"很快"二字，终究是没有一个合适的期限。

也许，在他人眼中，墨舞此举是抛夫弃子，是离经叛道。在前往琉璃坊的路上，她也曾哀戚流泪，怨恨自己心狠，但仅仅只有那么片刻的工夫，她便正视了自己的欲望——没什么值得哭泣的，待到她实现自己的人生价值，钰犀与铭笈自会以她这样的母亲为傲，而姬晏璟再也不会拿她同外面那些俗气女子相提并论，她会向他们证明她的实力，她与那些女子不同，姜墨舞是不同的。

能够烧制琉璃的女子，在这大千俗世之中又能有几个？那些曾集中在琉璃坊玄武苑的女子已是凤毛麟角，一旦坚守下去，必可成就一番功绩。

若干年后，史册上也会载入她的名号，哪怕仅仅是轻描淡写的几个字。可凭借女子之躯，又有谁人敢展露自己的野心？怕是连"野心"二字如何书写，她们都不得而知吧。

墨舞的这份傲骨与生俱来，一如她的媚骨。沈意曾评价过她，有这等美貌，大可不必有这般才华，既有了这等才华，也无须这副美貌了。

但她偏偏都拥有，且还妄图得到更多。

就这样怀揣着志在必得的决心，墨舞重返琉璃坊。主管人仍是赵内侍，几年不见，他更为清瘦，对墨舞也更为恭敬。

想来也是，当年她初来乍到，他是高高在上的主管，而她只不过是小小的琉璃匠人。

如今，她已是皇城富商的正妻，并经姬晏璟的关系，由朝中安排到此做总管，与赵内侍的职位一字之差，地位却不相上下，自然可以耀武扬威地同赵内侍平起平坐了。

这女子担任琉璃坊的总管，断然是不会令四苑内的匠人们服气的，尤其，还是一个借助夫家荣耀的女子。墨舞自是不在意那些品头论足的背后之声，她早已习惯深陷流言蜚语的漩涡，且擅长利用那些带有恶意的揣测。更何况，琉璃坊这几年早已是物是人非地大换血，熟脸的都走光了，升的升，嫁的嫁，就连当年傲视群芳的蕙楼也是朝中宠臣的妻室了。唯独剩下了沁女这个老面孔，她混得还算不错，已是玄武苑的领头，手下掌管着二十名年轻的女匠人，在她的操持下，玄武苑要比当年仅有十二人的时期多出八人。

可是白虎苑却人去楼空，不仅没有匠人，整个苑都闲置了。沁女告诉墨舞，两年前，白虎苑的匠人疑似是前太子党的党羽，他们有余孽时常在此聚集，大抵是想要策反。冬天时，皇上派兵进了白虎苑，抓走了五名男匠人，由于不想弄脏了皇后心爱的琉璃坊，便将他们带去了郊野那头处刑，五个人头落地，又被挂于城门示众，从此再也没有匠人愿进白虎苑了，晦气不说，还极为阴森。

"那便将玄武苑的女匠人分去白虎苑十个吧。"墨舞吩咐沁女道，"总不能空着一个苑，有损琉璃坊制作琉璃的数量。"

沁女花容失色，忙道："这……玄武苑的女匠人怕是不会愿意，她们晚上都不敢经过白虎苑，总说那里有惨厉的哭喊哀求声传出，更别说让她们住进去了。"

"怕什么？"墨舞轻描淡写道，"我带着她们住进去，且下月初献给皇后的琉璃艺品由我带领她们做出，如此一来，既可表了白虎苑的忠心，也能洗清琉璃坊的嫌疑。倘若一直闲置白虎苑，才会令皇上觉得琉璃坊也参与过策反之举。皇上是圣明，碍于皇后的面了才没有夷平琉璃坊，我们必要先他一步保下琉璃坊，否则日后可说不准谁会是第二个白虎苑。"

沁女想了想，觉得墨舞说得也有理。要说这两年来，琉璃坊送去给皇后的艺品的确被皇上的侍卫队克扣下了许多，他们嘴上说着每月限贡，可实际上是担心琉璃艺品里夹杂着对皇后或是皇上不利的暗器。的确是在怀疑琉璃坊，皇上如此，皇后也不便多加干预，琉璃坊倒不如前几年得宠了。

如今墨舞回来了，她向来天不怕、地不怕，又有手段，说不定可以借此扳回一局。如若这次制出了令皇后眼前一亮的琉璃，再一打听苑号，倒也可以为白虎苑，乃至琉璃坊雪耻。

"想不到你嫁人几年，生了孩子不说，脑子反而更灵光了。"沁女嬉笑着撞了一下墨舞的肩膀，忽见墨舞余光扫向她，那是显露凌厉的冷锐之色，令沁女顷刻间恭敬改口道："属下不才，一时忘乎所以，总管宽度，莫要怪罪属下……"

墨舞倒笑了，对沁女道："姐姐，你胡言乱语些什么呢？你我之间，还需要这般假情假意吗？只管像从前那般称呼便好。"

"是……"沁女的额角渗出了一丝汗迹，她偷偷打量墨舞的侧脸，只见此刻的墨舞又变回了那副冷酷无情的模样，仿佛方才那娇笑的人儿根本不是她。沁女心中暗暗想着，姜墨舞这个角色她是得罪不起的，可……她胡沁女也不会永远都要像这般被压制一头。

而带领白虎苑制作精细的琉璃艺品极耗心血，年轻的女匠人们还太稚嫩，不得要领，所以大部分工艺都是墨舞亲自操刀完成的。就这样一晃，三个月过去了，琉璃艺品的制作进入了尾声，墨舞也能够放心地交给女匠人们善后，她自己则是要回姬府去看看夫君与儿女了。

一别三月，倍感思念。墨舞暂且同赵内侍告别，并保证在五日内返回。赵内侍嘴上说着多待些时日也可，但心里还是期望墨舞早些回来，毕竟白虎苑的首批大作，急需好生收尾。

墨舞则是巴不得飞回去告诉家人，自己已经胜任了琉璃坊的总管一职，也能够带领匠人们用心制作琉璃，而且很快便会将重组后的白虎苑完成的首个工艺品送到皇后面前了。

想着马上就能见到心爱的夫君，她心中满是期待。这三月之间，她利用每晚休息的空隙亲手为他做了一尊仙鹤样式的琉璃茶盏，每一道工序都是她亲力而成。赵内侍见此情景，甚是感慨她情深一片、爱恋缠绵，高傲如她，也还是在那一刻羞红了脸。且说这仙鹤的图样极其难制，要勾勒出仙鹤高洁缥缈之态实在是下了许多功夫、熬红了双眼、弄伤了双手，唯有在看到成品的刹那，她才觉得一切都是值得的。想到这里，她笑着抚摸了一下包袱中的茶盏，想象着姬晏璟看到它之后的表情。

窗外山林景色变幻，天上的云朵仿佛皆幻化成了仙鹤飞舞的模样。

　　她一路颠簸、彻夜不休地坐着马车赶回了姬府，顾不得道路崎岖，她只要车夫加快速度。到了隔天傍晚，她终于风尘仆仆地到了家门口。

　　这次回来得匆忙，便没有传送家书，家奴们见她回来，惊讶之后立即恭迎上来。侍女们争抢着为她准备换洗的衣裳，墨舞脱下自己的披风，她在人群中见到了一个生脸，立即停住脚步，询问那姑娘："你是新来的？"

　　那是个穿着与其他侍女有些不同的姑娘，衣领是方的，镶着牡丹花纹的金边，且手腕处戴着白亮的玉镯，怎会是普通丫鬟呢？

　　最为重要的是，她生得……甚美。

　　"回夫人，奴婢来了两月有余了。"姑娘有着雪肤、杏眼，笑起来的样子娇羞又伶俐，十分媚人。

　　墨舞上下打量着她，侍女们也不敢言语，彼此面面相觑，听到墨舞问着："你今年多大？"

　　"十六。"

　　"叫什么？"

　　"回夫人，奴婢叫明歌。"

　　明歌……墨舞……一明一暗，一歌一舞。思及此，墨舞立即懂了，脸色也变得极为难看，嗤笑道："这名字可不像是一个侍女的。"

　　身旁的家奴赶忙圆场道："夫人，她原来不叫这个名字，侯爷嫌她本名太难听了，才赐她这雅名的。"

　　墨舞问："原名叫什么？"

　　家奴抢着说："叫阿岚。"

　　"我问你了吗？"墨舞瞪向家奴，家奴立刻闭上嘴，她又看向明歌，低着嗓子问，"说吧，你原名叫什么。"

　　明歌怯怯地缩了缩脖子，小声嗫嚅着："奴婢原名……叫……阿岚。"

　　"这不比明歌好听多了吗？"墨舞冷冷一笑，"你现在开始就叫回阿岚，明歌不适合你。"

　　"明歌！"偏巧这时，不远处跑来了一个面容明媚的姑娘。她没想到这边都是人，更一眼认出了墨舞，倒先是退了两步，很快又笔直地凝视着墨舞的眼睛，神色中竟显露骄纵。

　　这姑娘倒比明歌还要有几分姿色，当真是一个比一个美了。墨舞按捺住心中的愤怒与凄楚，她自是再清楚不过，短短三月而已，她的夫君竟纳了两名妾室，而这个又叫什么歌呢？

"奴婢琴好，给夫人请安了。"她傲慢地挺着胸脯，略一弯身，便算是作揖了。

墨舞攥紧了手指，原来她叫琴好，倒是人如其名，美艳照人。

"我不在的这段时间里，都是你在照顾侯爷吗？"墨舞走近她，细细地将她从上至下地打量了一番。

只见琴好绾着时下流行的如云鬓，着短袖桃花锦衣，耳上缀着镶嵌珍珠的玉石，连绣鞋都是极为精致的莲花荷叶样式，这般殊遇，令其身份昭然若揭，根本不必旁人道明了。

琴好仿佛早就料到会有此时此景，她也不卑不亢，反而略有骄纵地颔首微笑道："回夫人，伺候侯爷是奴婢与明歌的本分，毕竟夫人一走数月，侯爷自是不能孤守空府。"

好一个孤守空府，墨舞冷下眼，如此一来，反而成了她的不对了。

"想你来府中的时间不短了，竟然连规矩都没学会吗？"墨舞居高临下地审视着琴好，漠然道："主子问你什么，你就回什么，主子没有问的，你身为奴婢却多加言语，可是以下犯上？"

身旁的家奴一听这话，赶忙斥责琴好："还不给夫人跪下！"

琴好一脸的倔强，倒是明歌赶忙拉着她的手，又拖又拽地按着她一起跪下，同墨舞请罪道："奴婢无意冒犯夫人，且奴婢二人知错了，还请夫人饶恕……"

墨舞的脸色难看至极，可她又想留有自己那可怜的心高气傲，于是强忍着悲痛与怒火不去发作，只对家奴命令道："就罚她们在此跪上一夜，不准吃喝，以示惩戒。"

家奴领命，墨舞转身离去，落在身后的是家奴对明歌、琴好二人的唉声叹气，大抵是怨她们不知好歹，妄想鸠占鹊巢。

鸠占鹊巢。墨舞品味着这令人苦楚凄凉的四字，一路上失魂落魄地回到了自己的房内。她甚至无心去看望睡在乳娘处的一双儿女，满心都被这突如其来的变故搅得肝肠寸断。

五年了，她与他相识相恋五年之久，本以为他们二人会相濡以沫直至白头，而他当年赠予她的风月缠绵也令她真的信了世间会有感天动地的爱，

才与他定下终生、生儿育女，哪怕是为他守着府邸长达四年之余，为他事无巨细地料理生活起居、上下内外，想着他是爱她、护她，她便也是没有怨言的。

然而，变故来得如此之快，曾经的爱意竟在一夜之间付诸东流，风流男子哪里守得住誓言？

是她太蠢，还是男子的心皆善变？

墨舞心中悲痛难言，可却流不出眼泪，哀莫大于心死，她已是无泪可流。然而她又能如何去怨恨此事？是因她觉得他不同于其他肤浅男子吗？可他富甲一方、正值盛年，有几个侍妾又何足挂齿？自古帝王后宫佳丽三千，普天之下的男子谁又没有三妻四妾呢？金屋藏娇之事早已屡见不鲜，她又何必如此小题大做？

正如那侍妾所言，本就是她离府数月，而立之年的他，怎能耐得住寂寞？但，假设她没有离开，他便不会寻花问柳了吗？

想起那周府小姐，墨舞心中越发酸涩，她本应该恼羞成怒的，可世间男子皆如此，她恼给谁看？谁又会在意她的不甘心呢？

难不成她为他所付出的青春、生育、爱恋……竟都是理所应当、微不足道不成？换来的竟是他这般羞辱，这般负心薄幸……

墨舞坐在梳妆铜镜前，随手摆弄着妆台上的项链、耳环、珍珠玛瑙……逐个摆在面前。房里是这样静，窗外是沉沉的夜，她觉得心凉了一片，她从未这样冷过，也几乎无法思考出任何问题的答案。她想着母亲是否曾经也像她这样痛苦难过，她也想到了在姜家那段被祖母和母亲逼迫嫁人从夫的日子，那时，她也和如今这般痛不欲生。原来嫁给不爱的人，与被心爱的人不爱了，都是同样痛苦。

可事到如今，她还能有什么退路？她早该清楚，自己根本不会是他唯一的，他宠她、爱她，但却没有停止去宠爱别人。她是如此的傻，竟真的相信了生死不离，彼此相许。这又能怪谁？谁也怨不了，她只怨自己。想来当日在琉璃坊内一见，他一身锦衣华服，眼里闪烁星火般璀璨，那样的男子她从未见过，令她心慌意乱，却不知那就是必须要压抑的爱恋初始。

一眼动了情，一眼毁了心。从此，步步走错，害人害己。她终究是要效仿那飞蛾扑火，没法全身而退，她亲手造就了这一切。可她只要想到他对其他女人也曾说过无数的温言细语、柔情蜜意，她就难以忍受地心痛欲裂。

也不知道过去了多久，她神志不清地胡思乱想了许多，当一双温热手掌从身后揉上她的肩，她才震惊般地如梦初醒，懵懵懂懂地抬起头看过去，姬晏璟不知何时来到了房内，正担忧地望着她，语气关切："夫人，我听家奴禀报你回来了，正赶着来见夫人。可你这是怎么了？你的身子在发抖。"

墨舞没有立刻回答，待重新低回头去，她才淡淡地说了声："大概是连夜劳累所致。我很累，休息一晚就会好了。"

他这才略微放下心，俯身吻了吻她的脸，道："数月不见，我十分想念夫人，你我今日便早些休息吧。"继而转过身去，一颗颗地解开锦衣的纽扣，谁知身后却蓦地传来她漠然的声音："你今晚还要睡在我这里吗？"

他一愣，望向她冷冷目光，瞬间便懂了。可事情明摆在那里，他也不愿辩解，沉吟半晌，他才低叹一声："夫人，你我好久未见，不要去争论那些伤感情的小事了。"

"背着我纳妾二人竟是小事？"墨舞站起身来，忍无可忍地逼问他，"我这些时日都在琉璃坊内日夜不休，你且于府中有娥皇、女英在侧，尽享鱼水之欢了！"

"住口！"他一声怒斥，成婚多年，他还是第一次对她这样动怒。

墨舞也怔在原地，她见他神色复杂，渐渐又变得眼神黯然。他坐去床榻旁同她无奈地叹道："夫人，你已入府五年，自是清楚姬府的规矩。祖上历代光耀，我且作为姬氏后继，只有一房妻是会遭到他人笑话的。"

墨舞闻言，定定地望着他，满眼惊色。

他轻蹙起眉，感到头疼地继续道着："我也无非是喜新罢了，但我并非厌旧之人，年轻女子固然新鲜，但我对夫人的爱自始至终不曾褪去半分啊。不过是两个侍妾罢了，身份卑贱，不足以令你争风吃醋。且我照样会待你如初，你只管安心地当好你尊贵的正妻，你我的笕儿作为嫡子，也会在日后顺理成章地继承家业，你全然不必担忧会否有庶出来同笕儿争夺名分，这些是你应得的，没人配与你争抢。"

墨舞愣了足足半晌，气到极致，反而嗤笑一声，悲痛道："你在意的竟是这些……竟是这些……你我成婚五年，我如你所愿生儿育女、操持家业，难道只是为了巩固自身地位吗？夫妻之间的情意竟被你当作利益交换，你贪恋女色，却还要如此大言不惭。可我，我……曾有半分对不起你的地方吗？"

他不悦地看向她："夫人，你是女子，岂能同男子相提并论。"

仅此一句，杀墨舞于无形。

男子三妻四妾天经地义，女子遵守妇道自是应当。

是天道不公？还是夫君无情？

"姬晏璟，我究竟算是你的什么？是你的妻子？还是你征服而来的生育工具？"墨舞双眼无神，终究是泪如雨下，"你曾口口声声说得坚贞不渝，竟抵挡不过你我之间的三月分别吗？区区三月都是如此，倘若是三年，你岂非要另娶他人了？"

原来人心莫测，爱恨竟皆是戏言。

他久久凝望着墨舞的泪水，却没有走上前来为她擦拭，反而觉得厌烦地道："你已年岁不小了，莫要再去信奉那些一生一世一双人的蠢话了，我已待你不薄，莫再得寸进尺。"

"我在你眼中，竟与其他女子没有不同……"墨舞失神地呢喃着这句话，忽然心痛到极致，转身伏在木柱旁，死死地捂着胸口，哀哭不止。

那些爱恋过往，竟统统都是虚幻，一如她当年初次见到他那般，仿若都是恍如隔世的前尘了。十八岁的秋末，她还只是琉璃坊里籍籍无名的小匠人，他的马车驶进她所在的苑里，她抬起眼，彼此四目相对。

那日风暖斜阳，他走在缓缓一行人的最前方，手中揣着墨绿色的暖炉，坠着一抹琉璃玉穗，映着空中飘落下的几朵红叶，将他的华贵身影勾勒出一股子韵致。

他察觉到她直勾勾的视线，侧眼扫来，虽是轻描淡写的一瞥，却足以硬生生地刻上了她心尖。

她深知自那之后的五年里，他之于她，是一种如山如海的沦陷。

他的甜言蜜语是致命的砒霜，令她一度肝肠寸断。她也曾信他、痴恋他，以为他真会如他承诺那般，生生世世只爱她一人，以至于她心甘情愿地奉献自己的全部，到头来却换得今日境地。

在羞愤与悲痛之间，她回想那些他的情话与誓言——他为她挥洒千金，他为她题诗写词，也为她描眉点唇，也曾将她视作珍宝地抱在怀里，低念她的名字。

怕是一场旧梦了。

墨舞悲戚之后，独自抹干了脸上泪迹，不由分说地从桌上包袱里掏出那盏仙鹤琉璃，毫不犹豫地摔碎在了他的面前。

琉璃的碎片四溅，一如她破碎的情感与日夜相恋的过往，皆已碎成万千碎片，令他震惊不已地抬起眼看她，幽深眼底泛起冷锐，更逼得墨舞心中沉郁。

彼此相望，寂寂无言！最终，那般高傲的他俯下身去拾那些碎片，一片接连一片，墨舞却别开视线，沉默地转过身，拂袖离开了。

夜风凉薄，露深情重，墨舞的整颗心都是空荡荡的，她途经花园时，瞥见明歌与琴好还跪在地上受罚。她已无心去理会她们二人，偏又听见琴好愤慨地同明歌怨恨着："她以为她有什么了不起的，年色渐衰，也能同你我这般花容月貌争抢得过吗？"

明歌性情温顺，只怯懦道："夫人心存善念，已是放过你我一马，琴好，你又何必如此刻薄？你我本来就只是侍妾……"

"侍妾怎么了？不照样是同她一样伺候在侯爷房里吗？"琴好趾高气扬地哼道，"她也不过是出身琉璃坊的，就算她本家是小城大户，可你我生在京城，她又比我们高贵多少？而且，侯爷当初愿意抛掷重金将她娶回府，完全是京城最有名的命理大师说她面相与八字旺夫，必定令侯爷儿女双全，将来的子嗣也可以光宗耀祖。侯爷一直有着克妻名号，早在她之前，侯爷已娶过两房正妻，皆是不过三年就病死，连子嗣都未曾诞下过。但她不一样了，她可以为侯爷挡住克妻命相，否则侯爷怎会在芸芸女子中娶了她呢？"

明歌吓得赶快制止她："你快别再说了，夫人不知道这些的，她不是京城人，对侯爷的事情本就知之甚少，你休要再添乱了……"

此时的墨舞，正站在隐蔽的阴暗处，将她们二人的对话一字不漏地听进了耳里。

她不悲也不怒了，只觉这份被她视作爱情的婚姻里，竟掩藏了如此之多的锋利暗刃。她原以为，他对她的爱是如琉璃一般通透至诚的，不承想，却是这般苍白脆弱。

爱之于人，理应是美好而纯粹的，怎可随心所欲、伤人悦己？倘若以此为乐，岂非是罪无可恕？

爱之于她，是根植在心里的骄傲，是不容任何人践踏的尊严，今日之耻，她必将永世不忘，且再不会轻易付出自己的爱意。

尽管墨舞也承认自己妄想利用他的权财来达到心中的目的，可到头来，终究是赔上了自己。

自古比目成双，鸳鸯眠并，死了妻子的男子是鳏夫，没了夫君的女子是寡妇，连待嫁未婚却失了丈夫的姑娘都可叫作遗孀。但同床异梦、貌合神离的夫妻，该如何称呼彼此呢？

这一刻，墨舞在心中暗自嘲笑着自己与姬晏璟。呵，原来他们二人，皆是天下那可怜的无名氏！

从那日起，墨舞的身心发生了不为人知却又掩盖不住的骤变。

而那个时期的皇城风气本就奢靡无度，男男女女都习惯拥有情妇与情人，不仅男子时常出没青楼与烟花女子们谈情说爱、吟诗作乐，长年空虚寂寞、与夫君感情不和的贵妇们也是在外养着"男妾"，这并非是不入流的下作之事，反而是当时的一种风气，或被称为潮流。许是墨舞做了太久的闺阁妇人，忘了去察觉外面世界的翻天覆地，直至她到酒馆中借酒消愁，遇见了一群"志同道合"的妇人们，她才发现人生的乐子太多了，不仅是相夫教子、心许一人。

那日已天色不早，距离返回琉璃坊的日子还有一天，墨舞不愿在府中面对姬晏璟与他的两个侍妾，便独自一人到当时最负盛名的酒馆里喝着闷酒。

酒香缭绕之间，墨舞的心绪却是纷乱如麻，她没有注意到对面有一桌男女自打她进来后便格外在意她的一举一动，不如说，她本身便是令人十分瞩目的存在。这般惊艳容貌，又是一身华贵的绫罗绸缎，自是让其他酒客挪不开那盯着她的视线。

她却旁若无人地一杯接连一杯地喝着，好似想借此来忘记那些伤心事。然而还想再倒一杯时，却发现酒瓶空了，墨舞欲唤小二添酒，酒盏在这时却被旁人添满了杯。

她循望过去，见是一位丰腴娇媚的妇人带着一壶酒坐到了她案桌的对面，一双凤目尽显风流韵味，墨舞以眼相问，妇人道着自己是谢老侯爷的第三房妻子，人称谢侯夫人。

原来她就是谢侯夫人，墨舞眼睛亮了亮，倒是有所耳闻。据说那谢老侯爷虽名带"老"字，实际上也不过刚刚知命，不过是为官较早，颇受敬仰。他家中财权显赫，向来挥金如土，娶了多房妻子，个个都出身尊贵。

但据说他最爱的要数他青梅竹马一同长大的吕氏，可惜吕氏家境贫寒，在当年不被谢家所待见，更是不准入府。尤其谢老侯爷的长妻极其刁蛮，整日哭喊着要谢老侯爷与吕氏一刀两断，否则她就要回娘家告状。谢老侯爷本想着家和万事兴，既不想闹得沸沸扬扬，便将吕氏养在府外，哪知长妻欺人太甚，竟去吕氏那里赐予她一碗毒酒，要家奴强迫她喝下了。

吕氏死了，谢老侯爷反而不再顾及家族颜面，他肆无忌惮地再娶、再纳，任凭长妻哭号不止，他也充耳不闻。只是府中人人都说，谢老侯爷之后的每一房妻，都像极了吕氏的容貌。

"这女人之间啊，总是为了个男人争得你死我活的，实在难看。"谢侯夫人极为惋惜地轻笑，斟上一杯酒，言语之间有着自己的见解，"依我所看，女人就是把自己看得太低了，自己都轻贱自己，男人又怎会对其高看？且生在这等好时代，男女都可在婚后寻找自己想要的乐子，又何必独吊在一棵大柳树上？"

墨舞起先不太明白她想要同自己说什么，不过墨舞也是认可她话中内容的，要说皇城内贫富并不算悬殊，但皇室贵族可以寻欢作乐的场所的确要多于寻常百姓。国家久无战事，皇上采取"无为而治"，商贸经济可自行运转，倒也成了诸国之中最为富有、安逸的大国。

俗话说，酒足饭饱思淫欲，民富国强，奢靡之风也在大街小巷盛行，达官显贵们也争先恐后地彼此斗富，他们兴建起各色场所，有酒楼、古玩居、蹴鞠场，就连青楼也分置出雌院与雄院，自是一派纸醉金迷、乐不思蜀的盛世景象。

但墨舞也只是耳闻，并没有真正去过其中任何一个场所。谢侯夫人也看出她在这方面的"生涩"，便笑着同她引荐了自己坐在旁桌的友人们。大抵上七八个人，有男有女，皆是富贵潇洒、美艳无双。墨舞深知这是一个富贵之人的圈子，谢侯夫人也是有意将她带进来的，她凑近墨舞耳边低声说道："这世上无非就只有男子和女子，那男子能做之事，你我女子有何不可？妹妹，你要知道，身为达官贵人就是要培养自己高雅的品位，你多尝试些乐子，就不会整日为了男人忧心了。"

墨舞怔了怔，她终于懂了，对方早已看穿自己的心思，也清楚她因何伤怀。墨舞打量她脸上的神情，妖媚中透露一丝傲慢，眼角的几褶细密纹路宣告着她曾经也走过同墨舞一样的旧路。

只是，她如今在走其他的路径，或许不是康庄大道，却也能见到路边的幽深美景。墨舞仿佛被她的声音与话语诱惑，终是随着她走入了她为其敞开的大门里，也许旁人看不到，可墨舞却被门内的万丈光芒刺痛了眼睛。

待到光芒散尽，墨舞已然同这一行人醉醺醺地躺在了花舟之上。船夫慢悠悠地带着花舟行驶于暗寂无波的湖面，达官显贵们则是在花舟内花天酒地，热闹非凡。也不知是何时招来了歌舞艺伎，她们在男子面前搔首弄姿，引得男子们笑声不断。墨舞慵懒地半卧着，她凝视着眼前这灯火通明的靡靡之景，心中倒也格外快活。

谢侯夫人靠在墨舞身侧，她嗔笑着数落起那帮男子道："你们只管自己惬意，怎不体谅一下我等女眷的不易？哼，也不带来几个俊俏少年郎供我们赏乐，尽是群俗气的胭脂舞女，有何看头？！"

有男子闻言，哈哈大笑着奚落起来："你们快听听啊，谢侯夫人这是吵着闹着要得一个男妾来开心了！"

"我风韵犹存，便是养起一两个男妾又有何不可？我家老侯爷还不是源源不断地纳着新人，公平起见，我就算找十个男妾也未必划算呢！"谢侯夫人说这话时毫不脸红，显然是真心真意。

反而是墨舞震惊于她的快言快语，不免要替她火辣一下脸颊了。

谢侯夫人见墨舞脸有红晕，像见了新鲜事儿似的挑眉笑道："哟，妹妹这青涩模样还真是少见，难不成你连雄院都没逛过？"

墨舞自是虚荣，怎会提及自己相夫教子近乎五年之事？她只说自己在京城琉璃坊里是总管，事务繁忙，无暇寻欢。

谢侯夫人也不拆穿她，亲昵地握着她的手提议道："如此说来，你可真是少了好多快活事可做。不过也无妨，你今日遇到了我，待到游湖之后，我们几个女眷便带你去那最有名的雄院里逛逛，有几个男妓颇有姿色，你肯定会喜欢。"

墨舞倒也觉得有趣，竟也有几分期待，不由笑道："一雌一雄，听上去反而要比青楼、妓院这等直白的称呼更为露骨了。"

谢侯夫人轻佻一笑："男人们见一个爱一个，哪个年轻纳哪个为妾，也不管是不是老夫少妻，如此看来，那等做法不是要比雌雄之说更为露骨吗？"

墨舞的笑意便更深了一些，只是这抹笑，多了些对男子的嘲讽与轻蔑。

而后，谢侯夫人被船头的那帮友人唤去吟诗，墨舞便独自在船中闭上眼睛，试图借着夜风的吹拂来醒酒。

花舟之上，酒香轻绕，墨舞想到自己已有三日没在府中。这三日来，她流连于各色酒馆，皆在半梦半醒之间游走。不知钰犀与铭笕是否会哭喊着找她，但乳娘定会想方设法地安抚好他们的情绪，一如她离开的那三个月一样。而她的夫君，自是有两名美妾环绕身边，断然不会再想着要寻她了吧……

如此看来，她倒像是个孤家寡人般可悲可怜了。不由得又心生悲切，低声念道："晚日寒鸦一片愁，柳塘新绿却温柔。若教眼底无离恨……"

"不信人间有白头。"

身侧的声音接下了她的诗，墨舞缓缓睁开眼，循声侧首。

她看见一双深暗的眸子毫不躲闪地直视着她，那眼底的光如同夜半寒星，且他青玉色的锦衣上绣着怒绽的白梅，栩栩如生，仿若可以嗅到清冽的梅花暗香。

正是那一点暗香，与他眉眼似清羽般的柔色令她心口泛起层层涟漪，她已许多时日没有这般春心浮动了。

"在下冒昧，却无意惊扰夫人雅兴。"他手里摇着杯盏，指尖触碰玉石杯壁，施施然的姿态，"实在是这首诗的意境太美太殇，令人不由自主地触景生情……"

"敢问阁下是？"墨舞带着恰到好处的悠然笑容，心想着他从最初就在花舟上吗？自己为何没有注意到这样出众之人呢？

而她抬眼时流露出一股子闲懒风情，引得他更深地看她，眸中流光微闪，语调缓慢甚至是柔情，"在下姓石，字天奕，皇城朝中人士。"

一句皇城朝中人士极好地道明了他的尊贵身份，却又不会让人感到炫耀的反感。墨舞觉得这是个聪明人，更加有了兴致，幽幽道："小女子姜墨舞，见过石君。"

石天奕斟酌着她的名字，忽地悟道："竟是姬侯爷家的夫人吗？实在是幸会。"

"石君与我家夫君交好？"

他则道："只是与姬侯爷曾往来贸易，还不曾有幸相知。倒是总听旁人说起姬侯爷家有位国色天香的夫人，今日得见，果然惊尘绝艳。"

墨舞将垂落于眼前的发丝捋去耳后，淡淡笑道："石君过誉了。"

她这一动作虽轻描淡写，可却在不经意之间露出了玉臂半截，他望着她微抬的手，望着她袖口处裸露的洁白雪肤，一瞬间心猿意马。又恰逢天公作美，花舟忽然剧烈摇晃，墨舞身躯后倾，显然坐稳不得，他眼疾手快，忙上前一步握住了她的手腕，轻轻一拉，顺势将她带入身畔，二人近在咫尺，他的掌心贴合着她的皓腕，热度沿着墨舞的肌肤一路爬去了她的心底，于是方才惊起的心中涟漪骤然卷起波澜，竟是铺天盖地地淹没了她的意识。

他轻微的喘息声飘过她耳边，撩动起她一两丝鬓发，令她略微领首，而他也像是游走情场的老手，极为自然地放开她的臂腕，不动声色地退后一步道："如有冒犯之处，还请夫人见谅。"

真是聪明过了头的男子。墨舞心想着，如若她回答并无冒犯之处，岂不是代表着她欢喜被他碰触？可若真是面带愠怒，反而会显得她是个没见过世面的小家碧玉，如此偶然的肌肤相碰都要显得大惊小怪。

不如……

墨舞心思一动，忽然柔弱地扶住头，略有恍惚地向前一倾，恰好伏在他肩上。他关切地询问，墨舞轻叹道自己有些头晕，大概是酒意残留。

他自然是将她的意图心领神会，但还是谨慎地试探道："既然夫人身子不适，石某陪同夫人去船内休息可好？"

"不必了。"她抬起眼看他，夜色星芒落进她眼底，难掩其狡黠与智慧，她笑道："叫我墨舞吧，天奕。"

一声"天奕"令他不自觉地滞了滞呼吸，只觉她此刻一笑，仿若是日光拨开云层般美艳不可方物，且像是受到鼓舞一般，他竟敢大胆地握住她的手，连同身躯也一并贴近了她。

哪知她却不疾不徐地将手抽出，转身退了几步，半掩着面容同他道："待到下了船，我且要同谢侯夫人一起去雄院里寻些乐子，今日就此别会吧。"说罢，她最后看了他一眼，然后便到船头处与谢侯夫人一行人谈笑去了。

石天奕望着她与众人嫣然轻笑的模样，不觉扬起嘴角，那唇边弧度似一种野性的志在必得。这女子有美貌，有才情，有财富，且又十分懂得欲擒故纵之术，实在是要比他家中夫人强出百倍。可他也深知自己是朝廷小官，比不上她夫君富足，而她今日的撩拨也许是一时兴起，像她那般女子，裙下之臣定是多如牛毛。

然而，他心中那呼之欲出的欲望，再难沉进水底。他抖了抖自己的后背衣衫，已被汗水浸湿，黏痒难耐。

半炷香的工夫过去，花舟停岸，男子们都已醉得熏熏然，纷纷散了回自己府中。而女子们则在谢侯夫人的带领下一路去了最负盛名的青楼妓院——凤鸾堂。

这凤鸾堂建在皇城内最为繁华热闹的中心街南部，全天下顶尖的歌舞名妓都集中在此处，且此堂又分为凤堂与鸾堂，凤堂便是他人口中的"雄院"，鸾堂自是"雌院"了。

二堂彻夜灯火通明、芳香氤氲，丝竹声靡靡，嬉笑声娇丽，墨舞随女眷来到凤堂前，抬头打量着富丽堂皇的奢华建筑，双眸不禁亮起熠熠光芒。

谢侯夫人打趣起墨舞道："妹妹是第一次来吧？快，姐姐们带你到此处见识一下少男们的盛世美颜，要说这里还真有几个色艺俱佳、嘴巴还甜的倾城美人。"

墨舞兴致更高了一些，她被谢侯夫人拉着进了堂内，扑进眼底的是一片红艳艳的珠光宝气，俊男美女们相谈甚欢，高台之上也有挥洒水袖的舞伎在抛洒媚眼，不同的是，这里无论是舞伎还是歌伎，皆是年轻俊秀的男子。而光顾此处的自然都是财势与名声极其显赫的富家夫人，她们有的更是在此养着几名男妓，大笔大笔地抛掷金银，以此来捧他们成为名列前茅的头牌。一旦有男妓当红，更是会做中间人为富家夫人们彼此引荐相识，女人与女人之间反而不会因为分享男妓而争得面红耳赤，竟可以把对方当作红颜知己，一同坐下喝酒、闲聊家事，再交换彼此人脉，使本家财力也更上一层楼。

但谢侯夫人今日可不打算为墨舞召妓，像她们这样出身显贵的富家正妻，断然不会随随便便在妓院里与男子有肌肤之亲，且凤堂中排位前十的男妓皆是卖艺不卖身，试问富家夫人又怎会甘心去花钱寻只卖身而无才艺的男妓作乐呢？

而凤堂的老鸨夏公子见到谢侯夫人携友人前来，立即笑吟吟地迎上前："这可真是贵客啊，多日未见夫人，怎还是这般容光焕发、风情万种？"

夏公子是男妓们的"爹爹"，虽已年逾不惑，却依然被人以"公子"相称。谢侯夫人与他素来交好，今日更是大方地给了他三锭金子，得意地笑道："我带了一位新妹妹来，她身家显贵，你必定要好好招待才是。酒拿上等的，美人也要头牌几位，我这妹妹眼光极高，我看你就让佘麒来陪她吧。"

夏公子见钱眼开，收下金子连连应道："既是谢侯夫人的朋友，自然个个都是金枝玉叶。你且先去楼上最好的雅室小坐，我这就传佘麒他们过来！"

墨舞和谢侯夫人等人便去了楼上雅室，一行四人进门落座，其中一位王夫人正吵着天气闷热，男侍们已经端着美酒与佳肴进了屋，他们为夫人们一一斟好酒，而后恭敬地退去。谢侯夫人向墨舞推荐这里的酒，保管喝进口中赛神仙。墨舞品了一口，果真醇厚。紧接着，房门再次被推开，这次来的可是重要人物了。一共有六名少年盛装而来，皆是十六七岁的年纪，他们其中两个捧着琵琶，同四位夫人行礼问好，而后坐下，弹奏起动听曲目。其余四位少年踱步来到夫人们的身侧，一一作揖，其中有名身穿鹅黄色绣衫的少年最为俊美，谢侯夫人欢喜地喊他道："佘麒，你去坐到我墨舞妹妹身边，好好地伺候她！"

佘麒循着谢侯夫人指着的方向看去，目光盈盈落在墨舞身上，轻笑道："佘麒见过墨舞夫人。"

墨舞看着他一路走向自己，明知用绝美二字形容男子有些欠妥，可她心中还是不禁感叹着他美貌绝伦，连肌肤的细腻也不输给女子。

佘麒则是羞怯地掩唇道："夫人这般看着我，怪令人不好意思的。"

墨舞立即夸赞他道："你无须害羞，实在是你太美了，你是我在京城见过最美的男子。"

佘麒的脸更加红了，谢侯夫人打趣道："墨舞妹妹，没想到高贵如你，见到美人竟然也会张口便说起甜言蜜语来。可佘麒性子温润，你就莫要惹他如此局促了。"

佘麒的性情在墨舞这里可是极为受用的，想来她见惯了那些嚣张跋扈又自以为是的男子，突然遇见一个生性纯善、俊美非凡的少年郎，的确令她心情大好。她开始明白谢侯夫人她们为何喜欢来此了，凤堂之于富有却空虚的女子而言，当真是难能可贵的温柔乡，足以令墨舞放松身心、忘却烦忧。

雅室里一片熏香袅袅，舞曲曼妙于耳，众人喝到起兴，便要佘麒为大家跳舞。谢侯夫人说，佘麒的舞姿是凤堂绝色，多少名门闺秀都不惜千金来此，为的就是一睹佘麒起舞时的尊容。墨舞便一边饮酒一边去看佘麒跳舞，他虽柔弱，可一场剑舞却跳得格外干净利落，他的手镯与脚镯加在一起有几十个，相互碰撞，发出清脆声响。

圆月映空，夜风微拂，墨舞感慨道："此番美人美景，又有美酒相伴，人生是何等惬意啊……"

待一舞终了，掌声惊鸿。谢侯夫人发觉时间不早了，便催促众人今夜就玩乐到此，改日再造访凤堂。

临走时，佘麒与夏公子一同恭送夫人们。看着佘麒低头颔首的模样，墨舞心生一丝怜惜，便送给他一只祖母绿的玉镯，悄声说着："这是见面礼。"

佘麒面露欣喜，轻声道过谢，偷偷说着希望墨舞下次还会来看他。

美妙的凤堂之行在今夜结束，墨舞与夫人们道别，独自一人回往府中，不料半路上下起了雨，很快便成了倾盆大雨。墨舞无处可躲，正打算寻个屋檐暂且避雨时，忽然见到前方有辆镶着白玉银边的马车驶来。

落雨起雾，视线朦胧，月色之中氤氲起缭绕迷离，那马车停在墨舞的面前，一只显露清雅气息的手撩开车帘，对她道："墨舞，上车吧。"

几滴雨点打在他面容上，晕染开了他唇边尽显痴迷的笑意。墨舞心中竟也因此泛起一丝柔情，她清楚一旦上了车会是如何的走向，可她料想他早知她会去凤堂寻乐，又如此煞费苦心地在此等她，倒也很久不曾有人为她费这等心思了。于是她兀自在雨帘之中站了片刻，最终，她毫不犹豫地伸出手去，握住了他递来的手。

他携起她的臂弯，将她带上了马车。

车夫高喊一声"驾"，马蹄践踏在雨水之中飞奔而行，车内摇摇晃晃着两个身影，恍惚中听得见她问他："你要带我去哪？"

他道："自然不会是我府中了，有我家夫人在，怎能与你旁若无人地谈天说地呢？"

她嗤笑："看来朝廷的官也不是个个清廉，你的俸禄多到足以在他处另置别院不成？"

他回："虽比不上姬侯爷阔绰，可你生得这般美，若只给他一人看，岂

非可惜？自古百花盛绽也需识香之人懂得欣赏，石某又怎能错过这难得一遇的赏花之机呢？"

"我只是朵花？"

"那也是花中之王的牡丹，艳倾天下。"

"你……"

余下的话被含进了对方的唇齿之中，吞没她的不仅是他带有掠夺意味的吻，也有他彰显自己魅力的野心。

可她没有拒绝他，大概是她想到了那两名侍妾，又想到了女子不可与男子相提并论的谬论。如此一来，她抬手攀上他的脖颈，手指缠在他鬓发之中，温柔而有力，似情也似刃。更似对背叛的回击，对诱惑的沦陷。

第十四节

初冬薄雾漫起时，墨舞已然回到琉璃坊数月了。她每日比做总管时期还要早醒两个时辰，为的是部署当日的琉璃送宫进度、四苑制作琉璃的工序、新来匠人的入住打点……这些琐事皆要有她安排才能进行，缘于赵内侍已经受命回到了宫中，琉璃坊的大小事情全部由墨舞接管了。

其实墨舞并没有被任命为琉璃坊的总领，皇帝与皇后也从未召见过她，实在是这几个月以来，经由她手制出的琉璃的工艺与美感突飞猛进，竟是一跃成了大师级别，据说皇后很喜欢她做的琉璃，便传令来，要她负责琉璃坊的工艺制作。如此，赵内侍便回宫里去了。

沁女对墨舞的变化却是极为狐疑的，她虽知墨舞在琉璃手艺上有些天赋，但也不可能在短时间内进步得这般神速。然而，墨舞每次制作琉璃时都会独居一室，并锁上房门，连木窗都关得死死的，任凭一只苍蝇也飞不进去，更别说是偷窥了。沁女心有不服，暗想着难道琉璃坊至此就要变成她姜墨舞一人的天下了吗？她何德何能，无非是嫁了一个富贾，能有今天地位不也全是靠男子帮扶吗？倘若有一天，她胡沁女也能飞上枝头，断然个会再让姜墨舞骑在自己头上作威作福！

可沁女只说对了一半，墨舞的确是嫁给了姬晏璟，但是能有今天却不是来自夫君的慷慨相助。那些每日送进琉璃坊的玉盒子的确都是点名给墨舞的，其中装满了荷包、绣囊、胭脂、香料、首饰……载满了浓浓爱意，引得一众女子艳羡不已，都道墨舞的夫君绝世无双。墨舞只笑着，从不回答，唯有她自己清楚送给她这些的人是谁。

幸亏有他，墨舞才能接管琉璃坊。自打她与他相识之后，他自是通过人脉来帮墨舞寻找民间制作琉璃的隐士高手，从最初的合作演变到最后只冠墨舞之名，那些精美的琉璃工艺品每次都藏于玉盒之下送进来，再由宫

人来琉璃坊中取走，其过程衔接得天衣无缝，促使墨舞在短时间内获得了更多的名利，以及来自宫中的赏赐。

墨舞很慷慨，从来不会亏待他。那些赏赐有三分之一都托人送去他府上，二人也算得上是"举案齐眉""同进同退"的双赢。而每逢去他的别院商讨"合制"琉璃一事时，也是他们二人幽会的日子。那原本清雅的别院也被他用得来的许多金银修建得更为奢华了，还记得初冬降雪时，墨舞独自坐着马车在夜里前来，她披了件银狐绒制的连帽斗篷，怕被旁人撞见，每每都要谨慎行事。而他每次都会在院内的亭下等她，见她来了，二人相视而笑，竟也都看得出彼此眼中藏有痴情。她是处处受他宠让的，连自己喜怒无常的脾性都在他面前一展无遗，他虽偶尔抱怨，却也全盘接收。她笑他如今还在新鲜劲儿，待到日子久了，他便会去寻下一个乐子了。他并不反驳，只笑看着她，略显狡黠的模样："如若我家夫人有你一半的姿容与才情，我也不必如此偷偷摸摸地寻欢作乐呢。"

呵，世间男子皆贪心，他明明有了门当户对的夫人，却还不满对方的容貌与智慧。每逢此时墨舞都会想，即便是拥有了完美无缺的夫人，也还是会遗憾她无法永葆青春。

久住之处无美景，枕边之人无佳色，墨舞虽对世间男子口口声声的爱语嗤之以鼻，可石天奕并非她的夫君，他只是她的情人，一如佘麒与其他愿意取悦她的男子，皆无不同。而她只也是想在他们身上找到纯粹的快乐罢了，自是不问地久与天长。

那天夜里，墨舞留宿在了石天奕的别院，直至凌晨时分才起身回琉璃坊。天色蒙蒙亮的时候，马车停在了石狮门前，墨舞发觉附近停着几辆宫车，她蹙了蹙眉，摘下斗篷帽子走进琉璃坊，立即看到一行宫人等候在苑内。

墨舞怔了怔，赶忙俯身行礼，前来之人正是已回到皇后身边的赵内侍，他今日穿戴华贵，像是已经在此等了许久了，抿嘴笑着打趣起墨舞："姜总领深夜外出，天亮而归，是去何处逍遥快活了啊？"

墨舞颔首轻笑道："回禀赵内侍，属下不过是彻夜在琉璃坊后方的抛光房里打磨琉璃石罢了，想来最近也没有特别稀罕的精美物件儿送给皇后，属下内心实在有愧。"

"如此说来，倒是洒家误会姜总领了。"赵内侍一脸的老谋深算，他年岁没长墨舞多少，却见多了各行各人，且他与姬晏璟素来交好，倒也不愿深究墨舞夜晚出行究竟所为何事，便一挥长袖，语声肃然了一些，道："皇后娘娘正在寝殿里等候姜总领呢。"

墨舞闻言，愕然地抬起头，惊讶道："皇后娘娘召见属下？"

赵内侍微微躬身，对墨舞示意门外："姜总领，请吧。"

墨舞心中喜悦不已，她忍不住露出了雀跃的笑意，赶忙整理了一下自己的衣襟，转身走出了琉璃坊。

天气冷涩，没有日光，蒙蒙白雾将砖红色的宫墙渲染出一股阴寒之气，坐在宫车内的墨舞轻撩车帘，望着冗长得仿若没有尽头的长宫之路心生不安。

这里明明是皇宫，是天底下最高贵的地方，可她越接近却越迷惘。随着车轮的轻微颠簸，她一颗心悬在清冽的寒风之中，周遭静得听不见丝毫杂音，她竟不知自己究竟要去往何处了。

晨露结出了一层薄冰，气温缓缓上升，冰柱便顺着宫檐滴着水珠。到达内宫之后，门前有几抹紫竹色的身影已恭候多时，她们是皇后的贴身侍女，是为来客引路的。墨舞下了宫车，与之恭敬问候，侍女们同赵内侍道别，一路引着墨舞进了内殿。

皇后的寝宫富丽堂皇，色调是金与红，庭院的设计竟都是流线型的，衬着水潭中养着的金鲤，显得十分奢华。最为奇妙的是，碧绿水潭之上驾着巨大的水车，而水车上缀满了琉璃玉石连成的珠帘，每当水车滚动，珠帘便在水潭里溅出五色光晕的水花，就像千万颗琉璃石汇聚到了一起，霎时美艳。

"这刘皇后的确是痴爱琉璃。"墨舞心中想着，已被侍女领进了殿内。最先引起墨舞注意的是半米处立着的一座山水图屏风，上面是泼墨画，有婀娜身影映在屏风上，那正是刘皇后。

许是闻见了脚步声，皇后令侍女道："带她来这边吧。"

侍女们得令照做，墨舞随着来到了屏风之后，一眼便看见皇后坐在锦垫上，正在把玩锦盒里的几颗琉璃石。

"小女子姜墨舞，参见皇后娘娘。"墨舞赶紧跪拜。

皇后免礼道："起来吧。来人，赐座。"

侍女们遵命，为墨舞搬来了红木椅，又端上了上好的茶水。墨舞缓缓坐下，视线极为谨慎地落在皇后身上。她穿着一袭月华锦缎长裙，下摆却是赤红色的，上面绣满了金灿灿的富贵花。而这一身似云霞般缥缈的衣衫紧紧地包裹着她雪白丰腴的身躯，衬着她绝美的容颜，虽已不再青春，却依旧貌美，其眉眼之间旖旎娇艳、顾盼生辉，竟比传闻中还要光华照人。

墨舞倒有些自惭形秽地垂下眼，她心想，原来世间当真有如此倾国倾城的美人，也难怪皇上会不顾朝臣反对为她闲置后宫，将万千恩宠集于她一身了。

"你抬起头来。"皇后饶有兴致地打量起墨舞，墨舞缓缓扬起头，看向她，皇后赞许似的微笑道："果然是个美人，难怪你能够做出那么多件深得我心的琉璃艺品了。"

墨舞道："多谢皇后娘娘赞美，可小女子斗胆一句，娘娘姿容实乃风华绝代，雪山之端的仙莲也比不上娘娘的美丽。"

皇后笑得俏丽："想不到你连嘴皮子功夫都这么了得，实在是个人才了。"

墨舞倒是做出谦卑之态："小女子还有许多不足之处，也期盼着能够做出更多的稀罕物件儿，好能让娘娘开心。"

皇后闻言，微微一笑，道："好了，本宫今日召你前来，自是有关此事。"

墨舞立即道："还请皇后娘娘明鉴。"

皇后虽眼里含笑，但却有些若有所思，她凝望着窗台上摆放的一盆垂兰，轻描淡写般说着："本宫对琉璃的喜爱自是到了痴迷地步，见得多了，眼光也就刁钻了，近来也只有你送来的琉璃可以让本宫眼前一亮。但本宫还想看见更稀奇一些的工艺品，不知爱卿能否做出变换形状的琉璃人像呢？本宫想看到你当年的那尊河伯公主像栩栩如生起来，如若她的四肢可以灵活变动，那就更妙了。"

提及河伯公主像，墨舞双眼一亮，心中大喜，想不到皇后竟记得她当年的青涩之作！可喜悦过后，她又细细琢磨起皇后话中意思，使琉璃人像的四肢活动起来，墨舞可从来没听闻过，凡尘俗世之中当真会有人做得到吗？

皇后见她沉默了，便轻轻唤她一声："爱卿？"

"娘娘……可是在叫小女子吗？"墨舞不敢置信，只因皇后第二次称她"爱卿"。

皇后掩唇笑道："爱卿真会说笑，这里只有你我二人，本宫会唤侍女作爱卿吗？"说着，她起身踱步到墨舞的面前，虽是居高临下，却也情真意切："这一次，只要爱卿在整月之内能够做出令本宫满意的琉璃人像，爱卿就会成为这偌大皇城里的第一个女官了。"

女官？

她？

墨舞睁圆了双眼，她感觉自己胸中有一股炽热的血流涌向了头顶。正如皇后所说，只要她能为皇后做出全天下首个可以活动四肢的琉璃人像，那么她必定可以借机成为首个女官，权利、名誉，她都会收入囊中，她想要的一切都可以实现。

但是，她真的能做出那惊世骇俗的琉璃人像吗？倘若失败，等待着她的又会是何等凄惨的境地？欺君之罪？株连九族？或是死无葬身之地？

可若是成功了呢？

墨舞的额角渗出隐隐的冷汗，她握紧了手指，自己剧烈的心跳声清晰可闻。那些凌乱的回忆在她的脑海中起起伏伏，她想起了明歌与琴妤的存在，想起了姬晏璟在纳妾之后仍可以待她如初的画面……他与她甚至更加相敬如宾了，许是有愧于她，他挖空心思地想要挽回她的感情，殊不知她心已凉得彻底，再难同他嫣笑而对。

爱变了，就是变了，如同陈年老酒里掉进一只臭虫，污了整坛酒水，可目睹之人却难以下咽。

她不是他的小妾们，自不会心甘情愿地与其他女子分享夫君，更不愿心满意足地困于一方天地。

也许正如爹娘争吵时的那些话语，当墨舞还是少女时，她也曾认定——倘若自己有了权力，那么原本不堪的一切都会焕然一新，她可以主宰自己的一生，光有财富是万万不够的，作为女子，自是没有男子强壮有力，必定要利用更多的方式来保护自己。她已有了万贯家财，只需再拥有权力。

女官，即是权。

这一刻，墨舞不再犹豫，她按捺住了自己内心的不安与仓皇，只准

自己坚定地回应皇后的期许，俯首说道："微臣自当尽心尽力，定不负娘娘信赖。"

皇后满意地笑着扶起她，微微上扬起嘴角道："本宫看好的人，自是不会错的，你且尽善尽美，本宫绝不会亏待你。"

墨舞的眼里跳动着欲望混杂野心的凌厉之光，她的视线从皇后的脸一直延伸到她的裙摆处，那明艳、华贵的牡丹仿佛燃烧着她的眼，令她只看得见一片姹紫嫣红、金灿绚烂。

自那日之后，墨舞回到琉璃坊中夜以继日地苦心研究，可过去了七天，她仍旧毫无收获。琉璃石抛光了千万颗，她甚至都做不到将那些精美透亮的琉璃石结合在一起。比起当年制作河伯公主像的赤诚之心，她早已是利欲熏心之人，又如何能心无旁骛地将整颗心都献给制作琉璃的过程？

她痛苦地意识到了一个她不愿承认的真相，便是她的确有着天赋，但那天赋已经耗尽，加上多年来嫁做人妻的尘俗染身，她那点儿可怜巴巴的灵气被污浊得荡然无存了。

墨舞痛苦万分，甚至屡次歇斯底里地将琉璃石从自己的案桌上打飞。那段时间她阴郁而寡欢，面对唾手可得的权力，她焦急不已，可无论她如何努力苦研也无法制作出惊世之作，她从未这般懊恼过自己的平庸，更痛恨自己为何不是那旷世奇才。

那段时间，侍女们总会听见她工作的房间里传来哭声与响动，可又没人敢去打扰她，唯独沁女有一次敲门关心她，她却觉得旁人是在可怜她，立即发怒翻脸，令沁女十分没面子。

又过了几日，算算日子，距离与皇后约定的期限还有十七天。墨舞颓唐地靠在木椅上，一脸的失魂落魄，连同整个人都消瘦了不少。

夜晚风凉，吹得窗纸哗啦啦作响，冷风又从门缝中灌进来，墨舞浑浑噩噩地起身去开门，想要重新关好时，门外之人于夜深人静中匆匆地走进来，动作利落地反手将门关严。

"你来了。"墨舞这样说着，脑子里却才想起今日本应是相会之日，但她心情不好，已将此事忘在了脑后，也难怪他会来此寻她。

"你怎么不怪我跑来琉璃坊呢？以前你总说不可来此见你，会惹人怀疑……"话音刚落，他转身看见她脸色青白，不由探手抚上她脸颊，担忧地问道："几日不见，你怎如此憔悴？"他目光落到案桌的琉璃石上，不必她说，他自是懂了，蹙眉道："原来还是在为人像的事情费神。"

提及此事，墨舞的眼神变得恼怒起来，她正欲发怒，又想到会惊扰旁人，随即沉下一张脸转身不去理会他，他一双手臂赶忙从她身后环上来，将她圈入怀中吻她侧脸。她欲挣扎，却听见他忽然道："还以为你整日在苦愁些什么大不了的事情，倘若是为了这等小事，我来帮你善后便好。"

墨舞停住挣扎的动作，微微蹙起了纤眉，问他道："你有法子？"

"那刘皇后自是提出了艰难的要求，可人外有人、山外有山，普天之下这般宽广，自是有隐世高人能满足她心愿。"他笑着，语调是柔情蜜意的，"偏巧……我便认识这样一个高人。"

墨舞闻言，立即回首看向他，眼中似有狂喜，他见她面向他了，便欲去吻她，她却以指抵住他的唇，忽又心怀不安地道："求名心切必作伪，求利心重必趋邪，欺君之罪万万做不得。"

石天奕却觉得有趣地笑了，叹她道："自然是听从你吩咐，你若不许我做，我不做便是了，只要你不后悔。"

墨舞犹豫地垂下眼，道："我只是担心那'万一'二字……"

石天奕又笑一笑："你是担心'万一'之后的事儿，还是担心我？"

"我怎会对你不放心呢，你自是帮过我很多了……"

"既是如此，你还怕会有万一不成？"他笑着，眼里光亮在笑意盈盈中更显氤氲温柔。

墨舞沉默片刻，忽又迟疑道："此事不似从前寻常，你且容我三思。"

他握住她的手，叮咛一句："机不可失，时不再来。"

她动摇了，静默注视他，心中五味杂陈，忽又厌恶起自己这般胆小怕事的模样，继而昂起首，坚定道："我姜墨舞绝非贪生怕死之人，如你所言，自是机不可失。"

他极其喜欢她这种傲视一切的神色，携起她的手背，凑近唇边吻了吻，同她低声道："不出十日，我必将助你平步青云。"

那晚的墨舞尚且还会为与石天奕之间的谋划感到忧心，以至于一夜未睡。可十日之后，当她看到那尊可以灵活摆动四肢的琉璃人像后，她的全部忧虑都随风而去了。

犹记得那是在她曾经所做的河伯公主像上提升的一尊异常精美的琉璃

工艺品，高约半尺，手臂、双腿都是与衣衫分离开的，自当可以在人们的摆动之下随意轻晃。而公主的面容竟似出神入化般达到了气韵生动的境地，既不落俗，又不妖媚，只觉整尊公主像秀气所钟，天人感应，便是世间百花齐放也不及此人像芬芳。且每一处肌肤纹理也都是精雕细琢的，仔细看的话，还会发现颈项处的材质隐隐添加了金丝，一直延伸到鬓发里去，实在是美得让人不得不侧目。

墨舞惊叹不已，半晌都没有回过神。待到心绪平静下来之后，她既喜又忧，喜的是竟真有高人能够制出这等奇珍异宝，忧的是她努力数年，也不及高人的妙手半分。

然而，正是因为这尊妙不可言的人像，墨舞如愿以偿地获得了女官的头衔。

那一日天高而无云，万里晴色，墨舞身穿黑缎红纹宫服，于琉璃坊内领了朝廷下的旨意，在众人艳羡的目光中，由皇后身边的掌事姑姑柳溪引进皇宫。一路上，墨舞看见了殿前两侧的御林侍卫，看见了行色匆匆的医官，也看到了同她一样前往朝中的重臣……他们无一例外地打量着墨舞，眼神中有轻蔑、有讶异、有不悦、有冷笑，只因她是即将步入大殿内的唯一一个女子，也是千百年来唯一一个靠做琉璃而起家的女官。

而到了朝前，偌大的殿上，一众文武百官皆素黑，皇上缓缓地走上御座，面色冷峻，众臣皆是跪拜叩首，墨舞同样伏于其中，她双手虽有虚软，可在听见帝王的那一句"众卿平身"时，她即刻适应了新的身份，暗中涌动肃杀之气的满朝之上，墨舞随同文武百官一并起身，她抬眼凝视高座之上的天子，忽觉自己同王权的距离是这般之近。

宛如咫尺，伸手可触。

待到下了朝，柳溪传话来，说是皇后要见墨舞。一旁有朝臣听见后，看似抬举似的奚落起墨舞："姜中使可真是乘流直上，深得娘娘厚爱啊，我等老朽实乃羡慕有加，择日还要请中使传授几招妙计，也好让老夫一跃成为四品大官，何不乐哉！"

墨舞并不恼火，也不反驳，只淡淡一笑。对方虽位低于她，可毕竟是年岁过百之人，她不敢冒犯，便深深作揖，以示礼节。接着便另择一路随柳溪离去，身后还听得见那群老臣的酸言酸语，他们说得越多，她心里便越发痛快喜悦，仿佛是得到了一种被嫉妒后才会感受得到的快感，令她沉醉其中。

而到了外殿城门旁，她一眼便瞧见了负手立于马车旁的姬晏璟。许是在等候朝中某位重臣商讨贸易之事，他以前就时常到朝中殿外候着。而他身旁带着的家奴认出她，立即同姬晏璟指着这方，并唤了声"是夫人"。姬晏璟闻言，侧首循望而来，墨舞与之四目相对，彼此深深凝视，有日光打透云层笔直地照射在他们二人脸上，映得两人面容皆是明亮无比，深深浅浅的清风零碎拂过，上空浮来几朵重云，又遮住了光线，先使墨舞所在的方向陷入了阴影，可终究是他先向墨舞低首，躬身行礼。

她已是四品女官，他只是京城富贾，自然是要对她恭敬相待。家奴见主人如此，赶忙慌慌张张地向墨舞跪拜，如此景象却是让墨舞心中一酸，她忽然想到自己已有数月不曾回他府上了，想必如今再回，姬府上下必定是要大肆恭迎才可。

曾经夫妻，今朝有别，一时之间令人唏嘘不已。见到他的脸，墨舞并未有扬眉吐气的释然之感，反而心情沉重，并不愿在此耽搁，转身朝前方的皇后寝宫走去了。

只是她走了两步，又停下身子回头去看他。

他未曾离去，仍旧静立于空旷得仿若没有尽头的长路之中，以一双极为眷恋的眼望着她，像是在对她道，他仍在等候她回来。

她心下骤然一惊，略微闪躲着视线回过身去，柳溪问她道："可是姜中使的熟人？"

墨舞反问："姑姑何来此言？"

柳溪瞥一眼她身后："因为……他还站在那里望着中使的背影出神呢。"

墨舞深深闭眼，仍旧是心痛万分。她催促着自己快些去见皇后，快忘掉方才所见之人的脸。可路上她魂不守舍，直到柳溪提醒，她才发现自己已经到了皇后宫内，而刘皇后正站在廊外的小亭里逗弄着笼中金雀。墨舞见她今日未施粉黛，长发如丝绢倾斜，衣衫是素净的藕色，倒显得格外的出尘脱俗。

见墨舞来了，皇后便朝她招手，墨舞躬身上前，皇后将手搭在她臂上走出亭外，两人一同在花园附近散步，彼此之间倒也不像初见时那般生疏。

皇后是很喜欢墨舞的，也爱她的才情，墨舞感受得到这份殊荣。谈

话之间，皇后关心她今日上朝是否顺利，墨舞点头道着托娘娘的福，一切平安。

到了水潭附近，皇后便在木椅上坐了下来，又让柳溪等人都退下，只留下墨舞陪着她。

皇后这时才对墨舞道："爱卿制作的惊世之作不仅让本宫看得叹为观止，皇上也是赞许有加。本宫果真没有看错人，你的确才貌双全，自是配得上本宫重用。"

墨舞垂下眼，若有所思地回道："多谢娘娘厚爱，属下定不会辜负娘娘器重。"

皇后望着结出冰层的水潭，忽然幽幽地叹息，道："本宫今日会见爱卿，是有一事相求。"

"请娘娘吩咐。"

皇后缓缓道来："此事说来话长，还要从头讲起……"

刘皇后有一位同父异母的胞妹，闺名璇。她生得十分美丽，绝不逊色于长姐姿容。同长姐与其他美貌公主的归宿一样，璇嫁给了一位英雄。

英雄是北境部落首领大君，统领游牧民族，是多个部落推举的共主。他从十三岁起便骁勇善战、戎马生涯，自是战无不胜、攻无不克。

这样神气英武的大君，是草原上每个女子的梦中情人。而在一次入京面见皇上之时，陪同长姐进宫的璇目睹了大君的风姿，大君也被璇的容貌所倾倒，二人互生情愫，且又都喜欢精美的琉璃工艺品，大君满怀喜悦地赞叹璇的才情，并道着自己第一次同女子有这般说不完的话，璇同样认为大君是她一直寻觅的良人，即便她深知他已有妃嫔若干、子嗣数十，她却还是义无反顾地选择嫁与他。

世间所有的青葱少女都单纯地认为自己会成为她们心爱男子的最后一个女人，并认定自己是特别的，而他会因她浪子回头、共度白首，然而在撞了千万次南墙之后才撕心裂肺地惊觉，那幼稚的想法无非是痴人说梦。

年轻貌美的女子总是如同雨后春笋般层出不穷，大君也只是与璇恩爱了两年，而后便又爱上了其他更为年轻美丽的女子，这令璇悲痛不已，嫉妒与绝望令她不知所措，只得声泪俱下地写下一纸家书，向长姐刘皇后求助。

信中内容道着璇的悲苦，她向长姐请求帮助打造一套琉璃，希望这琉璃工艺品能够展现出她与大君相爱时的美好，大君睹物思人，定能回心转意。

当年的璇与大君便是因琉璃而定情，还记得那时的皇后与皇上刚刚成婚不久，大君从遥远的草原前来道贺，送给帝后一尊龙凤琉璃像，皇上道着大君日日与沙场为伍，竟也是这般心思细腻，实乃诚意可嘉。璇那时只有十六岁，快言快语地说着姐夫怎可嘲笑大君是武夫？大君笑笑并不在意，璇却道："我只觉得大君与这尊琉璃一样，心思纯净，为人正直，举世无双。"

她说完才发觉泄露了自己女儿家的情怀，不禁红了双颊。而那日正是夕阳洒落余晖之时，满堂之内都是一片金紫绚烂，更染得她面容娇俏，引得大君看她看得如痴如醉。

她不敢去看他，因他火辣而热烈的目光似要将她一寸一寸地吞食。以至于她羞怯无措，找了个借口便逃开了。

她沿着夕阳一路来到了后花园，胸口的心还在剧烈地怦怦跳动，未等平复心情，便听到身后传来脚步声。她惊讶地回过头，迎面而来的人忽地伸出手拉住了她，彼此之间近得呼吸相息，她身体僵硬不已，他却笑了出来，对她道："想我南北征战、驰骋沙场，终是遇见了像你这般深得我意的女子，如若得之，实是我幸。"

她眼里自是映满了他，于那般璀璨夕阳之下，她终是不可自控地沦陷在了他那双仿佛可以将她燃烧的幽深眼眸中。

皇后讲完了大君和璇的往事，久久地沉默不语，过了很长一段时间，她才问墨舞道："正如璇信中所求，爱卿能够做出挽回大君心意的琉璃工艺品么？"

墨舞陷入了沉思。在聆听这故事之时，她眼前又何曾不会浮现自己与夫君的往昔呢？她怜惜同为女子的璇，仿佛可以看见璇孤身站在悬崖峭壁之上，无人能够拉她脱离险境，她的背影无比孤绝而痛苦，一如尝尽背叛之痛的墨舞。

见墨舞没有说话，皇后瞥她一眼，又道："假设爱卿能够实现璇的心愿，本宫自是不会亏待你。你做中使的日子不会太久的，此事一成，本宫会同皇上谏言，令你连升两品。"

墨舞因此而抬起眼，却不全都是为了权力而心动，她再三思虑，终是

领命道："还请皇后娘娘放心，属下必将竭尽全力。"

皇后满意地笑了，命墨舞退下吧。

墨舞恭敬地离开，她转身时心中暗下决定，这次必要倾注全部心血来完成琉璃的制作。不仅是为了皇后允诺的连升官位，更是打算祭奠自己无疾而终的爱情。

曾经爱过，也觉可以改变，终究跌进了尘埃里，卑微得连美梦都不敢痴想。即使如此，那琉璃的光彩却能在残存的碎片中绽放光芒……也许璇就是那样的女子，可墨舞尚且不知，她终究是没有彻彻底底看透璇的全部。

自那天回到琉璃坊，墨舞再一次夜以继日地投入到研制琉璃工艺品的工作中。此次，她不想依靠任何人的力量，也许除了她，再没有人能够帮助璇挽回心爱男子的心了。哪怕，因此而冷落了石天奕。

近来的石天奕怨声载道，好不容易抽出时间去见他，他都要抱怨墨舞的心思根本不在他身上。这令墨舞心生厌烦，索性不再与他相会，一心钻研琉璃事务。

而七日后，到了皇上胞弟三王家郡主的生辰，帝与后平日里很喜爱郡主，自然要为其举办隆重的宴会。重臣提议进行皇族捕猎，皇后觉得甚妙，又提出邀请一些贵族世家同来参与，自然也少不了被人称作"皇后宠臣"的墨舞。

一炷香工夫过后，捕猎队伍便已准备就绪，皇帝也会一并参与，双方换好衣服，就浩浩荡荡地策马奔向野外山林里去了。

墨舞倒觉得这是放松一下的好机会，她策马追上队伍，但是跑着跑着，却发现大部队不见了踪影，她似乎掉了队，便勒停马缰，正打算原地观察一番地形，哪知身后突然射来一箭，不准，擦过她的脸颊，只略微破了点皮，留下一条淡淡的血痕。

她困惑地看向箭射来的方向，一名臣子再次对着她拉起了弓弦。墨舞心下惊了惊，立即明白是有人想趁着此次捕猎来斩除她这颗眼中钉。

最近总会听闻重臣们对她越发放肆的议论，他们道她是祸乱朝政的妖女，利用琉璃邪物蛊惑了皇后。墨舞知道，他们不过是见不惯有女子做官罢了，这群可悲可叹的男子，竟容不得世间有女子凌驾于他们之上。难道杀掉她一个，便不会出现第二个了吗？

正想着，那名早已拉起弓弦的臣子又放出一箭。这一次，要不是墨舞及时躲开，小命便会不保。

臣子不满地"啐"了一声，墨舞赶忙驱马狂奔，那几名臣子立即追赶而上。果然不出所料，他们的确想要置她于死地。

那二人的马跑得极快，越发追近了墨舞，墨舞看到他们从腰间抽出了长剑，她感觉自己今日可能是跑不掉了，距离如此之近，她便是插翅也难飞。哪料峰回路转，坡顶方向忽然射来一支箭，不偏不倚，正巧射中了其中一名臣子的右腿。

他惨叫一声，当即栽下马来，另一名臣子勒住马缰，惊觉道："西南方向！"话音刚落，又一支箭从坡顶射来，还好臣子躲得及时，避开了那支极有可能射中他臂膀的长箭。

"这娼妇竟有帮手！走，今日不宜行动！我们撤！"他唤起那名跌落在地的臣子，二人翻身上马，调转方向仓皇逃走了。

剩下墨舞惊魂未定地停下马，气喘吁吁地望向不远处的斜坡，只见同样身穿狩猎锦服的男子策马而来，由远至近，洒落一地清冽光华。

冬日乌云遮住了残阳，又一点点移开，令他身上仿佛携满了光耀辉芒，踏着清风，离她越来越近。

二人目光交汇在半空，他翻身下马，摘下头顶披帽，语调虽淡然如水，却沁入墨舞心底。他问道："姜中使可有受伤？"

墨舞恍惚地摇摇头，她定定望着他的容颜，忽然双眼一亮，急急问他："你我曾在何处见过？"

他闻言，只淡淡一笑，并不作答。

墨舞视线落在他腰间佩戴的长剑上，只见剑柄处刻着"云"字，她立即恍然大悟道："你是上官家的……"

上官晟云。

而墨舞之所以曾与他相见，还要追溯到初夏时节。

第十五节

　　那年初夏，是琉璃坊由墨舞接手后的第二年。她想着要招待些达官显贵、皇孙贵族来此做客，便设宴于坊中，又拜托回宫的赵内侍发出了邀请函。她自己尚且与那些贵人们还不熟识，只好借此机会来熟络感情。

　　既然是赵内侍发了话，自然有许多旧友愿意结交琉璃坊的新任总领。那日天气大好，陆陆续续地来了许多名门望族，其中便有出身显赫的上官家。皇城之中无人不知"上官"二字，倒不是因为其家族势力庞大富足，而是因为上官的先代是宫中文王，文王是开国皇帝最为宠爱的皇子，可他生来身子骨弱，先皇不忍立他为太子劳累朝政，便在皇城最好的地段赐给他良田千亩、房屋数间，又封为文王，赐上官姓氏，从此文王与后代在世外桃源一般的家宅中吟诗作画，远离污浊与尔虞我诈。

　　而受邀来到琉璃坊赴宴的上官家后人便是上官晟云。由于同皇室有宗亲裙带关系，上官家历代享有爵位，上官晟云是鼎鼎有名的睦玉王，虽不问朝中之事，也并无帮派党羽，但旁人见了都是要敬他三分的。论资质论相貌，他眉目清冷，身上总带着不食人间烟火之气，俊秀潇洒自是浑然天成。

　　他那日对墨舞没有太深的印象，只见她周旋在众多宾客之中谈笑有加，艳绝人寰的容颜的确如传闻中那般令人叹为观止。可他却只对她做出的琉璃有兴趣，那些大小不一的琉璃人像摆放在厅堂内的红木柜子中，或艳丽光华，或妖娆多姿，令他记忆颇深。

　　反倒是墨舞瞥见了他的侧影，在心中不自觉地刻下了他的脸。初见其颜，只觉是如同来自遥远洪荒世界、天地混沌之时的翩翩仙客，他独自负手站立于摆满了她琉璃作品的木柜前，身侧的两株芭蕉衬着他的白色衣衫，如一支翠玉碧绿簪，遗世独立，又逼得人不敢直视，仿佛连瞧一眼都会亵渎他满身洁光。

世间竟会有如此疏离于尘世，清冷孤傲，一身凛然正气的男子吗？墨舞目不转睛地凝视了他许久，哪怕是耳边丝竹声声、盛宴繁华万千，都不及他姿容夺目。

许是历经了浑浊与丑恶，墨舞反而不敢走上前去同他寒暄。于是那一次，她甚至都未曾同他讲过只字片语，便在宴席散去的时候，只得目送他离开。

她不曾想过那之后会有第二次偶然相见，尽管过程极其狼狈。

那年年底，在隆冬时节的酒楼小聚中，墨舞陪权贵们喝得酩酊大醉，待到夜深人静，她醉醺醺地独自一人回琉璃坊，其他人等也是烂醉如泥，皆摇摇晃晃地四散而去。墨舞醉得厉害，走到河岸旁呕吐不止，很快便不省人事地睡在了岸上。

冬日寒冷，河水结冰，她在睡梦之中颤抖着身躯，却奈何酒意深重，无论如何也醒不过来。假如她就那样一直睡到天明，说不定会冻僵成尸。哪料他的马车途经于此，恰巧看见了她，便命侍女前去搭救。

她躺在他的马车上浑浑噩噩地睁开眼，模糊中看见他坐在一旁翻看着书卷，侍女见她醒来便凑上前，询问她是否安然无恙。可墨舞无力支撑般地再度睡了过去，待到隔日清醒，竟发现自己睡在琉璃坊的寝殿里。她身上的衣衫整洁干净，却不是她自己的，她回忆不起昨晚之事，叫来侍女询问，侍女只道有人在清早时分将墨舞送到了琉璃坊门外，大家接墨舞回房时她就已经穿着这身蜀绣衣衫了。

墨舞追问侍女有没有看清对方是何人。

侍女摇摇头，道着："回总领，奴婢那会儿也刚刚醒来，意识都不算清楚，听见敲门声才去接应的，且对方又坐在马车里，是他的几名侍女扶着总领下车，奴婢没有来得及去看她们的主人是谁……"

难道是昨夜酒后失态？墨舞如何也回想不起昨晚之事，但自己身上的衣衫十分名贵，定是大户人家帮她更换上的。再看向枕边，自己原先穿着的锦服被洗得干干净净，墨舞拿起来嗅了嗅，闻得出淡淡的酒气，她料想自己吐得那般脏乱，定是醉倒在路边了。竟会有人不嫌弃那样的她，不仅带她回府，还为她更换衣衫、以礼相待，且又不留姓名，实在是令她心中动容不已。

自那之后，墨舞也想方设法地寻找"恩人"，可线索太少，加上琉璃坊内日夜繁忙，她也一度作罢。直到某日去街市采买，巧的是，她遇见一位同样穿着蜀绣针脚印记的侍女从药坊里走出来，那蜀绣的特别之处在于每个绣娘都喜欢在自己的作品上留下个类似书法印章的印记，而这印记怕是只有相熟之人才能辨识。这针脚留下的印记样式与自己当日的那件极其相像，墨舞追上前去询问她在谁人府中做差。

侍女当下一愣，回答自己是上官府上的人。末了又关切地询问起墨舞："总领那日回坊之后无大碍吧？"

墨舞一怔，侍女略有踌躇地笑笑道："我家主人反复叮嘱过我切不可与旁人说起的，可总领又不是旁人，我同你说起也算不得是违背主人。只是那日总领醉得实在厉害，主人担心总领在河岸旁久睡不醒伤了身子，便带你回了上官府，在马车上您口渴向主人要水喝，因为醉酒人沉，我也扶不起，主人就亲自扶着您喂水，只是您醉得把杯子打翻了几次，约莫是路上颠簸，又晃动地吐了主人一身。主人也没说什么，只是淡然地扶着您斜坐着，待到了府上就命我等先为您换洗打理，然后自己才去换了一身衣裳。也不知道给总领换上我等奴婢穿的衣衫会不会惹怒总领，可夫人不及总领苗条，自是无法让您去穿她的衣衫了……"

听闻此事，墨舞震惊不已。原来她竟酒后睡倒在河岸旁，差点莫名其妙地死了。倘若遇到不轨之徒劫色劫财，她又该同谁理论？而那萍水相逢的上官府主人却义不容辞地救了她，甚至不求回报，也未同任何人讲起。

在那一瞬间，墨舞对上官晟云产生了一种连她自己都说不清楚的情愫。

一如此时此刻，她从马背上翻身而下，缓缓走到他的面前凝视着他，心中竟有千言万语想要同他诉说。

他同样注视着她，并不提及当日之事，只道："此地不宜久留，既有旁人想要夺走中使性命，本王今日便会亲自护送中使返回，待确定中使身处安全后，我才会离开。"

墨舞见他转身欲上马，竟急不可耐地追问他道："滕玉王，你为何屡次出手帮我？"

她与他素昧平生，即便他曾给她留下刻骨铭心的印象，她却觉得他不是她有资质能够与其比肩之人。

他回首望向她，眼里似有讶然，很快又平复下那份惊色，并未回答她的问题，只是低声道："举手之劳，不足挂齿，中使，我们走吧。"

她心中竟有一丝沉甸甸的落寞，不觉嘲笑起自己，难不成还期待他有着别样的回复吗？在他的面前，她竟变得像是一个懵懂无知的少女了。

也许……

是她落花有意，他流水无情。

尘间柳絮飘飘，转眼到了春意盎然之时。琉璃坊内的女匠人们都换上了轻透飘逸的纱裙，待到清风袭来，一个个衣袖飘然，裙带翻飞，宛如仙子降凡。

在为刘皇后的妹妹璇打造琉璃的空隙，墨舞制出了一份流云样式的琉璃，并命人送去了上官府邸。表面上是谢礼，可琉璃下方却由她亲自刻上了"晟云"二字，用意何在，倒也心照不宣了。

在等候上官府回信的几日里，墨舞日夜惴惴不安。上一次这般大费心思之时，还是为刘皇后打造河伯公主像的几年前了。她笑自己不知好歹，思及此，便心中凄凉地坐在石桌前暗自伤神。想来上官晟云并不是她可以高攀得起的，而她也绝非是想要与他投怀送抱，她深知他出身显赫，且家中还有位门当户对的夫人，外界都道他们夫妻二人举案齐眉、相敬如宾，是人人艳羡的一双眷侣。

但她也清楚，他的夫人不及她貌美绝伦，他对她断然只有责任，而非炽热情感。她也私下里与他的侍女们往来，言笑间会装作漫不经心地问起他平日里都做些什么。侍女很喜欢墨舞送她的胭脂粉黛，倒也热忱地同墨舞道着："主人大多时候不在府中的，即便回了府，也要忙碌许多事情。很多将军、文官都愿意来府上拜访他，与武将在一起呢，他们会比试剑术，到了文官那边呢，他们会作诗、喝酒、下棋，再没别的什么了。"

说起上官晟云时，侍女们是满脸的敬畏与尊重，墨舞却觉得他所做之事极为符合他的气韵，古板倒谈不上，脱俗自是般配的。

"那……他与夫人感情可好？"墨舞试探地问。

侍女不曾多想，如实说着："好是极好的，可也谈不上多么恩爱，主人和夫人十六岁便成婚，是望族之间的联姻，皇城里不知多少女子羡慕我家夫人呢，谁不想嫁给主人那样的男子呢？可是主人眼光向来优渥，我虽然

读书不多，也能明白主人自是向往寻得一位才貌双全，能与他聊得来的女子。夫人也是这样希望的，她爱极了主人，但也想要主人快乐，我想，夫人是明白自己并非主人所爱的，故此，她盼着主人能早些遇见一个能让他奋不顾身去爱的人，她也定会爱屋及乌的。"

墨舞蹙了蹙眉，她感到困惑不已，竟会有女子愿意同他人分享自己的夫君？且能做到爱屋及乌？难道说她无法接受自己夫君纳妾之举，是她不够爱他不成？

可她虽然期盼着上官晟云回应她，却又矛盾地不想要他接受她。

也许她私心认定他是与寻常男子不同的，可一旦他也是盼望着寻得情人的那种男子，他与她而言，又有何特殊呢？

即便他的妻子纵容也支持他去追寻闺阁之外的情爱，谁又能来替那位可怜的夫人擦拭悲伤泪水呢？

自己尝过其中滋味，墨舞自然不希望旁人也去忍受这痛楚。如此想着，她便低声喟叹，大概是又想起了自己的丈夫也曾在新婚宴尔时许诺她一生一世一双人，可惜如今，早已物是人非。男人的心与情，是最靠不住的。

当天夜里，墨舞在新晋女匠人的服侍下准备沐浴更衣，她卸下了簪子，换上藕粉色的裙衫，铜镜里映出的是一个素淡却依旧美丽的女子。

女匠人便赞叹道："我今年满十六岁了，可这十六年来，我还从未见过谁有总领这般美貌，简直就像是天上来的仙子。"

墨舞莞尔一笑，未等说些什么，门外突然传来脚步声，女匠人首先回头去看，立刻认出对方，不由吃惊道："滕玉王？"

只此一句，墨舞的笑意便僵在脸上。

那夜之于女匠人来说，是惶恐而心惊的。她守在墨舞的门外，生怕有人会撞见屋子里的氤氲迷情。她也深知总领有着家室，更清楚大名鼎鼎的滕玉王背靠上官一族，他同样是有着妻女的，可她更明白总领貌若天仙，即便是滕玉王，也必定难敌其石榴裙的芳香酥软。然而琉璃坊里把守森严，是否有人已目睹滕玉王来此？如若事情传开，总领清白又该如何是好？

她又怕又急，不安地来回踱步，虽不敢去侧目纸窗，但她心中却忍不住悲戚起来：滕玉王那般清高傲然，却仍旧逃不过美人关。可他家中的妻子……又该何去何从呢？

而这般顾虑，又何曾不困扰着墨舞的心。

此刻已是丑时，房内的蜡烛就要燃尽，她依靠在他的肩头，手指轻捻着他的发丝，忽地听见他声音喑哑地问她道："你在想什么？"

她的眼神有些迷离，缓缓道："我以为，你不会回应我的心意。"毕竟过了这么多时日，她从没想到他会以这般直接的方式出现在她的面前。

他黯了黯眼神，在这漂浮着异香的房间里，他目光缓缓下移，从她的眼，到她的唇，他的神智都像是被她蛊惑了一般，不禁同她道："也许在我将你从山林里救下的那一天开始，我便盼望着今日这一刻的到来了。"

她闻言，扬起脸凝视着他深情的眼，妩媚地笑了："世人都道上官家的媵玉王是正人君子……"

他认真地看着她，仿佛她是他心尖上的朱砂。他眉目含笑，语气温和地反问她："难道我还不够正人君子吗？"

她微微张口，话还未说，他吞下她口中余音，已然再度翻身覆上她的胴体，那些既清冷又炽热的吻如暴雨一般散落在她的心头，他的热烈仿佛要将她整个人都吞噬殆尽，连骨髓都不留。她不知他是何时爱上她的，大概是冬日里他收留她的那夜开始，或者是收到她亲手为他制作的琉璃起，仿佛他已经等了她好久好久，久到他再也按捺不住他心中的爱意。他如鼓的心跳与急促的喘息像是在告诉她：名声与妻子他都可以抛弃，只要她肯，他将会成为她的。

墨舞回想起他时常看向自己的眼神，虽淡漠，却深藏热忱。而墨舞此生追逐的爱恋，正是此等的纯粹与孤注一掷。她觉得自己找到了，所以用她的身体回以同样的义无反顾。

只是，她却不敢开口给他任何答复。

她很清楚，两个人想要在一起，只凭借一腔爱意是远远不够的。而离开彼此身后的世家，便等于舍弃了财力与靠山，待到激情退去，他对她的爱还能维持到几时？

于是那之后，墨舞的眼里多了一份幽微的悲伤。

尽管，她仍旧沉溺在与他热恋的甜美滋味里。

此后，他经常借用公事之名来琉璃坊见她，她则会与属下作好交代后同他离去。他们一起策马游玩，一起躺在河岸旁细数夜空中的星辰，一起在酒楼中喝酒畅谈……

可每次面对他眼中浓烈的爱意时，墨舞却不由自主地屡次退缩。她的脑子里不断闪现丈夫与孩子的面孔，他们一家人曾经聚在一起共享欢乐时光，而她是妻子，是母亲，也是她父母的女儿……许多年来，她已然适应了这些附加给她的角色及称呼，即便她的名字是姜墨舞，可如今能够如此柔情地唤她此名的人，唯有他一人而已。

"墨舞。"他总是轻吻她的额，连声音都是缱绻迷醉的。

她也十分享受他的宠爱与陪伴，但同时她又怕，怕失去她苦心经营的一切。

墨舞放不下那虽不够全心爱她却可以给她富足的丈夫，也无法违背父母曾经对她的期许，更不忍面对子女失望的眼神。

她在心中嗤笑自己，真觉此生就是一个笑话。

直到那一日，在平日喝酒的酒馆单间里，上官晟云忽然握着她的手，无比认真地问她："墨舞，你可愿舍弃所有，与我一起走遍天涯？"

墨舞闻言，有一瞬间的心猿意马，可很快便恢复神智，不动声色地抽出自己的手，笑道："你今日竟是醉得厉害了，怎说起这般痴心梦话了？你我都是朝廷中人，且我又是皇朝历代以来唯一的女官，哪里是想走便能随便走的呢？快别再说这些稚气话了。"

上官晟云怔了怔，隔着夜晚的清风，定定地盯着她，问道："你是不信我，还是不信你自己？"

这话令墨舞眼中浮现惊色，抬起头去看他。

她在他的眼里看到了哀色，载着些许忧愁色泽，令墨舞在与之对视的刹那不禁感到强烈触动。可她又在这眼里找到了寒渊般的冷，以至于她感觉自己要被吸进那幽黑的瞳孔中。

直到他从容平淡的声音再次于她耳畔响起："我明白你不愿意放弃你现有的权力，或许你也不愿意离开那能给你富足生活的商贾丈夫，可墨舞，我愿意把我拥有的一切全部都给你，从此以后，你我将只有彼此，一生一世，比翼成双。"

如果是在十年前，这番话足以让墨舞为之奋不顾身。而此刻，她也绝非没有半点儿感动，但听闻那"一生一世比翼成双"的字眼儿，却令她觉得格外刺耳。以至于她握紧了手中的杯盏，竟是面露一丝不屑："大名鼎鼎的塍玉王，你如何能把你的一切给我呢？倘若你我就此私奔离去，你我的前程尽毁，不仅丢了官位，连身后的财力都会被一并断送，难不成要我同你去过乡农生活吗？那时你将一无所有，又能给予我何？"

上官晟云静静地听着她的话，目光缓缓沉下，像是若有所思。片刻后，他醒了醒神，再看向她："我爱的是你，并不是此刻拥有全部的你。我以为你的心意与我一样。"

墨舞嗤笑一声道："回媵玉王，我不似你出身高贵，且万众瞩目得来全不费工夫，我自然不敢说出这般冠冕堂皇的话来。"

上官晟云听着，竟也笑了，极为同情似的道："所以你不惜陷害你的同期女匠人，以此来巩固你在琉璃坊内的独权。"

墨舞的脸色变得不太好看，她自是除掉了沁女这个最大的威胁，只因沁女总是表露出赤裸的野心，令她担忧自己的位置会不保。所以，她使了一个小小的计谋，将勾引亲王的罪名扣在了沁女的头上，又一并为皇后与皇上除掉了那窥探着皇位的五王爷，岂不是一石二鸟，何乐而不为呢？

偏偏上官晟云又说道："如果只有此事倒也罢了，可你私下里总是进行假冒琉璃的交易实在不妥。墨舞，你再也不要做如此下作之事了，这对你自己与琉璃坊都没好处。"

"下作？"墨舞终于被这两个字触怒，她的嘴唇惨白，夹杂着怒意的声音止不住地颤抖起来："你竟如此不懂我，我曾以为你与旁人不一样，如今看来……竟也别无二致了。"

说罢，她起身欲走，可酒意使她的身体略微摇晃，她趔趄了几步，忽感腰间温热，一转头，发现是他揽住了自己。他动作轻柔地环抱着她，眉宇间的深情仍旧令她的呼吸微微一滞，她听见他说："正是因为我懂你，才不愿失去你。"

的确，他每次望着她的眼神都毫不隐藏地展现出贪婪，他想要拥有的是她乃至她的日后，可他越执着于此，她就越发害怕。那曾经破碎的爱情也像今朝般美好，但她已然不敢再去体验。

于是她轻缓地推开了他的手，冷漠地转身离去。徒留他独自站在小窗前，背影兀自寂寥，并不曾发现有人躲在屋外的暗处。那身影窸窸窣窣地跑开，察觉到一丝异样的上官晟云转身望向窗外，只看见一抹枯叶从半空中徐徐飘落。

当天夜里，大雨滂沱而下，雷电交加，墙院里的琉璃灯被狂风打灭，

石府朝南房里的烛光微弱，一缕袅袅烟雾从白色帐幔中飘飘而出，石天奕听闻侍从禀报此事，立即震惊地起身。

这空旷的房里只有他们一主一仆二人，石天奕手中的烟杆颤抖不已，他不断地问道："此话可当真？绝无虚言？"

窗外一道闪电划过，闷雷乍响，侍从单膝跪在石天奕的面前，战战兢兢道："主人，奴家所见真真切切！"说到这，他情不自禁地压低音量道："奴家亲眼见到姜总领与媵玉王在那酒馆的隐蔽房间里私会，再定神打量，他们二人行为亲昵、言语露骨，必然是有奸情！奴家还听见他们说……说不能再做假冒琉璃的交易了，那媵玉王还口口声声地说着不能失去姜总领。"

石天奕闻言，心境复杂，他一时之间愤恨不已，竟失手折断了手中的烟杆。侍从不敢去看他，忽又听见他大笑起来，竟是疯魔般地砸了床榻案几上的古玩，咒骂道："贱妇！难怪她近来杳无音信，原来是有了新欢！居然攀上了媵玉王，真是让人刮目相看啊！"话到此处，他沉下了眼，逐渐冷静下来，平复了因妒火而燃烧的气焰。他缓慢地上扬起嘴角，冷笑道："可她休想把脏水都泼在我一人头上，她既背叛了我，便不要怪我无情了。"

云母屏风烛影深，长河渐落晓星沉。嫦娥应悔偷灵药，碧海青天夜夜心。晚秋时节，皇宫内乃至街市角落里都传开了一个让人瞠目结舌的消息——当朝唯一女官姜墨舞偷梁换柱、欺君罔上。

别说是朝中百官，就连布衣百姓都热衷于谈论此事，要说这个姜总领区区一介女流竟可掌管偌大的琉璃坊，本就是件稀罕事，又被当今皇后赏识提拔成女官，着实令朝中老臣嫉红了眼，她明明是一夜之间飞上了枝头，却被人秘密举报背地里做了肮脏勾当，皇上盛怒，当即将她押进天牢里等候发落。

一石激起千层浪，姜墨舞入狱之后，平日里眼气她得宠的乌合之众自是竭尽所能地落井下石，且负责审理此案的三品官员极为耿介，更是扬言要彻查得明明白白、清清楚楚。于是派人四处搜罗准确可靠的信息，一时之间，好像所有的晦涩与阴暗都朝着墨舞铺天盖地而来，她陷入了四面楚歌之地，罪证也被一一列出——

贿赂他人打造琉璃艺品，冒充顶替；

私下高价倒卖琉璃，获取钱财充足自己私囊；

为巩固女官地位，陷害同期女匠人，设计令其与皇室有染；

又先后勾引数位名门望族府中的男主人，与之闺阁密会，夜夜笙歌，有失妇道！

此等祸害，罪犯欺君，岂可留命？

皇后自然是保不住她了。此事已然惊动了皇上，如若不是皇后有帝王的宠爱保身，搞不好还会因此事受到牵连，她自是不敢多言一句。且墨舞在狱中被先后用刑，又被逼迫将血手印按在认罪状书上，白纸黑字，百口莫辩！

对姜墨舞行刑的日期已经发布，城内的高墙上无不贴满了告示。石天奕偕同自己夫人出街散步，途径画像前，正听百姓们在七嘴八舌："要说最毒不过妇人心，这女子攀权富贵、手段奸诈，着实是赔了自己的卿卿性命。"

"听我家在朝中做官的姑舅说，皇后得知被此女欺骗后，大病一场，皇上心疼不已，只忙着陪伴皇后，要不然啊，早就当即问斩了这妖妇。"

"这妖妇也是有些背景靠山的，富甲一方的姬侯爷可是她的结发夫君，定会使出浑身解数动用人脉为其求情的。"

"我看未必吧，想来那姬姓侯爷与倒戈的五王爷曾走动密切，虽未被查出是其势力党羽，可皇上怎会轻易放过五王爷的幕后同党呢？且不说这个，那姬姓侯爷的家族的确强大，然而自古王权独尊，过于显赫的望族总要惨遭打压，必有杀一儆百之意。"

话听到这里，石天奕惨白着一张脸，背脊僵硬。夫人忧心地询问他是否身体不适，他回过神，立即摆摆手，示意自己无碍，转而握住夫人的手继续朝前走去。

可他一边走着，一边思虑着听到的那些话，心中颇为惶恐。他的确是为了自保，才匿名将墨舞曾经的所作所为报去了官府，可信中不过寥寥几语，并未牵涉过多，他也怕自己会受到牵连。哪里会料到此事竟然惊动了皇上，并被如此彻查到底。他自知闯了祸，但却不敢去为墨舞说话，不如说，他更畏惧的是自己与墨舞的事情会被知晓。

倘若被查出自己也是她的情人之一该如何是好？倘若夫人得知此事又该作何解释？倘若他也要被问罪……不，他绝不会允许自己被殃及，即便

到了最后一步，他也决心矢口否认，势必撇清与她的关系。

思及此，他心中也算轻松了一些，接下来每走一步，都渐渐地如释重负，并紧紧地握住夫人的手，连凝望夫人的眼神都变得格外柔情蜜意了。

而这个时候，墨舞正身处阴暗潮湿的牢狱里。一桶凉水泼过来，她不知是第几次惊醒。身上的剧痛令她神志不清，天旋地转中，她只看得清对面坐着的人是姓宋的判官。而她自己呢，却是被绑在木桩上，四肢瘫软而颓唐，简直如同一株破败的浮萍。

宋判官木然地注视着眼前瘦弱的女子，命人道："水。"

又是一桶沁入骨髓的冷水袭来。

几个狱卒站在宋判官身侧，似乎早已习惯了这种人间炼狱般的景象。多少朝中罪人就是这般被虐待致死，但这位出身琉璃坊的姜总领的运气要好很多。

皇帝暂未下达任何指令，那么她还能保命。可从始至终，她在确凿铁证前却死不承认，哪怕是用了大刑，她也紧咬牙关。直叫一向铁面无情的宋判官被磨没了耐心，不由地威慑她道："你不认也是没用了，皇上心意已决，你活不久的，你何必受此折磨？难道你以为这样闭口不谈，皇上就会觉得你是无辜的了吗？劝你好生认了便是，我保你留有全尸。"

墨舞垂着头，依旧没有言语。嘴角的血迹滴落在地，凝聚成一摊小小的猩红。

宋判官打量了她一会儿，缓缓沉下眼，抬手示意狱卒，便立刻有人递来了烟杆，他点起烟，百无聊赖地吐出袅袅烟雾，雾气笼罩在他身侧，像是仙境云烟。他又对墨舞道："姜总领，你我明人不说暗话，想你今日走到这个地步，也是朝中众臣期盼已久了的，虽然你曾有皇后做靠山，但铁证如山，她也无法在皇上面前为你求情，你不必怀有侥幸，拖延时间。再者，就算你夫家腰缠万贯也是无用，你的罪过是欺瞒皇上、败坏女德，他怕是也不愿为你这样一个不守妇道的妻子蹚这浑水罢。事到如今，你干脆认下所有，大家就不必再陪你熬过如此充满痛楚的漫漫长夜了，你也要为我等当差的考虑下才是。"

然而，她仿若无动于衷。宋判官正欲发怒，外头有狱卒传话来："宋大人，狱外有人求见，他是来探望姜总……姜墨舞的。"

宋判官蹙起眉："何人求见？"

狱卒回道："上官家的媵玉王。"

宋判官闻言，不由冷笑起来："他倒是个有骨气的，这时候人人避之不及，他却如此坦坦荡荡地求见，生怕旁人不知他与妖女有染不成？也罢，上官家嘛，总归是招惹不起的，传我的——"

可话还没说完，一直沉默的墨舞却突然歇斯底里地大叫起来："我不见他！让他走！"

宋判官与几名狱卒皆是受到惊吓般一怔，只听墨舞凄厉地喊着："我与他从不相识，更厌倦他一厢情愿的纠缠！我不想在临死之际还要看见他的脸，与其同他共处一室，不如现在就赐我一死！从始至终都是他对我苦苦相逼，我根本没有爱过他，我有夫君，我有儿女，我怎会背弃我所拥有的一切去和他谈情说爱？都是他的疯话！我宁愿死，也不肯见他！"

她的叫喊声痛苦而疯狂，惨烈无比，害得宋判官的后背起了一层密密麻麻的鸡皮疙瘩。

而狱外的上官晟云将这些话语都真真切切地听进了耳里，他沉下眼，终究是转过身，决绝地拂袖离去。

仿佛是感应到他走了，墨舞终于悲痛地号啕大哭起来，泪水混合着脸上的血水一同流进嘴巴里，腥咸苦涩一片。想来她在受刑时都不曾流过一滴眼泪，偏偏在说出那些违心的话后痛不欲生。她只是……不愿他看见自己这副狼狈丑陋的模样罢了。

这时的狱外，忽然雷雨大作。

狱门外丛生的杂草在暴雨中摇曳，野花被打得花瓣飘零，奄奄一息。

雷电轰鸣之中，宫车停靠在了铁门前，几名撑着伞的宫人携着圣旨匆匆进了狱里。宋判官见状，立即跪地接旨。

"应天顺时，受兹明命，姜氏墨舞一案特赐服毒，明日午时行刑！"

宋判官得令，余光瞥一眼墨舞，只见她失魂落魄地抬起了脸，双目呆滞无光，惨白的面容上满是污血与泪痕，那凄楚绝望的神情让人见了心惊肉跳，竟也分不清此刻的她究竟是人，还是鬼了。

第十六节

天宁 177 年。

时值初雪时节，星星点点的白雪从天而降，落地即化，却在与地面积水混合之后，凝成了一层寒薄冰层。

苍茫天地之间是浑然一片的暗色，无数的百姓围在城中刑台前，他们今日都是来看妖女服毒行刑的。

那妖女身穿白色素衣囚服，双臂被五花大绑在身后，长发散在腰间，正颓唐地半跪在高台之上。

台下涌动着数不清的人头，是一群乌压压的民众，他们或窃窃私语，或嬉笑怜悯，也有人血气方刚，将手中脏物投向妖女，满口咒骂。

而她却始终平静地垂着头，嘴角血迹已淡去，一如黯似深渊的双眸。凛冽寒风拂过，将雪花刮在她的发鬓上，竟是没有融化，引得她恍惚地望向天空，发现雪越发大了。

坐于高台之后的宋判官看了眼香炉，香已经快要燃到底，行刑的时间不足半刻，他高声令道："备好汤膳，准备行刑！"

这一声大喝令她身形晃了晃，她仿佛终于意识到自己的一切到了尽头。也不知为何，她偏巧在此时想起曾在茶馆里听过的戏书，说书人眉飞色舞地讲着一代帝王建国总要经历切肤之痛，无论是生于帝王将相还是草莽英雄，若想登基成皇，必要承受常人所不能忍，行常人做不得之事。帝王英勇有谋，才能盖世，东征西讨，血流成河，最终才得以收复疆土、建立帝国。

待到国度建成后，将要对朝臣与部下论功行赏，划分官爵，东、西、南、北四方都将归顺于一人之手，将是要风得风、要雨得雨的寿与天齐之路。

如此一来，他终可享受战果，锦衣玉食、金银珠宝、酒池肉林、美色奢靡。这本应是帝王理应拥有的全部，可那些被他封赏的臣子却怨他荒淫，百姓怪他贪逸，他便收敛行径，减少税收，势必要做一代明君。然而妃嫔们又恨他无心后宫，怨声四起。王储们争风吃醋、尔虞我诈，总想要篡位将其取而代之。他四面楚歌，内忧外患，总是郁郁不得志，最终竟因日夜思虑而过劳病逝在龙榻上。

死后的他驻足在皇宫前迷惘不已，他问自己修建出的道观里的神像："为何寡人拼尽全力过活一生，到头来却是如此遗憾？"

神像未曾回答他，唯有动作变了变，仿佛是在指着前方。

于是，他抬头向前循望，企图寻到答案。就像此刻的墨舞，她缓缓地抬起了头，如那充满了遗憾的帝王一般望向了前方。有一袭青玉色的长衫挡住了她的眼，腰间坠下的玉穗晃进她心底，她神情一震，不敢置信地看向他。

他站在她面前，手中端着一碗清甜玉液，水面倒映着她复杂眼神，他对她轻声道："他们准我在你服毒之前送一碗清水，你且喝下吧，来世也可清清白白。"

她垂眼一笑，苍白笑靥倒也极尽风流，像是抱怨似的呢喃着："你我夫妻数年，凭你对我的了解，怎不在我临死之前带一碗酒来？"

他苦笑："莫再喝酒了，喝酒误事。"

她不屑地笑起来，也许在旁人听着，只觉她是在口出狂言："想我短短半生不曾有过分毫软弱，我竭尽所能去获得我想要的一切，偏偏一失足成千古恨，我还未来得及尽情享受与快活，便要丧命于此，实乃天不遂我愿，苦了帝王心。"

他蹙起眉头斥责她："都死到临头了，你还在胡言乱语？区区一介女流之辈，也敢谈及帝王之心？"

她嘴角扬起一抹讥笑弧度，仰头凝视他的眼，字字珠玑道："都死到临头了，我还有何畏惧？且即便我身为女流之辈，也是当朝唯一的女官，你们男子做得到的事情，我又有哪件做不得？究竟是我怕你们，还是你们怕我？"

他也凝视她，脸色渐渐变得难看而铁青。最终，他留下一句"死不悔改，当真是无药可救"，却还是亲自喂她喝下了那碗她平日里最为爱

喝的玉液。

接着，行刑的时间到了。宋判官派狱卒端着药碗走上刑台，来到墨舞面前，那狱卒轻蔑地审视她一番，墨舞则毫不犹豫地饮下了赐予她的那碗毒药。

药汤顺着墨舞的嘴角渗漏了几滴，浑浊的液体落在地面的积雪中，很快便晕染开了一片湿迹。

墨舞在这时发觉她的丈夫正欲离开刑台，她张了张嘴想要喊住他，叮咛他要照顾好孩子，可冲破喉咙的却是一口鲜红的血液。

血染白雪，相融成殇。

墨舞死死地盯着那鲜血，她这才意识到自己已然濒临死亡。四周安静至极，竟也开始有血不断地从她的眼眶、耳鼻中流淌而出，污了她的视线，令世间一片猩红。

她的耳畔回荡起了数不清的声音，争吵声、欢笑声、哭泣声、呼吸声……她努力地想要辨别出每一个声音，且恍惚之中，她仿佛看到了许许多多的画面——石天弈正独自在家中流泪，他自言自语般地在哀求着她的宽恕，可是午时刚过，他便擦干眼泪，走出房门寻夫人，他们约好今日去丈人家相聚；琉璃坊内的匠人们没有丝毫悲伤，他们甚至已经开始在内部推荐起新的总领来接管墨舞的职务；一双儿女在乳母的照看下酣然入睡，仿若早已习惯了生母不在身旁的日子……

而最后，是那个痴情的声音终止了这一切，他问她："你愿不愿意舍弃这一切和我走？"

她无声笑笑，心觉如今给他答复，是否已然太迟？她身体不自觉地向前倾去，试图更为靠近他一些，然而脸颊处却冰冷无比。原来，她已经倒在了地上，左脸颊浸在积雪里，嘴角鲜血涔涔，她没了呼吸。

宋判官漠然地转头道："来人。"

几名狱卒心领神会，拖拽着她的尸体走下了刑台。

留下来的只有一条凌乱的拖痕，还有那洒满雪中的，星星点点的，如同罂粟般惑人的血迹。

唯有那个问题再度回响于耳畔：

"为何寡人拼尽全力过活一生，到头来却是如此遗憾？"

死后的她也同样问自己：姜墨舞的一生，都得到了什么？

为何没有人给她回头的机会？

为何没有人愿意听她说真心话？

她可曾拥有过亲情？父母之于她，无非是最熟悉的陌生人。

她可曾拥有过爱情？三个男人之于她，更像是权力的衡量。

那么……友情呢？

她与皇后之间，也算得上是友人吗？不过是慕强罢了，皇室与布衣，如何能谈平等呢？

想她从前尚未出嫁，她便总觉得自己是个外人，仿佛从不属于姜家，更无从寻找归属感，所以，她努力提升自己，直到最终能够亲自选择命运、选择爱人。诚然，她做到了，也选择了，可惜那并不是她的良人。

于是她一心攀附权贵，唯有权力才能够让她感到安心。

哪怕是她在最后遇见了上官晟云。

他如同虚妄的人间烟火，是她心中的白月之光，固然无比美好，却是她与现实的对抗。倘若早一点儿相遇，倘若在她还有勇气去相信爱恋之时……然而尘世从不怜悯眷属，他的爱的确纯粹，却少了几分铜臭滋味。偏巧她需要的，又正是被金粉包裹起来的爱意。

也许是她贪婪饕餮，可浮在云端上的情感，又如何能持久？

她与他，终究是生不逢时、爱水昏波。

可……

姜墨舞追逐了一生的财富与权力，她为此舍弃了太多，道义、良知，甚至是心爱之人的请求，然而……为何最终还会落得如此凄惨结局？除此之外，她又得到了什么呢？

她悲戚地睁开双眼，迷惘地询问："苟活一世，寥寥数载，真正该追寻的究竟是何？"

身后传来略带笑意的淡然回答，他道："无名，天地之始；有名，万物之母。万物自有根本，从何处来，往何处去，皆有它自己的缘法。天地初始的时候，所有的事物都没有名字，圣人给每样物件儿都起了个名字，便有了人们所称谓的万物。"

她闻声转过头去，打量他的身姿，缓缓相问："倘若风雨永无法乱我心，我也无法作为仁者而心动呢？"

他的笑容显露出宽慰之意，回答她说："三界六道，唯我冥界公平，所

第
十
六
节

谓善者自兴，恶者自病，吉凶之事，皆出于身，红尘滚滚，若想参透，必要置身其中。你既不肯转世去，便在此做守桥的孟婆吧，想来这奈何桥上人生百态、生死度尽，各有其道，或许你终有一日可寻到你真正要追寻的东西。"

她凝视着他，便是在那一刻，她眉心中央出现了一抹若隐若现的玉色珠点。

那是身为孟婆的印记，历代不同，却皆是出自冥帝和墨的认可。

于是，奈何桥头才多了她这样一位孟婆。

时光匆匆，春夏秋冬，奈何桥上几十年流逝，不过是须臾之间。身为孟婆的她自是见证了无数人的来与去，更是见到了那些曾与"姜墨舞"痴缠的人们的死后模样。

她还记得刘皇后出现在奈何桥上时，仍旧雍容华贵的姿容。岁月并没有在她的容颜上留下痕迹，她的确是被心爱之人宠爱了一生的女子。可万般皆是命，半点不由人，刘皇后还是在风华正茂时死于一场恶疾。

而曾经的丈夫，他的一生也算顺畅。自是家大业大，子嗣光耀门楣。她与他的儿子高中状元，整个家族也摇身一变，成了朝中新贵。自古以来，商贾人家鲜少出现状元，姬家会因此而跻身于朝廷也不足为奇。再说她与他的女儿，才貌双全、能歌善舞，年岁及笄时，便嫁给了尚书家的二少爷，一对璧人相敬如宾，倒是羡煞旁人的神仙眷侣。至于其他庶出的子女也不在少数，毕竟姬侯爷纳妾不少，虽有子嗣夭折，但留存下来的也都出人头地，不辱家门。到了晚年，享尽天伦之乐的姬侯爷自当是寿终正寝。

再说起她心中的白月光，那痴心的上官晟云在回归家中后，便如梦初醒般地同发妻好生度日。他做了太学院的先生，专教皇家子弟学问。可他此后的人生却怎样都不痛快了，连笑容都充满了悲伤。最后，他未到不惑之年便草草地离世了。

而孟婆最为遗憾的事情便是没有亲自送上官晟云离开奈何桥。只因她那日去了凡间帮人还愿，她走时，他上桥，她归来，他入了轮回。二人因此再度擦肩而过、两两无期，实乃造化弄人。

至于她的父母亲，倒也安享了晚年。可当他们双双来到奈河桥头时，竟未认出孟婆。

孟婆沉默地盛了两碗孟婆汤递给他们，问他们在投胎转生之前可有何遗憾之事诉说。二老不约而同地喟叹不已，念叨着家中有一女儿名墨舞，被他们二人辜负至深，此生怕是无法弥补了，愿来生还有机会偿还。听闻此言，她想起在冥府数年来，自己也曾收到不少来自凡间的冥币，多是出自父母相送。

这份血浓于水的亲情，终究是割舍不断的。

也许曾经数不尽的爱恨情仇、痴心妄想都已是前尘往事了，她便不必再去感受那其中的悲苦与痛楚。只是记忆深处的路总是越发清晰，富丽堂皇的城墙外沿着鹅卵石小路栽满了紫藤花，甜腻芳香如瀑布泉水一般倾斜四溢，一团团锦绣般的花藤折损在脚下，冷风吹散污泥，她只身一人于这空旷僻世之中孤零零地抬起头，便再次见到他出现在她的面前。

她问他："你可是来给我答案的吗？"

他淡淡一笑，轻启唇瓣呢喃话语，她隐约听得清最后一句，而后，她突然惊醒般地睁开双眼，耳畔传来衣襟碰触的簌簌响声，她警惕地转头去看，这才发现自己是站在告示前。而身旁依旧是那群七嘴八舌的民众，他们盯着墙上的告示议论纷纷，其中有个年轻人冷哼一声道："我看，这分明就是世人谣传，男子汉大丈夫都未必有胆量欺君，那一个弱势女子又怎能做出这等大逆不道的事情来？"

一名老者立即训斥那年轻人道："休要不知礼数地胡言乱语！"

年轻人闷声抱怨了几句，惹得孟婆侧目相望，不由一惊，那"不知礼数"的年轻人竟是上官逸舒。

这倒真算是一种奇缘了，孟婆内心略有动容，想来自己这般伤怀之际，还有他出现在身边，即便他无心陪伴，却也彰显了一种羁绊。只是可惜了，孟婆在他的身上未曾看见半点儿上官晟云的影子。当年那衣袂飘飘、尊贵若仙的男子有着清雅冷傲的深邃眼眸，如利刃雕刻而出的面容线条清冽，虽然身着绣着回云波纹的华衣，可偏偏将如此柔和的纹路衬托出一股浓重的疏远与淡漠。

然而面前的年轻人看见了她，立刻展现出一张喜出望外的笑脸，他自然是惊喜万分的，手舞足蹈地同她问候一番，孟婆不禁失笑且怅然，也恍然大悟般地意识到，前尘终究已是前尘，那仙客般的男子已然是不复存在了，她又何必心存执念呢？

可上官逸舒哪里看得出孟婆的思虑，他眉开眼笑地凑到孟婆跟前倾诉

"衷肠"："师父，真没想到你我会在此处相遇，实在是天赐机缘！自打上次目睹师父的盖世轻功，徒儿心中一直盼望着有朝一日能与师父重逢，届时，定要献酒拜师、学习武功！如今美梦终于实现，当真是精诚所至，金石为开了。师父，请受徒儿一拜！"说罢，他便单膝跪地，还诚挚地将装满佳酿的酒壶双手奉上。

周围看客面面相觑，孟婆倒也不觉尴尬，反而饶有兴致地打起了如意算盘——想来上官逸舒是个不缺钱财的富家少爷，要是收下这个徒弟，不仅多了个跟班，每天还有好酒享用，何乐而不为？要说她前尘遗憾多多，死后做了孟婆，便不可再委曲求全，自然是要潇洒妄为才不枉韶华。

于是她打趣他一句："想要拜师，只凭一壶酒怎么够？"

上官逸舒一听这话，心觉有戏，立刻趁热打铁道："师父尽管开口，只要徒儿做得到的，包管师父满意！"

倒是个嘴巴甜且识时务的，不错，算得上可塑之才。孟婆满意地摸摸下巴，一挑眉梢，令他道："走，请我喝酒、吃肉去。"话音落下，她随手一挥，招起阵阵大风，那风大片大片地从四面八方涌来，卷走了墙上贴满的告示，令周遭百姓喧闹不止。

谁让那告示惹她不悦了呢？眼不见才心不烦。

上官逸舒目睹孟婆施展的咒术，不禁双眼放光，越发佩服。他暗自赞叹：这才配做我上官小爷的师父！想来从前家中找来的那些江湖骗子，根本都是些花拳绣腿，不值一提！哪有师父每天让学生扎马步，扎完了马步就开始打一套傻拳的？且那些刀枪剑戟从来不许他碰，真是荒唐至极，可笑至极！

都走出好远了，他还在喋喋不休地嘟囔着自己的经历："小爷我自然清楚是家父家母企图糊弄我，他们二人从很久以前就极为反对我习武，可我又不是傻子，我有手有脚，大不了离家出走去自寻师父。花花世界这般流光溢彩，我自当行走江湖乐不思蜀。"

孟婆听得心烦意乱，翻翻白眼，内心觉得他根本就是小孩子心性，便对他道："你当真以为江湖中只有快活，没有残酷？"

他洋洋得意："只要我从师父你身上学到了百般武艺，天王老子也奈何不了我，还管江湖残酷不残酷！"

"也好，是该让你这种愣头青体会一下来自现实的利刃。"孟婆悄声说完，便带着他来到了自己常去的白家居。

见到常客来了，小二立即热情地招呼，引她去了常坐，又端上她平日里爱吃的菜色和好酒。

上官逸舒盯着那满满一盘子的酱牛肉目瞪口呆，喃喃地道："这起码有三斤吧……"

孟婆略带挑衅似的示意上官逸舒落座，并趾高气扬道："想要行走江湖，这大口吃肉、大口喝酒还只是最基本的，你可不要说你这就怕了。"

上官逸舒到底年轻气盛，忍不得他人激将，当下红着脸反驳道："谁？谁说我怕了？我上官家的后人可不是被吓大的，不就是三斤牛肉嘛，我吃得下！"说罢，他便抓起肉和酒，狼吞虎咽地吃起来。

孟婆笑得像只狡猾的狐狸，她坐到上官逸舒对面，招来店小二低声吩咐道："给我温壶桑葚酒，再切几片凤梨酥鸡。"

小二立即照办，他前脚刚走，老板娘柳绮嫣便后脚来了。

见到孟婆，她热情地迎上前笑道："哟，竟是孟姑娘，好些日子不见了，你我可要趁此良机好生畅谈一番才可……"话说到这，她余光瞥见了上官逸舒，先是一怔，很快又被他双颊鼓成仓鼠状的模样惹笑，不由掩面打趣道："孟姑娘今日还带了位俊俏的小公子呢，可见你脸生，敢问尊姓大名？"

上官逸舒停住了咀嚼，咽喉间最后咽下的一口烈酒格外火辣，不仅是胃，仿佛心也一并被烧着了。

他睁大眼睛，目不转睛地望着面前出现的风情女子，夕阳的光穿透纸窗照上她的脸，映着她的簪花粉黛、媚眼如丝。她腰间系着桃色绢帕尽显风流，身着一袭暗紫色流云水纹交织的华服，且有一双别致美艳的丹凤眼。

仿若是一眼万年，上官逸舒手中的牛肉"啪"的一声掉在了桌子上。

孟婆看出了他的心思，只因他的眼神已经控制不住地追着柳绮嫣。她坐下，他目光下移；她抬头，他目光上扬，好半晌才想起自报姓名，竟是极为笨拙地开口道："我、我叫上官逸舒，年方十七，不知神仙姐姐姓甚名谁，芳龄几何……"

柳绮嫣闻言，不禁与孟婆相视而望，二人皆是忍俊不禁地笑了起来。上官逸舒被笑得心中毛躁，又不知自己哪里说错了话，急得如坐针毡。

"哎哟，瞧我，竟因被称了一声'神仙姐姐'便忘乎所以了。我姓柳名

绮嫣，是这酒馆的老板，自然是足以做你长姐的年纪了。"柳绮嫣同上官逸舒笑过之后，轻飘飘地问孟婆："这位弟弟和孟姑娘是何关系呢？"

孟婆自然看得出上官逸舒的情窦初开，便打算捉弄他一下，笑道："他嘛……是我家长姐的心上人。"

上官逸舒一听，立即惊慌失措地同柳绮嫣辩解道："不！我是想拜孟姑娘为师的，我根本不认识她家的长姐！这是个误会，神仙姐姐，你听我解释！我还未曾有过婚约，我是清白的！"

这一番情真意切的话更是惹得柳绮嫣捧腹大笑，甚至连眼泪都笑出来了。她不得不安抚这年轻人道："上官少爷，孟姑娘分明是在打趣你呢，你倒好，自己一股脑地全部都说出来了，可不要这么轻易地上了当。"

上官逸舒见到她笑得如此妩媚动人，自己反倒不好意思地低下眼去，挠起了头，还嘿嘿地傻笑了几声。

而孟婆打量着面前傻气直冒的上官逸舒，竟也觉得他有几分可爱。想来她从未打算了解这个少年，于她而言，他不过是上官晟云的后世。可前世皆已成为过往篇章，她也不必紧抓不放。而前世的上官晟云是清冷骄傲的，今世的上官逸舒是纯真憨厚的，他们本就没有丝毫的相似。思及此，孟婆便释然地勾起唇角，她心觉自己应当重新去了解、帮助上官逸舒，而不必再怀揣前尘往事的负担。

傍晚过后，孟婆决定要回姜家一趟。一来是想见见离歌，二来也打算制造机会让上官逸舒与他的神仙姐姐独处。柳绮嫣并不问她要打道回府的原因，她从不多嘴，这点很让孟婆喜欢。而上官逸舒嘛，果然没有令她失望，"见色忘师"用在他小子身上自是再恰当不过，他只同孟婆嬉皮笑脸地挥手道别，然后便跟在柳绮嫣身旁忙着献殷勤。

待到孟婆回到姜家，远远地就望见花园里的紫薇已然开满，离歌与怀笙一家三口正其乐融融地赏花谈笑。孟婆不想打扰他们，便在一旁独自遥望了会儿这天伦之乐般的绝美画卷。

直到煜儿困倦了，离歌又察觉到了孟婆归来，她便要怀笙带着煜儿先回房去，她稍后就来。

看到怀笙离开，孟婆这才从紫薇花架下缓缓走向离歌。见到孟婆，离歌是既感激又惧怕的，她先是作揖行礼，随即小心翼翼地询问孟婆这几日去了何处。

孟婆倒也没打算同她寒暄，只从袖口里拿出了一支琉璃发簪递给离歌，轻笑道："我本打算在你成婚当日送给你的，可想到我来自冥府，这出自我手的礼物只怕会触了大婚的霉头，于是便耽搁了这些时日，你莫要介意。"

虽说孟婆不愿表露自己的缜密心思，可多年来，她毕竟喝了离歌酿的许多美酒，且这桩婚事也是她一手促成，理应送份礼物聊表心意。

离歌受宠若惊地接过那支漂亮的琉璃簪子，细细地打量起它的色泽——通透的簪柄，艳红的豆蔻镶在簪头，配以若有若无的两抹绿色，簪身上还刻着精致的诗文——

娉娉袅袅十三余，豆蔻梢头二月初。

离歌的双眼亮起光，开心地道了谢，又询问孟婆："莫非这是孟姐姐亲手做出的吗？"

孟婆没有理会她这个问题，只拂袖叹了声："这几日路途劳累，此刻倒是有些饿了。"

离歌聪颖，立即心领神会地笑道："我这就去为姐姐做些吃食。"

孟婆喊住她："姜家少夫人岂可亲自下厨？"

离歌非常认真道："那些笨手笨脚的厨娘哪里有我摸得准姐姐的口味？姐姐且等候片刻，我很快就会备好晚膳。"

孟婆目送着离歌轻盈的背影，只见她愉快地将琉璃发簪插在了发鬓上，那翩翩如燕的身姿倒真像极了青葱水嫩的豆蔻少女。

不出一炷香的工夫，离歌便将酒酿丸子端到了孟婆的房里。孟婆尝了几口，觉得味道不错，随口夸赞了一番，离歌笑得更加开心了。

只不过令孟婆有些头疼的是，那之后一连几日，离歌都会给她不停地做酒酿丸子，以至于她在很长的一段时间里，只要听到"丸子"二字，都会忍不住反胃。

又过去数日，某天清晨，孟婆正百无聊赖地躺在屋顶上晒太阳。她懒散地盯着万里无云的天空，心想着人间实在无聊，竟不如她改造的冥界有乐子。这光景虽算惬意，但却没有牛头、马面与黑白无常四鬼陪她掷色子，

她只得在此处熬日子。

倒也不是她不想去外面寻快活，而是她前世父母的忌日就要到了，她自然是要安分地等候那天的到来。

九月十日，是拜祭父母之日。

一位身着藕色素衣的妇人早早地来到了墓地，她同往年一样在父母的墓前放好了两壶酒、两碗汤、两只鸡与两碗白米，哭哭啼啼了一会儿后，又提起裙衫去了不远处的另一块墓碑前。

那墓碑前的花束已然枯萎如稻草，她又换上了白色鲜花，再用绢帕轻轻地擦拭掉墓碑上的灰尘。

她好像回想起了什么，淡淡地叹息道："姐姐，我昨夜又梦见了你。想当初你明明已经去世了七年，竟不知为何会忽然出现在我们面前。我正是又梦见了那一日，死去七年的你再度现身，说来也真可笑，我那时害怕得几乎晕厥过去。可如今……我们的父母都离世了，你也不在了，虽说我有夫君和孩儿在身侧，却仍旧感到好孤单……"

说到这，她极为懊悔地喃声道："倘若你还愿意再次出现，我定不会像当年那般对你。"

当年的她只觉得死而再现的长姐是厉鬼，吓得她仓皇逃窜，鞋子都跑掉了一只而浑然不觉。

而站在墓碑大树后的孟婆听到了妹妹的忏悔，竟心有戚戚地冷冷一笑。想当年，自己重返人间，本想回到亲人身旁叙旧，哪知软弱的妹妹竟会露出极具惶恐的神情，并指着她的脸尖声厉叫："鬼啊——"

可此时此刻的孟婆也困惑起来，如果她再次现身在亲人的面前，是否还会是与当年相同的结局？

孟婆垂了垂眼，轻吐一口气，然后从树后走了出来，踱步向妇人面前，低声唤她道："妹妹。"

妹妹闻声看向她，似有片刻怔然，随后，妹妹摇摇晃晃地站起身，顷刻间面色惨白，惊惧万分地大叫着："鬼——鬼啊——！"

还未等孟婆再度开口，妹妹已经跟跄着连滚带爬地逃走了。

徒留孟婆一人站在原地失神，许久，她自嘲似的笑道："分明是你自己要见我的，我出现了，你却还是跑掉了，当年是，如今是，也许……永远都是。"

孟婆略显颓丧地低垂下了头，那仿若是出自琉璃作坊的美丽眼珠染上了一层灰蒙之色。她的目光落在自己的脚下，一群蚂蚁正在匆匆忙忙地寻找着回巢的方向，却偏偏被她的双脚堵住了去路。

她心下一惊，立即退后一步想要为它们让路，不料却踩死了又一串密密麻麻的蚁群，是她不合时宜的好心令它们粉身碎骨。

孟婆因此而感到了绝望，她竟觉得自己也如同这群弱小的蚂蚁，在冥冥之中被人操控，遭遇灭顶之灾。一如二十三年前，她重返人间时遭遇到的那些无情……与慌乱。

那是姜墨舞死去的第七年，也是她做孟婆的第七个年头。

第十七节

天宁 184 年。

漆黑而漫长的夜，新月如冰冷的刀刃一般悬在空中。乌云渐渐遮蔽了那淡漠的光晕，身穿灰色素服的道长合起双掌站在一块半米高的墓碑之前。

在他的身后，有举着火把的年近六旬的夫妇，两人的额角皆渗出冷汗，夫人更是背脊发凉地紧靠在丈夫身边。

道长念咒的声音沉重有力，他将合起的双掌缓慢分开，掐了个诀再轻击两下，两手食指相对，又念出一串咒语。

在这散发出阴森气息的墓地里，树影斑驳，风声四起，夫妇手中的火把突然顺着风势飘动几下，明显有着熄灭的趋势。夫人由此而受到惊吓，紧闭着眼睛抓紧了丈夫的衣角。

站立于墓碑之前的道长再度击掌，五指合拢，呈祈祷式："破！"

火苗蓦地蹿起，缕缕清风从他的袖口之中涌动而出，道长"啪"地睁开双眼，眼神坚定地面对着墓碑，他高声下令："亡魂听命，速回地府！"

话音落下的瞬间，风也慢慢地停了下来，道长轻舒出一口气，驱鬼仪式总算是成功结束了。

"好了，姜老爷、姜夫人，此事已经解决——"道长大功告成似的拍了拍手，转身看向身后的夫妇二人，露出满意的笑容。

然而话还没有说完，他便感到身后有一股阴风袭来。

"道长，敢问你解决了什么？"

恐怖的、仿佛来自冥界的声音，令道长的全身都蹿起了寒意。

"墨……"姜夫人惨白着一张脸，她哆哆嗦嗦地指着道长的身后语无伦次道："墨舞……你为何还是不肯离去……你、你快回去吧，回地府去，不要再留恋人间了……"

道长被这话吓得毛骨悚然，他循着姜夫人的视线颤巍巍地转过身去看——从墓碑之后走来的正是那时常徘徊在姜府的身着一袭黑色华衣的女子，她容貌绝美，却一身阴凉之气，证明她的确是未被超度的鬼魂。

"为何……为何还没有回地府……"道长瘫软地跌坐在地，他满头冷汗地念叨着，"贫道已经施法驱鬼了，你这鬼魂理应回地府之中才是，究竟为何还在人世游荡，这不可能……"

孟婆嫌恶地蹙起眉，抬手挥挥衣服，一股子阴风覆上道长的头，他立即昏死过去。此番举动可吓坏了姜家夫妇，他们身为孟婆的前世父母，竟是既悲痛又惧怕，姜老爷甚至跪下求饶起来："墨舞啊，你究竟还有什么心愿未了？倘若为父能帮，你尽管说出便是，万万不要在这世间流连了，你且回到属于你的地方吧，人死如灯灭，你莫要执迷不悟了！"

姜夫人也痛哭流涕地哀求着："女儿，是为娘亏欠你太多，从前……从前为娘待你苛刻，定是让你记恨了，可你含冤而死这件事不是为娘造成的，你也别来找娘亲算账啊！且你都死了七年了，早该去超生轮回了！娘亲可以向你保证，今后，每逢你的忌日都会多烧纸钱给你，也好让你腰包富足，不受地下之苦！你便念着为娘怀胎十月生下你的情分，就别再阴魂不散了，娘亲和你父亲老了，经不起你这样折腾了，你便让为娘与你父亲安度晚年，好生再多活些时日吧！"

孟婆的眼神逐渐黯淡下去，原来，父母竟是把她当作了厉鬼。

他们不知道这是孟婆千辛万苦得来的返阳机会，如若不是她死皮赖脸地与冥帝和墨进行了交易，又怎会被允许返回人间一年？

还记得几日前，尚且身在冥府的她去同和墨邀功，又是耍赖又是撒娇，几乎是厚颜无耻地说着："和墨哥哥，我可是用玄武刺抓住了一个为祸人间几百年的恶鬼，连法术都没施展，全是凭我的真功夫，受了伤不说，还险些死在恶鬼嘴下，难道这还不算赫赫功绩吗？"

冥帝和墨正在审阅生死簿上的名字变更，他眼也不抬地探手去端茶，孟婆立即殷勤地把茶盏递到他手上，他这才不得不看向她，抿唇失笑道："虽是功绩，但也不足以还阳。"

孟婆明白和墨是担心自己的安全，但她同时也不明白，自己已是个死人，即便回到人间还能有什么不安全的？于是她与他讨价还价许久，最终和墨禁不住她的伶牙俐齿与软磨硬泡，便妥协地先让一步，并提醒她："不可感情用事，你要时刻牢记你已是冥府的孟婆。"

孟婆眉开眼笑地拍了拍和墨的脸，开心地答应道："你尽管放心，我自是不会有失身份的。"

和墨无奈地看着她，轻叹一声道："早去早回。"

总算得到了还阳一年的机会，孟婆心情激动地回到了人间，她心想着一众亲人见到她会作何表情，大概会同她一起抱头痛哭吧？孟婆在当年临死之际，心中曾有愧对父母的念头，所以这次回到人间，她首先去的便是姜府。

老宅一如七年前那般静谧，孟婆穿过两进长廊，穿过月亮拱门下的大片花木，顺着清香绕过莲池，一路走在熟悉的卵石路上，她觉得自己像是回归了幼童时期，而这周遭的所有都令她倍感亲切，她竟不知自己是如此怀念自己出生的宅邸，更怀念……思及此，她停住了脚步，只因看到了坐在藤椅上的母亲。她年岁渐长，身形清瘦，脸色也不算健康。她正在侍女的搀扶下去喂莲池里的金鲤，而父亲从小桥上走下来，手中提了件外衣，竟关切地为母亲披在肩上。此前，孟婆从未见到父亲体贴过母亲，如今看在眼里，内心不禁泛起一阵酸楚。

母亲这时同父亲开口道："再过几日，便是墨舞的忌日了。"

父亲长叹一声："七年了，她已离开我们如此之久。可我有时还会觉得她依然在你我身旁，我多希望当初能够对她好一些，也许……就不会有这白发人送黑发人的悲剧了。"

"现在也不晚。"孟婆在这时对他们道，"父亲、母亲，我这便回来看望你们了。"

母亲闻声望来，捧着鱼食的手顿住。

父亲已经瘫软地退到了树旁，他惊恐万分，吓得死死地抓住侍女的手问道："你……你看得见吗？莫非是我老眼昏花……"

侍女脸色铁青，她身子颤了颤，双眼翻白，当下昏倒在地。

母亲终于醒过神来，可她却连看也不敢看孟婆，只觉得头发都要直直竖起，她哆哆嗦嗦地背向孟婆念道："别、别过来！这、这可不是你能回来的地方了，人鬼殊途，终究是阴阳两隔，我这一把老骨头可经不起你来吓唬……"

孟婆困惑地向前一步，探出手去碰了碰母亲的背："母亲，难道你不信我是特意回来看你们的吗？"

怎料母亲因此发出尖声利叫，她疯魔似的连抓带拖地拉着一旁的父亲逃出花园，奔跑的速度极为利落，根本看不出是年迈的"老骨头"。

剩下孟婆满脸迷茫地站在原地，她不懂父母为何会被吓成这般仓皇的可笑模样，面对自己的亲生女儿竟会落荒而逃，只因她是死过一次的人吗？

死了的她，就不再是她了吗？

而到了隔日，姜家老夫妇竟然早早便请来了和尚捉鬼，府中上上下下都围在一起陪着那和尚念着往生咒。那和尚还拿出镇鬼符贴满了府邸，甚至奚落她这个"恶鬼"在这些符咒的巨大威力下将不得超生、魂飞魄散。

孟婆躲在暗处目睹了全部，只觉荒唐。她并非恶鬼，又怎会怕臭和尚的几贴咒符？她可是冥界身居高位的孟婆，凡间的修行之人怎能奈何得了她？于是她唤来大风，怒风狂卷，符咒纷飞，吓跑了和尚。

姜家夫妇越发心惊肉跳，他们不死心地又请来威望更高的道士去墓地做法，那道长认为是姜墨舞的墓碑方位不对，才导致她怨气过重、阴魂不散。但最终也被孟婆现身吓得昏厥过去，才有了方才那一出姜家二老趁着孟婆失神之际逃出墓园的丑态。

此时的孟婆脸色灰白，她眼中难掩绝望，心中则是万分悲戚。她不解，她费尽全力重返阳间，难道带给家人的便只有恐惧不成？她本以为父母会期盼她的归来，至少也会温情相待。

那可是她的亲生父母，为何会这般惧怕她、逃避她？即便她真是厉鬼，他们也不必如此将她视作瘟疫，恐避之不及！

夜半时分，雷声轰鸣，乌云滚滚，电闪不断。紧锁大门的姜府被闪电映白，也映出孟婆那双泛起赤红之色的眼。

她驻足在大门前，承受着暴雨淋顶。

身后忽然传来一声惊喜的呼唤："墨舞姑娘？"

孟婆恍惚地回过头去，只见一位翩翩公子出现在她的面前，如玉如画，正是守门的神兽睚眦。

她略有诧异地嗫嚅道："你竟还认得我……"

睚眦赶忙撑开一柄伞，举过墨舞的头顶，神情是极为喜悦的："前几日我便隐约闻到了姑娘的气息，可想到姑娘离世已有七年，我还想是不是我搞错了……不过今日得以相见，我自然是一眼便识出了姑娘。"

孟婆落寞地笑了，她喃声道："睚眦兄，你不怕我吗？"

睚眦困惑道："何出此言？"

孟婆摇摇头，不再言语，只默默从睚眦的身边擦过，踏着满地积雨离开了。

想不到整个偌大的姜府之中，能够一眼认出她，且主动接近她的唯有那冰冷的、镂刻在门环上的守门之兽，实乃令人唏嘘不已。

孟婆走在大雨之中并不觉得冷，只感到胸口闷热，像是火烧一般焚着她的五脏六腑，似要燃成灰烬。

灰烬……这被她期盼的久别重逢、家人团聚，到头来却是如此凄苦闹剧。

真何必，又何苦？

她闭上眼，慢慢地隐去了自己的身形，怀着满心苍凉，以透明无形之姿重新跟随在家人身旁。

这一次，父母看不见她了，他们以为是道长的法术起了作用，于是二老终于放下心来，又像往常那样惬意地生活，且彼此间默契地不再提及"姜墨舞"三个字了。

孟婆忽然感慨万分，原来她真的不再属于人间，曾在七年前死去的她，也的的确确是不复存在了。她的死并没有影响任何人，反而是她的归来惹来众人不安。

或者只有父母如此而已？

思及此，孟婆仍旧不相信自己真的被尘世遗忘，她再度匆匆离开姜府，决定奔去姬府见她曾经的丈夫。

那日天气大好，姬侯爷的府上摆满了一盆又一盆的冬菊，煞是美艳。

中央的亭子里坐着姬侯爷与他的三名美妾，侍女们为其斟茶燃香，一众人等正在观赏舞曲。年近知命之年的姬晏璟的面容上已爬出了岁月的印记，唯有一双凛冽的眼眸仍旧明亮若星，令人错觉他无论到了怎样的年纪都会依旧风华绝代。而他今日也是一时兴起，加之美妾若云近来不喜言笑，他便请来了这么一队乐班子，想来博美人一笑。

姬晏璟摇晃着手中瓷杯，凝视着亭下碧潭波光，本陶醉在妙音之中，舞曲却忽然中断，是其中一名乐师的琴弦折了。他赶忙换上备用的琴，一个个的便又捧起琵琶、古琴、瑟、筝，还有笛与笙开始奏乐。

舞姬们再度随着丝竹声踏歌而舞。她们身姿曼妙，风情万种，一时之间花影风动，暗香婆婆，如同天上人间。

虽是临近冬日，可暖炉在怀，又有美人翩舞，姬晏璟凝望着这番景象，自是心情喜悦。从方才起，他的目光便始终盯着那名身穿碧绿长裙的领舞女子，见她轻抬脚尖，踏到亭外的小圆石台上，流云般的水袖挥洒如雪，纵情地旋转起来。姬晏璟的眼神也变得痴迷沉醉，他见她身姿绮丽，容光照人，便不自觉地露出了一丝贪恋笑意。

隐去身形的孟婆自是将这一切都尽收眼底，她就坐在他的对面，他看不见她，她却看穿他还是那副老样子。本以为刻意拨断一丝琴弦会使他起疑，毕竟风会把她身上的气息吹散给他，哪料，他早就不会想起有关她的丝毫了。孟婆嗤笑自己：难不成还对他怀有期待吗？在她生前，他便是这副德行，她死后也不可能有所改变，只会变本加厉而已。虽说他府上的正妻之位始终悬空，可身边的年轻美妾却如雨后春笋般层出不穷，个个青葱水嫩，鲜美可口。

至于琴好与明歌二人，早已不见踪迹。罢了，年华已逝的妾室在他眼中不过是脚底下的瘪虫，草草地打发掉便是。孟婆因此释然了一些，并笑自己当年醋意大发实在幼稚，她竟会天真地以为她能改变他，试问谁又能指望一个多情浪子坚守忠贞呢？

而接着，她要去看望自己的一双儿女了。想来七年光景过去，孩子们都已长大，且姬府子嗣居多，姬晏璟为防止多房之间争夺财产，在孩子出生后没多久便交给专门的乳母与先生来抚养。只不过前世的姜墨舞一直忙于在权力的宦海中沉浮，时常会忽略自己的一对儿女，如此看来，她倒真是个失职的母亲。

如今，钰犀与铭笕身在姬府别院中，姬晏璟重视正妻诞下的子女，所以格外地偏爱他们。作为嫡子与嫡女，钰犀与铭笕的待遇自是有别于庶出子女。这么多年来，他从没有过将任何妾室扶为正妻的想法，在他的心中，正妻的空位无人能够填补，倒也绝非他多么痴情，而是塑造这般醇正形象有利于整个家族的名誉长盛不衰。

这般时候，孟婆来到了别院的玉石小亭中，她远远地看见出落成俏丽少女的钰犀正与如玉似的少年铭笕在吟诗背词。

两个孩子已经长得这么高了……孟婆心中五味杂陈，眼里也隐隐泛起泪光，骨肉之情像团火，糅杂着那份久别重逢的激动，扑进孟婆胸臆。

有两碟精致的蜜桃糕放在钰犀与铭笕面前的石桌上，二人正欲去拿糕

点吃，忽然像是察觉到了什么一般转头看向了孟婆这边。

孟婆心下一惊，她以为孩子们看见了她，竟忘记自己早已隐去了身形。

钰犀更是对她展露出真挚可爱的笑脸，拉过铭笕的手向她跑了过来。

孟婆喜悦地张开怀抱，她多想紧紧地抱住她的两个孩子！然而他们却穿过了她的身体，扑向了走到此处的乳母怀中。

徒留孟婆维持着伸出双臂的动作，默然地站在原地。

"乳母，你买回我要的胭脂了吗？"钰犀扯着乳母的衣角撒娇道，"我都苦苦地等了一上午，你可不能让我失望！"

乳母眉目含笑，轻抚钰犀的脸颊，又握起铭笕的手，对他们二人温声细语道："自然不会忘记你们吩咐给我的差事，胭脂与笔墨，一样都不会少。倒是你们两个可有乖乖地背书？"

铭笕得意扬扬地挺直胸膛："乳母，我这便背给你听！"

> 茅檐低小，溪上青青草。
> 醉里吴音相媚好，白发谁家翁媪？
> 大儿锄豆溪东，中儿正织鸡笼。
> 最喜小儿亡赖，溪头卧剥莲蓬……

乳母赞许铭笕聪颖，背得一字不差，钰犀也不甘示弱，立即又背了另外一首诗，只为博得乳母夸奖。母子三人其乐融融的欢声笑语，令一旁的孟婆缓缓回首，自是神色凄凉。

她静静凝望那无须她存在的画面，母慈子孝，欢喜美好。风从幽静深远的回廊吹来，四面枯树枝条浮动，逐渐遮挡住了他们，使其面容模糊，唯独他们的双眼闪耀着璀璨光芒，瞳仁里皆是映着彼此身影。

长廊沉沉，周遭空旷，孟婆孤零零地站在那里许久，许久……

待到傍晚时分，别院里的厨娘在为少爷和小姐准备晚膳，孟婆借此机会，顺势化身成了侍女的模样，端着两份清茶走进了钰犀的房间。果然，铭笕也在这里。经过一天的观察，孟婆感受到姐弟二人关系亲密，总是时时刻刻黏在一起，不仅互帮互助，还懂得彼此，倒也令她这个生母倍感欣慰。

孟婆将茶水放到案桌上，钰犀端起来喝了一口，忽然眼神明亮地问道："这茶好香，以前从没喝过这味道，是父亲新送来的茶叶吗？"

孟婆柔声回道："钰犀小姐，这是奴家用晨露泡的茶，又加了几滴玫瑰的汁液。"

铭笕也赶忙尝了这茶，立刻连连点头，看向孟婆端详了一阵儿，有点怀疑地问："你脸生得很，从前也不曾见过你。"

孟婆点点头："我才来别院不足三日，今天是第一次来伺候少爷和小姐。"

钰犀却眨着眼睛道："你这姐姐倒是生得漂亮，像是画里的人。"

孟婆顺势引导她："多谢小姐夸赞，可奴家出身卑贱，哪里会像画中之人呢。倒是别院厢房里挂着一张等人高的画像，那画中的女子才清雅脱俗呢。"

一提那画，钰犀当即沉下了脸，铭笕的表情也变得不太好看，孟婆因此而有些伤心，却还是赶忙解释道："奴家初来乍到，若有不懂规矩之处……"

"不是你的错。"铭笕首先宽慰起孟婆，他摆摆手，低低叹了一声道，"不瞒你说，那画像上的人是我和钰犀的生母，只不过她离开时我们还小，尚且记不清她究竟长什么模样了。"

孟婆心中酸涩，忍不住道："也许她是不得已才离开你们的，天下哪有母亲会真的狠心舍下自己的骨肉呢？定是有其苦衷……"

钰犀却不留情地打断她的话："是啊，天下似她那般狠心的母亲的确少有，难道只有她一个母亲有苦衷吗？其他母亲便都苦得理所应当吗？我只知道为人父母，无论发生何事都不该抛下牙牙学语的子女。"

孟婆欲言又止，钰犀苦笑一声："罢了，提起她做什么？像她那种满口谎话又行径不妥之人……且她已经逝世多年，我也不想评论一个死去的人。"说罢，钰犀便起身走了出去，想必是坏了心情。

铭笕则是起身去追姐姐，孟婆也知趣地收拾好茶碗离开了。

她有些茫然，有些失落。她并不是怨恨说出那番话的两个孩子，只是悲痛于自己在他们的心中已经毫无位置。

然而站在庭院中央，那一家四口聚在一起的欢笑景象仿佛昨日那般清晰可见。姬晏璟将年幼的钰犀高高地举过头顶，铭笕黏在墨舞的身边笑声不断，姬晏璟望向墨舞，墨舞也对上他的视线，二人相视而笑，也曾恩爱难掩，幸福与甜蜜皆溢满眼角。

可此刻，她却形单影只地站在空旷的黑暗漩涡里，那么多那么美的回忆在眼前零散晃过，她却一片也抓不住。

仿佛只有她一人被留在了记忆的深海中。所有人都离她而去了，他们头也不回地朝前走，听不见她心中无声的呐喊。

"你后悔吗？"

面前出现了幻影，是少女时期的墨舞。她站在孟婆的面前，眼神满载野心，又一次问："你后不后悔？"

孟婆垂下眼去，她长久地沉默，少女墨舞便抬手一挥，给她看到了另一个场景。画面中是如今的上官晟云，他的清傲未曾随着年岁的增长而淡去，反而是越发的遗世孤立。年逾不惑的他做了太学院首席先生，整日面对的都是小小年纪的皇家学生。他教他们吟诗，教他们作诗，却从不喜言笑，冷若冰霜。然而在学生们夜读酣睡在课桌时，他也会关怀地为其披上一件外衣。

他的温柔是冰层之下的滚烫长河，一旦涌动，便一发不可收拾。可他从不表达自己内心的澎湃情感，即便他付出了许多，也吝啬着只字片语。或许，这就是孟婆当初不敢随他私奔的原因。她以为他并不是真心爱她，她担心他有朝一日也会另寻新欢……终究是情深缘浅，蹉跎了当日眷恋。

"你总说情深缘浅，为何却从不愿改变自己去迁就对方呢？"少女墨舞在这时冷冷相问。

孟婆眼神黯淡，回答她道："你还年轻，不懂什么是爱。任何一种为了迁就而改变自己本心的爱都不是爱，是牺牲。时日久了，便会互生怨言，更是一拍即散。"

少女墨舞不屑地嗤笑一声，再次抬手一挥，为她呈现出另外的景象。

这一次，出现在她视野中的是害她犯欺君之罪的石天奕。

他的身形变了一些，变得圆润而发福，也蓄长了胡子，眉眼倒是增添了几分柔和。他的宅邸被修建得格外富丽堂皇，莲塘里是眼花缭乱的数不清的锦鲤，如今的他和妻子过着富足的生活，虽算不上富甲一方，却也格外滋润，且他膝下有了一女，乳母牵着女儿在花园里放纸鸢，石天奕同夫人怕女儿摔倒，时刻护在她身侧，体贴异常。

据说他现在不再喝花酒了。少女墨舞望着石天奕的脸，言语中颇有嘲讽之意，继续道："他每天除了经商便是陪着夫人与女儿，连侍妾的屋子都很少去，哼，倒算是改过自新了。"

孟婆听闻此话，忽觉胸口闷痛。

她不知该如何描述这种感觉，恍惚间还能记起他迷恋地抚着她的发，说："墨舞，你美艳得胜过牡丹之花。"

然而如花美眷，终抵不过似水流年。姹紫嫣红的春色，也只是韶光一现。

红颜老去，年华尽逝，谁人又会为几片泛黄的过往而痴心留恋？遥想那四季轮转，月残人散，烟色朦胧，木棉如血……

孟婆微微抬起头，去看少女墨舞的脸，她终于对她说出："放过你自己吧，从今以后，去过你随心所欲的人生，不要争强好胜，不要攀附权贵，更不要违背自己的心意……"

少女墨舞起先还倔强道："你懂什么，我不是你，我不会向尘世妥协！"

孟婆轻叹道："我从未妥协，我只是释然了，对自己，对他人。"

"为何要原谅他人？世人诋毁你、背弃你！"

"我也诋毁与背弃过世人。"

"可你从未不忠在先。"

"又何必因为他人伤害过我，我便变成他们的卑鄙模样？"

"你说过要睚眦必报的！"

"对你爱过，与爱过你的人，不必斤斤计较。"

少女墨舞沉默了，孟婆在这时顿了顿，艰难地哽咽道："你才只有十七岁，你可以成为任何你想要成为的人，而不是别人口中的，那个光华万千，却毫不真实的姜墨舞。"

少女墨舞听着这话，长长的睫毛微微颤动，表情从怀疑到迷惘、从震惊到释然。最终，她默默地流下了两行清泪，那泪水晶莹如玉，仿佛散发出馥郁香气，袅袅逶迤，衬着她的静美容颜。

可……少女墨舞嗫嚅着问："可连我也离开你的话，你岂不是要孤单一人了吗？"

孟婆眼噙泪水，对少女墨舞淡然一笑："红尘凡世，你我皆是过客，不求刻骨铭心，但求曾经来过，而有我记得你，你我便都不是孤单之人。"

话音落下的瞬间，少女墨舞的身躯便支离破碎地飞散。黑暗之中挂起了素白垂幔，不知从何处吹来阵阵寒风，撩起白幔飘拂。

孟婆穿过无尽的垂落白幔，经过那些全身缟素的故人，他们是沈意、

宓晓、沁女……那些曾经因她而死，又或者是为她而死的人都如同没了灵魂的偶人一般站立着，孟婆越走越远，逐渐将他们落在了自己的脚下。再一抬眼，她不知何时站在了成堆的白骨山端，这里只有她一人，与一望无际的昏暗苍穹。

她只要抬起手，似可以摘星取月，与云共舞。

可却再也不会有人对她笑，同她说话，她孑然一身，无亲无故，无人惦念……

她坐在高高山峦之巅，乌黑如墨的长发顺着肩头垂落，恍惚地扬起脸，泪水顺着她的太阳穴滑落。

来世，不必有美貌，也不必有才情，更不必与他人争高低，她只想做平凡无奇的世间众人，捧一轮圆月，为老树唱歌……

那之后，孟婆在人世徘徊了数月，她不愿未满一年之期便回往地府，只怕和墨会猜出她在人间遇到了不痛快的事情。为了保全颜面，她决定时满一年再打道回去。

在这期间，她遇见了许多形形色色的人，有想要结识她的不怀好意的男子，有想要把她卖去青楼赚钱的皮条客，有试图使她毁容的嫉妒她美貌的女子，还有送她一碗热粥的善良小童……她见多了心术不正的凡人，他们自私、贪婪、邪恶，他们甚至不如冥府的妖魔鬼怪；可她也见到了许多心性纯善的世人，从他们的身上，她感受到了久违的悲悯与温情。他们之中有忠良，有奸商，有富有的遗孀，也有下三滥的乞丐，还有考不取功名的秀才……在与他们短暂地接触之后，他们会同她诉苦，倾诉自己的不快，也会关切她的过去和未来，并给予真挚的祝福。

渐渐地，她发现"能忍耐终身受用，大学问安心吃亏"。吃亏多了，总有厚报；爱占便宜的人，定是占不了便宜，赢了微利，却失了人心。别以为成败无因，今天的苦果，是昨天的伏笔；当下的付出，是明日的花开。"月无日日圆，人无日日顺"，不烦不恼，善待自己，便是与自己和解。一个人若能不跟自己较劲，就是置心于旷野以自由。

她也会恍惚间发觉，原来尘世之中还有许多她不曾了解也从未参透的情感与真谛，而曾经的自己只一味地追逐权与利，如今想来，实在是浪费了许多大好光阴。

而距离一年之期越来越近，就在她即将回往冥府的时候，她遇见了一位道长。

那日她身在竹林，遇见暴雨，便待在山洞中等候狂风停止。不出一个时辰，大雨渐小，余晖洒照的空中架起了一道彩虹，她走到林中观望起美景，便看到那位道长在溪边以竹筒盛水。而在他身侧，有只奄奄一息的灰兔，身上被狼咬破，伤口的血虽已止住，但俨然命不久矣。道长喂灰兔喝下了最后几口水，那灰兔似有眷恋地闭上眼睛，终是命归了西。

孟婆看在眼里，心有疑虑，便上前与之打了招呼，报上了自己姓氏。道长样貌清俊，年已而立，举手投足间有股不食烟火的仙客之气，他听孟婆问自己道："道长明知那灰兔将死，又何必温柔对待？它只是牲畜，若是贪恋道长所给予的温柔，从而对人世心怀眷恋的话，死后岂不是会流连人间，不肯前去往生？"

道长却道："众生平等，生灵同贵，正是因为它能感受到人世柔情才会对红尘念念不忘，如此一来，它才更愿进入轮回，重新开始新的一生。纵浪大化中，既不喜也不惧。应尽便须尽，无复独多虑。生死是自然规律，无法改变，不必欢喜，也不必畏惧，尽心体会生命的过程，到了该结束的时候就随自然而化。

孟婆认为只有冥府的鬼差才更了解死后之事，于是反驳他道："如此说法也不过是道长的一厢情愿罢了，这般慈悲为怀，莫不是想要积攒自己的功德吧？"

道长释然而笑说："姑娘所言，也是姑娘的一厢情愿。'为善无近名'。无论是付出还是行善，一旦有了执着，就有所障碍；有了执着，就有所期待。当期待落空，个免失望，反而愤怒不安定，内心就无法平静。凡事尽了力就好，不必刻意，不要偏执。

"人们之所以会产生分歧，只是各自所见不同。一旦立场变化，正义也会露出獠牙。天地万物莫不如此。无论是人或是牲畜，其寿虽短，于人于天有益，天人皆择之，皆念之，短亦不短；寿虽长，于人于天无用，天人皆摒弃，倏忽忘之，长亦是短。而贫道愿在灰兔死去的最后时间里待它以礼，也是希望以此来洗去它被饿狼咬噬的悲痛，愿它铭记的是最后所获得的人世温柔，而那才是人人都有的纯真本性，也望它来生坚守本心，不被'恶'所改变。"

孟婆斟酌着此话，反问他道："本心？"

道长点头道："人生于天地间，如白驹过隙，忽然而已矣。万物之生，蓬蓬勃勃，未有不由无而至于有者；众类繁衍，变化万千，未始不由有而归于无者也。物之生，由无化而为有也；物之死，由有又化而为无也。人之死也，犹如解形体之束缚，脱性情之裹挟，由暂宿之世界归于原本之境地人远离原本，如游子远走他乡；人死乃回归原本，如游子回归故乡，故生不以为喜死不以为悲。视是非为同一是亦不是，非亦不非；视贵贱为一体，贱亦不贱，贵亦不贵；视荣辱为等齐，荣亦不荣，辱亦不辱。"

孟婆一愣，怔怔地看他。

道长瞟了她一眼，慢悠悠道："本心如此，无人能撼。而坚守本心，也可泰然处之。"说罢，他起身欲要离去。

孟婆不禁追问道："敢问道长尊姓大名？"

道长一边前行一边背对着她回话："贫道清尘，于世间寻寻觅觅，只为找到失散已久的师弟与师妹。"

孟婆目送清尘道长离开，思忖着他方才所说的那番话，忽觉醍醐灌顶，终是意识到自己不该忘却本心。

又过去数日，在回往冥府的当天，孟婆携一盏精美的琉璃人像来到了自己的墓碑前。那日天高风清，墨舞的墓前长出了两棵参天大树，繁茂的叶片之间结满了新绿，孟婆便将人像埋进了墓中。泥土一点点地覆盖在琉璃上，那是她终于制作出的印证大君和大妃爱情的人像，男像白光闪闪，女像红艳炫目，二人携手相拥，眼神缠绵交织，仿佛在无声中互诉衷肠。仔细看的话，还可以看出女像的眼角噙着一滴泪，简直栩栩如生。阳光穿透云层照射下来，那光芒似乎赋予了人像灵动，孟婆甚至可以通过这人像看到大君与大妃相恋的过程——风华正茂之际，英武的大君爱上明艳的大妃，他浓黑的眸子印在她身上，她一个回眸，流露千般风情。想必那日在他眼中，世间所有女子都不及她的肤若凝脂，而她裙上绘出的大簇牡丹火红热情，燎了他心尖的平原。

孟婆却在此时自嘲且失落地笑了，想她终于制出了惊世的琉璃之作，却是无人欣赏，只能被她亲手埋入自己的墓冢之中，好生凄凉。

而她埋葬的，又何止一尊琉璃人像呢？

连同她炽热的本心，也一并没于潮湿黑暗的泥土之中了。

第十八节

天宁 185 年。

一年之约已满，回到冥府的孟婆似乎终于肆无忌惮地坚守起了"本心"，做回了真真正正的自己。她同从前在人世那般过活，将冥界改造成自己喜欢的模样，再不需要去看任何人的脸色。想来如今，就算是皇帝过这奈何桥都要从她这里领取一碗孟婆汤才可投胎，何不乐哉？

她扣下了死魂中的几个宫伎去她住处为她日夜弹琵琶、奏笙歌，也威逼利诱地留下了御厨来给她做人间菜色，甚至还时而女扮男装，穿着一身轻便的蜀锦衫在自己建出的赌场里纸醉金迷。

而她的这些变化自然也惹得同僚不悦，甚至还联合写了罪状告到了冥帝和墨那里。众鬼差将孟婆的所作所为描绘得极为大逆不道，称她兴风作浪、祸乱冥府，恳请冥帝废除其孟婆职务，打入牢狱之中改过自新。

冥帝和墨对此却睁一只眼闭一只眼，每每都是笑着将折子收起，毫无批复之意。

其实，冥帝和墨并非表面那般无情，他虽清冷孤傲也不徇私，可实际上，冥帝却待每任孟婆都如亲妹，时常为她们谋些福利，或者是对她们出格的行为视而不见。诸任孟婆之中，冥帝待此任孟婆更是非同一般。

而如今的孟婆沉浸在自己改造的冥界之中，自是十分满足。虽然……也会有偶尔的迷茫。诚然，这奈何桥的确是她一手改成的小小的人间市井图，她可以坐在桥上遥望人世夜空中的流光溢彩，可每逢佳节到来，她痴痴凝望烟花的时候，都会面露忧伤。

牛头、马面与黑白无常在私底下谈起孟婆时，总觉得她从人间回来后变了许多。虽然她此前也纸醉金迷，但如今的她仿佛会对旁人稍加照拂一些了。

"她竟然为一些不愿超生的孤儿死魂修建了一座学堂。"马面为此感到震惊，他摸着下巴低声道："尽管那学堂比她的赌坊要小上不少，可上一次我偷偷经过门前，居然听见是她在里面教孤儿念诗。"

牛头鄙夷地问："你确定是念诗？那个孟婆肯念诗？"

黑白无常插嘴道："我等怎么觉得她是在教那些孩子们一些她认可的人生真谛呢？"

马面摇头晃脑地叹了口气，道："或许，那才是孟婆原本的模样吧。"

牛头也点头道："能多做回自己一些，未尝不是件好事。估摸着在世的时候也没什么机会为自己过活，这下来了咱们冥府反而可以随心所欲地活一次了。"

可却没人得知，在孟婆的内心深处，仿佛有一个谁也填补不满的黑色巨洞。她不知道自己还能期待什么，或者是期待何人……因为无论是尘世还是地府，都已不再有人真正地记得她了。或许真正的死亡就是终极的遗忘。

姜墨舞这三个字，终究只是随风而散的灰烬，再不属于任何人。

天宁 207 年。

从墓园中回到姜府的孟婆正与离歌对面而坐，二人面前的茶已凉透，离歌察觉到孟婆有话对自己说，便静静等她开口。

又过了半炷香的工夫，孟婆摇晃着杯中清茶，徐徐说道："我寻到了一处好地方入住，在山脚下的道观旁。"

离歌闻言，赶忙问："孟姐姐打算离开府中？"

孟婆点点头。想来那些尚且活着的亲人自是害怕她现身，尤其是她的妹妹。尽管嘴上说着想念她，但毕竟阴阳两隔，生者与死者终究要交错而行。且姜府里还有几位认识她的老用人，她不想惹得他人因恐惧自己与"故人"相似的面容而寝食难安，也不想打扰离歌日前的生活，索性独自离开，乐得清净。

但离歌却以为是自己做得不周而使孟婆不快，便试图挽留。孟婆倒也难得地耐着性子同她解释道："此事与你无关，是我自己决定了的，你也不必考虑太多，只管好好地享受你余下的幸福时日，我的事情我自有打算。"

离歌有些局促地眼神游移，孟婆知道她担心的是何事，便当即打消了她的顾虑："你放心，但凡是你需要我的时候，我都会立刻出现在你身边，这是你我之间的交易，我定当遵守。"

话已至此，离歌也不好再多说阻拦的话，便只得尊重孟婆的选择，并承诺随时都欢迎孟婆回姜府来。

当天晌午，孟婆辞别离歌，带走两匹马，骑一匹，牵一匹，一路穿过七条街，一直到了寂静无人的山脚下。她把马匹在树旁拴好，下了马，走去不远处的小宅，那正是她几日前盘下的住处。要说这宅邸不算大，却也五脏俱全，莲池、庭院与马厩，一样都不少，东家也把各个厢房打扫得干干净净、整洁有序，孟婆很喜欢栽在院落中央的那三棵梨树，虽是逢冬枯萎之际，却让人期盼来年春天到来时的满树梨花香。

她在这院里站了没多久，门外便有了动静，一身青紫烟色锦衣的少年踩着灰色的乌皂靴跑了进来，腰间的佩剑上还系着玉坠和香包，花里胡哨的模样像极了富家的纨绔少爷。而此人，正是上官逸舒。

他一看见孟婆就径直问道："师父，你家为何住在这么偏远的地方？还有你飞鸽传书来的鸽子竟然一到我家就变成了纸片。我猜想师父除去身怀武艺，还会隔空变出戏法才是。"

孟婆向来不喜多言，她没有去回答他的问题，只管同他开门见山道："你既然要同我学习武艺，便要遵循我为你制出的一套练武方案，话说在前，规矩有三：不准半途而废、不准偷工减料、不准顶嘴不准逃跑。"

他认真地数了数，并告知孟婆："这算是四条。"

孟婆执意道："我说三条，便是三条。"

"这倒是像师父的作风。"上官逸舒轻巧地耸了耸肩膀，又打了个响指道，"既然如此，便尽管放马过来吧，我身为上官家的后人，自然是水来土掩、兵来将挡。"

于是乎，上官逸舒便开始了他的拜师学武之路。

这山脚下是孟婆的住所，山顶上则是有一处道观，山脚连接山顶的，是近乎千阶的台阶。孟婆所谓的"专用训练方案"不过是要他在这台阶上来回蹦跳、奔跑，看似简单，实则魔鬼，上官逸舒还未来到半山腰便已汗流浃背。而孟婆美其名曰"陪同爬梯"，实际上也只是在一旁不停地鞭策上官逸舒加速。

夕阳西下，天色将暗，上官逸舒攀爬的速度越来越慢，步伐越来越沉

重。他的肚子饿得咕噜咕噜直叫，此时此刻，他觉得自己可以吃掉一匹马。且他估计是饿昏了头，无数次地把各式各样的石头当作吃食。第一次是把石头当作肉包，第二次是当作玉汤羹，第三次和第四次都是清一色的蒸红薯。

总之，被当成什么都好，到头来疼的也都是上官逸舒自己的门牙。

不过俗话说得好，天将降大任于是人也，必先苦其心志，劳其筋骨，饿其体肤，在到极限之后，上官逸舒竟发现自己已经在不知不觉中爬回到了山脚下。他感动不已，正兴奋地打算向自己身旁的师父炫耀："师父，我成功了！眼下我已经……来到……师父？"

孟婆并不在他身边，他这才恍然大悟——孟婆从很早之前便没有陪同他一起爬山了。

"我在这。"坐在山脚下的孟婆朝上官逸舒招了招手，她的面前架起了一堆篝火，而她正在悠闲惬意地吃着烤鱼。

上官逸舒气喘如牛，他既震惊又困惑地睁圆了眼睛，摇摇晃晃地朝孟婆走去，"师父……你难道在中途就抛下我，自己跑下山来烤鱼吃了吗？"因为她的脚底下已经落满了好多鱼刺和鱼骨。

孟婆一边咀嚼着香喷喷的鱼肉，一面不改色地回答："乖徒弟，你要多多理解'怜香惜玉'这四个字才是。我虽是你的师父，可我毕竟也是一个弱女子，是不可能陪你爬完整个千层梯的。那么可怕的魔鬼训练，我承受不了。"

弱女子？一个身怀绝技的女子也能称得上是弱？上官逸舒不满地擦了一把额际的汗水，忍不住抱怨她："想出这种魔鬼训练的可是你本人，而且，我觉得你至少也该留一条烤鱼给我才对。"

孟婆无动于衷地吃掉最后一口烤鱼，抬眼看向他沉声道："人之所恶，唯孤、寡、不谷，而王公以为称，故物或损之而益，或益之而损。正所谓宝剑锋从磨砺出，梅花香自苦寒来。只有经过苦难的洗礼，你才能变得更加强大。如若吃不得苦中苦，又如何成为人上人呢？"

上官逸舒闻言，倒也不卑不亢地回应道："古人有云，不自见，故明；不自是，故彰；不自伐，故有功；不自矜，故长。私以为，能力强大的人不自以为是，反而会更受崇敬。"

孟婆自然明白上官逸舒的话中含义，她并没有发怒，起身走向上官逸舒，拍了拍他的肩膀，反而对他恰到好处地笑了笑，道："上官少爷，明早鸡鸣时分，你要准时出现在山脚下开始爬梯，胆敢误时的话，'自以为是'且没有'更受你崇敬'的人保证会给你加量的。"

上官逸舒的表情略显僵硬，仿佛在用眼神对孟婆说："太没人性。"

孟婆自然知道他心里在想些什么，奸诈地笑了笑，边走边暗自说道："她又不是人，身为冥府的鬼差自然没有人性。"

而且……

"你日后会感激我的。"孟婆默声道。

夜已深，宵禁声响彻城内——暮鼓三鸣，一更天了。

孟婆总会被这声音吵醒，她疲乏地爬起身，口干舌燥，唤一声，无人应，才发现自己已经不住在姜府了。

她醒了醒神，觉得怪，走下床推开木门，忽闻窃语声。她一路绕着长廊循声而去，见夜色之中有人站在亭里。

是上官逸舒。

他穿着一身漂亮的青色长衫，月光盈袖，胸前佩戴一串紫色的珠玉，不知是不是她眼花，竟看到他眼眸闪烁出金玉之色。

孟婆诧异不已，更是见到他俯身同池里的金鱼攀谈，而有两个身影站于他两侧，许是被他交代了什么，两人点头后很快便消失，神色匆匆。

他忽然侧头，见孟婆正目不转睛地望着他，便顽劣一笑，语气竟与平日里的他毫不相同："师妹，你在看什么？"

孟婆一惊，"啪"地睁开双眼，鸟儿啼叫，她望向窗外，天亮了，竟是个梦。而这个梦里，本该是她徒儿的上官逸舒竟然唤她师妹……实在是离奇得很。

她懒得思考这些，伸着懒腰走下床去，心想着这个时候早已过了鸡鸣，上官逸舒理应爬到了山顶道观才是，她决定出门，在山脚下迎接他下山。

然而在山下等了两个时辰，孟婆也没有看到上官逸舒的身影，聪明如她，自是知道自己被上官逸舒放了鸽子。她刚要发怒，很快便作罢，心想着既然没有徒儿在，她莫不如趁此良机去白家居喝顿好酒，岂不畅快？

心动不如行动，孟婆立刻策马狂奔，一路穿过群山来到了鼎沸的街市，拴好马，进了白家居的门，她正哼着小曲儿张望店内，竟一眼看到了一出

好戏——

那错过鸡鸣爬梯的徒儿上官逸舒正把刚刚买来的胭脂献宝似的呈给柳绮嫣，哪知柳绮嫣脸色立变，直说着自己对胭脂过敏，还反问他明知如此却送她胭脂，莫非是打算羞辱她不成？

上官逸舒哪里知道柳绮嫣的这等小毛病，赶忙连连致歉。柳绮嫣不愿再理他，转身忙碌起来。上官逸舒跟在她身后寻找解释的机会，发现她打算去搬酒坛子，他抢过来准备好生表现一番。谁知酒坛太重，他身子骨又清瘦，一个重心不稳，便将整坛酒摔碎在了地上，周遭的客人倒霉地被酒水溅了满身，俨然成了十足的落汤鸡。

其中一名男客最为倒霉，锦衣湿透不说，还被酒坛子的碎片划破了脸颊，顿时鲜血直流。柳绮嫣当即面露忧色地去询问，他倒大度，只摆手笑笑，表示无碍。

店里闹闹哄哄的一片，站在门口的孟婆也有些忍俊不禁。

柳绮嫣见此情况，怒到极致反而哑口无言，好半天才质问上官逸舒："你小子是不是故意来找碴儿的？"

上官逸舒摇头表示道："柳姑娘，我绝非有意为之，你看这样如何，碎掉的酒水都算在我的账上，你且消消气。"

柳绮嫣抓起账台上的鞭子扬了几下，那是她用来打后院犁地的老黄牛的，没想到今日要拿来抽人用了："上官公子，请你给我立刻离开这里，否则我手中的鞭子可不长眼睛。"

上官逸舒既局促又尴尬，尽力解释说："是我不小心，是我疏忽，柳姑娘，你别再生气了，我今日还想约你去游湖赏冰灯……"

柳绮嫣越听越气，作势将鞭子抽在地上几下，便气势汹汹地朝上官逸舒走去。

上官逸舒只得连连后退，退到门口处才发现踩到了谁人的鞋子。他慌忙转头去看，竟发现自己与孟婆四目相对，彼此近在咫尺。

他如获救星般地凑近孟婆身边，道："师父，你来得正好，快帮徒儿说说情吧！"

孟婆嫌弃地瞥了他一眼，挑眉道："你腰间的佩剑难道是用来装饰的吗？"

上官逸舒唉声叹气一句："没……没开锋的。"

孟婆恨铁不成钢，扯过他腰间的佩剑挥舞几下，不费吹灰之力便将柳绮嫣手中的鞭子卷了过来。

　　"可看见了？"她向上官逸舒一仰头，"正所谓有无之相生，难易之相成，长短之相刑，高下之相盈，先后之相随，恒也。而你手中既然握着武器，即便剑未开刃，也可用来夺她皮鞭。"

　　话刚说完，孟婆便感到柳绮嫣凑近她面前皮笑肉不笑地咬牙切齿道："孟姑娘，我方才听见那个愣头小子叫你'师父'，原来你已经收他为徒了呀。呵，可见你们师徒二人是一起来我这里砸场子的吧？"

　　"柳老板，你误会了。"孟婆顺势收起了剑，神色淡然地同柳绮嫣道，"我是来你这里买酒喝的，至于他的事情，可与我无关。"

　　上官逸舒在这时插嘴道："师父，已经晚了，这种时候你就不要自私地只顾自己而同我撇清关系了。"

　　孟婆则是命令上官逸舒："你给我闭嘴。"

　　柳绮嫣冷哼一声，她可不想看什么师徒情深的戏码，只管朝孟婆伸出手："孟姑娘，还我。"

　　孟婆一怔。

　　柳绮嫣示意她剑上的物件儿："我的鞭子。"

　　孟婆这便物归原主，然后把剑撇给上官逸舒，自己正要朝老位置走去，柳绮嫣却伸出手臂拦住她，眯起眼睛冷冷一笑道："孟姑娘留步，恕本店今日不招待你们'师徒'二人，你们二位走好不送。"

　　孟婆欲言又止地张了张嘴，柳绮嫣已经给店铺打手使了眼色，两名虎背熊腰的壮汉心领神会，雄赳赳气昂昂地走过来，一手提起孟婆，一手拎起上官逸舒，如同丢小鸡一般将二人丢出了酒馆。上官本想挣扎一番，别看那两个壮汉体壮如牛，其实都是空把式，若是自己使点武艺放倒他们一点不难。侧眼向师父看去，只见她一副既来之则安之的神情，毫不在意任由壮汉动手。既然师父都有心相让，那自己更没有动手的道理，于是心中虽有不快，也按捺下来，学着师父闭目养神任由对方动手。

　　等上官睁开眼睛回过神来，这才发现自己与师父坐在白家居门口的台阶上，师父一脸微笑地看着自己。

　　面前是人来人往的街市，一片热闹喧哗的景象。

　　上官逸舒不好意思地挠了挠头，忏悔道："都怪徒儿不孝，害师父您老

人家今日没有酒喝。还让这壮汉如此羞辱一番。"

孟婆倒没在意他的措辞问题，也没在意"老"字，令她不满的反而是："没喝上酒无妨，让人拎出来也无妨，柳姑娘的地盘总该给她些薄面。倒是你我约法三章之事，你怎么今朝便失信了？鸡鸣时分怎不爬梯？"

上官逸舒立即正色道："徒儿没有失信，徒儿鸡鸣时分便开始爬梯了，是师父您醒来得晚，徒儿完成千层梯后才来酒馆找柳姑娘的。"

孟婆一惊道："胡说，你会爬那么快？"

上官逸舒也不高兴了，道："师父不可怀疑我，有伤师徒感情。"

孟婆不屑道："谁和你有师徒感情。"末了又下达命令，"走，今天都是你惹的祸，你得陪我喝酒。"

半炷香的工夫过后，上官逸舒全身僵硬地捧着两坛好酒站在酒窖里，四周一片狼藉，三四个粗野酒夫四仰八叉地倒在地上，正是刚刚被孟婆"好好招待"了一番的下场。

而孟婆还在贪心地寻觅好酒，上官逸舒担心被人发现，紧张兮兮地小声催促孟婆道："师父，已经偷了两坛酒了，我们见好就收吧，还是快点儿离开此处为好！"

孟婆慢悠悠地又挑出一坛陈酿桑葚酒，顺便扔给上官逸舒一个硕大的白眼，又狡黠地讥笑他道："我们这叫梁上君子，没看见我把银子留在地上了吗？"

孟婆只管提着美酒扬长而去。

上官逸舒自然是要跟上孟婆的，师徒二人寻了处阳光充足的小亭子里坐下，孟婆眼神期待地正欲品酒，坐在她对面的上官逸舒已然豪迈地大口灌起酒来。

孟婆端详着他此刻的苦瓜脸，眯起眼睛，试探地问道："你该不会是情窦初开吧？"

上官逸舒倒也不遮掩，只闷闷地点头应声。

孟婆先是认可他的审美与品位，后又悠哉地说起了风凉话："正所谓窈窕淑女，君子好逑，那柳老板的确是个难遇的美人，可是你也得对症下药才是。"

上官逸舒拉长了他的苦瓜脸，道："我又不知她用不得胭脂，更何况我母亲日日都要涂抹胭脂，又有哪个女子不需要胭脂呢？"

266

孟婆冷冷地说："你还真是个愣头青。倘若这番话你当着她的面说出来，只会适得其反。"

"不可能，柳姑娘才不是心胸狭窄之人。而且，我永远都忘不掉那日初次见她的情形，真美！连她方才生气的模样都那么漂亮，这才叫真正的美人！"

孟婆心觉果然是情人眼里出西施，喝口酒，咂咂嘴，一脸无聊地随口问他："可她大你很多岁啊，待到日后年老色衰，还何以让你继续倾慕？五音令人耳聋，五色令人目盲，五味令人口爽，驰骋畋猎令人心发狂，难得之货令人行妨。"

上官逸舒细细思量着孟婆的话，而后缓缓道出："我绝非只看色相的肤浅之人，如若单凭美貌来看，师父的样貌自然要胜过柳姑娘好几筹。"

孟婆自知他是在恭维，并不戳穿他，只好言相劝道："我只是要你多发掘对方的脾性，毕竟无论女子还是男子，以色待人绝不长久。"

上官逸舒有些崇拜地望着孟婆道："师父所言极有道理，恳请师父为徒儿指点迷津。"

孟婆愁道："想来我并不喜好为人师，教你学习武艺已经破了我的规矩，至于你的感情问题……唉，近来的酒价实在是涨得奇高。"

上官逸舒很懂事理，知趣地从自己的腰包里掏出好几锭银子，道："师父，钱财向来是身外之物，如若能解决问题，那么它们便算得上是寻到了自己的最终归宿。"

孟婆听了，却更忧愁了，托腮叹息道："我哪里是个见钱眼开的俗人呢？我不过是想要我唯一的徒儿好生学习武艺，不要辱了师父的名号才是。至于这买酒喝的银子，倒也算是懂事理的徒儿孝敬我的，我就勉为其难地收下吧。"

上官逸舒咧嘴笑笑，心觉自家师父颇有得了便宜还卖乖的嫌疑。不过红尘出行，自然是处处离不开金银钱财的，好在他身家背景还算优渥，光是腰间这把佩剑就价值不菲了，所以只要师父开心，他何乐而不为呢。

于是乎，上官逸舒这一口一个"师父"唤得更加殷勤了。

孟婆瞥见他没心没肺的笑颜，内心倒是有着自己的盘算：他竟有闲情逸致合计儿女私情，定是她安排的训练项目还不够辛苦，她得给他点颜色瞧瞧才行。

自那以后，上官逸舒每日都要扛着十斤重的木桩攀爬千级台阶。他倒再也不喊苦也不吵累了，只管默默地完成，然后再策马前往城里的白家居喝上一杯美酒。他每次都不忘给自己的师父带一壶回来，竟也十分懂事地会在夜间给自己加量，主动地扛起木桩攀爬千级台阶，仿佛想以此来讨师父的欢心。

日子便这样一日复一日，转眼间进入了寒冬腊月，树丫上的最后一片枯叶凋落了，孟婆怀揣着暖炉坐在院落中的藤椅上喝着热茶。由于需要有侍女打点住所，她便用法术幻化出了两名纸人式神做女仆，分别取名为岚风与绿裳。

这会儿岚风正在打扫院落，接着又拎着热茶过来为孟婆续上，见她有些无精打采，不由询问道："主人，你怎么一脸的忧愁？"

孟婆单手支着下巴，百无聊赖地道："你看错了。"

岚风认真地点头道："主人从方才起就叹个不停了。"

孟婆无心接一个式神的话，又叹一声。

绿裳也走了过来，奇怪道："主人只管望着院门外面发呆，茶凉了都全然不知，定是有心事。"

孟婆慢条斯理地抱怨了一句："还不都是那个傻徒弟，到现在也没回来，我等他的酒都等得心焦了。"

原来是在等酒喝。岚风和绿裳面面相觑，便都知趣地继续各自忙碌去了。

又过了一炷香的工夫，孟婆等得不耐烦了，干脆起身亲自去找傻徒弟。正气急败坏地走出大门，便看到有个青紫色的身影蹲在树下缩成一团。仔细听来，会发现他正在抽抽搭搭地啜泣。

孟婆一头雾水，试探地走过去叫了声："上官逸舒？"

他恍惚地抬起头，一脸受了惊吓的模样，两只眼睛红肿得似核桃。

见他这副狼狈又委屈的模样，孟婆有些震惊，立即"护短心切"地坐到他身边询问道："你哭什么？难道是有人欺负你了？"谁人吃了熊心豹子胆了，竟敢欺负她的徒弟？

上官逸舒极有男子气概地抹了一把脸，苦笑一声道："哪里敢有人欺负我？我只是眼睛酸涩罢了。"

孟婆侧眼打量了他一番，沉下声来道："你骗不了我，没什么好瞒的，说吧，到底出了什么事儿？"

上官逸舒失落地垂下眼，略显悲伤道："说出来的话，师父可别笑我。我是今日才得知我倾慕的柳姑娘早已有了心上人，唉，原来我早早便被三振出局了。不过我还是替柳姑娘高兴的，毕竟她能找到心中钦慕之人，两人看上去也是两情相悦。"

孟婆蹙起眉心，道："还有这事儿？怎么此前我不知道？从来没听她提起过什么心上人。"

上官逸舒道："师父，你可还记得那日被我摔碎酒坛溅了一身酒水，还被划破了脸颊的男子吗？那便是她的心上人。所以，她那日才会怒不可遏地提着鞭子追打我……"说到痛心处，他整个人越发落寞起来。

孟婆思忖了片刻，最终拉着他站起身，扬言道："跟我走，为师想去看看这人。"

上官逸舒一怔，不由问道："师父要带我去哪里？"

孟婆道："自然是要一起去看看柳绮嫣的心上人了，看看他是否配得上柳姑娘！"

上官逸舒拧了拧眉，不忘叮嘱道："师父，我们可不能诋毁柳姑娘的心上人，她会伤心的。"

孟婆断然道："不过是去会会他罢了，莫要紧张。"

二人一路来到了白家居的店门口，孟婆远远一望，立刻就辨别出了店内的哪个客官是柳绮嫣的心上人。那男子身穿锦衣，腰间佩剑，看模样是朝中侍卫。他笑起来的时候颊边会浮现浅浅的梨涡，正是那小小的梨涡将柳绮嫣的整颗心给吸了进去，她连为他添酒时的举止都格外娇柔羞涩，任凭是谁看见了都知道她迷恋他至深。

想来那侍卫每日都会来此喝上一壶酒，但醉翁之意自是明显，喝酒次要，显然是为了见女老板。但柳绮嫣还要忙着招呼其他客人，自是不能在他桌前久留。他们两个便偶尔在空隙时捕捉到对方的眼神，每每都是眉目传情、相视一笑。

见此情景，孟婆一边轻叹一边为自己的徒弟感到不值。人家小情侣已经是如胶似漆了，压根儿就没旁人插足的余地。可惜了，自家情窦初开的徒儿刚有初恋的感觉，还没恋就栽了跟头，日后可不要产生心理阴影才好。

而此时的上官逸舒自是哀叹一声，默默地垂下头去。

　　孟婆察觉到他的低落，这才想起自己可不是带徒弟来看他的情敌秀恩爱的，正打算上前聊上几句，却看到暂且忙完的柳绮嫣回到了侍卫桌旁，而侍卫则从怀中拿出了一块帕子，其中包着一支鎏金钗，他说是自己刚发了月钱，又拿出一些积蓄买给柳绮嫣的。

　　柳绮嫣格外欢喜地接过鎏金钗，还没等表示谢意，孟婆便走了上来，先是同柳绮嫣打了招呼，又看向侍卫点头示意，继而才客客气气道："看来柳老板这是收到常客送的礼物了，想必二人定是时常互赠信物，情意也非比寻常才是。"

　　柳绮嫣心想真是不知哪里吹来的风，竟把多日不见的孟婆给吹来了，她总觉得孟婆话中有话，但也不想伤了彼此和气，便笑着回道："不过是熟识的人来看望我……"

　　孟婆却打断她，继续道："但这鎏金钗的做工算不得精致，价位也高不到哪里去，如此看来，这客官的月钱哪里比得上柳老板酒馆的收入呢？倒是显露出自己的寒酸了。"说出最后一句话的时候，孟婆含笑地瞥了侍卫一眼。

　　那侍卫倒也不生气，只尴尬地笑了笑，点头低声道："这位姑娘说的是，在下送的礼物的确是寒酸了些。"

　　柳绮嫣的脸色则变得十分难看，她顾不得埋怨孟婆口无遮拦，只忙着安慰侍卫道："哪里寒酸了？这是我平生收到的最宝贵的礼物，任凭谁人拿几斗黄金来我都不换！"

　　侍卫闻言，先是一怔，随后笑意深陷，心中不禁有一丝感动涌起。

　　孟婆却提醒柳绮嫣道："柳老板，恕我多嘴，但天下皆知美之为美，斯恶已；皆知善之为善，斯不善已。正如话中所言，天下之人都产生了美的观念，那么必然会有与之相对应的丑的观念；天下的人都产生了善念，也必然会伴随着恶念相生。每一件事物都不可能存在单一性，一旦它被人称之为美，那它也一定蕴藏着丑恶的一面。而你所认为的人是善良的，他必然也会有邪恶的一面。总之，莫要只看一面才好啊。"

　　背在身后的手却被人轻轻地按了按。孟婆转头去看，见是上官逸舒同她坚定地摇了摇头，并道："师父，我突然饿了，不如我们去新开的那家酒楼尝尝招牌菜吧。"说罢，他便急匆匆地拉着孟婆走出了白家居。

　　自始至终，柳绮嫣也没有想起来看上官逸舒一眼。她一心只想着同心上人多一些时间相聚，自然没有把孟婆出自肺腑的那番话听进去，就连孟婆离开也没有发现。

孟婆微叹着气，任凭上官逸舒牵着自己朝前走着。她打量着自家徒儿那清瘦但却坚毅的背影，深知他是善良到连孟婆去揶揄柳绮嫣的心上人都会感到于心不忍。其实孟婆看到了之后的诸多因果，只不过想善意地提醒柳老板一下，别被眼前的情分蒙蔽了双眼才好。但这世上就是人在局中如迷雾重重，又怎么能够看得清看得透呢。

一旁的上官逸舒略有难过地抿了抿嘴角，可很快又洒脱地扬起了头，眼里也重新亮起了光芒。

眼下夕阳正好，余晖漫天，孟婆和上官逸舒二人一前一后地踏着璀璨的金芒摇晃在熙攘的人群之中，周遭的欢声笑语很快便将这对师徒淹没了，只留下两条长长的影子，逐渐消失在众人行色匆匆的脚步中。

自那之后很长的一段时间里，柳绮嫣都没有见到孟婆与她的小徒弟来光顾自家酒馆。但她很快便发现那师徒二人馋她的酒要馋得痛不欲生了，竟要用偷的手段来带走坛酒，幸好还会讲究地把足够的银两留在地上。

"死要面子活受罪，真是有什么样的师父就有什么样的徒弟。"柳绮嫣无奈地苦笑。

而时间一长，熟悉了那对师徒行径的女老板也会好心地在酒窖里留出新酿的美酒，顺便在酒坛下压好纸条，上面写着：此酒佳酿，价格贵些。

隔日收到回话：已多留银两，下次最好记得配些小菜。

于是第二日的晚上，两坛美酒旁又会放好还飘着袅袅热气的蒸鲈鱼、卤凤爪。

每当这时，孟婆都会有些遗憾地摇头道："可惜了，柳老板不能做我的徒媳妇，否则我就会有免费的美酒与佳肴了。如此看来，究竟是我的徒弟没福气，还是我没这个福气？不对不对，是那柳老板没福气遇到良人，唉……"

有时看见了因果却不能言明，这或许也是一种煎熬。在这个崇尚自我判断与所见就是真知的世上，人们总是习惯于只相信自己，不是没有贵人出现提点，只是贵人总是被忽视罢了。人生中出现的一些看似听进去却从未付之于行动的话，随着迷雾逐步消散，才发现话还是那句话，那就是真正可以搭救你的话，它一直在那里，只是你从未去用心对待罢了。

第十九节

正月前夕，清晨雾朦胧。

山脚下的小剑客身着花哨的赤红袄，正在树旁舞着一套最新学来的剑法。而他的师父则坐在一旁由岚风与绿裳左右簇拥，一边品茶一边纠正他的动作："腿再抬高点儿，腰再挺直点儿，出剑的速度要快！别扭扭捏捏的，你以为你是豆蔻少女吗？"

上官逸舒是个谦逊的徒儿，自然是依照孟婆的指挥一一照办。可他很好奇孟婆是如何会这么多剑法的，且这套剑术与孟婆此前的招式风格全然不同。这么想着，他便趁着练功的空隙询问起自家师父，道："师父的这套剑法是从别处得来的吧？可有高人相授？"

孟婆得意地回道："算你小子有眼力，自然是我为你特别寻来的高超剑术。"

上官逸舒万分赞许地连连点头，道："此剑术如行云流水般畅通无阻，又似泰山压顶般有力，时而豪放，时而婉转，竟是奇妙地糅合到了一处，好比阴阳二气般衔接无缝，实在妙哉！愚徒猜想，能使出此种剑法的人也唯有师父的师父了，我应当尊称其一声师祖才对。"

孟婆闻言，差点儿把刚喝进嘴里的茶喷出来。绿裳见状，赶忙去轻抚孟婆的背。孟婆则不禁回想起自己是如何央求和墨哥哥传授绝世剑法的——

"和墨哥哥，我向你保证，绝不会传给外人。我也不过是想让自己家的蠢徒弟武艺精湛罢了，他既是我收下的徒儿，自然也算是咱们冥府的自己人了，还请你不要见外。"孟婆特意在前几日的夜里返回冥府，为的就是直奔冥帝和墨的住所软磨硬泡。

和墨慵懒地靠在红木椅子上翻看奏折，端起青瓷杯中的佳酿轻抿一口，慢条斯理地敷衍起孟婆："每次你唤我作和墨哥哥准没好事儿。我是不知道你在人间收了什么徒弟，可冥府剑法多如牛毛，你随便去藏书阁里翻出一本秘籍便是了。"

孟婆献殷勤地为和墨揉捏起肩膀，她笑着说道："藏书阁里的秘籍哪里有你亲自传授的厉害？三界之中谁人不知冥帝和墨剑术高明，要说当年，和墨哥哥可是叱咤天地的战神！"

和墨悠闲地品酒，道："给我戴高帽子也没用，我早看透你的油嘴滑舌了。有工夫献媚的话，不如趁这会儿回来的空档去多熬几碗汤备用。"

"我说的都是真心话，再者，我现在是在人间公出，哪有加班熬汤的道理？"

和墨点点头，觉得她言之有理，便道："说的也是，那你还是快回人间去吧。"

孟婆愣了一愣，然后立刻恢复原本面目，一脸不耐烦地对和墨说道："冥帝，你最好还是应了我，不然，你我这义兄义妹的关系也是会因此遭到动摇的。这对你我而言，都不是一件划算事。"

看见这般极力争辩的孟婆，冥帝轻轻一笑，心满意足似的道："我倒想知道你收下的徒弟给你灌了什么迷魂汤，竟有能耐让你同我讨价还价了。"

孟婆便有些愤怒了，沉下嗓音道："你在捉弄我吗？"

和墨见状，终是意识到孟婆此次的态度极为认真。他便不再调侃她，而是无可奈何地答应下她的请求。只不过他心中也在猜想：看来她此行在人间倒是收获颇多，至少，有了一个能让她这般宠爱的徒弟。

回忆至此结束，孟婆忽然后知后觉地发现自己被和墨看穿了。思及此，她不太高兴地起身回房间，并带走了岚风与绿裳，留下上官逸舒独自练剑。

上官逸舒兀自练了好一会儿之后，才发现师父已经不在身边。他正打算偷懒片刻，却听见不远处传来脚步声。

只见晨曦之中走来一位手提油纸灯笼的妙龄女子，身穿绣满了桃花的长裙，绾着风流别致的如云髻，一双百蝶花样的芙蓉鞋，鞋尖上染着些许泥泞，大抵是在夜半时分便提着灯笼一路走来的。

上官逸舒见她脸色苍白，似乎少了些人间凡客的气息。而她踱步走到上官逸舒面前，先是客客气气地作揖问候，继而长叹不止，眉宇间皆是凄楚哀戚，她道："小女子从姜府而来，有要紧事相告，不知孟姑娘可在此

处？你能否带我去见她？"

是来找师父的……上官逸舒略有戒备道："可我连你的名字都不知道。"

"小女子名离歌。"她凝视着上官逸舒，问道，"敢问公子是……"

上官逸舒想了想，道："我是你要找的那位孟姑娘的徒弟，你就叫我上官吧。"

"那上官公子能否帮忙带路？我实在是有求于孟姑娘……"话到此处，离歌已然泪眼涟涟。

上官逸舒见她实在可怜，同情于她，便答应道："好吧，你随我来。"

上官逸舒本以为自己会被孟婆指责，却没想到孟婆不仅没有责怪他，反而像是等候已久了。她甚至亲自沏茶，还是她平日里最宝贝的赤芍茶。

上官逸舒心有疑虑地打量着孟婆为离歌倒茶的模样，总觉得眼前景象令人难以置信，但还是介绍道："师父，这位是离歌姑娘，她说她是从姜府来的，还说有事相求……"

孟婆一摆手，示意他不必多言。上官逸舒只好咽下话，坐到一边。

离歌望着面前的孟婆，无奈道："孟姐姐，我今日突然造访也是迫不得已……"

孟婆道："无妨，究竟所谓何事，你尽管说吧。"

离歌垂下眼，缓缓地道出了事情的缘由。

原来是姜怀笙近来复发了旧疾，他吃咽不下，整日昏睡，俨然要走到生命尽头了。且那旧疾十足稀奇，竟是从娘胎之中带来的。曾有道长指点解救之道——需要天宁仙境的灵药。

在遥远空灵的天宁仙境，有一位得道高人居住，他练就了举世无双的灵药，自是可医治万般奇病。只是肉体凡胎的红尘之人凭借一己之力根本去不到那里，即便最终找到了天宁仙境，也是要花费一年半载，再加上来回往返，怕是药还没带回，人已经病死了，还如何来得及医治？

离歌眼中含泪，哭诉道："我只求孟姐姐帮我救救怀笙，他病得那样重，若是没有灵药医治，怕是撑不过今年除夕了。倘若他死了，而我又满了一年之期，那天下再不会有煜儿的容身之处，稚童何辜……"

孟婆听到这儿，脸色不算好看，冷声问离歌道："当初，你曾说自己重回人间只是为了了却自己嫁给姜怀笙的执念，又说自己三岁的孩儿没有娘亲疼爱令你于心不忍，想以一年之约来实现最后的心愿。可如今看来，这些都是你使的伎俩，你早就清楚姜怀笙的恶疾，而你真正的目的便是为了救他。我可有说错半分？"

离歌见被拆穿，竟有些瑟瑟发抖起来。她内心深处本就惧怕孟婆，而自己耍弄这般手段也着实可恶，她不敢承认，只得埋下头去。

孟婆倒不愠怒，只是细细打量起面前这个娇弱的姑娘，心想着当年那个被世人欺辱的少女已然长大，从亭亭玉立的清纯少女演变成了居心叵测之人，她竟也懂得了要算计他人，哪怕最终付出的代价还是要由她自己来扛。

孟婆微微垂眼，问："为何这么做？"

离歌一直低着头，神色沉静而悲戚，许久过后，她才哽咽道："孟姐姐，也许你忘记了……可当年你曾对我说过：软弱的人连选择如何过活的权利都没有，除了变得更为强大，根本不可能逃离现状。"

孟婆的眼神飘向远方，若有所思般地回想起了她曾教导过离歌的那番话——女子也好，男子也罢，但凡是人，无论生前还是死后，对自己的命运都要去争、去斗、去拼，哪怕不择手段，只要应当是自己得到的，便绝不要拱手让人，更无须在意他人感受，一如他们不会在意软弱时的你。既生而为人，便要好生走完一生，必将极致绚烂，莫留遗憾。就算是要踩着他人的身躯作踏脚石，都不可辜负了自己。

离歌继续道："生时绚烂，死也无憾。而正如我所参透姐姐话中所言那般，真正爱一个人，便要不惜一切为他付出所有，哪怕为此飞蛾扑火、谋划算计。哪怕，我已为此而遭受过撕心裂肺的痛楚……可我依然愿意选择再次奔赴刀山火海。说我愚蠢也好，笑我执迷不悟也罢，我仍旧是最初的想法，就算是要为此挫骨扬灰，我也绝无悔意。"

孟婆抬起眼，微微有些震惊，这些时日以来，她觉得自己已经有了某种改变，那些曾经从她口中说出的话，好似都那么陌生而疏离一般。若不是离歌的一番言语，自己已然忘记了前世的自己也曾那么竭尽全力地过活着，而这份"竭力"在如今看来，又是如此的苍白可笑。不知从何时开始，她的心念已经与过去的姜墨舞不同了，是那日遇到那位道长之后吗？她也想不清楚，只是觉得这些日子心里松快了不少，不像以往总是那么紧绷与压迫。自己也越来越喜欢这份"本心"与自在的闲情。可离歌却始终坚定如初，不曾有过丝毫动摇。

上官逸舒听到这里总算是懂了，他自幼博览群书，自当了解世分三界，

也大概明白了孟婆与这个离歌的来路。他倒一脸的云淡风轻，并未露出大惊小怪之色，虽然也调整了一番心情才接受事实，可离歌所言悲切，他已顾不得去惊讶何人身份，只心想着她若是用自己为代价来换取丈夫得到灵药，那么——

"他岂不是会悲痛欲绝，随你而去吗？"上官逸舒小声咕哝一句，像是自言自语。

恰被离歌听到，她神色落寞道："我不会让他那么做的，我们还有煜儿，他必须为了孩儿活下去，就算会痛不欲生，他也要将孩儿抚养成人才行。虽然我与他缠绵的爱意没有修成正果，可我以自己为代价来治好他的旧疾，他便不能无所顾忌地撒手人寰。待到我满了回往冥界的一年之期，也便能安心了。至少他与孩儿还可以相互依靠，他们皆不是孤单一人，而这，也是他身为父亲的责任。我能做的，便是在仅剩的日子里为他筹谋好日后，哪怕我终将为此魂飞魄散……"说及伤心处，她再次潸然泪下。

听到这儿，孟婆心头不忍，她忽觉自己当年的爱情不堪一击，的的确确只是权利的依附，毫无牢固的真情实感可言。

而离歌如同当年那般，再一次默然屈身，对孟婆行跪拜礼，恳求孟婆答应她的请求。

她的双手从袖口里伸出半截，相互交叠，仿佛是尘世间最为卑微的凋零的玉白花朵。

孟婆凝望着她，言语虽淡漠，却也不是不近人情："此去天宁仙境，路途遥远，道路崎岖，且会迫使我不得不使用更多的咒法，而在人间，我过多使用咒法极有可能会遭到反噬。"

离歌闻言，不禁露出了绝望的表情，她以为孟婆会拒绝。

"不过，我既然与你有过交易，便不会违约。"孟婆轻叹道："我答应你便是。"

离歌惊喜道："孟姐姐，你肯帮我了？"

孟婆只道："总归不能见死不救。"然后，又对上官逸舒道，"你接下来去转告岚风与绿裳，这段时间我要出远门，除了你来此处之外便要终日锁好院门。"

上官逸舒却毛遂自荐道："师父，你带着我同行吧，没有我在，谁来保护你？"

孟婆盯着他，从下至上地将他打量一番，然后轻蔑一笑，足以令上官逸舒怒不可遏。但他并不退缩，继续央求道："师父，我早前在书上便读到过，那天宁仙境可是世人心目中的仙山，人人向往。如今能有机会前去，师父不可独揽好事！"

"好事？"孟婆冷冷嗤笑一声道，"我方才已经说过了，此去将是困难重重，你难道以为我是去玩乐不成？"

上官逸舒理直气壮道："再苦再难我也不怕！"

孟婆双手环胸，道："启程之后一切祸福难料，我也没有十足把握护你周全，你就算如此也要一同前往？"

上官逸舒想到孟婆独行会有危险，斩钉截铁地坚定道："即便如此，我也要与师父同行。"

孟婆有些诧异地问："你还真是不惧生死？"

上官逸舒豁然一笑，答道："何惧之有？人生天地之间，若白驹过隙，忽然而已，死生为昼夜，生之来不能却，其去不能止。生死之间具有共性，并无不可逾越的鸿沟。明乎坦途，故生而不悦，死而不祸，知终始之不可故也。计人之所知，不若有所不知；其生之时，不若未生之时。既然死生是人所必然要行走的道路，所以活着没有必要喜悦，死了也不要认为是灾难，因为生与死始终是处于变化之中的。方生方死，方死方生。生与死原本就是一体的。"

孟婆接着问道："你为何认为生死是一体的？"

上官逸舒接着答道："道家认为生死统一于'气'。生也死之徒，死也生之始，孰知其纪！人之生，气之聚也；聚则为生，散则为死。若死生为徒，吾又何患！故万物一也，是其所美者为神奇，其所恶者为臭腐；臭腐变化为神奇，神奇变化为臭腐。故曰：'通天下一气耳'。圣人故贵一。生是死的连续，死是生的开始，人的出生，不过是'气'的聚积而已，'气'聚积起来便是生命，'气'消散了便是死亡。整个天下是一气相通的，若将生死置之度外，超越生死，就能够真正达到淡泊静观的境界。也是小徒心中所追求的大道之境。"

听完上官逸舒的一番言辞，孟婆竟久久无法回复。从不承想这般年轻的徒儿竟然有如此智慧与开悟，在追寻大道之途上已然超越自己许多境界，

这倒是让自己惭愧了几分。想到此处，她不由仔细打量起上官，到底这少年身上还有什么自己看不透的秘密所在，怎么能时而天真纯善、时而顿悟深彻，好像一个人的身上有两个灵魂一般……

"师父，您倒是回句话啊？"上官逸舒又恢复了往常的神色，一脸期待地看着孟婆。

看来他是执意这般了。孟婆不打算违背他的本心，便答应了他。上官逸舒当即欢呼雀跃，离歌也为孟婆有人陪同而感到欣慰。但孟婆却没指望要让上官逸舒来保护自己，想来以她的功力，保护自己的徒弟还是绰绰有余的。而且人间相遇，她已让这个徒弟增加了许多见识，或许天宁仙境一行，还能让她的徒弟得到仙缘。不知何时开始，她越来越为这个徒弟着想，只是总是不露痕迹地去做着自己认为对他有益处的事情罢了。

而再望向离歌，发现她站在光线昏暗的角落里，脸上没有任何表情，眼角眉梢倒是彰显憔悴。

孟婆不由得在心里暗想，红尘中的情字煎熬且辛苦，令原本娇俏的少女染上了颓败，自然也是一件心酸事。

而她自己，当初又何曾不是其中一员呢？好在人世已了，在冥府之中反而过得自在几分。

临近晌午时分，离歌辞别孟婆，望着瘦弱女子的背影渐行渐远，上官逸舒忍不住问孟婆道："师父，你为何决定帮她这么多？"他虽不清楚此前的孟婆与离歌有何渊源，可是，以他的见解，孟婆并不算是一个"乐于助人"的纯善之辈。

孟婆只是望向湛蓝的天空，语气淡如秋水："人之生也柔弱，其死也坚强。草木之生也柔脆，其死也枯槁。故坚强者死之徒，柔弱者生之徒。是以兵强则灭，木强则折。强大处下，柔弱处上。我也是近来才逐渐参悟，或许，唯有柔和才是生存之道。"

上官逸舒有些不明所以，心想着师父是在说离歌柔弱？他想不透彻，便索性不去自寻烦恼了。

而孟婆自然知道，这份柔和，不过是她自己内心的变化，一如天地间万物万事都存在着相互矛盾的两个对立面，譬如有和无、强和弱、福和祸、兴和废、刚和柔……这些都是互相依存、互相联结的，自然也可以相互转化、共生共栖。

隔日，天色蒙蒙亮，孟婆与上官逸舒便踏上了前往天宁仙境的东行之路。一连几日都不停歇，只盼着快马加鞭地早日到达目的地。

关于天宁仙境的记载并不算多，书上写着早在上古，便有六位灵兽，即南朱雀、北玄武、东青龙、西白虎、中麒麟、暗黑腾蛇。六位灵兽各守一方，后立国教，每一国教除有王族外，又有一族人与王平起平坐，即是灵兽钦选一族，世代守护王君，又被王君所敬仰、惧怕、尊敬且爱慕。

从先代起，帝王们便为钦选一族建造出蓬莱似的岛屿，供其居住，并远离尘世庸俗。而这其中最负盛名的，便是靠近北方的初代郡王所赋予其族的海岛。

土地偌大、山水翠绿的海岛之上漂浮着一个"天宁仙境"，他们背靠着北方玄武的庇护，令其岛四季如春、常年青翠，如同世外桃源，美不胜收，唯有虔诚的修行之人才可登入岛内。

"天宁仙境的确如同蓬莱圣地，传言那里的湖水悬挂在头顶，海棠树的花朵开成了云，还有交织成原野般的紫藤花蔓盘旋在上空，结满了如雾如海的紫色花簇。许多皇亲国戚、王孙贵族都想方设法地前往天宁仙境一睹光彩，但唯有心中想着圣洁之事，那天宁仙境的大门才会为来者敞开……"孟婆说到这儿，便沉下脸，不满地掀开车帘抱怨起上官逸舒："你能不能把马车驾快一些？按照你这种速度，我们下辈子也别想到达仙山。"

上官逸舒手中的马鞭便又扬起了几下，两匹白马立即嘶鸣着狂奔起来，他则小声嘀咕道："师父坐在车里当真是闲情逸致，我在寒风之中充当马夫，你不感激我就算了，却还要训斥我。昨夜为你爬树摘山楂被树丫刮破了衣裳，你也不讲几句好听的话来抚慰我受伤的心灵……"

孟婆听见他的碎碎念并未生气，反而发觉这般速度很难在一定时间内赶去天宁仙境，索性便略施法术在四个车轮上，顷刻间，整辆马车如同踩着风火轮一般骤然加速，上官逸舒一阵恍惚，待到反应过来时，他已然嗅到了一股凛冽的清凉。

而身旁竟有一辆拉着稻草的牛车缓慢驶过，驾车的是位老翁，他在悠悠地吟唱着："蜀国曾闻子规鸟，宣城又见杜鹃花。一叫一回肠一断，三春三月忆三巴……"

上官逸舒揉了揉眼睛，困惑地四处张望起来，一抬头，便看到了面前的城门，是黑色的，门口处蹲着两头獠牙尖锐的兽，让人不禁心生恭敬。他再次转头，目送老翁进了城门。可城门却在老翁消失后立刻关上，仿佛不打算再为旁人打开一般。

上官逸舒微微蹙眉，他搞不懂这是怎么回事儿，而马车上的孟婆已然走了下来，她仰望着巨大的城门道："想必这便是天宁仙境的宫门了，而方才那位老翁便是传说中唯一被仙境迎接的人，他徘徊于此，大概是想为后人引路。"

上官逸舒闻言，不禁大惊失色，震惊地叫道："我、我们已经到了天宁仙境？竟是瞬间？！"

孟婆瞥他一眼，道："这个瞬间之中已然过去了三七二十一日，只不过是我用法术加快了行程。"

上官逸舒仍旧回不过神来，唯一确信的是，他更加崇拜自己的师父了。

而孟婆巡视了四周，发现宫门只是幻影，真正的宫门怕是要登上仙山才能寻到，于是她便将马车停好，带着上官逸舒徒步上山。

正值黄昏，天宁仙境常年云雾缭绕，周身的空气倒也格外清爽。而越发接近白雾氤氲的仙山，便越能看见一些样貌稀奇的生物。

譬如结伴轻舞在小池潭上方的白色小虫，皆是不知名的形态，像是一簇一簇小而耀眼的纯白火苗。也有相互缠绕着生长在一起的双头树，一颗头是男性形态，另一颗头则是温婉的女性面容。

不过，这些稀奇的东西并不会让人觉得可怕，甚至连一丝不舒服的感觉也没有，反而有种如沐春风的神圣之气迎面拂来，孟婆自是享受地沉醉其中。

唯独跟在后面的上官逸舒捏着鼻子一脸痛苦，嘟囔道："这里有股酸臭的味道。"

竟会有人觉得臭？那么只有一个原因了，孟婆嘲讽道："定是你前世做过不洁之事，今世来此，你身上的罪孽才会亵渎了这里的圣洁之气。"

上官逸舒皱起眉，他不算喜欢孟婆的说法，正欲反驳，突然见前方涌来了一、二、三、四名身穿白衣的长者，他们见到孟婆与上官逸舒，立即东、南、西、北四方摆出阵势将师徒二人团团围住，并质问道："来者何人？竟胆敢擅闯天宁仙山！"

上官逸舒被吓了一跳，他冷静下来，打量起这四名长者，皆是相貌清瘦、须发花白，许是年近古稀，可声音与姿态却铿锵有力，丝毫不输青壮男子。

他见来者不善，像是仙境的修道之人，便赶忙解释道："各位长辈，我与我师父不远万里前来此处实有苦衷，还请各位放行，让我师徒上山……"

话还没说完，那为首的长者便怒喝一声，他可不会被眼前这高雅孱弱的公子的几句话迷惑，当即打断上官逸舒道："我等身为天宁仙境的护卫，绝不会允许外来之人扰乱此处清宁，你等速速原路折回，否则定当兵戎相见！"

对方态度强硬，这可愁坏了上官逸舒，他满脸都是"这可如何是好"的苦楚，正挠着头一筹莫展，身后的孟婆已然快速冲上来，双手挥出玄武刺，以迅雷不及掩耳之势与四名长者过了数招，不出三个回合，她便将四名长者打晕在地。

上官逸舒怔在原地，孟婆则是收起玄武刺，俯身去试探长者们的鼻息，而后奇怪道："看来他们都是天宁仙境的道人，可呼吸却这般气若游丝，说不定是大限将至了。如此看来，他们的修为并没有更进一步，也就是没有得道成仙，怪不得他们不希望外人来此，打扰了他们最后的修行也的确是惹人烦心……"

"师父，你下手会不会太重了，他们不会有大碍吧？"上官逸舒反而更加担心他们是否能醒来。

孟婆没有理他，忽然抬起头望向前方，像是察觉到了什么异样，她喊了一声徒儿，二人便急匆匆地朝山脚下的那片碧海跑去。

只见那翠绿的海面上停靠着许多船只，各船只上树立的旗帜皆有不同，分别代表着各个门派。孟婆与上官逸舒藏身在巨大的礁石之后，她眯起眼张望，瞧见最为靠近的大船上洋洋飘洒着一面赤红色的旌旗，上面绣着金色蛟龙与赤色凤凰，龙凤戏珠。她不由皱眉道："是珠凰派……"

上官逸舒则悄声告诉孟婆："师父，左面那艘砖红色的船是苍阴派的，家父家母曾请过那门派的人来教我武功，可他们华而不实，作风也是奢靡为主，据说他们门派下的男子皆美，女子尽风流。"

孟婆点了点头，道："这门派我倒也听闻过，算不上什么名门正派，可

这里足足聚集了八个门派，连苍阴派都招来了，究竟要在天宁仙境的脚下搞什么名堂？"

话正说着，不远处便有两名身穿紫色锦衣的俊秀男子走来，孟婆与上官逸舒赶忙压低身形、屏住呼吸，而那两名男子则是靠在礁石旁掏出烟杆，分别为对方点燃了烟草，各自吐出一口寥寥烟雾，竟是抱怨道："珠凰派的那群老古董，总仗着资历深厚来压制我等新派，此番前来也是他们挑起事端，我便要看看他们到最后怎样同我等分红。"

眼角有颗泪痣的男子则冷笑道："倒也不能说他们急功近利，谁人不觊觎天宁仙境这块宝地呢？一旦占领，那仙山上的所有灵药都将归我们所有，包括整个仙境也将成为各派的后花园。"

孟婆这下明白了，原来这些门派是想要合力攻占天宁仙境。呵，他们也算是有自知之明，清楚仙山不易攻克，才想着召集各大门派来搞偷袭。

"卑鄙的小人作风。"上官逸舒愤愤不平地嘀咕了一句。

孟婆赶忙捂住他的嘴，示意他不可轻举妄动。

那两名紫衣男子全然没有察觉礁石之后的动静，还在喋喋不休道："珠凰派的掌门是个乳臭未干的小丫头片子，她老爹刚死没多久，她便野心勃勃起来了。要说也是胡闹，她竟要长云派做前锋，一旦攻下天宁，长云派岂不是成了首要功臣？"

"这你就比不了了，据说她与长云派的大师兄有私情。且长云派皆是貌美的男弟子，他们都有着与生俱来的能力，身轻如燕不说，还可以策云浮空，俨然是上天为鸟、入水为鱼，所以嘛，把珠凰派迷得神魂颠倒也不足为奇。"

"哼，我倒觉得长云派不比我们紫鹤派，他们只仗着富贵身家才敢摆出唯我独尊的德行，见到各大门派也是一张不苟言笑的脸，好像他们多高人一等似的。"

"算啦，别酸这些了，我们快回去吧，被师兄发现咱跑到这头偷懒又该听他啰唆了。"说罢，二人吸下最后一口烟，便火急火燎地回到了船上。

剩下孟婆与上官逸舒面面相觑，她自然不想插手此等闲事，毕竟是人间之事，她随便插手不得，于是便拉着上官逸舒偷偷离开，想着趁天宁仙境还没有大乱之前登上仙山取得灵药。至于天宁仙境是存是亡，自要看它自身的造化了。

眼下时间紧迫，也实在是迫不得已，孟婆同上官逸舒偷偷潜入了天宁仙境。

起先，上官逸舒的心中还十分困惑：传闻与记载中都曾指明，必须心怀虔诚才能被天宁仙境迎接，可为何师父凭借法术便可进到天宁仙境的内部？难道记载中的都是骗人的不成？

而孟婆自己也有些狐疑，她自是觉得这般轻易地走进天宁仙境有些出乎意料，但在看见仙境内部的景象时，她便把忧虑抛在了脑后。

高大壮丽的白色巨城耸立在完全漂浮的仙境岛屿上，轻柔的雾气缭绕在屿尖，白鸟环舞、仙鹤停驻、花香四溢，圣洁的光亮璀璨绚烂，当真是如同现世的仙境蓬莱。

在这烟雾氤氲、香气馥郁的境地中，万物都极具空灵之气，此地仿若遗世孤立又神秘清幽，连一丝欲望与污秽的肮脏都嗅不到。孟婆与上官逸舒缓缓地踏上云桥，一层一层地走到了岛上，赫然发现来到了另一个世界般，眼前皆是数不清的仙岛。

这些岛屿形状各异，景色也不同，有的仙岛孕育着巨树，有的则是栖息着飞龙，还有的盛满了琳琅满目的珠玉，也有仙岛之中出没着珍禽异兽……

上官逸舒震惊地半张着嘴巴，他目不暇接道："原来世间竟真有此般人间仙境，我能有幸来此一遭，也算是不负此生了。"

孟婆也是有些吃惊地低声道："难怪那些门派想要夺下天宁仙境，这里的确是个装满了美景与财富的宝囊。"可她很快便察觉到不对劲儿——这般偌大的仙境岛屿之中，竟然无一人看守，甚至连个扫院的弟子都没有，实在蹊跷。

"师父，这里一望无际，我们该如何寻找灵药？"上官逸舒苦恼道。

孟婆闻言，倒也不急，沉下心来四处打量一番，忽然看到一抹白色的身影走进了前方的云层。

"有人。"孟婆的眼睛亮起来。

上官逸舒也机敏道："师父，不如我们跟上去，求他来给我们些指引。"

孟婆点点头，二人加快步伐去追那道白色身影。

第二十节

这天宁仙境里仿佛刚下过一场清雨，城檐下滴着水珠，两抹撑着紫竹伞走在石路上的身影在清风中摇曳着。她们是幻术纸人，像是在为来客引路似的，正领着孟婆与上官逸舒前往某个住处。

到了一处清净的院所前，纸人们收伞，为孟婆让出一条路来，似在示意：便是此处了。

孟婆踏入府门，上官逸舒也跟着她走进去，腰间系着的紫色玉佩随着他的动作而晃了几晃。

清幽的府内如同世外桃源，色调是金与红，庭院的设计竟都是流线型的，衬着水潭中养着的金鲤，显得十分静谧。而走进大厅，引起孟婆注意的是半米处立着的一座山水图屏风，上面是泼墨画，有身影在屏风之后，孟婆与上官逸舒悄然走过去，看到一名广袖舒袍的清雅长者正在席间煮茗。

而他正是那名匆匆闪过的白色身影。看见此人，孟婆的眼神亮起了光，但见他一身素白之色，长袖上绣着碧水波纹的图案，鬓中银发如雪，眉宇间的细密皱纹反而显出一股子气度不凡的华贵。

"你……"孟婆的表情略显惊讶，她坐到他的面前，试探着问，"你可是……"

话未说完，那道人便将两盏热茶推到了孟婆与上官逸舒的面前，仿佛已经等候他们多时了。

上官逸舒道了谢，选择了一个青瓷杯里的茶喝起来。转而打量孟婆与那道长之间的眼神，忽觉困惑道："你们二人该不会是旧识吧？"

那道长笑了笑，一边为自己倒上茶，一边回道："七年前萍水相逢，贫道清尘自是不曾忘却过那一面之缘。"

孟婆没想过当年那位指点过她迷津的道长竟会是天宁仙境之人，忍不住有些欢喜，一时之间便有些肆无忌惮道："我也是不会忘记故人的，不知老道近来可好？可知自己即将大祸临头？"

清尘道长明白孟婆话中所指，却也只是不疾不徐道："贫道一切安好，多谢挂念。"

上官逸舒看向孟婆，好奇地问："师父，你是如何与这位神仙似的道长相识的？怎么什么事情都瞒着我。"

孟婆望向窗外，扶桑花瓣随风飘舞，似金芒连绵起伏，她回忆道："那都是发生在遇见你之前的事了……"

七年前，在孟婆重返阳间之际，她发现一切早已物是人非，自己也不再被曾经的亲人需要。可她又不愿未满一年之期便回往地府，只怕和墨会猜出她在人间遇到了不痛快的事情。为了保全颜面，她决定在人间徘徊到期满再打道回去。

在那段时日里，她也遇见了许多形形色色的人，有秀才，有奸商，有不得志的诗人，也有敢爱敢恨的烟花女子……而在与清尘道长相遇之前，她最为难忘的便是那个在沙场上迷茫的王族少年。

"我从不想像祖辈那样走那些被铺设好的阳关大道，也不想深陷权力与欲望的尔虞我诈中，我拼命逃离那暗如深渊的漩涡中心，哪怕会死在这无情战场。"

那日是黄昏斜阳，少年不过舞勺，可他的面容上已经沾染着看透一生的悲戚与绝望。他坐在沙漠边际，遥望远方的烽火台，而化身漠客的孟婆牵着骆驼与他同坐，二人凝望这衰草斜阳，这孤烟直上。

然而战场向来冷酷，他随军踏入胡地，在凄凉飞雪之中杀敌万千，到头来却被偷袭的暗剑刺穿胸膛。铁衣寒夜之中，他的尸首被马驮回了军营。没人来得及为他垂泪哀悼，大敌濒近阵营边角，众军同仇敌忾，飞雪漫天飘扬，厮杀声震响天际，血液染红了沙池。唯有披着麻布的漠客孟婆走到那少年的尸首旁，为他阖上了难以瞑目的眼。

关山难越，谁悲失路之人？萍水相逢，尽是他乡之客。

孟婆遥望白雪遮空，忽觉当年刑台之上冰冷惨寂，只余她一人含恨而终。一如今朝少年孤死，无人为其流泪。

一个是为逃离权力，一个是深陷宦海，为何仍是结局相同？

试问生死终是命数，还是命数斗不过天意？

　　她怀着那般触景伤情的忧思离开沙漠，途经竹林，被暴雨困住，便待在山洞中等候狂风停止。待到雨停出洞，她遇见了那位在溪边以竹筒盛水的清尘道长。

　　当时的他为了救一只被恶狼咬伤的灰兔而待其温柔，孟婆却问他道："道长明知那灰兔将死，又何必温柔对待？它只是牲畜，若是贪恋道长所给予的温柔，从而对人世心怀眷恋的话，死后岂不是会流连人间，不肯前去往生？"

　　清尘道长回道："众生平等，生灵同贵，正是因为它能感受到人世柔情才会对红尘念念不忘，如此一来，它才更愿进入轮回，重新开始新的一生。"而后，他点破了孟婆长久以来的迷茫，并让她寻回了她的本心。

　　时至今日，孟婆仍记得他的那番指引——

　　人生于天地间，如白驹过隙，忽然而已矣。万物之生，蓬蓬勃勃，未有不由无而至于有者；众类繁衍，变化万千，未始不由有而归于无者也。物之生，由无化而为有也；物之死，由有又化而为无也。人之死也，犹如解形体之束缚，脱性情之裹挟，由暂宿之世界归于原本之境地人远离原本，如游子远走他乡；人死乃回归原本，如游子回归故乡，故生不以为喜死不以为悲。视是非为同一是亦不是，非亦不非；视贵贱为一体，贱亦不贱，贵亦不贵；视荣辱为等齐，荣亦不荣，辱亦不辱。本心如此，无人能撼。而坚守本心，亦可泰然处之。

　　"若觉得人世迷茫，可找一物寄托，将情感投入其中，方可找回本心。"那是道长最后对她说的话。也正是因此，孟婆才重拾琉璃手艺。

　　犹记得那一日的清尘道长已鬓发如银，而孟婆的姿容却始终风华正茂、倾国倾城。他转身戴上帷帽离去时，孟婆目送他素白清瘦的背影，冥冥之中也曾在心中暗想，若有朝一日得以重逢，她定要与他温酒煮茗，畅谈古今。

　　而想到这里，道长似乎略微侧目望了她一眼，唇边浅笑泄露温情，好似一种心照不宣的默契。

　　孟婆讶异的同时也感到似曾相识，就仿佛他们曾经坐在一处，在五色帷幔之中侧耳倾听那晚风轻撞风铃，氤氲的晚霞里，她缓缓抬手，接过他递来的一盏青瓷杯，其中盛满淡朱色的清茶，而又有一人的双手搭在他二人肩上，眼中闪动粼粼水泽，满怀柔情。

她抬起头，望见他二人的年轻容颜，随即却有一阵晚风刮起了尘沙，她终究是没有看清他们的眉眼……可最后，孟婆完成了举世无双的琉璃，带着两色光芒，是世间最为真挚的纯白和火红，二者交织在一起，如同白月光与朱砂痣的融汇。诚然，那是她终于制作出的印证大君和大妃爱情的人像，孟婆甚至可以通过这人像看到大君与大妃相恋的过程——风华正茂之际，英武的大君爱上明艳的大妃，他浓黑的眸子印在她身上，她一个回眸，流露千般风情。想必那日在他眼中，世间所有女子都不及她的肤若凝脂，而她裙上绘出的大簇牡丹火红热情，燎了他心尖的平原。

而她最后的琉璃则被她亲手埋在了自己的墓前，无人欣赏的惊世之作，只能被她用来祭奠死去的墨舞。也许唯有那深藏琉璃的寂灭之处，才是她最终的归处。

思及此，孟婆回过神来，一抬头，发现清尘道长正静默地凝望着她。

七年过去了，他的样貌未变半分，她也是如此。

"今日相见，道长可是早已得知我会前来？"孟婆示意他摆好的三盏茶杯，又问，"你是在等我来此吗？"

清尘道长笑笑，点头称："正是。"

孟婆眯起眼，像是在审视他一般道："看来你可以将别人的命运掐算，也能将其掌控于自己的股掌之中。可你是否能猜到有朝一日会有众多门派集合起来攻打这天宁仙境，又能否猜到自己会不会因此而丧命？"

清尘道长却云淡风轻地道："天机莫测，一切自有定数。"

孟婆轻笑道："既如此，道长可知我此次前来所谓何事？"

清尘道长拂了拂素白长袖，道："世人皆知天宁仙境是现世蓬莱，一想入住，二想长生，三来想得灵药治愈种种恶疾。而看孟施主的衣着与神色，既不想长留此地，也不痴迷永生，怕是只有第三种符合你的造访之意了。"

孟婆笑道："道长果然料事如神。"

清尘道长闻言，神色却暗了暗，似是怅然道："凡人皆不是神，神祇也不需要艳羡。若是心态不能超然，只是空有长生的皮囊，那再没有比岁月漫长更为痛不欲生的了。独自长存于世，自是一种悲伤的折磨。所以，长生与否只是表面而已，真正能看破和放下，自然可得长久自在。"

上官逸舒听着他的话，心中忽然感到一阵酸楚，他略有伤感地望着清

尘道长，而道长也抬起头看向他。这使上官逸舒一怔，并不是由于局促，而是类似这般的对视仿佛似曾相识。

上官逸舒略带惆怅地问道："那道长这些年修行，求的是什么？"

清尘道长颇有深意地答道："贫道这些年求的就是'真正的乐'。人生在世，难免有看不惯的人和事。'物固有所然，物固有所可。无物不然，无物不可。不谴是非，以与世俗处'。要遵从自己的内心，不为世俗所累。'看不惯'的东西、人和事越多，人的境界也就越低，格局也就越小。

"古有云'士有三不斗：勿与君子斗名，勿与小人斗利，勿与天地斗巧'。祸莫大于不知足，咎莫大于欲得。痛苦和烦恼来自不合理的欲望。欲望过盛，心头贪念越多，羁绊越重，痛苦和烦恼也就越多。

"夫天下之所尊者，富、贵、寿、善也；所乐者，身安、厚味、美服、好色、音声也；所下者，贫贱、夭恶也；所苦者，身不得安逸，口不得厚味，形不得美服，若不得者，则大忧以惧，其为形也亦愚哉！富、贵、寿、善并不是快乐的必要条件。'至乐无乐，至誉无誉'。真正的快乐是与自然相融合、与天地相感应的乐，并不靠任何外在形式呈现，仅仅是取决于个人的智慧与境界。"

孟婆在这时蹙起眉心，沉声道："你们听，什么声音？"

上官逸舒也竖起耳朵，道："好像是锣鼓在响，很微弱，像是从下方传来的。"

清尘道长微微上扬视线，望向窗外，神色淡然道："他们来了。"

是各大门派！上官逸舒这下意识到糟了，他还想再说些什么，锣鼓声突然更加剧烈且密集。"砰砰嗵嗵"的巨响，以及令人背脊发毛的杂乱脚步声。

清尘道长在这时将自己手腕上的一串琥珀色玉珠摘下来，不由分说地扔到地上，玉珠瞬间架起了一片散发着紫光的屏障。

"我在此处建立起的屏障可以暂且保护我们不被发现，但他们既然能攻进天宁，必然会首先冲到核心处的这里，想必这屏障也撑不了多久。"清尘道长凝视着孟婆的双眼，对她道，"没时间了，你且随我来吧，灵药在密室里。"

孟婆点头，正欲同道长前往后方，却发现上官逸舒冲到了屏障的最前端，他志在必得地同孟婆道："师父，有我在此处掩护你与道长，你就放心地取灵药吧，我保证为你们拖延出更多的时间！"

"胡闹，你哪里是那些门派的对手？更何况寡不敌众——"孟婆不悦地皱起眉头，心觉蠢徒弟实在是搞不清自身处境。

可清尘道长却拍了拍她的肩膀，眼神坚定，仿佛在示意她无须担忧。然后，他对上官逸舒道："小伙子，你身旁的箱子里装满了十八般武器，你可随意取之。贫道再为你设个阵法，你无须担心。"

清尘道长说完便口中念念有词，一边手中结印而道："入名山，以甲子开除日，以五色缯各五寸，悬大石上，所求必得。又曰，入山宜知六甲秘祝。祝曰，临兵斗者，皆数组前行。凡九字，常当密祝之，无所不辟。要道不烦，此之谓也。"

上官逸舒眉开眼笑地合拳道："多谢道长！"

"想来……道长已是早有定夺。"孟婆心领神会，便叮嘱上官逸舒"多加小心"后，随清尘道长走去了后方的密室。

孟婆跟在清尘道长身后，不由仔细打量起他的背影，这熟悉的话语好像在哪里听过，那熟悉的感觉时时刻刻缠绕着自己，却又着实想不起来原委。脑子忽然胀痛了起来，眼前竟然浮现出清尘道长的另一副模样，身着紫色道袍微笑着在泉边看着自己说道："师妹，你可记好了，师兄只说一遍。'临兵斗者，皆数组前行'口诀源自我教经典《抱朴子》一书，九字真言有大威能，常默念这九个字，可辟除一切邪恶。这是我道家进入山林时的护身辟邪之术。

"临者，明天地所在，悟万物本来，临者感悟天地，感悟自然。若能时刻感觉天地，万物的存在，这就达到了临字的本义，所以身心要常保持清静无私，方能天人合一。

"兵者，由临而进，此时天地已明，阴阳已现，身内龙虎初啼，有争斗之意，当更进温养，以待咆哮之时。

"斗者，此时身内天地分明，龙虎咆哮，上下争斗，又有调和之意，宜静养龙虎待其鼎盛而调和阴阳。

"者者，者乃成相之意，与此当显真意。龙虎上下而行，于玄关而合阴阳相遇，如春阳融雪，又如泼火遇油，自然而然一点本源现于混沌之中，活泼泼，圆融融，得大药而金丹成。

"皆者，与此当明无内无外，天地如我，我如天地，皆同一理，自然元神内现，无分彼此，皮囊元神本为一体何有彼此，皆是我，又皆非我。于此则天地为过客，黄庭有我而独居。

"阵者，神居黄庭，则万物可为掌指，天地不仁以万物为刍狗，大道不仁以天地为刍狗，世间浮华当云烟而过，当悟却本性还归本来，面目一明自然超脱。阵者，天地为棋，苍生为掌，万物有而神不惑。

"列者，与此本来已明，面目一新，当继续精进，时刻一至自然超脱轮回，天地合一，与道同存。

"前者，于本来之处当悟天地轮回之意，天地合一是为终，也是为始，须知此轮回乃道之轮回天地之轮回，循环往复，当于静念处体会道之义理，前者，进也，不思，不昧，不惑，循天地而演万物，得大道而不退本源。

"行者，于此当明道天地之间无不是道，万物之内无不有道，悟天地而不碍，观万物而不着，与此无碍无着方能直行而不周，循道而不迷。行者，无碍无着，天地如一，我也如一，我彼此无分别，直行而不碍，循道而不迷……"

"孟姑娘，孟姑娘？你还好吗？"

耳边忽然传来询问声，孟婆猛地一惊，才发觉自己正呆呆地站在原地，前方不远处的台阶之上清尘道长正转身看向她，并关切地问道。

"哦，没事儿没事儿，我这就跟上，您继续带路就好。"孟婆收敛神思，也顾不上再想许多，加快了步子跟了上去。

大战当前，清尘道长的神色依旧淡然如水，不卑不亢。他引孟婆一路穿过数道狭窄的过廊，途经冒着火光的天池，最后走进了一处外墙上爬满了血色蔓藤的黑门密室。

这门与来时所见的仙山脚下的宫门如出一辙，两端伫立着尖嘴獠牙的小兽，唯一不同的是那小兽身上披着青色凤鸟纹的羽织。看来，这才是真正通往天宁仙境核心处的大门，而孟婆之所以能够轻而易举地依靠小小法术便侵入仙境，也是道长在暗中助她一臂之力。

清尘道长推开两扇黑色的门，同孟婆道："便是这里了。"

孟婆随他走进去，只见密室偌大如宫殿，两侧屋梁上挂满了螭龙纹宫灯，红木镂花廊后的墙壁上绘着八仙过海图。孟婆细细打量着那些图案，海里有龙，鳞甲金光，蜷转圆弧，红白辉映。

总觉恍如隔世，又仿佛曾身临其境。

待走到约十人才能环抱的金色丹炉前，清尘道长背起双手，怅然道："世人皆知天宁有灵药，的确，这丹炉里自是装有人人求之不得的后土丹。可丹炉虽大，丹药却稀少，每十年才可炼就三枚，其中药材更是稀世珍奇。然而，天宁仙境毕竟是修行灵地，如今遭到外人入侵，怕是会摧毁这里的不少仙岛。"

孟婆则是深深凝视他，试图在这张苍老瘦削的脸上寻回一丝记忆深处的影子。她知道，她一定在何时与他相知过，可问出口的却是："既然遭到外人入侵，为何不召集仙境中的修行之人进行攻守？"但她很快又改口道，"我刚刚到达仙境时，便已发现这里毫无声息，难道……"

清尘道长接下她的话，道："没错，这里只有贫道一人。"

孟婆不解："为何？"

清尘道长扬了扬下颚，示意那丹炉，道："如若今日被那些门派得手，天宁仙境的灵药就会流于世间，定然会惹得人们争得头破血流，届时，人间将沦为权力与欲望的血狱。毕竟延长寿命是每个人趋之若鹜的事情，而这丹药自可实现帝王将相的延寿梦。"

孟婆蹙起眉头："这与方才的问题有什么关联？"

清尘道长转而看向她，略微沉眼，轻叹一声道："每一颗后土丹都要由一位修行之人的毕生道术来炼制，你之所以见不到天宁仙境中的其他人，正是因为他们在生命的尽头将自己的道术奉献而出，那些灵与道凝聚成了一枚又一枚的后土丹，而他们的肉身也化作这天宁仙境中的岛屿，继续守护着天宁仙境。"

孟婆一怔，她感到震惊道："难怪这里有着数不清的仙岛……"

清尘道长打开丹炉，取出了其中的一枚后土丹，那灵药似珍珠般圆润璀璨，被他放入锦盒里送予孟婆："这颗后土丹是由贫道一生的道术炼制而成的。"

孟婆缓缓地接过锦盒，一时哑口无言，半晌之后才望着他问："你接下来，会怎样？"

清尘道长释然一笑："不久之后，贫道也会成为天宁仙境中的一座岛。"

孟婆犹疑地抿起嘴角，纤眉皱得越发深了。清尘道长却握起她的手，

将锦盒放到她的掌心中，对她道："你要知道，回魂续命绝非易事，逆天改命皆要付出代价的。"

孟婆觉得他的这般举动极为熟悉，便禁不住同他展露出一抹往昔似的笑容："道长，你可知道我的真实身份吗？"

清尘道长的眼神仿佛能看穿前尘过往，他自是含笑点头，孟婆则是无奈地耸了耸肩膀，道："你看，你还是老样子，总是能将一切掌握在手心，我根本就是自己撞在你布好的密网上。"

清尘道长却苦涩地笑了："你不必帮我什么，这后土丹是贫道送给你的，也是贫道情愿的。所以，你不必认为我是特意等你来到天宁，更不必认为我想要将整个仙境托付给你。"

这道长连求人的态度都这样慢条斯理的，孟婆心中失笑，继而快意恩仇道："我自然不会是为了这丹药而打算出手帮忙，只是当年人间相遇，道长给予我的指点令我如梦初醒。如若没有你，我不会完成那最后一件琉璃作品，不如说，那能够制成惊世之作的材料是道长给的。"

清尘道长挑了挑眉："此话怎讲？"

此刻，孟婆的眼神里充满了骄傲与自信，仿若终于一扫前尘的迷茫与阴霾，她只道出二字："本心。"

能制出惊艳之作的琉璃的材料，除了本心，再无其他。

而另一边，那些密集的锣鼓声正凶猛地敲击着心脏与耳膜，且越来越大，越来越激烈。在制造出这可怕声响的天宁仙境中，各大门派的冲锋弟子御剑前行。而一支箭猛地脱离弦弓射了出去，飞舞在空中的瞬间幻化成携带幽蓝色光芒的龙，由一条分散成三条，再由三条转变为六条，向东南西北四方冲去，奔腾出千丝万缕的火光，顷刻之间射穿十几名弟子的肩膀。他们哀号着坠到地面，捂着肩膀逃窜到后方。

射出这天宁仙箭的人——上官逸舒再度拉紧弓弦，眯起左眼瞄准屏障上空聚集的紫鹤派弟子，满头大汗地数道："第五十六人。"

"嗖——"

天宁仙箭腾空而出，谁知中途突然有人杀出来，一剑砍下去，他的仙箭还没等幻化成龙便断成两截。

他愤怒地望向左方上空，手持长剑的珠凰派掌门正踩着挟持而来的仙鹤俯瞰着屏障内的上官逸舒，并上扬起嘴角，朝他挑衅一笑，然后高举细如新月的长剑，旋转着剑身刺向屏障，低喝一声："我等门派今日必将破此天宁屏障，夺下仙境！"

也不知道她的长剑是何方宝物，竟然真的开始震撼起整个屏障，上官逸舒立刻看见上空的屏障开始在她的剑下出现裂缝。

这可气坏了上官逸舒，他心道：岂能容她放肆！我堂堂上官后人，可是立下誓言要成为名留千古的侠客的！这群宵小之徒乘人之危，企图伤害道长、吞并仙境，我今日定要为正义而战！而且师父还与道长在密室寻那丹药，我必要守住这一关！好在道长这里有着数不清的仙器，也的确解决了不少入侵者。但是今日，我必要使出师父传授给我的剑法来替天行道！

"但使龙城飞将在，"上官逸舒抽出腰间佩剑，摆好阵势，怒喝道，"不教胡马度阴山！"

然而，珠凰派的掌门却狡黠一笑，她猛地起身离开了屏障上空，就在上官逸舒面露困惑之时，一台接一台的大炮从下方出现了。

珠凰派的掌门高举起手臂，如流星滑落那般，她做出了一个干净利落的手势。

"放！"

命令已下，无数台火炮吐着蛇信一般的火舌飞射出巨石火弹，它们纷纷砸在了那出现裂缝的屏障之处，一发连接一发，如汹涌的惊涛骇浪一般将屏障砸出了巨大的窟窿。

上官逸舒愣住了，他的眼神变得不安而惶恐，那些各大门派的弟子顺着窟窿钻了进来，冲在前方的是长云派的大师兄，他唇边的笑意阴冷而可怖，只见他挥舞着手中双刀，飞速地冲向了上官逸舒。

上官逸舒根本来不及闪躲，他就要命丧于此了！就在这千钧一发之际，后方惊现一条鳞光闪闪的黑龙，迅猛地附在了上官逸舒的身上。刹那间，上官逸舒的双眼闪烁起璀璨的金芒，他仿若换了个人一般，动作轻巧地丢下手中佩剑，转而从袖中取出了两柄锋利尖锐的玄武刺，双脚踩地，骤然腾空而起，以迅雷不及掩耳之势飞到长云派大师兄的面前，手中玄武刺一挥，那大师兄惊讶得瞪大了眼，腹中喷溅出猩红血液，瞬间便坠落到地面昏死了过去。

"大师兄！"长云派的弟子们担心其安危，纷纷围到他身边察看情况。待到发现其尚且留存呼吸时，皆是松了一口气，末了又都凶狠地看向上官

逸舒，恨不得将他撕成碎片。

还没等这派出手，苍阴派数十名弟子又从屏障突破口冲了进来，横刀砍向上官逸舒。

然而，那些刀刃还未接近上官逸舒，便在空中碎成了粉末儿，飞扬四散。

上官逸舒侧过头来，脸上浮现出危险的笑意，眼中金芒也闪烁如火，嘴角更是显出了獠牙。

苍阴派见此情形，吓得连连后退，他们猜想此人是妖异，可天宁仙境里怎会有妖异？但凡人肉躯又如何能与之相斗？

"还是……还是去禀报掌门吧！"众弟子惊慌逃走，没想到那上官逸舒纵身飞跃，一下子挡住了他们的去路。

他使出玄武刺，抵在其中一名弟子的喉咙处，害得那弟子恐惧不已，冷汗直流，竟是连连求饶起来。

上官逸舒注视着五官扭曲的众人，忽而嗤笑一声，收回玄武刺来到空中，俯视着众多门派弟子道："众人听命！我乃这天宁仙境守护之神，奉天之意在此守候千百年，而你等今日入侵已是犯下滔天大罪，若立即回头，我且饶你等不死，否则——"

话到这儿，他故作凶狠地龇出獠牙，字字珠玑地威胁道："我便把你们一个不留地统统吃掉。我最喜欢……吃人肉。吃光了你们的肉，便把你们的尸骨和人皮挂在仙岛上，让此处的珍禽异兽去啃噬你们的骨髓，吸食你们的脑液。"

这番话的确吓坏了不少弟子，他们不顾掌门的命令，竟都丢盔弃甲地逃之夭夭了。

却也还有不怕死的铁骨珠凰派掌门怒斥道："不准跑！都给我回来！区区一个妖异便将你们吓得魂飞魄散，你等日后还如何振兴我珠凰派？！"话到此处，她便抓起一个弟子扔向上官逸舒，并命令道："给我杀！杀！"

弟子双腿瘫软，哀叫连连，上官逸舒面对此景轻叹一声，只道："既然你等仍旧顽固不化，便不要怪我让你们统统在此殉葬了。"

话音落下的瞬间，上官逸舒伸出双臂，嘴中念出了一串咒语，顷刻间便地动山摇，整个天宁仙境都在塌陷，长风掀起了巨浪，唯有他一人站在云霄之间。

碧海之水被召唤而来，它一路从山脚漫过船只，打碎了船身与巨炮，尚且留在船上的弟子被无情吞没，连同旌旗也一并被无情巨浪撕碎。

冰冷的海水呼啸着涌向仙境，它冲毁了仙岛，于苍穹之巅风起云涌，形成巨大的漩涡撕裂了地面。

耳畔传来惊天动地的海浪声，珠凰派、长云派与其他门派仓皇地闻声看见，如高墙一般的巨浪扑面而来，他们连惨叫声都未及发出，便被节节升高的巨浪卷进了碧绿色的海水中。

众生皆沉于海底，一如逐渐陷落的天宁仙境。

上官逸舒的眼中闪烁着璀璨金芒，他静默地注视着沉入水底的仙岛，面容之中隐现出孟婆的模样。

天宁 207 年 12 月未时，天宁仙境沉进了碧海之中。风平浪静的海面上漂浮着船只残骸与无数尸体，海下则埋葬着神秘圣洁的现世蓬莱。

残余的各大门派幸存者散逃而出，也许在短时间内，他们再也不敢谈及"天宁仙境"四个字了。

而一代世外桃源就此沉海，如若被世人得知，也将会是无穷无尽的伤思。

天宁 207 年 12 月戌时，孟婆与上官逸舒驾车返程。一路上，上官逸舒腰酸背痛，始终在埋怨孟婆不该附身在他身上来惩戒各大门派。但肉身在天宁仙境里能更好地行动，孟婆也是为了大局着想。

这般赶路一夜，待到日出时分，上官逸舒凝望着晨曦光芒，默声问道："师父，清尘道长去了何处？"

孟婆神色中渗透一丝悲伤，回道："他变成了仙岛，与天宁仙境共赴海底。"

若有朝一日，孟婆得以转世，她为天宁仙境设下的法术便会消失，或许……那时的天宁仙境将会迎来新的守护者。

而那时的光景，却是孟婆看不到的了。

上官逸舒打断了孟婆的忧思，侧眼问："师父，你真的是天宁仙境的守护神吗？是一条黑龙？可你使用的武器是玄武刺，你的真身总不会是一只黑色的龟蛇玄武吧？"

孟婆并没有生气，转头看向他，两人相视，竟是默契地会心而笑。

一个笑意清朗，自是明丽中带着崇敬。想来当日涉世未深的青涩少年

郎已然蜕变得能独当一面，竟也可以为她化剑作盾。

一个笑意苍凉，却也重新燃起了期盼。哪怕曾在前尘中纠缠于名利宦海的沉浮跌宕，可也能与他一起携手走上回家的路途。

家？

这个字令她心中一惊，她可还有家吗？

他在这时笑容满面地对她说："师父，还有多久才能回到我们的家啊？快快把丹药送给离歌姑娘，你还得继续教我练剑呢。"

他们的家，她的家，他的家……她知道，他是在说那山脚下的简陋住所，但也许，那样的容身之所也可被称作是她与他的家。不知为何，这令她的心中感到了一丝欣慰。

待到天色蒙蒙亮，他们已经走到了城关。守城的官兵在交头接耳地谈笑，孟婆打算在此稍作休息，一转头，看到有一大一小两名孤女挎着花篮穿梭在人群之中，可怜巴巴地念着官人老爷，买支扶桑花吧，买吧。

只见那两名孤女约莫豆蔻与金钗的年纪，衣衫褴褛，面容脏乱，其中那名豆蔻孤女是盲眼，金钗孤女紧紧地抓着她的手，生怕遗失了她。孟婆望着这景象，眼中泄露出忧愁，她转回身兀自沉默了一会儿，偏偏上官逸舒在这时探头出现在她面前，举起手中的一束扶桑花献宝道："师父，这是徒儿方才买给你的，你快嗅嗅这花香不香。"

孟婆接过来，若有所思地道着："原来，你也是个惜花之人。"

可人如此花，美则美矣，总有花期。

上官逸舒瞧见孟婆兴致不高，猜想她是劳累过度，便想尽办法逗她开心。可是几个笑话讲完，孟婆丝毫反应没有，他反而把自己逗得前仰后合。

此事作罢。他盘腿坐在马车上，恢复一脸正色去问她："师父，花儿娇艳你都不喜欢，那你到底喜欢何物？"

孟婆不假思索地回道："酒。"

上官逸舒撇撇嘴，觉得这答复欠妥，便双手环胸，认认真真道："师父，我且来同你说说我自己的事情吧。"

孟婆板着脸，并没看他。

上官逸舒轻叹一声，望着半空回忆道："我从家中偷跑而出已有段时日了，私以为正人君子不该一走了之，可家人非逼迫我去朝中做官，我死也不愿。又念着我到了娶亲年龄，不顾我的反对为我谋了一位闺中秀女，他们甚至算好了良辰吉日，要把我拖去拜堂成亲，再送入洞房，来年生出个儿子，十八年后要儿子再去生儿子，如此去过生生世世，平稳安定，共享天伦。"

孟婆听了，略转过头看了他一眼，淡漠地道："如此这般，有何不好？"

上官逸舒摇头道着："子非鱼，安知鱼之乐。更何况我家中兄弟三人，我是老幺，兄长们都已娶妻生子，又何必拖我下水去为家中延续香火？即便少了我这一个，也不会对家族造成损失。再者，我本就不喜欢那仕途中的拘束，比起做官，我更爱习武练剑、行走江湖，寥寥一生几十年，为何不去策马驰骋、肆意快活？"

孟婆捻着扶桑花的花枝，轻飘飘道："所以你便离家出走，不辞而别。"

上官逸舒纠正道："错，我留下了书信，算是知会了他们我要离家，也算是正派作为。而不管如何说，难得生而为人，必要按照自己的意愿过活。如今的我自是在努力地为自己而活，不管他人怎样看，这就是我喜欢的生活，只有体会其中妙趣，才能叫作此生无憾。"

倒是好一个此生无憾。孟婆终于看向他，忽又听见他直截了当地问："师父，你便当真没有喜欢的事与物吗？唯有真心实意去坚守某事，才配称得上是喜爱。"

孟婆听他这样说，便也耐下心来细细思量起自己喜爱的东西，如若这般追究的话，那便唯有琉璃一物了。想来曾经的琉璃对于墨舞来说，不过是通往权力的捷径，可如今的孟婆已没有了追求权力的执念，而她仍旧做出了那尊埋葬于自己墓中的琉璃人像，由此可见，她的的确确是喜爱上了琉璃这东西。

见她出神的模样，上官逸舒便顺势对她道出："人这一生啊，若是拥有一件自己打从心底喜爱并去追求的事物，便足够幸福了。正所谓天下皆知美之为美，斯恶也。而万物作而不为始，生而不有，为而不恃，功成而弗居。夫唯弗居，是以不去。如此杂乱无章的尘世里，纵然秩序无常，每天都是纷纷扰扰、吵吵闹闹，善人做善事，恶人做恶事，但恶人也会从善，善人也会变恶，人与物都不是一成不变的，变化无常倒也十分精彩，而在这精彩之中守护内心的珍爱之物，是为圆满。"

　　若是在从前听到有人对她说这番话，她定会嗤笑一声，骂对方你撞邪了。可如今听进耳里，倒感到了几分暖意，尤其是当她看向他时，见他的右手轻绕着自己腰间玉佩的九转结，左手顺着玉身边缘来回摩挲着，那正是前尘故人经常做出的动作。而望着她的眼神中带有淡淡怜惜，也像极了那人。

　　孟婆脑中轰鸣一声，脸上更是浮现出了许久不曾有过的欣喜，而上官逸舒却非常不合时宜地指着孟婆的脖颈处惊奇道："师父，你的骨笛竟然会发光。"

　　孟婆一怔，恍惚地摘下自己系在脖颈处的骨笛，虽只余半截，却在此刻莫名地闪着碧绿光芒。

第二十一节

犹记得前世的墨舞年幼时身体羸弱，大小病症不断，为尽快让她强壮起来，父母亲四处找来了不少名医，却也无果。直到她五岁那年，有一位道长途径姜府门前，听闻院内的她因肺热而啼哭不止，便将一支细小的骨笛戴在了她的脖子上。

说来也怪，打那之后，墨舞的病症便逐渐消失，到了六岁时，她与曾经病弱的自己已然判若两人。而那小小的骨笛，便成了墨舞无论去到何处都会随身携带的宝贝。

而墨舞服毒离世之后，那骨笛便一直留存在姜家，直到为帮助离歌而来到人间，孟婆才有机会将那骨笛取回。可惜的是时间太久，骨笛已有部分损坏，只余下了半截，却也不影响孟婆对它的珍视。

此时此刻，孟婆凝望着熠熠闪烁的骨笛蹙起了眉，她轻轻捻动笛身略显困惑，而上官逸舒也感到好奇地探出手来，去触碰那骨笛。

就在那一瞬，骨笛之中迸射出巨大的光芒，仿佛要将孟婆与上官逸舒二人吸进去一般，呈现在眼前的是当年的清尘道长将骨笛送予墨舞的画面，而后，他转过头来，淡淡笑着，对如今的孟婆与上官逸舒道："唯有当你们二人一起触碰到这骨笛，我施法在其中的封印才会被开启，一如我当年将它戴在师妹你的身上。清舞、清云，愿这一刻于你们而言，来得不算太迟。而我等这一刻，却已经等了三世。"

那一世，是孟婆身在天宁仙境的第一世。

仙缘在身，白纱轻裳，仙岛沉浮，云雾缥缈。她是天宁仙境的师尊最为得意的女弟子清舞，她有着可以依靠的大师兄清尘与二师兄清云。

三人同修同行，唯有小师妹天赋最高，诸多经典皆是过目不忘，这天分实在是旷古少有。而天宁仙境的修行之人不仅要遵守繁多的规矩，还必

须要摒除七情六欲才能得道成仙。但清舞唯爱美酒，又极其贪玩，总是破了规矩惹来惩罚，清尘不忍她彻夜连跪，便每次都会偷偷地替换她挨罚。

那时的清尘眉目俊秀，容颜清丽，胜似画卷中的天人之姿。而人如其名，做起事来也是一板一眼、清心寡欲，自然也是被众多师弟妹尊崇的榜样。但或许是因他太正派、太一丝不苟，清舞虽尊敬与信任他，可很多心中的感受与想法，更愿意去说给二师兄清云听。

大师兄方正，二师兄温润，然而，与其说是温润……倒不如说是更为纵容小师妹的"七情六欲"。

他不仅会帮她私藏酒水，甚至还会陪同她一起触犯规矩喝酒作乐。

温一壶酒，上乘佳酿，燃一炉香，轻烟袅袅。

夕阳的血红覆上天际，赤红的扶桑花在园里连接成海浪，而喝到兴起的清舞会纵情起舞，清云也会为她抚琴伴奏，那琴声曲调婉转，丝丝入扣，扣上心头。

夜云渐渐融入余晖，她纤纤玉手遮挡着半张犹如凝脂的容颜，衣衫白如雪，绾朝云香髻，一缕鬓发垂落下来，拂过玉白脸颊。她移开遮着半张脸的手，眼波流动，侧看向他。他因此而疏漏了一处弦音，曲调断了断，一如他被撩拨的心。

而寂静之处，清尘望见这一切，不禁担忧起二人前途。但每次又劝慰自己不要思虑过多，师弟与师妹皆是天选之人，一定不会有私心私欲，只不过是天性使然罢了。

某日同师尊会面结束，清尘追赶上离殿的清云，两人先是有一搭没一搭地聊着同门弟妹都已开始着手今后的苦练修行，而后清尘又说起昨夜是下弦月挂空，清云接话说下弦月便是残月，清尘顺势道："残月绝非圆满，唯有舍弃七情六欲，心中唯证大道才可得见满月。"

清云怔了怔，而后失笑道："师兄，修仙成道为何定要舍弃本心与情感？"

清尘听见这话，心中大惊，不由同他正色道："师弟，我虽痴长你几岁，可你我二人是同一天入的天宁，早在那一日便有师尊强调过仙境里的规矩，不可被七情迷心，不可被六欲遮眼，而这其中的五色令人目盲，五音令人耳聋，正所谓为腹不为目，故去彼取此，但凡摒弃这些才可心无旁骛地修道，你怎能忘记自己立下的誓言？况且修为越高，心中如果还存杂念就会反噬越深，轻则损失了道行，重则丢失了性命。此事切不可轻视。"

师兄的提醒令他动摇了几分，清尘握住他的肩头，苦心道："为兄知道你与小师妹关系好，如若只是兄妹之情，大可不必惹人心烦。就如对你对她，为兄都是一视同仁，只盼望你二人能与为兄一起修道圆满，三人共同留在天宁仙境延续师尊使命，岂不更好？"

清云轻叹着点了点头，心中想起了师尊也曾在前几日嘱咐过："清云，师尊老了，天宁到底还是要选出得力的人才来支撑，其余弟子们大多是要在此修行一世的，而早在若干年前，为师便已告知世人天宁仙境不再接纳任何外来者，哪怕是无比虔诚之人。为师最看好的便是你们师兄妹三人。而你们三人中，为师是最不担心清尘，他道心最坚；清舞的确天缘最深，可她性情顽劣，极易失心；再者是你……清云，你心性纯善，资质过人，但你要坚守自己的信念，莫要迟疑，莫要犹豫，更莫要迷失。你和舞儿都要好好修炼才是。还有几年就是试炼大考，莫要错失良机。"

清云自是牢记了师尊的叮咛，然而眼前总是晃过一张女子的脸，那便是清舞的笑颜，是她喊着他师兄时的笑眼。

也许他根本就不配获得师尊的重任，也不配师兄的信任。可他自幼潜心修道，若不是在道观中的师父虔心祈求，他也不会顺利地进入天宁仙境的大门。他自是应当珍惜这份来之不易的修道机缘，他也明白理应像大师兄那般清心寡欲，一心修行。然而每每想起她的脸，他心中都有一股难以控制的情绪在五脏六腑中蔓延，甚至单单念出她的名字，他都会感到万分怜惜。

清舞，清舞，清丽氤氲，舞姿缭绕，他害怕这便是七情，更害怕，她是他的六欲。他每次都告诉自己，自己对舞儿只是兄妹之情，定是没有其他念想。只是舞儿太可爱活泼，自己才总想多看她两眼，想多帮她一些罢了……他想若自己多些刻苦练功定能摒除杂念、通达真经，如大师兄那般明透如玉。

自此之后一千个日夜，清云的笑容越来越少，话也越来越少。但是每日的八个时辰都能看到他在山林之间刻苦练功的身影。在自己挥汗如雨时，好似天地之间只有自己，才能忘却所有。最初清舞还去找二师兄喝酒聊天，

渐渐地，她发现二师兄总是躲着自己。清舞的心中就像被刀扎了一样疼，她不由得一惊，不知自己为何这般感受。她慌乱之余再也没有单独去找过清云，就算有事也是和大师兄一同前往。

只是每月的下弦月时，她总是独自站在竹林之后看着清云练功的背影。她总是对自己说："一个人喝酒也很好啊，不一定要和二师兄喝嘛，再说了师弟、师妹们也都是很有趣的主儿，既然二师兄练功那么精进，还是不要再去打扰才是。"从此，后山凉亭就成了清舞和几个师弟、师妹喝酒聚会的场所，只是这酒喝进嘴里竟然没有了以前的滋味，怕是酿酒的酒师偷工减料了吧……

清云逐渐从每日八个时辰的练功时间延长到每日十个时辰，满门师弟、师妹们皆以其为榜样，师尊与清尘下棋对弈之时提起清云的专心与勤勉也是含笑点头，心中甚为满意。

日与日更替，月与月交换，在天宁仙境的日子那么悠长而宁静。

终于，试炼大考来临了。那日清尘、清云、清舞皆穿上了由云纱银线特制而成的天玄礼服。这礼服是由百名绣娘耗时三年手工精绣而成，只有天选之人才有资格穿上。在整个天宁仙境，只要能穿上这身华服，就代表着可以参加试炼大考，正式面对神圣无比的天君的圣裁。

天玄礼服在天宁秘境的圣花丛中熏香足足三年，每时每刻都幻化一种自然的花香，幽香萦绕、沁人心脾。目前整个天宁仙境只有他们三人有资格进行试炼大考，这种机会对于所有修行之人都是莫大的荣耀。甚至可以说是将来能位列仙班的第一步。

首先被师尊叫上试炼台的是清尘。他毫无悬念地在一众师弟、师妹们的眼前完成了试炼大考。天君对他甚为满意，在仙鹤祥云笼罩之下，现场一片祥和吉庆之相。

清云此刻有些紧张地深呼吸了一口气，看着白玉砌成的试炼台有些出神。

然而他被身旁的声音唤着回了神："清云，清云——到你了。"

唤他的人是清尘，他们正站在大殿之下，仰头望去，高高在上的殿台上站着清舞，她对他展露出那熟悉的笑容，他一时无意识地也回以柔和笑颜。殊不知，那温暖和煦的笑意，令坐在高台纱幕后的师尊心中一颤。

清尘便又催促他一番："快去殿台上吧，你不是都瞧见了吗，我方才已经领到了皇天露，只差你和清舞还未领到。"末了，他凑近清云小声道，"一旦领到了皇天露，我们三个就可以正式成为天宁仙境的接任人了。"

皇天露，后土丹，前者是被任命为天宁仙境接任人的唯一凭证，唯有服下皇天露，才可用自己的毕生修行炼制出后土丹。

而皇天露不会由师尊赠予，师尊并没有决定权，得到皇天露的办法只有一个——走上高耸入云的殿台，得到天意认可。一旦天君点头，天宁仙境内的仙鹤便会衔来荷叶盛着的皇天露，反之……

没有反之，因为能够登上殿台的修行之人，都得到了认可。

然而那殿台后方坐着的师尊却忽然倾了倾身子，他已垂垂老矣，却也严肃地厉声道："今日大考试炼，天君在上。清云与清舞上试炼殿台……"

话还未说完，清云已经走到了清舞的身边，双双站在试炼台的中央，两人一袭白衣，那般脱俗超然。下意识之间，二人相视一笑，彼此眼中竟有一丝相惜之意，师尊大惊，心觉不妙，正欲阻拦两人，哪知天空径直劈下一道紫光闪电，雷鸣声轰轰，乌云浮现，清舞蓦地抓紧了自己的胸口，她哀叫一声跪倒在地，清云惊慌地俯身扶她。

又一道天雷从空中降下，这一次，不偏不倚，端正地劈在了清舞的背上，刺穿了她的胸膛，引得血液滴答滴答地落在殿台之上。

为何会这样？难道……天君只一眼便看穿了她不配成为修道之人？

清云乱了阵脚，他想要止住她胸口的血，撕扯下自己的衣衫去为她擦拭，可清舞胸前的白衣已被彻彻底底地染成血红，她乌黑的长发也一同变成了红色，连同她的眼睛也渗透着猩红的光。她痛苦地伸出手，一把推开了清云，那已是她使出的最后一丝力气。她便那样伏在高台之上，整个人都浸在了血液之中。清云几乎是踉跄着跌爬到她身边，他吓坏了，怕她会死，怕就此与她分离，他……他还从未告诉过她……

"你别过来。"清舞艰难地从齿缝中挤出断续的声音，阻止清云道："是我自己心中有魔，修行不够，师兄且不要再接近我，免得受到牵连……"

他身子一僵，痛心疾首地闭上眼睛，道："师妹，我又何曾没有心魔？"

她一怔，似惊又似喜地看向清云。泪水顺着眼眶滑落，她竟觉得此刻魂飞魄散也是值得的。

而清云抓住她的手，猛地将她整个人抱进自己怀里，紧紧地抱着，颤抖着声音道："我不会让你有事的，师妹，你放心，有我在，有我在你身边……"

这也许是他们在天宁仙境相遇以来唯一的，也是最后的相拥。她浑身是血，他发丝凌乱，但他们却觉得如此相拥，即是一世。

紫色的天雷咆哮着在两人周围闪烁，却因为两人相拥而无法击准清舞。

"快走，天君惩罚的只是我而已，你和大师兄都可以通过试炼的！"清舞竭力地推着清云，但是清云一言不发，丝毫不为所动，只是更加用力地将其紧紧拥在怀中。

直到那天雷再次闪现，不留丝毫情面地刺穿了清云的胸口。

电闪雷鸣之间，狂风大作，暴雨骤降，那是天君在彰显怒颜。他仿佛在质问天宁仙境的师尊：为何要让背负着如此深重的七情六欲之人登上修行殿台？早已着了心魔的人，岂能留在圣洁的仙境之中？！简直大逆不道！罪恶滔天！

"不……不！"殿台之下的清尘目睹此景，早已是痛心疾首，他发疯似的冲上阶梯，想要凭借一己之力将那二人从殿台上救下，他甚至背弃了自己的原则，抛下端正态度，企图用道法来唤出式神与天君敌对。

然而他只是动了这念头一下，乌云之中便落下几道闪电，砸向了他，将他弹飞好远。

"滴答"

"滴答"

"滴答"

……

血珠不停地砸碎在地，清尘的嘴角流淌出涓涓血迹，他止不住地咳出一大口血，猩红液体染污了他的白衫，他终是支撑不住瘫倒在地，大口大口地咯血。

纱幕之后的师尊慌了神，他真担心连清尘也会不保，便怒斥清尘不可再轻举妄动。

这是天意，任凭何人也无能为力。

清尘也能够听出师尊声音中的无尽悲伤，他们眼睁睁地看着天雷不停地降在殿台上，直到高殿被天雷粉碎，清云环抱着清舞一同坠下了高殿，穿透了一个接一个云层，耳边满是呼啸的狂风。清舞仅剩下一丝力气，她缓缓地睁开眼，看向近在咫尺的清云，流着眼泪道："师兄，你这是何苦……"

嘴角满是血迹的清云却微笑了，他竟心满意足道："有舞儿在侧，天也应妒我。"

"清云！清舞！"

是清尘的声音……

清云与清舞昏昏沉沉地望向下方，很想对悲痛欲绝的清尘道声：大师兄，你不要流泪啊……可是，从今以后，却再也不能一同修行、一同谈笑了……

他与她，终究是在他的面前，坠落在地，尸骨粉碎。

清尘跪坐于地，颓唐地低垂着头，他颤抖着双手去触碰他们的尸骸，恸哭失声。

头顶上空的乌云缓缓散去了，明亮的光芒笔直地洒照下来，天宁仙境中的扶桑花仍旧怒放满园，阵阵芳香被风吹散，了无声息的凄凉。

一转眼，数年时间匆匆而过。

到了仲夏时分，繁花盛开。

一树树扶桑花开得如云如雾，风一吹来，花瓣四散。坐在树下的清尘抬起手，接住了寥寥几片花瓣。

这是他在天宁仙境的后泉山养伤的第六年，想来就算他有滔天的本事，也经不起天雷的惩戒。他身负重伤，元气受损，却也还是不能救下他的师弟与师妹。而这四年的光景中，师尊已经化作仙境中最大的一座仙岛，便把毕生修行炼制出的后土丹留在了丹炉之中。

清尘只能一个人苦苦地支撑着天宁仙境，既要保得众弟子在此安心修行，又要防止外人打探天宁仙境。同时……也会前往人间去寻找转世的师弟、师妹。

只不过，他独自一人的身影，实在显得孤寂而又令人心怜。

那日晚上，他喝下了疗伤的汤药后便早早地去睡了。

午夜梦回时，他似乎看见清舞与清云在高台上遭遇天雷惩戒时的景象。二人浴血坠落，身体一片片瓦解纷飞，最后连同他们的尸骨也一起瓦解消

散了。

清尘便站在高殿之下大声呼喊他们的名字，一遍又一遍，喊到声嘶力竭、喉咙腥涩。可是，师弟与师妹再没有出现在他眼前，他们已经死了，他再也见不到了。

每次梦见这些，清尘都会肝肠寸断。可今日的梦境不太一样，有一只文鸟飞进梦里，衔着红色丝绳系着的小巧金盒子。

文鸟将金盒子投到清尘手中，然后张张鸟嘴，流淌而出的竟是师尊的声音："清尘徒儿，师父知你心中悲痛，本想让你面壁思过，毕竟师弟、师妹未断七情，又沦入心魔，你身为大师兄实在有责。然而师徒连心，你如此难过，为师即便是在死后也痛不欲生。这盒子里装着清舞的一块骨骸，你顺着这骨骸的气息去人间寻她吧，至于清云，为师尚未感知到他的气息，可清舞仙缘深重，她已然转世再生了，你便去与她相见吧。"

清尘极为震惊地打开盒子，果然放着清舞残存的骨骸。他眼眶湿润，却逐渐亮起了光，比起之前的黯淡眼神，他仿佛看见了希望。于是向托梦的师尊道了谢，而后没有丝毫犹豫地转过身去，携着那小小的一块骨骸离开了。

那一年晚夏，姜府的长女姜墨舞刚刚年满五岁，她近来正在闹肺热，整日哀哭不已，这会儿正在乳母的陪同下坐在花园里的秋千上啜泣，时不时地咳起来，烧红的脸颊令人心疼。

然而请来的医者们都诊不出她身体的毛病，只是说要静养，苦药喝了几十贴，还是不见半丝好转。

母亲被她咳得心烦，回房歇息去了。剩下乳母喂她喝冰糖莲子羹，她却因剧咳而食不下咽。

这时，大敞的院门外传来了脚步声，她随着乳母循声望去，见一位头戴帷帽的男子走了进来。他的面容隐藏在薄薄的轻纱后，使人看不真切。她却感到一丝奇妙的熟悉感，尤其是望见他腰间佩戴着一块紫玉，那玉的颜色似曾相识，仿佛谁人总是会身着紫袍，似那玉一般姿容夺目。

她还在出神，乳母则与那男子交谈起来，她听见乳母称呼他为"道长"。

也不知他们都说了些什么，她只记得那位道长走向自己，俯身摸了摸她的头，声音也是极其温柔的，他对她说："萍水相逢，相见是缘，我将送你一份礼物，它会治好你的顽疾。"

他的语调似琴声流淌，一直流进她心里。她的目光便一路落到他的衣衫上，虽简朴，却格外整洁，袖口针脚也缜密，这便是……道长吗？可道长是做什么的呢？她困惑地歪了歪头。

府内茶香袅绕，沁人心脾。

他身上也有异样奇香。

她闻着这幽幽清香，问道："你要送我什么礼物？"

他略微躬身，举止得体，不疾不徐地将一支细小的骨笛戴在了她的脖颈上，道："这是我亲手烧制的骨笛，可为你抵御疾病与灾难，保佑你此后远离忧愁。"

她低头摸了摸骨笛，觉得它小巧精致，极为好看，便笑称："如此说来，这便是代表祝福的礼物了。"

他一怔，仿佛是苦笑着叹息道："你不记得也好……总归是令你难过的记忆。只盼你能早日度过心魔，修成大道。"

她听不懂他在说些什么，但还是对这个送给她"礼物"的道长道了谢。

他则是同她道别，离开了府中。

她望着他逐渐远去的背影，只觉像是隔着一层帘幕看见了过往，他的身姿被渲染出了一种朦胧。

她就那样望了许久许久，连乳母将她抱起都浑然不知。

夜风扑面，皎月当空，她抬手遮了遮眼，只觉得今夜的月亮太圆太亮，刺得人眼睛发痛。

当天夜里，五岁的墨舞做了一个奇怪的梦。梦里的她是少女模样，她虽身着白衣，却浑身是血，披头散发地站在无尽的白雾之中。

梦里的一切都是她前所未见的——有悬挂在空中的湖，有血色的结满了珠玉的藤蔓……还有数不清的岛屿。

她四周环顾，梦的场景变换成另一番景象——身穿紫袍的清俊男子出现在两扇巨大的黑门之前，他凝望着她，将她迎进了大门，并告诉她这里便是天宁仙境，而他是大师兄清尘，她从今日起，便是他的小师妹。

那之后的朝朝夕夕，身为大师兄的清尘总是默默地守在她身后。

雨天，晴天，雪天，乌云密布时，异常寒冷时，他总是以一副不苟言

笑的模样站在她的身边，在她需要他的时刻出现。

当她在树下修行结束后，午睡休息，他会站到树上，举起一把大大的叶片，来为她遮挡炎阳；当她清晨醒来时，他会在她的窗前放上一枝娇艳的扶桑花，像是在同她进行无声的问候。

他履行身为大师兄的职责，尽心尽力地照顾她、陪伴她……

却不能救下遭遇天君惩罚的她。

为了救她，他遭连累，三番五次被天雷击中，血溅紫衫。

一如那年初秋艳阳，他带着她策马在岛屿的后山之中，风沙迎面袭来，一只雄鹰翱翔于空，她心血来潮拔出羽箭，对准雄鹰放出箭矢。可惜几支箭都射偏了，她心中不快，他却从她手上接过弓，拉紧弓弦，一箭射出，雄鹰却扑腾着翅膀飞走了，只余下几根乌黑的羽毛飘洒而落。

她勒紧马缰，不敢置信地问他："师兄为何故意射偏？"凭他的资质，别说是一只雄鹰，就算是十个太阳也可以射落。

他却笑得风轻云淡："天无以清，将恐裂；地无以宁，将恐废；神无以灵，将恐歇；谷无以盈，将恐竭；万物无以生，将恐灭；候王无以正，将恐蹶。故至誉无誉。是故不欲琭琭如玉，珞珞如石。大道之初，混混沌沌，元气无形，谓之无极。无极生万物，万物有阴阳，一旦万物得一，终可得道。师妹，我不是故意射偏，而是希望你明白这便是道，是自然运转，万物都是平等的，无欲而无惧，才不会失道。"

她并不算听得透彻，却也还是心觉感激地笑了。他总是照料着她的一切，连同她的情绪。

他为她挡下了许许多多的风沙与指责，只为了同她一起修行，一起得道。

犹记得登上高台的前一日，他领着她走到天宁仙境最高的一座岛屿上纵观云海。也是在这片夕阳景色中，他俯瞰着数不清的仙岛对她道："师妹，你看啊，这里的每一座岛屿都代表了一位修行之人的虔诚，而我们三人的职责便是要守护这些虔诚的修行之人不被打扰，唯有如此，你我三人才能最终修道圆满。"

三人……

她这才发现自己的身边还站着另外一个人，她缓缓地转头去看，那人的容颜逐渐从模糊变得清晰，顷刻间令她心疼万分，那一刻她已然知道，她终究是无法修成大道。

然而，何为道？

天宁仙境的清舞在死后曾向天君发问：为何要摒弃七情六欲？为何五音、五色、五味会令人盲目？难道一样东西对生命有益，但因为它颜色艳丽便要拒绝使用吗？倘若认为甜味的便不是药，岂不是更加可笑？

天君摇了摇头，没有回答她，终究是将她打入了轮回，要她自己去寻道。

梦在这时醒了过来，五岁的墨舞泪流满面地爬起身，却再也记不起梦中的内容，唯有脖颈上戴着的骨笛时而闪动碧绿光晕。一直到了今日，孟婆手中紧握骨笛，她这才明了自己的三生三世。

第一世，她是天宁仙境最有天缘的修行之人清舞。

第二世，她是红尘人世中挣扎在权欲宦海的墨舞。

第三世，她是冥府奈何桥上那寻觅去与从的孟婆。

世分清浊，平分三界，仙界、人界与冥界。她在阴阳三界中来来回回地走了一遭，历经磨难与千劫。回想起自己在身为墨舞时，也时常会问自己得到了什么，究竟什么才是自己的道。

如今恍然大悟，原来道就在自己的手中。

道可道，非常道。名可名，非常名。也许道存在，却无法触摸，道之一字，难以言说，但唯有原谅与接纳自己，才能悟得真道。而心魔则是源于对自己的折磨与迷失。正如破镜安能重圆。然而，破镜也何须重圆。道生一，一生二，二生三，三生万物，叶绿为阳，叶黄为阴，万物抱阴而付阳，实乃天地自然，何不顺其自然？

望见自己前缘的孟婆逐渐平息了内心的波动与困惑，而她手里的骨笛也渐渐地褪去了光芒。

接着，她缓缓转头，看向了自己身边的上官逸舒。彼时的他还未醒来，许是触碰到骨笛上的法术，他凡人肉躯无法承受，才会沉沉昏睡。而孟婆看见的那些前尘过往，他自然是无法看见的。

然而，便是眼前的这个人与自己有着三世的纠缠。

她回想起前一世，自己身为墨舞时，与他在琉璃坊的初次相见。那日高台风来，吹起她轻薄纱衣，而他的广袖也随风起伏，顺着满树花影踱步而来。

坊内百花缭绕，琉璃万千，在妖娆弥漫的花香之间，他的步伐流露出一股缥缈如仙的韵致。

而墨舞仅仅是看到他的剪影，便觉得心中燃烧起一股动容的澎湃，遏止不住的心跳声令她慌张地低下头去，不敢与之对视。

他慢慢走近她，来到她的面前，略微俯首，似以一种令世间万物都为之沉醉的眼神凝望着她。如同第一世那般，他与她对面而站，唇边笑意是恰到好处的柔情，那水波一般清澈的声音在她耳畔响起，他唤她："师妹。"

第二世时，他则是握起她的手，百般呵护地轻道："墨舞。"

到了第三世……

"师父。"

这一声呼唤令孟婆怔了怔，她回过神来，循声去看，只见上官逸舒已经醒了过来，凑到孟婆跟前摇晃着头道："师父，我刚才怎么忽然睡着了？"

孟婆默默地看着他，心中有很多话想说，却又不知从何说起，想着有些事情他还是不知道为好。索性重新驾起马车，一言不发地快马加鞭赶回昌陵。

上官逸舒不知道孟婆在想什么，叽叽喳喳地黏在她身边问东问西。孟婆充耳不闻，忽觉风中有一丝奇妙的清凉之意，抬起头去看，果然见到飘雪如花，斑斑驳驳地落在二人身上，如同旖旋的白色花瓣。

孟婆披着满身的轻雪之花，静静望着前方的路，仿佛看到清舞与墨舞二人正在引领着她走向崭新的境地。

曾经的暴雨已洗去了一切尘埃，或许从今以后，又是明朗晴空。

孟婆的唇边逐渐浮现出了一丝释然的笑意。

三日之后，孟婆携带灵药回到了姜府。

离歌见她真的找到了灵药，且平安归来，不禁喜极而泣。然而，孟婆想起离歌欺骗自己这件事，她在把后土丹交给离歌之前，决定略施小计以其人之道还其人之身道："服下此灵药之后，你的夫君会在月余之后醒来。但是，他将会失去所有的记忆，忘记曾经发生的一切，也包括你。倘若这般，你可还愿救他？"

离歌闻言，如遭晴天霹雳。她瘫软地跌坐在地，泪流满面，整个人极其煎熬与挣扎。孟婆见她这副模样，自是满意地撇过头去偷笑起来。

离歌自然会痛苦万分，她当真信了孟婆的话，她说："还请孟姐姐赐药。离歌不悔。"说她自私也罢，虚伪也好，她的确害怕服药后的怀笙会将她忘记。想来，她为了怀笙已经付出了自己的全部，自是不甘心到头来换得一个被遗忘的下场。可悲思过后，她也感到庆幸，至少……她也可以在期满之后走得了无牵挂。

孟婆倒也有几分惊讶于离歌的觉悟，不过，也为她能有这份觉悟而欣喜。

而服下灵药的怀笙，则是做了一个梦。

梦里的景色如同仙境，美轮美奂，云端之上更是飞舞着成群结伴的仙女，她们手捧花枝，身穿霓裳，正嬉笑着朝天际那边的仙岛飞去。

怀笙心中诧异，正打算去追问仙人此处是何地，然而走着走着，他被脚下异物所绊，低头去看，竟是一个酒壶。

他疑惑着俯身去拾，酒壶却一蹦一蹦地跑了起来。他吃惊地去追，酒壶已带他来到一片空旷的暗色异域。

周围极其静谧，酒壶"啪"的一声倒在地上，一名身穿黑色华衣的女子提起酒壶，饮下一口烈酒，转头看向怀笙，对他挑眉道："怎么，你昏睡了这么久，如今总算是舍得醒过来了？"

什么？昏睡已久？他吗？而她又是谁？怀笙打量着她的尊容，美艳无双，眸中流光，可她眼角眉梢中却带有戾气，且那股子气焰几乎与她的那身黑衣融为一体，冷漠如渊。

"姑娘，你我是否曾在何处见过，你的姿容十分熟悉……"怀笙喃喃道。

"还真是贵人多忘事，这才几日不见，你便想不起我是谁了。"她冷冷一笑，用力地推了一把怀笙，"时候差不多了，你且快快醒来吧。待到苏醒之后，你再来找我。"

姜怀笙缓缓地睁开双眼，他醒来时，发现自己榻旁正趴着妻子离歌。他略微动了动身子，离歌便也醒了，见到怀笙苏醒，她十分激动，泪眼涟涟道："怀笙，你终于醒来了，我真怕你一直睡下去，再无醒来之日。"

怀笙像是仍旧恍惚，他问道："我好像睡了很久，离歌，我现在不会还

在梦中吧？"

他唤她离歌……她惊喜万分地握住他的手，不敢置信道："你竟还记得我？你……你没有忘记我？"

怀笙失笑不已，道："我怎会忘记你呢？倒是我久睡以来，你一定休息得不好，见你憔悴了许多，也瘦了许多。"

离歌这才恍然大悟，定是孟婆以此提点她一番，不可自作聪明。思及此，她气也不是，笑也不是，到底还是不争气地捂住脸哭了起来。

而这个光景的孟婆正在自己院落门前打量着多出来的一间小屋子，其中堆满了琳琅满目的琉璃石，全部都是上官逸舒特别为她准备的。

看来他的确把她喜爱的东西记在了心间，果然没有白疼他，更不枉费她死皮赖脸地从冥帝和墨那里求来秘籍传授给他。

要说上官逸舒也的确争气，功力提高很快，每日的试炼期间，他竟也可以在三招之内挡住孟婆的玄武刺了。

但他也好奇一件事，忍不住询问孟婆道："师父，你为何要骗离歌姑娘？听闻她这月余以来皆是守在她夫君床榻旁片刻不离，每每想到她夫君醒来时会忘记她，便会哭得泣不成声，好生可怜。"

"一报还一报，不过是礼尚往来罢了。做人、做鬼皆一样，想要算计别人，恐最终还是会害了自己的，不是每次都能好运气地遇到不计前嫌的主儿。"孟婆淡然道，忽然嗅到了一丝沁人心脾的酒香。

她转头望去，只见不远处有一道身影缓缓而来，还真是说曹操曹操到，正是那"好生可怜"的离歌。只是她今日眉眼含笑，神色喜悦，手里则是提着满满一篮谢礼，想必是孟婆最为喜爱的酒酿丸子了。

第二十二节

当天夜里，孟婆先是送走了既是道歉又是道谢的离歌，又把上官逸舒打发去了别处。剩下岚风与绿裳两个仆人被她交代着去外头引"贵客"入院。

已经临近子时，岚风与绿裳已在山脚下等了半个时辰，眼看着乌云遮月，风雨欲来，她们二人远远地看见前方有个身影缓缓而来。

那大概便是主人今夜在等的"贵客"了。由于她们是式神，自是很清楚孟婆眼中看到的事与物，她们知晓那人是姜府的当家人姜怀笙，也知晓姜府是昌陵一等一的高贵门第，宅邸是南北通透、美轮美奂，而那姜家唯一的独子姜怀笙更是器宇不凡。

他今晚穿了一件靛色的中单，外罩乌色绛纱，袖口处绣着红丝金纹，腰间系着一条缀满珠玉的带子，显得风姿清雅。他虽大病初愈，却面露红润，眉梢眼角尽是温润之容，若非出身世家，也实在很难养出这等气韵。

而岚风、绿裳二人向前走了几步，迎上他道："奴婢在此恭候多时了，还请公子随奴婢去院中与我家主人相见。"

怀笙客客气气道："有劳两位姑娘了。"

走进孟婆居住的小院里，怀笙随岚风、绿裳二人一路去了长廊尽头的小厅，那厅内中央处立着一座等人高的翠绿假山，有身影从其后缓缓走出，正是孟婆了。

怀笙怔了怔，只因她与自己梦中所见的模样相同，穿着黑色锦衣，长袖上绣着火焰缭绕的图案，配着鬓上金朱色的步摇与脸颊两侧的黑曜石耳坠，尽显华贵之气。

她迎面走向怀笙，恰到好处地微微一笑，道："姜少爷，你我终于又见面了。"

怀笙则是暗了暗眼神，他今日偷偷尾随离歌前来此处，自是有着自己的打算。而懂得察言观色的式神们为怀笙端来了上好的香茶，随即知趣地退下。

但怀笙亲自登门来寻孟婆，可不是为了喝茶的。他坐到孟婆的对面，蹙起眉心，斟酌着道出："在我醒来的前一晚，姑娘托梦于我，你要我醒来之后再来找你。而今日看见离歌悄悄地带着酒酿丸子出门，我便猜出她定是来见你的。当我将这些零零散散的线索联系在一处，我忽然记起了许多年前的一件稀奇事——当年在上元节为我带来离歌，又将她从我面前带走的人，可是姑娘没错吧？"

看来一场大病不仅没有让他失去记忆，还连那些尘封在内心深处的过往都一并想起了。

思及此，孟婆感到有些讽刺地低笑几声，她轻轻抚着青瓷茶杯的杯身叹道："当年的确是我为你带去了离歌，不承想会成就你与她之间的这段姻缘。可看如今这情形，我又要把离歌从你身边带走了。"

这话令怀笙感到心中不安，他握紧了手指，目光犹疑地定在孟婆脸上，警惕地问道："你究竟是何人？"

孟婆云淡风轻地回道："只是一个与离歌有缘的人。"

"不，你绝不是凡人。"怀笙的声音变得低沉而缓慢，竟也有掩藏不住的慌乱，"当年我便知道你与我等不同，而今你又说你将会带走离歌，我承认，我很怕你会再一次把她从我身边带走……尽管，我深知她总有一天会离开我……"

他的最后一句话反而令孟婆讶异地眯了眯眼，问道："你竟已经有所察觉？"

怀笙悲痛道："我服下那丹药之后的确昏睡不醒，我猜想是需要时间来分解灵药。可在意识恍惚期间，我尚且还有清醒的片刻，而每次睁开浑浊的双眼，我都能看见离歌寸步不离地守在我身侧，那整整一个月的时间里，她滴水未进、饭食不吃，我又怎能不去怀疑她如今的……身份……"

孟婆静默地抿紧了双唇，她没想到离歌这女子竟用情如此之深，想必她定是担心会错过怀笙苏醒，所以才会死死地守着他，连要去维持凡人的日常行为都忘在脑后了。

正所谓关心则乱，离歌便是因此而暴露了"身份"。

孟婆在这时淡淡开口，道：“你既然已知道，又何必将一切说破。”

怀笙苦笑道：“我并不曾拆穿离歌，我也不愿她难过。她所做的一切定都是为了我，我又怎会忍心将她苦苦经营的一切打破？而我今日前来见你，也不过是希望从你这里得知离歌还能在我身边留多久，仅此而已。”

孟婆平静地看着他：“不到半年。”

怀笙在烛光下凝视着孟婆，他一向温润从容的面容上瞬间流淌过无数复杂的情绪，震惊、悲伤、无奈、凄凉，还有无助与惊慌……

许是出于同情，或者是彼此之间的血脉促使，孟婆抬起手，安慰似的拍了拍他的手背。

他这才如梦初醒般抬起头，满面神伤地望向孟婆，问道：“可还有什么法子能救得了她吗？”

孟婆没有回答，只摇了摇头。怀笙更加悲凉地垂下头去，忽然喃声道：“姑娘可还记得当日在接迎亲队伍时，你曾对我说过的那番话吗？”

孟婆迟疑良久，叹道：“以道莅天下，其鬼不神。非其鬼不神，其神不伤人。非其神不伤人，圣人亦不伤人。夫两不相伤，故德交归焉。我曾问你，‘道’是什么？你是否也相信这种道的存在。”

“当日姑娘的问话，让我觉得你所言缥缈如梦，好像能够蛊惑人心，令我内心深处的某种欲望打开了双眼，直抵心口深处最为隐蔽的地带。我曾想，能与鬼神匹敌的道会是什么呢？当真是你所说的‘人心’吗？也许一切都像你所说的那般进展，我成了姜府中只手遮天的人，自是可以挑选千千万万的女人，她们多得如同天上星，数也数不清。可我最爱的那个女子呢？她的真心究竟是至善，还是至恶？”说到此处，他沉默半晌，而后噙着眼中厚重的哀伤道：“如今我终于明白，我爱她，她便是至善，我不爱她，她便是至恶。与鬼神匹敌的不是她的心，而是我的心，只要我永生永世地爱她如初，她便会永存于世。”

孟婆久久无言，她仿佛陷入了怀笙与离歌对待彼此的深情厚谊里，竟感到人间一切都不及他们二人的爱意深重。原来世人并非全部薄情寡义，原来，红尘中也有这般悲壮绵远的爱恋……

在那之后的时日里，离歌尚且还有不足半年的寿命，而孟婆也还是潇洒快活的老样子，每天除了喝酒便是教徒弟练功，闲暇时间还会做几件琉

璃小物件儿来装饰院落。

直到临近年关时，有一则消息在昌陵的大街小巷里传开——

如今的草原部落打算与朝廷建立良好关系，但现任的部落大君也有条件，他希望朝廷可以帮他打造一套稀世琉璃。

据说大君的母亲生前一直想要世间最为惊艳的琉璃艺品来祭奠与大君父亲之间的爱情。可惜终是不得，实在遗憾。而大君身为独子，始终将此事记挂在心头。想来他的母亲便是当朝仙逝的刘皇后的妹妹，他提出这样一个小小要求，朝廷自然不会反对。

皇帝对此事也极为关心，可今年年初发布的广招琉璃匠人的告示早就被风沙卷走了，耽误了招纳贤才的进度，以至于还没有兑现大君提出的要求，这使龙颜不悦，众臣忧愁。

说来也巧，此番制造琉璃的工程是由怀笙来负责监督的。他大病初愈后回朝的第一件差，便是接手此事。但这可着实是件棘手的苦差事，要说当年曾有姜氏墨舞一案闹得满城风雨，那刘皇后至此便不再热衷于收藏琉璃，于是琉璃盛行之风一落千丈，许多良才都纷纷离开了琉璃制造行业另寻他路。

如今又想找到一个能够制作出稀世琉璃的高人，哪是件容易事？

这差事迟迟没有进展，怀笙便被朝廷问责，甚至打了十大板子以示惩戒，还逼迫他务必在三十日内寻得贤才。

于是，便有了离歌哭哭啼啼地来到孟婆住处的哭诉："孟姐姐，你今日就算怪我厚颜无耻也好，怨我得寸进尺也罢，可我实在是心疼夫君，他病才刚好，真是经不起那板子的伺候。假设一直寻不到那可以制出交差琉璃之人，朝廷定要拿他做替罪羊。一旦他再有什么闪失，我……我真怕我会……"

"变成厉鬼去吓死那群大刑招待姜怀笙的领事不成？"孟婆叹了口气，看了眼天上明晃晃的月亮，心想着离歌前来，左右都是求她帮忙的，这倒也不算是什么难事，毕竟制作琉璃也算是她自己的看家本领……可转念又一想，她已经几十年没有制作过精湛的琉璃艺品了，定然是不能靠自己来圆全此番差事的。

想着想着，孟婆突然眼睛一亮，她想起了那被自己埋葬于墓碑之下的琉璃人像。红白两色交织的精湛工艺品，赤红象征着浓烈的爱，纯白则代表了绽放的生命，且那正是她为璇与大君制作的祭奠爱情的作品，也是彰显真情的杰作。

思及此，孟婆凑近离歌耳畔同她悄声说了几句，离歌听闻之后，神情极其震惊，不敢置信地望向孟婆。

孟婆则向她难得认真地点了点头，眼里含笑，眼波婉转优美，反而令离歌更加怀疑了。

与其坐以待毙，不如以身试险。离歌低下头踌躇了半晌，最终站起身来，离去时留给孟婆一个略显迷惘的眼神："那……孟姐姐，我便去你所说的地方寻宝物了。"

孟婆手持团扇，这屋里的火炉太暖了，令她双颊绯红。她同离歌笑了笑，表情是既妩媚又端庄的，然而在离歌看来，倒显得极为不靠谱。

天色临近黄昏，离歌担心天色会越来越暗，便催促驾马的车夫加快速度。可惜到了墓园之后，已是夜深人静之时了。离歌给了车夫铜钱，便只身一人走进了静谧深沉的墓地。

这地方寂静无人，阴森森的凉气令离歌毛骨悚然。她战战兢兢地顺着小山坡走到南边，看到孟婆告知于她的那块墓碑，只见墓前的花束依然鲜艳，怕是前几日才有人来悼念过。离歌迟疑着走上前去，她确信就是此处、此墓。

可她从未做过这般恐怖而又不敬之事，内心便犹豫不已，抬起头望着夜空，乌云遮住了残月，又一点点移开，露出了月华光亮。那光照进她眼里、心中，使她不由得回想起了与怀笙初次相遇的那个晚上，也是这般月夜……而假设她真的从墓中挖出了孟婆口中的宝贝，那怀笙便可交了差事，躲过此劫。想她此生从遇见他的那一眼开始便愿为他付出全部，哪怕是连同性命一并交付也在所不惜，至于眼下，不过是掘墓而已，又如何能令她皱半下眉头？只要是为了他，只要是为了怀笙……想到这，离歌不再动摇，她从腰间拿出带来的短铲，竟不由分说地挖起了墓。

这墓土倒是极为松软，像是不久之前刚被翻新过，她没有半点儿含糊，一鼓作气地挖到深处，甚至幻想着即便是见到白骨也不会惊惧。就这般挖着挖着，她手中的短铲触碰到了某种硬物，她一惊，以为是人的尸骸，吓得半天不敢动。

月色迷蒙，夜风呼啸，空无一人的荒郊墓园，离歌独自瘫坐在地，四

肢无力且不听使唤。直到月光明晃晃地打照下来，不偏不倚地照到从墓土中露出一角的琉璃上，那炫目的光彩瞬间刺到了离歌的眼，她心中大喜，立刻继续去挖。

不出半炷香的工夫，离歌便挖出了一尊精美的琉璃人像。她小心翼翼地擦拭掉覆在人像上的泥土，捧在手中仔仔细细地打量。这是双人之像，男像白光闪闪，女像红艳炫目，二人携手相拥，眼神缠绵交织，仿佛在无声中互诉衷肠。其制作手法如行云流水，又似鬼斧神工般精雕细琢，仔细看来，还可以看出女像的眼角噙着一滴泪，简直栩栩如生，俨然就是众人在苦苦寻找的最为适合祭奠大君和大妃爱情的琉璃艺品。

离歌几乎就要喜极而泣，孟婆没有骗她，她竟真的挖出了惊世之作！可当她看到琉璃底座上印着的一个"姜"字后，却不禁神色怅然起来。

而三日后。

"实乃惊世之作！"

"岂止惊世之作，简直是举世无双！"

"这女像的裙摆上连牡丹花卉都是烧制而出的，定是出自世外高人之手！"

"姜侍郎，你可真是深藏不露啊，这才区区几日，你便寻得了这般了不起的高人，老夫敢打包票，此作送到皇上面前，包管他会龙颜大悦，重重有赏！"

六部厅堂中，一群众臣围在怀笙带来的琉璃人像四周滔滔不绝，怀笙自己也是长出了一口气，他心里一直觉得此件差事怕是难以完成，不承想离歌在前几日带回了这尊惊艳的宝贝，这才得以令他逃过一劫。虽然其他人等都在惊叹琉璃人像的华美艳绝，怀笙却只感激也感动于离歌为自己所做的一切。她没有说是从何处找到的这宝贝，他也不去多问。唯有心中欣慰道：有妻如此，夫复何求。

可这会儿又有人发现了琉璃底座的印记，一个"姜"字赫赫在目，不禁惹得众人窃窃私语起来。

"想必是出自前朝的大师之手……"其中一人试探地问怀笙："姜侍郎，你且认识前朝那擅长琉璃工艺的大师不成？"

怀笙对此毫不知情，但也不想把离歌扯进这浑水，便随口打着马虎眼道："我哪里认识前朝的大师呢，这是我托人寻了好久才寻到的琉璃人像，可究竟是出自哪位大师之手，我便不得而知了。"

这话刚说完，便有人低声嘀咕了句："可姓姜的琉璃大师，自古也便只有前朝的姜氏墨舞一人。"

姜氏墨舞。

这四个字令怀笙心中一怔，随即垂下眼，连神色都禁不住黯然了。他自是深知姜氏墨舞是何许人也，她同他一样，都流淌着姜家的血。但她的名字始终都是姜家的禁忌，毕竟当年欺君之罪闹得人尽皆知、满城风雨，绝非光彩之事，然而他那时尚未出生，便从未与之打过照面，所以她究竟是怎样一个人，他全然不知。可如今又意外收获这印有"姜"字的惊世琉璃，总觉得有种奇妙缘分在其中牵扯，他内心里自然会五味杂陈。

那之后，怀笙将琉璃人像呈献给了皇上。年逾不惑的帝王赞许着怀笙寻得良才的能力，也惊叹此琉璃之作精美非凡，尤其是在望见底座的姓氏后，他像触景生情般地陷入思量，似是回想起了母后在世时的光景。

当年，他尚且年幼，总会随同母后前往她一手打造而出的琉璃坊。那富丽堂皇的坊内种满了垂丝海棠，寓意着皇后青睐的琉璃坊将会代代玉堂富贵。

母后每次去琉璃坊，都要去见一位样貌出尘的琉璃匠人。据说，那女匠人深得母后的喜爱与赏识。那时还只是皇子的他略有羞怯地躲在母后的身侧，见那女匠人迎面而来，一双美目格外晶莹清澈，双云鬓上的金玉步摇更是将她的肤色衬得玉白通透。

"见过皇后娘娘。"她行过大礼之后，又俯身望向他，语调轻柔，手中递来一块琉璃制成的玉佩，道："微臣听闻皇子今日前来，便起早打磨出了这块上好的琉璃玉佩，送给皇子作见面礼物。"

他望着那块漂亮的琉璃，立即喜出望外地笑了，看向她有些不好意思地说道："这琉璃玉佩真是美，就和你……一样美。"说着竟然脸颊上印出了一些红晕。

她听了，似有片刻惊讶，却也很快便展露出一抹宽慰的笑意。他便问她叫什么名字，她回答他："皇子殿下，微臣姓姜，名为墨舞。"

院外风来，吹起了垂丝海棠的花与叶。阵阵芳香扑进胸臆，而天际云朵厚重如墨，又似群鸟飞舞。

墨舞，姜氏……墨舞。

凌波不过横塘路，但目送，芳尘去。

锦瑟华年谁与度？

月桥花院，琐窗朱户，只有春知处。

皇帝抬起头，从回忆中醒过神的他凝望着手中的琉璃人像，神色感伤道："可惜了一代贤才，尤其还是那般秀外慧中的年轻女子……朕记得，母后当年最为得意她制作的琉璃，而她当年送朕的那块玉佩也被朕收藏在寝宫的锦盒里。"话说于此，他再度惋惜道："虽说她是一失足成千古恨，但朕总觉得她是遭人陷害，恐怕有着难言之隐。朕少年时与她有过几面之缘，心觉这是一个如琉璃般通透的女子，毕竟前朝女官只有她一人能走到那般位置，又怎会犯下低级错误呢？"

怀笙见皇帝十分喜爱这琉璃人像，还有些出神地回想起了前朝时光，心中不由一怔，突然想起皇帝最偏爱的妃子就是番邦进贡的"舞妃"，仔细一想这舞妃的眉眼之间竟然和姜墨舞有几分相似。思及此处便小心翼翼地请示道："微臣有一言，还请皇上准微臣道明。"

皇帝侧眼看向他："爱卿但讲无妨。"

怀笙斗胆道："微臣以为，人非圣贤，孰能无过。且善恶在我，毁誉由人，盖棺定论，无藉于子孙之乞言耳。也许唯有一个人死去，才能定夺他的过失与成败。可前朝因果皆由前朝来判决是非功过，眼下又是新的朝代，自然也会有不一样的见解。"

皇帝听着，微微蹙起了眉，不禁叹道："是啊，这么多年过去，时间早已洗刷了许多污迹。想来谁人不曾为心中私欲做出过他人无法认同之事呢？一如深宫中寂寞孤老的女子，一如身边群狼环伺的幼主，也都有各自的痴心妄想，不能因一件错事便否定了他人之前所有的功勋。"

怀笙颔首道："皇上明鉴。"

皇帝默然片刻，喊来候在殿外的李内侍道："传朕口谕，恢复前朝琉璃坊总领姜氏墨舞的女官一职，追封其为前朝第一琉璃匠人名讳。"

李内侍得令道："遵旨。"

那日，离开皇宫的怀笙望着碧蓝高空，心中自是舒畅万分，他快步沿回家的路走去，迫不及待地想要把这好消息分享给离歌。

而后的皇城内外都流传着一段故事：前朝女官姜墨舞在生前制出了

能够令当今皇上与草原大君都赞不绝口的惊世琉璃，可却是在死后才被发现的。当初，世人都认定她欺世盗名，早已忘记了她拥有真才实学，使她的作品颠沛流离，如今终于将杰作昭告天下，她若泉下有知，也能得以瞑目了。

然而，即便现今的大街小巷、市井小民都认可了前朝姜墨舞的才华，统统听在耳里的孟婆反而不甚在意。她早已不再痴迷名利，更不追逐众人艳羡，也不计较世俗说法，她只管随心所欲地享受着制作琉璃的快乐，为自己营造出世外桃源般的惬意生活。

现世安稳，有酒相伴，徒儿明理，自是甚妙。

只是许久没回冥府探望了，孟婆也有点儿想念同黑白无常、牛头、马面掷色子的日子。她便挑了个良辰吉日回到冥府与一众老友谈天说地，牛头、马面自是懂得察言观色，赶忙捧出好酒来"孝敬"久未相见的孟婆，黑白无常更是攀比着献殷勤似的邀请孟婆去她造出的小赌坊里切磋切磋，众鬼玩乐得不亦乐乎。几杯酒下去，牛头竟借着酒兴作起诗来。马面赞其好诗，孟婆也觉得难得开心，一群老友猜拳饮酒，笑声满堂。

直到月色爬满冥府鬼门，曼珠沙华收起花苞，黑白无常已经醉成泥，同牛头、马面一起东倒西歪地躺在赌桌旁。

孟婆自是千杯不醉，她依旧清醒，便起身走出了赌坊，顺着奈何桥来到忘川河畔，果然见到冥帝和墨坐在亭下品茶、翻看奏折。

和墨闻到声响，并未抬头，只无奈道："你此次回来，不会又要逼迫我传授你那宝贝徒儿剑法吧？"

孟婆缓缓走到他面前，作揖道："和墨哥哥，我打算去享受我的下一世人生了。"

和墨翻阅奏折的手停了下来，他抬起头，望着仿若来自灯火阑珊处的孟婆，不由微笑道："今日的你，好像有些许不同。"

她一笑："有何不同？"

他眯眼："格外坚定，也十足淡然了。"

她云淡风轻道："前世的墨舞固然迷恋权力，可建立在权力之上的亲情、爱情与友情都脆弱无比，不堪一击，那么今朝的孟婆又何必重蹈覆辙呢？"

他点头："人间一年，不虚此行。"

　　她再次笑了，想来身为孟婆的她在人间无权无势，为了喝酒还收了个徒弟，可俗话说，无心插柳柳成荫，那心性纯善的徒弟反而对她呵护备至，关爱有加，这让原本毫无血缘的两个人彼此温暖、共同前行。此般感情无关情爱，却通透纯粹，虽然是师徒，却又胜似知己，实为可贵。

　　"或许，这便是我一直在苦苦追寻的道。"她眼中露出释然意味。

　　和墨笑一笑，起身走向她，抬起手，将她掉落在额前的发丝拂起，这举动令她感到亲切无比，一如她当年刚刚来到冥府时，他对她格外关照，如同兄长对待幼妹那般怜惜。而今，她听见他说："持而盈之，不如其已；揣而锐之，不可长保。金玉满堂，莫之能守；富贵而骄，自遗其咎。功成身退，天之道也。"

　　孟婆听后，倍感欣慰地看向和墨，笑意深陷，温润如水。

　　而待她回到人间，正值除夕之夜，本应热闹无比的光景，姜府的大门外却挂上了两扇白绸缎，一年之期已到，离歌终究是如约离世了。

　　孟婆就站在布满了凄凉哀色的姜府门外，她看见抱着煜儿的怀笙身穿素缞，缓缓走来，他没有流泪，仿佛早已准备好了迎接这一天的到来，他的眼神平和却悲壮，静静地凝望着孟婆道："也不知何时才能再相见，还请长姐对她多加照顾。长姐为我姜氏一族做的努力，怀笙铭感于心，家族已经将长姐的牌位隆重供奉，今后香火不断，四时祭拜。"

　　孟婆低着头并未看怀笙，果然他早已洞察一切，姜家有这样聪慧的人来掌家，父母泉下有知也会安心了。

　　孟婆手中握着离歌的福报珠子，那是颗大而亮的福报珠，她微微喟叹，抬眼与怀笙相视而望，道："姜墨舞的一切已经与我无关。至于离歌，她已安睡，你且珍重。"说罢，她转身离开。

　　怀笙不舍地望着她离去的背影，像是还在期盼着她能把离歌还回来。

　　可人间有情，三界有规，他的爱妻已然与他永别，徒留他独自空守着那些甜蜜的回忆，一遍一遍地细数过往，以此来度过漫漫余生中的每一个长夜。

　　或许他也可以幻想，有朝一日，他还会与她重逢在月圆之夜，哪怕彼此早已朱颜改、鬓发白，却也恨不得踏着野花与尘沙，片刻不停歇地奔向彼此，再也不言分离。

　　只是那一夜，除了怀笙要告别离歌，孟婆也要告别徒儿。

她早已约好要陪他练剑，那晚她很温柔地没有去数落他的招式，或许也的确是他出招完美，再没有丝毫能被她挑剔的余地。

可他尚且不知，那晚是她最后看他练剑，若事先知情的话，他定会把剑舞得更加卖力。

几套剑法完成之后，孟婆又陪他去街市上玩乐一番，吃了糯米团、小糖人，听了茶楼戏，又一起去河边放花灯。

花灯都是莲花的形状，放进河里用来祈愿，上官逸舒早就想试试这玩意儿了，便一连放了好几只，闭着眼睛双手合十地念念有词，叽里咕噜地说着期盼人世太平天下无乱家人和睦世人平安。

孟婆觉得他的心愿都太……宽泛了。没想到他塞给她一只，要她也赶快许个愿，并追上他的那些莲花小船，这样愿望才能一个接一个地实现。

孟婆看着手中的花灯，到底还是告诉他，道："我要离开了。"

上官逸舒看着她，有些惊讶："师父要回来处去了？"

孟婆点了点头。

他又问："可还会回来看望我吗？"

孟婆摇了摇头。

上官逸舒倒是一脸的意料之中，只能无可奈何道："这倒也是，毕竟我第一次见到师父时，就知道你是个狠心的人。"

孟婆便笑了笑。

上官逸舒却挥手解释道："此第一次见非彼第一次见，我是说在家中第一次见到师父的画像。"

孟婆以眼相问。

上官逸舒继续侃侃而谈道："是我家叔父珍藏的画像，虽然他去世之后我才出生，但他的书房一直被保留着原来样貌。我也是儿时无意之间看到他书房中挂着的那幅画像，画中女子冷艳绝美，与师父相貌如出一辙。想来师父也不是凡间之人，叔父与师父有过渊源也不是没有可能，所以当我见到师父本尊后，虽有震惊，却很快便接受此事了，毕竟世间之大，千变万化。"

叔父……

"果然是上官晟云。"尽管孟婆为此而感到不可思议，可她得知世间竟还是有人牵挂于她的，便也不由自主地倍感欣慰。

"今日一别，不知何时才能再相见。"上官逸舒自是通透且洒脱，早已明白自己与孟婆的机缘皆有定数，不如笑纳一切，对她道："师父，你不问问我今后的打算吗？"

孟婆望着他明亮的眸光与清澈的神情，轻笑着问他："那为师这便问问，上官徒儿今后有何打算？"

他抬起头，望向夜空繁星闪烁，神采奕奕道："我且先要回本家一趟，同家人报了平安之后，便只身闯荡江湖去了。有师父传授的高超剑法在身，我这次定可快意恩仇，行走天涯！"

孟婆顺势打趣了一句："如若你顺利的话，若干年后定会以侠客之名流传千古了。"

上官逸舒却在这时低低叹息了一声，遗憾道："也不知待到那时，我还是否有机会再与师父一起饮酒，不醉不休……"

孟婆看了他一眼，而后，终于将手中的莲花灯放进了河里，道："我便许下此愿吧：有朝一日，重逢之时，你我师徒二人定将把酒言欢，共叙桑麻。"

上官逸舒凝视着孟婆，含笑点头，眼底有无数留恋与情意涌动，却始终说不出口。

莲花灯顺着河水渐行渐远，载着沉甸甸的心愿，仿佛可以令旧日重现。

昌陵夜色如酒，恨不能与君共醉方休。往昔呼啸而来，飞驰而去，孟婆握一握他的手，说："来日方长。"

他眼神温润，闪烁莹莹光亮，回道："后会有期。"

第二十三节（完结篇）

皇城街市中心最为热闹繁华的茶楼里，今日照旧是座无虚席。

说书人站在戏台子上绘声绘色地道着："各位看官听客，现在要讲的是承接上回，昨日我们说到那姜氏墨舞在被判决毒刑后入了大狱，家中父母、丈夫、亲友无人敢去探望，唯有她的旧相好义无反顾地前往狱中，打算在她行刑之前送她最后一程。各位可知那有情有义的男子是何许人也？"

台下便有人抢着回应道："便是那风流倜傥的上官塍玉王了！"

说书人立即拍板道："不错，正是大名鼎鼎的塍玉王！想当年，他与女官姜墨舞的一曲爱恨情仇也着实是可歌可泣！但他们毕竟只是情人关系，只能遗憾彼此皆是对方的生不逢时！然而比目不成双，鸳鸯难眠并，这对苦命眷侣到底是有缘无分，一个服毒而亡，一个英年早逝，怕是只有在来世才能再续前缘了！"

"说不定他们二人早在前世便已许下终身，还要我们来替人家操心不成？"

"我倒听说那塍玉王家中挂着的都是些有关世外桃源的画卷，也许他与女官墨舞的前世是神仙哩，投胎人世后恩爱难成，那便再去转世寻觅彼此，也算是某种意义上的生生世世不分离了！"

台下议论纷纷、众说纷纭，然而二楼雅座处却忽然传来一个清澈男声，他那声音飘散在室内的烟草香气里，竟有一种缥缈如异域般的空灵："说书先生，你怎就如此确信他们是对苦命眷侣？"

说书人循声望去，只见二楼中央位置站着一位素白衣衫的俊秀少年，他黑发束在脑后，绾着一块鸡心玉石，唇红齿白，眉眼之间尽显风流。

"这位公子便不知内情了吧。"说书人见少年脸生，便得意地同他细细道，"那女官本有夫君，塍玉王也是有家有室，一对男女却在各自成亲之后

才发现对方是自己的挚爱，岂非不是苦情？"

少年却道："可这也只能说明那一世的他们相爱而不能相守，又何以证明他们的每一世都会如此呢？"

"怎么，难不成你还知道他们前世、后世的事情了？"

少年轻笑着，那笑意深藏着早已洞察了世间一切玄机的深邃："即便我知晓，也不会像你这般同外人道明。"说罢，少年收起手中折扇，转身走下了楼梯，洋洋散散地朝茶楼外面走去。

说书人与一众看客朝他的背影嗤了一声，便继续旁若无人地口若悬河起来。

唯有少年走在艳阳之下，摊开掌心，凝望手中那支细小的骨笛，面容上的神色既有欣喜，又有满足。

那些旁人不曾得知的是，他与她在天宁仙境中的第一世，他是风姿绰约的清云，她是姿容灵动的清舞。仙岛云海，霞光叠嶂，他与她一同坐看夕阳大好、朝霞蜿蜒，他抚琴，她起舞，哪怕终是醉心那日渐滋生而起的心魔，他也同她生死与共、齐赴轮回。

到了第二世，他是纵马沙漠、擅诗作赋的媵玉王，她是历经风与月、雪与殇的琉璃女官，他再一次与她一见倾心。唯一值得庆幸的是，在人世寥寥数十载中，他也曾与她缠绵恩爱了几十个昼夜，而她一生在宦海中驰骋，是他的出现令她放缓了追逐权势的脚步，他站在她的面前，携着一身光耀华月，她就那样与他远远凝望，彼此间隔着一条河，河水中载满了道德、良知、家室与子女的谴责，直到她最终罪犯欺君、命绝雪夜，他也是在那之后封闭内心，不言情爱，直至撒手红尘。

到了今朝第三世，他已然忘记了前尘往事，更忘记了她。而她已是冥府来客，却在冥冥之中收他为徒，二人有酒同饮、有难同当，他与她共同前往天宁仙境，去他们二人最初相遇的地方找回前缘；一路艰难困苦，他不怕坎坷，自始至终守候在她的身边，她也愿意将自己的全部绝学传授给他，甚至会在暗中帮助与支持他提升武艺。没错，他发现了她命他苦练爬梯的真实缘由——她在最初便偷偷给他服下了增强功力的药，那是她从冥界带来的，可凡人毕竟不好与冥界的东西融合，而为了让他尽快消耗掉药物带来的副作用，她便通过魔鬼训练来帮他尽快适应。

那是因为她曾在从天宁仙境归来时，对他感慨道："纵然是一柄稀世宝剑，如若没有人悉心呵护，它也会在闲置或是风沙中生出锈迹，最终失去光芒，折煞了原本拥有的良材美质。唯有去引导与照拂，才能令他的剑刃散发出绝美锋芒。"

而这些，也是他从骨笛中读出的前尘、往昔与现世。天宁仙境一行，已然令他收获颇多，最让他痛彻于心的是他得知了前尘往事，得知了三世的纠葛。可他不愿让她深陷曾经，索性装作一无所知，不如就此洒脱地结束三生三世的纠缠，重新开启清舞崭新的来世。

纵然他与她此生、永生都不会再相见，只要她能去畅快地做一次自己，他也无怨无憾。思及此，上官逸舒的嘴角勾起淡淡的笑容，他哼起悠远的曲调，携着骨笛与宝剑，踏上了回家的路。

> 隰桑有阿，其叶有难。既见君子，其乐如何。
> 隰桑有阿，其叶有沃。既见君子，云何不乐。
> 隰桑有阿，其叶有幽。既见君子，德音孔胶。
> 心乎爱矣，遐不谓矣？中心藏之，何日忘之！
> 中心藏之，何日忘之……

夕阳大好，余晖万千，孟婆在回冥府之前，打算最后去自己的墓园一次。

距离墨舞的墓碑还有半米之遥时，她忽然看见有几抹身影在碑前驻留。

她心下一惊，立即躲去了树后。侧眼偷偷望向前方，只见那几抹身影竟是长大成人的钰犀与铭笇正带着家眷前来扫墓。

"墨儿。"铭笇牵过身侧的男童，对他示意面前的墓碑，轻声道，"这里埋葬的人是你的祖母，而今日，便是祖母的忌日，你且来为祖母斟上一杯酒吧。"

墨儿还未动身，一旁略微年长的女童抢先端过酒杯道："铭笇舅舅，还是让舞儿来斟酒吧，墨儿弟弟还小，只管帮忙放好花束。"

身为舞儿母亲的钰犀闻言，不禁无奈失笑，叹一声："舞儿，你不过也才四岁有余，怎就有资格评论只差你半月的墨儿年岁小了呢？"

舞儿调皮地吐了吐舌头，而后便认认真真地为祖母斟酒、摆好，再恭

恭敬敬地行大礼，继而才抬起头，神情严肃地端正着小脸对着墓碑道："祖母，我和母亲、舅舅还有墨儿弟弟来探望您了。"

钰犀抚着舞儿的发鬓，静静地凝视着墓碑上的刻字，眉目之间一片伤感与落寞，她低声道："母亲，你的外孙与外孙女都平安健康地长大了，若你也能看见他们，该有多好。"

而那曾经连墨舞的名字都不愿提起的铭笕已是能够独当一面的青年，他像是回想起了往昔，不由得垂下了眼。墨儿在这时拉了拉他的衣襟，仰头问着："父亲，祖母是怎样一个人呢？"

铭笕闻言，略微怔了怔，而后缓缓地微笑出来。他俯下身，刮了一下墨儿的小鼻子，耐心地同他细细讲起："你的祖母啊，曾经是皇城里最负盛名的琉璃女官……"

孟婆靠着大树静默地听着，内心无限欣慰与释然。原来她的钰犀和铭笕早已原谅了她，他们终是与自己和解了，也与她和解了。而眼前的新绿之色也在告别晚冬，迎来初春时节的萌芽，四下旷野中鼓起一簇簇细小野花，宛如无数生灵在迎风生长，一如那些获得新生的故人。想来离歌为期一年的约定之日便是墨舞的忌日，而姜墨舞与孟婆之间的三十年竟是弹指一挥间。也的确是到了该离开的时候了。

只不过，究竟是离歌带走孟婆，或者是孟婆带走离歌，已然无法分辨清楚了。

往昔温情留于此处，孟婆因而慨然微笑，心中终觉宁定。

可她能够在冥界肆意三十年之久，也幸得有冥帝和墨这个哥哥作庇护。于是，孟婆决定去白家居买几坛好酒，带回冥府同和墨好生道别一番。

当她来到久违的白家居时，竟见到柳绮嫣已经身怀六甲。她还在店里忙进忙出，转身的空隙瞥见孟婆，立即眉开眼笑地走上前来招呼，模样虽然胖了点儿，眼神却仍旧同以前那般风流娇俏。

看得出她是极其幸福的，眼角眉梢都藏不住喜悦。孟婆说自己是来同她道别的，顺便买些好酒路上作乐。

一听这话，柳绮嫣倒有些感伤，心想着今后再也见不到孟婆了，向来吝啬的她竟然破天荒地送了孟婆一坛子"三生久"。

孟婆道过谢，临别时同柳绮嫣道："柳姑娘无论将来何等景象，莫要将幸福托予旁人，你这样的姑娘一定能将日子过得有滋味儿，定不负此生。"

柳绮嫣一怔，总觉得今日的孟婆同往日有些许不同，可究竟又是何种变化，她却说不上来，只笑着同孟婆挥了挥手，道了再会，又道顺风。

孟婆云鬟微松，罗衫犹带霞光，她最后笑看柳绮嫣一眼，然后拂袖离去。

红尘种种，今朝皆为云烟消散。

而回到冥府的孟婆来到冥帝和墨的面前，他像是已经等了她很久一般，为她摆好了两盏青瓷杯，又为她燃上了一炉幽冥香。

孟婆不言也不语，只静默微笑，端起斟满了一杯美酒的青瓷杯，敬给冥帝和墨。

和墨也笑着举起酒杯，二人皆是相顾无言，随即一饮而尽，又相视而笑。

这酒是三生酒，而三生确实久，却也值得回味，美酒自是越久越醇香；三生轮回虽然苦，却同样值得回味，来世且洋洋洒洒地做一次自己，岂不痛快？

今夜便大醉一场，许一个逍遥来世，造一座不老城池！

周遭静谧无比，曼珠沙华的芳香环绕在他们二人身侧，和墨在这时抽出腰中宝剑，探手牵过孟婆。孟婆心领神会，彼此颔首点头，她挥舞起玄武刺，与他最后舞剑一曲。

他们谁也不曾说话，就那样静静地在纷落的花瓣中一并起舞同一套剑法，一如她当年初次来到冥府，一如他那日初次遇见她……

前尘厚重，来世缥缈，四海八荒，天上人间，终有故人携手与共。哪怕数年之后，不曾有人得知那当日初出茅庐的青涩少年已然面目沉稳，他翻山越岭、踏遍河川，一步一步，踏着晨曦，踩着夕阳，从云端到海岸，从悬崖到山巅，他历经无数个日夜，再次找到了天宁仙境。

如今的天宁仙境已经淹没在朦胧的云雾之中，偌大的仙岛在海水之中沉沉浮浮，上官逸舒站在山峦顶端俯瞰其中，不禁心生哀戚。

他知道，仙岛模糊难现，定是代表她已然入了轮回。

这么多年过去，她怕是早已喝下了那碗孟婆汤，告别了所有故人。

长河月圆，四季轮转，初冬已至。

深夜，江府内忙成一团，家中第三个孩子即将出世。只是这本是夫人的第三胎，怎么还半天生不下来，稳婆们急得满身大汗。站在外堂焦急等候的除了江老爷之外，还有七岁的江家长子江若尘。

这若尘自幼被誉为神童在世，才七岁年纪琴棋书画无一不精通，为人温和有礼、谦虚好学，大家都称赞其将来必为栋梁之材。这次母亲怀三胎时，他表现得尤为不寻常，不但日日陪母亲赏花游园，还日日读诗词歌赋给母亲腹中的胎儿听。家人打趣逗他，问他母亲腹中是弟弟还是妹妹，他每次都坚持说："是妹妹，是我的舞儿妹妹。"

许是被他说得多了，叫得也顺口了，母亲竟然也跟着若尘喊腹中的胎儿舞儿。到了分娩的那一天，生产异常艰难，产程足足拖了六个时辰。江老爷都站不住回房休息好几回了，唯有这七岁大的若尘不吃不喝默默地在外堂守着。下人们见了，都感动不已，说老爷夫人生了这么孝顺的少爷，真是福报深厚。

子时的打更声伴随着幼儿洪亮的啼哭唤醒了夜的寂静，"生了，生了，恭喜老爷，夫人给您生了三小姐。"稳婆喜气洋洋地迈着小碎步来到外堂报喜。

"好好好！今晚大家都有赏！"江老爷喜上眉梢。

一旁的若尘也终于露出了灿烂的笑容，走到父亲身边，拉了拉父亲的衣袖指着天空中说："父亲，你看三妹一出生，这天上就下了今年的第一场初雪。真是'冰凌六瓣若飞花、舞尽人间待芳华'。"

江老爷满眼笑意地看着才情横溢的儿子，心中得意之情溢于言表。心中念想，祖上代代富商，赚的都是良心钱，也时时帮济乡里、乐善好施。定是祖上多代累积福报深厚才让自己得了这么一个福慧深厚的子嗣。

"好一个'冰凌六瓣若飞花、舞尽人间待芳华'。尘儿说得妙，那为父就给你三妹取名若舞吧。反正你母亲怀她之时，你就日日这么叫她了，想必你们兄妹缘分深厚。哈哈哈哈哈……"江老爷满脸喜色地说。

当幼儿出落成亭亭玉立的少女，当少女绾起发髻、披上轻纱，她跟着长兄若尘学着在山林中策马，学着在月夜下舞剑，也学着经商与兵法，在父母与若尘的开明引导下，她自是可以随心所欲、畅快自在。

而那日雨过天晴，她骑着爱马一路去往时常造访的林中，途中遇见许多文鸟鸣叫，似是在与她问好。

　　走着走着，前方出现了往日从未见过的一处溪流，顺着溪水继续前行，她看到了一片盛放的花丛，赤红的花朵蔓延成海，她叫不出那花的名字，只觉得美丽异常。

　　再往前走，她发现了一户院落。那小院修建得格外整齐，门口处摆放着精致小巧的琉璃小件儿，在阳光的照射下流光溢彩。

　　她心生兴致，拴好了马匹，独自一人走进了院子。

　　这里被打点得干干净净，但又不像是常有人居住，屋舍简单，却也秀美，院里架起了葡萄架，还搭起了假山与小桥，绿竹翠艳胜似玛瑙，芍药鲜红如同玉石，满树的露水好比珍珠，池中金鲤欢快惹人喜爱，她注视着四周的一切，恍惚间觉得似曾相识。

　　待她走进屋内，在屏风之后看见了一幅挂于墙壁上的人像。

　　画中女子正值韶华，姿容绰约，一双美目玲珑风流，手中环抱着熠熠生辉的琉璃，衣袂缥缈宛如云中仙子。

　　她便静静地凝视着这画中人出神，只觉其容颜与自己的样貌神似。可画纸泛黄，定是年头已久，她更加觉得困惑，正欲抬起手去触碰画中之人的脸颊，外面的马儿却突然嘶鸣起来。她这才惊觉天色已晚，山林之中不宜久留，便赶忙离开屋中，解开马儿的缰绳返回家中。

　　那年，她已及笄，且她出身家底富裕的药草商贾之家，又是家中幺女，自是集万千宠爱于一身。可她并不跋扈，加上长兄若尘一直对她悉心指导，她不仅精通琴棋书画，更擅骑马射箭。二姐已出嫁，她也到了选择良婿的年纪。方圆十里乃至邻城的适龄男子纷纷闻讯而访，他们早已久闻"江家幺女艳惊四方"的美名，自是窈窕淑女，君子好逑了。

　　只是比起权倾朝野的士族，她更倾心长兄的好友商氏君云。商家书香门第，历代鸿儒，与江家也算得上是门当户对。君云小长兄一岁，却与长兄是知己之交，自自己记事起就常来家中做客，与长兄志趣相投。这君云名字虽然文雅，却不是文弱书生，他不爱书墨反爱长枪，自打十岁开始便鲜衣怒马地追随朝中将领驰骋沙场，年纪轻轻便已建立功勋，且模样生得俊朗清秀，着实被许多名门闺秀"虎视眈眈"。

　　若舞对若尘十分信任，心中无论大小事情皆告知，一日花园之中、月

色之下，若舞满面羞赧地谈及自己对君云的思慕之情。若尘只是含笑默默地听着。待她支支吾吾地说完，长兄也没有反对，只是淡淡地笑着，一如往常般轻抚着她的头发说："只要我的舞儿喜欢的人，为兄都喜欢。何况君云贤弟与舞儿心意相通，为兄替你们安排。"

若舞听后欢天喜地地蹦回了闺房，空留若尘一人站在偌大的园中满眼宠溺地目送妹妹离去的身影。

君云与江家长子若尘有同窗之谊，又是知己之交，还是陪伴着若舞长大之人，多年来对若舞的爱意心照不宣，早已暗自立下誓言娶其为妻。好在双方父母是世交，又深知彼此孩儿的心思，再加上若尘在其中安排。两方家长各自委婉地推辞了许多前来提亲的望族之后，再择一良日，为若舞与君云操办起一出风风光光、热热闹闹的亲事。

时值桃花盛放之际，艳阳高照，天蓝无云，商家长子迎娶江家幺女一事已成为长街上的盛事。旁人都道，一个是年少英雄的俊逸男儿，一个是才貌双全的碧玉佳人，谁不艳羡？谁不惊叹？此乃一桩门庭相和的金玉良缘，胜似神仙眷侣。

爆竹声响彻街角，凤冠霞帔缀满珠翠，喜婆搀扶着新娘坐入花轿，长兄若尘凑近轿帘旁对盖头下的人儿说道："舞儿，今天是你大喜的日子，今后你就有自己的家了。为兄只盼你能与你心爱的人白头相守、共度一生。你且幸福美满，再无担忧。"

这一番话情真意切，是对她的祝愿，也是对她唯一的要求。

许是如同长兄若尘所说那般，她此生何其有幸，与她心爱的男子大婚，与她心爱的男子恩爱，两三年之后，她与他先后得了一儿一女，他们举案齐眉，在子女的陪伴下共享天伦之乐，一起度过漫漫时光，直至白发满首……

一日复一日，年岁皆欢喜，她也曾悲伤难过，却在他的呵护下重展笑颜；她也曾迷茫忧愁，却在儿女的笑容中重获希望。她的一生平凡而美好、淡然且珍贵，她活到了古稀之龄，直到去世的那一刻，她苍老的嘴角都含着浅浅笑意。不出几日，她心爱的男子也随她一同离世，家中仆人都道，老爷与夫人恩爱一世，迫不及待地要赶着陪在对方身边，好在他们离去的容颜是从容而沉静的，人人都看得出，他们此生无比幸福。

子女将他们二人的墓合在一处，碑上刻着他们的名字：

商氏君云，江氏若舞。

商君云。江若舞。

这两个名字仿佛在许久许久之前就曾经痴缠在一起，只不过，在这一世，他们终于获得了难得的圆满；这一世，她与他都能够按照自己的意愿过活一生，许是之前历经了太多世的坎坷与磨难，那些凄凉悲戚的痛苦叠加在一起，终是修来了这一世的携手共度。

人更三圣，世历三古。

或许，唯有圆满了红尘小我，才能去实现世间大爱。

前世，今生，轮回，来世，倘若初心不曾更改，福德与慧德便会在生生世世的缘果之中累积。爱与恨皆是感知，苦与乐也是体验，欲海之中自有那虔心追寻道义与心中真谛的女子在轮回中起伏、辗转，她在第一世堕入心魔，在第二世追求名利，在第三世越渐通透，在第四世，收获圆全。

而接下来的来生，她的灵魂又将再次归于大海、天空与土地，由星辰与长云庇护，载着那一具逐渐由灵气凝聚而成的肉身前往她最初成长的地方。

纵然她要经历许多黑暗与数不清的背叛，或是漫长的孤独与短暂的爱恋，待到时光将她灵魂深处的欲望、贪婪、虚荣，乃至私情都一并洗刷殆尽，她将会完全消解过往几世的痴心，重回圣洁之域的怀抱。

十年，二十年，三十年，五十年，一百年……

冗长的等待与无尽的长夜都不会是虚度，她是三界中缥缈的旅人，也是天地间寻觅真我的勇者。

她不是过客，她是天选之人。

一如百年之后，海面上缓缓地浮起一座仙岛，岛上空无一物，皆是破败废墟。又过去百年，无数虔诚之人寻到了这岛，他们用自己的精元与灵血将岛屿建造成仙境之貌，外界的红尘中人向往此处，在他们的口中，这仙境有一个绝美的名号：天幻仙境。

如天似梦，若真若幻。

而某一日，岛上的师尊晨起之时，忽然感到殿外有一股缓缓而来的气息。他携徒弟前往殿外，随着那气息来到海岸旁，在风声与涛声之后，他看到一个竹篮载着襁褓中的婴儿飘向仙境。

那婴儿不曾哭闹，师尊将其抱起，见她眉眼秀丽，方知是个女婴。她睁开双眼，在见到师尊的那一刻眉开眼笑。师尊略有惊诧，可他立即便感知到了，她是天赐于此的修行之人，而她也将是门下第一个女弟子。

或许，一切皆是机缘。师尊静默片刻，而后为她起名道："便叫作幻舞吧。"

幻字门下，她已然有了两位年纪最为接近的师兄，他们今日皆是跟随在师尊身侧，一位是年仅六岁的幻尘，另一位则更为年幼，是刚满四岁的幻云。

两位师兄争抢着去看那褓褓中的师妹，他们高兴地异口同声道："太好了，有了师妹，我们总算不是师尊门下最小的徒儿了。"

婴孩被逗弄得开怀嬉笑，她头顶的上空，则回荡着仙境内的晨时诵读：

> 欲蹑神仙境，深穷道德经。
>
> 坎男元服素，离女自披青。
>
> 有意闲眠日，无心出戴星。
>
> 但令炉灶暖，丹熟自然馨……

仙境海面上碧浪成涛，四季交替，昼夜更转，一年又一年，修行无边际。

仿佛是在须臾之间，云幻仙境门下的弟子都已长大成人，同修同行的幻尘、幻云与幻舞也已成了师尊最为青睐的三名弟子。

幻舞生性活泼，仙缘极深，每日早起修行是她最喜欢做的事情。仙境中有规定，离开仙境去仙岛必须要在卯时出、辰时归，这几个时辰里能够在仙岛上吸取山谷之中的灵气，使眼明、耳通，提升修行作为。正所谓洞源与洞明，万道由通生。

所以，她每日都起得很早，为的就是去僻静的仙岛里寻觅最真、最纯粹的天地灵气。而幻尘与幻云也会随她一同前行，"三人并行"也成了云幻仙境的特殊景色。想来两位师兄对聪慧的小师妹格外呵护，师尊每日考题时，其中有一项是"劳其筋骨"。所有弟子都要在黄昏之前装满一缸清水，幻舞虽然瘦弱，却也势必要亲力亲为。但师兄幻尘还是会心疼她，他总会不动声色地走在她的后侧方，用手抢过她扁担上的一桶水，为她减少重量。幻云则是将自己打来的井水偷偷灌进幻舞的水缸中，又不想被她发现，便总是做完之后匆匆离开。

显然，幻舞深知二人对自己的帮助，她自然不会理所应当地享受这份特殊待遇，于是，她会将自己修炼的内力制成内丹，分给二位师兄，促进他们提升修为。

而那年是幻舞十五岁的早春，总是会被鹧鸪的叫声扰了清梦。仙岛上的天气温暖宜人，风是柔情似水的风，河水是风情万种的水。她与幻尘、幻云站在岛屿之巅，任凭高空长风掠过自己面容。四周极静，唯有他们三人在俯瞰仙岛下的碧海，仿佛透过那些汹涌的波涛可以看尽世间苍生的前尘往昔、悲欢离合。

"师兄。"幻舞在这时怅然道："我总觉得自己很早很早之前便已属于这里，有时我会做许多许多的梦，梦中不知是何人的过往，皆是说不尽的缭乱繁华。他们一个一个地在我的梦境里浮现，可我却认不出他们，唯有看着他们对我露出悲伤神色，抑或是泪流满面。不知师兄也会有我这般烦恼吗？或者这是每个修行之人所要必须面对的难题吗？"

幻尘凝望着广袤大地，低声道："身处四海八荒之中的你我，不过是微缈的沧海一粟。前尘已逝，今朝于此，过往皆是流转轮回，百年之后再次启转生死枯荣，如此而已。"

幻舞看向幻尘，又看了看幻云，不禁浅笑道："这般说来，或许……我与两位师兄在前世也曾相识相知过？"

幻云笑笑，点头道："倘若世世皆为修行，今世相遇的确是前世造就的机缘，唯有此世妥善修为，才可为来世积淀功德。"

"一心修行，方可圆满。"幻舞再次望向脚下的碧海，内心竟有一种释然之感，她道："无论前世的我们是否生活于繁荣的盛世，或是颠沛的乱世，此生都该心无旁骛地追寻心中道化。"

幻尘认同幻舞所言，便道："能站在仙岛之巅的我们，必定已是历尽磨难，便更要珍惜此番机缘。"

幻舞道："如此看来，红尘万物都极尽渺小了。无论是成就千秋伟业的帝王、征战无数的将军、倾国倾城的绝色、沉鱼落雁的美人，或者是流落

街头的乞儿，他们在最后都将化为白骨灰烬，重入轮回，无所不同。"

幻尘沉声道："而灵魂是不灭的，只有潜心修行，才能历经数次轮回后重新回到起点。哪怕面目与身份皆有变化，可心与灵始终如一。"

幻云长长叹道："自古便有修行之人历经千百轮回，他们在第一世济世度人，在第二世杀身成仁，在第三世建功立业，在第四世为国捐躯……生生世世，代代不息，只为积累功德，十德圆成。"

"而你我三人终将完成大道，圆全此身。"幻舞牵过幻尘与幻云的手，将他们的手握在自己手中，幻尘反扣住她的掌心，幻云也是合住他们二人的手，彼此深深凝望，眼神极具坚定。

风在这时吹来，花瓣纷纷落下，影影绰绰的光斑透过叶片的茎脉打照在他们的脸上，像极了他们在最初那一世相见的模样。

天大地大，历尽繁华，红尘数载，人生百年，九重天之上，是无欲无求的真道。

九重天之下，也有凡尘之中的小爱小恨。

然而这三人终究是再次回到了原点，不同的是，这一次的他们已是在血与泪、痛与亡中浮沉而过，满身沧桑，誓约亘古。

或许人间有爱，天道无情，摒弃了七情六欲的修行之人早已超脱于尘，不再被命运玩弄于股掌之中。

只是在夜深人静之时，幻舞的梦中仍旧出现了故人姿容。

她不知他们的名字，却看到了他们与自己、与师兄神似的容颜。

那三人白衣缥缈，光辉夺目，却在仙台上纵身坠落，跌得粉身碎骨。而梦的尽头，幻舞自己站在流光溢彩的长梯开端。

她没有犹豫地踏了上去，走着走着，她的身边出现了幻尘与幻云，身后亮起了长明灯，前方通向触手可摘日月星辰的仙台。

她知道，这一次，任凭风云变幻，她也将义无反顾地走向阶梯的尽头，与他们一起，将曾经的悲欢舍在身后，再无眷恋地迎向圆全。

（全书完）